古典詩歌研究彙刊

第十六輯

龔鵬程 主編

第 16 冊

宋詩與高麗漢詩（上）

王 正 海 著

國家圖書館出版品預行編目資料

宋詩與高麗漢詩（上）／王正海 著 -- 初版 -- 新北市：花木蘭
文化出版社，2014〔民 103〕
目 2+244 面；17×24 公分
（古典詩歌研究彙刊 第十六輯；第 16 冊）
ISBN 978-986-322-834-9（精裝）
1.宋詩　2.漢詩文　3.詩評

820.91　　　　　　　　　　　　　　　　103013524

ISBN-978-986-322-834-9

9 789863 228349

古典詩歌研究彙刊
第十六輯　第十六冊　　　　　　ISBN：978-986-322-834-9

宋詩與高麗漢詩（上）

作　　者　王正海
主　　編　龔鵬程
總 編 輯　杜潔祥
副總編輯　楊嘉樂
編　　輯　許郁翎
出　　版　花木蘭文化出版社
社　　長　高小娟
聯絡地址　235 新北市中和區中安街七二號十三樓
　　　　　電話：02-2923-1455／傳眞：02-2923-1452
網　　址　http://www.huamulan.tw 信箱 hml 810518@gmail.com
印　　刷　普羅文化出版廣告事業
初　　版　2014 年 9 月
定　　價　第十六輯 21 冊（精裝）新台幣 32,000 元

宋詩與高麗漢詩(上)

王正海 著

作者簡介

王正海，江蘇揚州人，文學博士。曾任教於江蘇省寶應中學、老撾萬象省青少年發展中心、美國聖貝尼迪克學校等，現任職於上海師範大學國際交流處。先後獲得華東師範大學文學學士、上海師範大學文學碩士和文學博士。目前主要研究方向爲東亞漢詩學、東亞城市文化。著有《魏晉自然觀與山水詩歌》，及單篇學術論文數篇。

提　　要

　　高麗與宋朝並存三百多年，密切的交流，使高麗漢詩創作深受宋代詩學影響。可以說，高麗漢詩之興盛是與其對宋詩的全面接受分不開的。

　　本書是第一部對 10-13 世紀中、朝漢詩進行深入分析和比較的專著。全書從文本傳入、創作影響以及詩學理論等三個方面，揭示高麗漢詩與宋詩之間的內在聯繫。第一章主要從政治、文化的角度去探討宋詩得以進入朝鮮半島的原因，並重點考證究竟哪些宋代詩人或詩集已經進入了高麗文人的閱讀視野，以此從宏觀的視野上瞭解高麗詩人接受宋詩的背景。第二章從相對細微處去深入研究宋詩給高麗漢詩詩風所帶來的變化，特別是以蘇軾、黃庭堅爲代表的宋代詩人給高麗中期漢詩創作所產生的具體影響，以及宋代理學和理學詩對高麗末期漢詩創作所產生的具體影響等。第三部分探討宋代詩學對高麗漢詩批評之深刻影響。宋人對前代及當代詩學經驗的總結，促進了宋代詩學理論的成熟，並發展起多種新的詩學批評形式，這一切都對高麗漢詩詩論產生了巨大的影響。詩話、論詩詩、序跋等宋詩所熱衷的批評形式也成爲了高麗漢詩批評的主要模式，而詩畫一律、詩窮而後工等宋代詩學命題不僅爲高麗詩人所接受，並且還有了新的發展。

引　言

　　在進入正文之前，我們首先回顧一下漢文化、漢字以及漢文學傳入朝鮮半島的時間。

　　中國古代書籍都認爲，漢文化進入朝鮮半島始自周武王初年的所謂箕子朝鮮時代。《尚書大傳》云：「武王勝殷，繼公子祿父，釋箕子囚。箕子不忍周之釋，走之朝鮮。武王聞之，因以朝鮮封之，箕子既受周之封，不得無臣禮，故於十三祀來朝。」〔註1〕《史記・宋微子世家》云：「武王乃封箕子於朝鮮而不臣也」。〔註2〕《漢書・地理志》則記：「殷道衰，箕子去之朝鮮，教其民以禮儀田蠶織作。」〔註3〕《三國志》也有「昔箕子既適朝鮮，作八條之教以教之，無門戶之閉而民不爲盜」之語。〔註4〕

　　箕子朝鮮的歷史，在朝鮮半島上出現的早期史書中，也都有或多或少的記載。金富軾《三國史記・年表上》云：「箕子受封於周室」。〔註5〕僧一然《三國遺事》云：「周武王即位，己卯，封箕子於朝鮮」。〔註6〕《高麗史節要》亦曰：「我國教化禮義，自箕子始。」〔註7〕

〔註1〕《尚書大傳》卷二・周傳・洪範。
〔註2〕《史記》卷三十八・世家第八。
〔註3〕《漢書》卷二十八・地理志下。
〔註4〕《三國志》卷三十・魏書三十・烏丸鮮卑東夷傳。
〔註5〕《三國史記》卷二十九・年表上。
〔註6〕《三國遺事》卷一「紀異」。
〔註7〕《高麗史節要》卷六・肅宗明孝大王（一）・壬午七年。

　　如果以箕子朝鮮時代作爲漢文化東漸的起點，那麼朝鮮半島的漢字、漢文學也可能誕生於此時，亦即高麗詩人李奎報所言：「我東方，自殷太師東封，文獻始起。」〔註8〕

　　但是，目前朝鮮半島看不到任何那個時代的文字和文獻作品，即使李奎報也承認「中間作者，世遠不可聞」〔註9〕。而且，箕子朝鮮時代是否眞的存在，目前也還存在爭議，比如韓國學術界現在已基本否認了箕子朝鮮的存在。〔註10〕

　　因此，我們現在所能得出的漢字出現在朝鮮半島的大致時間是在漢代。《三國史記·高句麗本紀》載：「國初始用文字時，有人記事一百卷，名曰《留記》。」〔註11〕高句麗約在公元前三十七年（西漢元帝建昭二年）建國。〔註12〕則其早在公元前一世紀左右，即已經使用漢字編纂文獻了。而到了統一新羅時（668～901），漢文字已經成爲朝鮮半島人民不可缺少的書面交流工具。〔註13〕

　　伴隨著文字，漢文學的出現也是自然的事情了。大約在我國南北朝時期，周邊國家便先後進入漢文學的濫觴期。〔註14〕而降至隋唐時期，漢語和漢文學成爲了當時東亞社會的通用語言和主流文學。如日本學者中村眞一郎所言：「自古代國家形成以來，日本人便與朝鮮、安南人一樣，處在世界帝國——中國的文化影響之下。用這一帝國的共通語——漢語來表現人類世界共通的思想與情感，是日本知識階層理所當然的使命。至於用地方語言來進行文學創作，在當時則是第二

〔註8〕 李奎報《白雲小說》，《域外詩話珍本叢書》第十一冊，北京圖書館出版社，2006年，第8頁。

〔註9〕 同上。

〔註10〕 孫衛國《傳說、歷史與認同：檀君朝鮮與箕子朝鮮歷史之塑造與演變》，復旦大學文史研究院編著《從周邊看中國》，中華書局，2009年，第314頁。

〔註11〕 《三國史記》卷二十·高句麗本紀八·嬰陽王十一年。

〔註12〕 馬大正等著《古代中國高句麗歷史續論》，北京：中國社會科學出版社，2003年，第256頁。

〔註13〕 陸錫興《漢字傳播史》，北京：語文出版社，2002年，第352頁。

〔註14〕 王曉平《亞洲漢文學》，天津：天津人民出版社，2001年，第2頁。

位的事情。」〔註15〕

關於朝鮮半島最早的漢文學作品，韓國學者許世旭說過一段話，他說：「若以箜篌引爲韓國漢詩之先導，雖未詳其作年，但據晉崔豹所注，則知吾國之詩史當有千五百年以上。惟歌詩不聞繼作，而眞僞未判，亦未能據爲定論。就史實而言，自應以乙支文德之遺仲文五言詩，爲其嚆矢，則首唱於 1350 餘年前，固可確然推定矣。」〔註16〕

《箜篌引》相傳爲古朝鮮麗玉所作，時間遠在中國漢武帝時代，但眞僞未定。乙支文德是朝鮮三國時代高句麗大將軍，他曾在 612 年給隋朝大將于仲文寫過一首詩，詩云：「神策究天文，妙算窮地理。戰勝功既高，知足願云止」。〔註17〕此詩見於《隋書・于仲文列傳》。許世旭認爲，從史實的角度來說，這首詩乃是朝鮮半島最早的漢文學作品。

但是，這只是零星的漢文學作品。朝鮮半島漢文學眞正興起之時乃是統一新羅時代。如李朝學者鄭載圭（1842～1911）所言：「我東文獻，檀箕尙矣，羅麗以來稍稍有述。」〔註18〕朝鮮文人洪萬宗（1643～1725）在《小華詩評》中亦曰：「我東之通中國，遠自檀君、箕子，而文獻蓋蔑蔑。隋唐以來，始有作者。如乙支文德之獻于仲文、新羅女王之織錦頌。功雖在於簡冊，率皆寂寞，不足下乘。而至於唐侍御史崔致遠，文體大備，遂爲東方文學之祖。」〔註19〕

洪萬宗所提之新羅女王「織錦頌」，就是指眞德女王（？～654）遣使獻給唐高宗的織錦五言《太平頌》，此詩被收入到《全唐詩》中。《唐詩品彙》評爲「高古雄渾，可與初唐諸作相頡頏」，說明這首詩

〔註15〕〔日〕中村眞一郎《江戶漢詩》中語，轉引自蕭瑞峰《日本漢詩發展史》（第 1 卷），長春：吉林大學出版社，1992 年，第 4 頁。

〔註16〕曹順慶主編《東方文論選》，四川人民出版社，1996 年，第 851 頁。

〔註17〕《隋書》卷六十・列傳第二十五。

〔註18〕鄭載圭《謹齋集跋》，見安軸《謹齋集》，《韓國文集叢刊》第 2 冊，韓國民族文化推進會，1993 年。

〔註19〕《小華詩評》卷上，《域外詩話珍本叢書》第九冊，449 頁。

有著不錯的藝術水準，代表著當時新羅漢文學創作的最高水平。隨著大批賓貢生和求法僧赴唐，新羅時代精於漢文學創作的人應該是很多的，然而遺憾的是，除了這首《太平頌》，還有僧人元曉的佛學著作以及文人薛聰的零星作品外，新羅早期漢文學作品流傳下來的極少。朝鮮李朝學者徐居正（1420～1489）曾感慨云：「新羅之文，傳於今者絕無，只有元曉、薛聰所著一二篇而已。予嘗見新羅獻唐織錦五言古詩，高句麗乙支文德贈于仲文五言四句，皆精到。當時能文之士，不爲不多矣。而今無所傳於萬一，惜哉。」﹝註20﹞不過，到了羅末麗初，以崔承祐、樸仁範、崔彥撝、崔致遠爲代表的留唐賓貢諸子，還是留下了不少傑出的漢文學作品，特別是崔致遠，更被尊稱爲「東方漢文學之鼻祖」。﹝註21﹞

　　當然，朝鮮半島漢文學的眞正繁盛期還是在高麗時代，因爲受到宋代文化和文學的影響，高麗成爲朝鮮半島第一個文學繁榮期，並爲朝鮮李朝時代漢文學的進一步興盛打下了堅實的基礎。雖然，漢字、漢文學並非朝鮮半島固有的語言和文學，但是，一個不容忽視的事實便是，兩千多年來，漢文學在朝鮮民族的文化建設上起到了不可估量的巨大作用。正如韓國學者趙東一所言：「從某種意義上說，漢文學與國文學相比更加眞實地反映了韓民族的生活體驗，這一點在韓文字母創制以前自不必說，在這之後突出地表現在它通過詩歌、小說和教述文等形式，犀利地再現和批判了各種不合理的時代現象，告訴人們樹立面向未來的理想。」﹝註22﹞

　　本篇論文從漢詩這一當時最爲重要的文學形式入手，對高麗漢詩與宋詩之間內在關係加以研究，希望藉此探討「漢文化圈」內不同民

﹝註20﹞徐居正《筆苑雜記》卷一，《大東野乘》第 1 冊，首爾：民族文化推進會，1967 年，第 669 頁。

﹝註21﹞〔韓〕金臺俊《朝鮮漢文學史》，北京：社會科學文獻出版社，第 32 頁。

﹝註22﹞趙東一等著、周彪等譯《韓國文學論綱》，北京大學出版社，2003 年，第 93 頁。

族和國家間文學發展的共通性與差異性，進而增進彼此的瞭解，共同促進東亞的和平與發展。

一、課題研究之意義

　　除了剛才所提到的文化學上的意義外，本課題對於中韓詩學比較研究同樣具有理論與實踐的意義。具體可以從三個方面來看：一是從接受詩學角度來講，目前尚無專門針對高麗漢詩與宋詩之間關係的整體性研究文章。有些學者從單個作家風格的比較上做過一些研究，但是都比較零碎化，且不能放到整個高麗詩學背景中加以探討，所以顯得不夠全面與科學。二是從高麗漢詩史研究的角度來說，本文具有一定的開創性。在朝鮮半島漢詩發展史上，公認的四大漢詩人：李奎報、李齊賢、李穡、申緯，其中有三人在高麗。但是，高麗漢詩究竟具有怎樣的特徵，它是如何發展並成熟起來的，其內在發展規律又如何，以往相關的研究尚有可探討之處，比如漢詩書寫的選擇、中期詩風的轉換、詩話的興起等等。三是從東亞漢詩研究的角度來說，本文從文本入手，結合詩學批評，並把漢詩發展放在政治、文化的宏觀大背景下考量，或許能為東亞漢文學研究帶來一些新的思路。

二、國內外研究現狀

1、韓國研究現狀

　　對高麗漢詩的研究，要數韓國學者起步早，鑽研深，成果多，可以說幾乎囊括了高麗漢詩的各個方面。

　　首先，朝鮮半島文學史著作中往往涉及對高麗漢詩的分析。比如李家源《韓國漢文學史》（民眾書館，1961）、李炳疇《漢文學史》（四文社，1991）、車溶柱《韓國漢文學史》（景仁文化出版社，1996）、閔丙秀《韓國漢詩史》（太學社，1996）、金甲起《韓國漢詩文學史論》（梨花文化出版社，1998）等。還有國內翻譯過來一批文學史著作，如金臺俊《朝鮮漢文學史》（北京：社會科學文獻出版社，1996）趙

潤濟《韓國文學史》（北京：社會科學文獻出版社，1998）、趙東一《韓國文學論綱》（北京大學出版社，2003）等。這些文學史著作雖然著眼於整個朝鮮半島文學的發展，但是也都有論及高麗漢詩的文字。

其次，專門對高麗漢詩進行研究，當中包括了文學風格研究、詩人研究和詩論研究等。

如：李九義《高麗漢詩研究》（首爾：亞細亞文化社，2001），本書實際上是一本作家研究書籍，作者選取了崔承老、崔冲、郭輿、崔惟清、權適、高兆基、俞升旦、金仁鏡、陳澕、崔瀣、閔思平等幾位高麗中前期詩人作爲研究對象。但是，這幾位詩人顯然並不能代表整個高麗漢詩的創作水平，所以作者這本書的內容與題目並不盡吻合。

孫政仁《高麗中期漢詩研究》（文昌社，1998），本書分爲兩個部分，第一部分以李奎報爲研究中心，重點分析了他的《東明王篇》、《開元天寶詠史詩》、詠物詩、題畫詩等；第二部分以鄭知常、金克己、林椿、李承休作爲研究中心。此書名爲「高麗中期漢詩」研究，但是卻遺漏了中期重要詩人李仁老。

李炳赫《高麗末性理學受容期의漢詩研究》（太學社，1989），此書重點研究朱子理學傳入高麗後對漢詩創作產生的影響。作者把理學對漢詩的影響分爲三個階段，分別是準備期，以安珦的「排邪憂正」和白頤正的「靜中體認」以及「安分窮理」爲特徵；師受期，以李齊賢的「實踐誠敬」「忠憤誠孝」和李谷的「實踐躬行」「爲國愛親」爲特徵；著根期：以李穡之「求道窮理」、鄭夢周之「反躬實踐」、李崇仁之「居敬窮理」「涵泳性情」、吉再之「實踐存養」「節義隱逸」爲特徵。作者還分析了理學影響下漢詩的基本特點，如涵泳性情、實踐倫理、觀風紀俗、自然親和、隱逸養性等。

崔光範《高麗末漢詩風格研究》（首爾：高麗大學，2003），作者把高麗末漢詩風格概括爲豪放、雄渾、清新、平淡四種。雄、豪系列漢詩創作中，以鄭夢周、鄭道傳和李穡等以「經世意志」爲主要特徵的詩人爲代表；清新系列漢詩創作中，以李崇仁、金九容等以無心自

然、清淨無垢、閒逸灑落、清新雅麗爲主要特徵的詩人爲代表；平淡系列漢詩創作中，以元天錫、李集、吉再等，以持節平靜、自樂閒淡、樂天知命、存心養性爲主要特徵的詩人爲代表。

卞鍾鉉《高麗朝漢詩研究——唐宋詩受容樣相與韓國的變容》（首爾：太學社，1994），本書著重探討了唐宋詩對高麗漢詩的影響，主要還是圍繞著作家展開，側重於具體作品的分析。比如分析唐詩的影響時，選取了鄭知常、金富軾、崔惟清、林椿、鄭圃隱、李穡、李崇仁等詩人進行研究；分析宋詩的影響時，選取了金富軾、金克己、李仁老、李奎報、陳澕、李齊賢、李崇仁、鄭夢周、元天錫等詩人展開研究。本書抓住了唐宋詩影響於高麗漢詩這一重要現象，但是在影響的階段性和側重點上未能作進一步的探討，因而對高麗漢詩不同時期的總體特徵也缺乏交代。

呂運弼《高麗後期漢詩研究》（首爾：월인，2004），本書也是以作家爲研究中心，包括金克己、林椿、李穡、李集等，其中李穡的篇幅佔了很大一部分。當中有對高麗漢詩與唐宋詩的關聯研究，有對李穡對唐宋詩的接受研究等，還有關於李穡詠史詩研究、《牧隱詩稿》史料價值的考察等。此外，還有一章節關注新興士大夫漢詩的文學傾向，也頗有新意。

此外，以高麗漢詩作爲專門研究對象的還有朱慶烈《高麗中期自然詩研究》（首爾：高麗大學，2004）、金承龍《高麗武臣執權期漢詩의美的特質및그理論的摸索에대한一研究》（首爾：高麗大學校，1991）等。

劉永奉《高麗文學探索》（首爾：以會文化社，2001）和林種旭《高麗時代文學研究》（首爾：太學社，1998），並不專以漢詩爲研究對象，但是當中也包括了高麗時代漢詩的一些論述，比如劉著中論及高麗中期的詩話批評；高麗武臣執政期間漢詩創作的戲作傾向，以及李達衷漢詩研究等。林著中則較多論述了高麗後期一批漢詩人的創作，如金克己、李齊賢、李穡、元天錫、金九容、李集、鄭夢周、李崇仁等人。

柳在日《韓國漢詩探究》（首爾：以會文化社，2003），其中涉及高麗的詩人有李齊賢和李奎報，作者指出李齊賢漢詩特徵是「華實並存」，還分析了李奎報漢詩與白居易詩歌的關係，並研究了李奎報的《開元天寶詠史詩四十三首》。

關於高麗詩論、詩話的研究，較早有趙鍾業《高麗詩論研究》（《語文研究》第一輯，1963），本文以李奎報《白雲小說》、李仁老《破閑集》、崔滋《補閑集》、李齊賢《櫟翁稗說》為研究對象，分析了高麗詩論的背景及其對後世之影響，並以形式論（用事論）和內容論（新意論）兩點來概括高麗詩論的主要內容。形式論中，主要探討「換骨奪胎論」和「琢句法」；內容論中，以李奎報之「主意論」、崔滋之「主氣論」、李齊賢之「折衷論」為中心。此外，趙鍾業還有《中韓日詩話比較研究》一書（臺灣學海出版社，1984），其中有一章節為「高麗詩話之新意、用事論」。

其他主要成果還有趙東一《韓國文學思想史試論》（知識產業社，1978）、許士旭《韓中詩話淵源考》（臺灣黎明文化事業公司，1980）、李炳漢《漢詩批評的體例研究》（通文館，1985）、張鴻在《高麗時代詩話批評研究》（亞細亞文化社，1987）、沈浩澤《高麗中期文學論研究》（啓明大學校韓國學研究所，1991）、尹寅鉉《韓國漢詩와漢詩批評에관한研究》（首爾：亞細亞文化社，2007）等。

關於作家個體研究，韓國學者也做得非常充分。通過韓國各高校圖書館檢索系統，筆者發現高麗時代李奎報、李仁老、林椿、陳澕、李齊賢、李穡、鄭夢周等所有重要詩人幾乎都有了相關研究專著。

比如金慶洙《李奎報詩文學研究》（亞細亞文化社，1986）、李東喆《李奎報‧林椿詩研究》（螢雪出版社，1994）、黃在國《稼亭李穀漢詩研究》（牧隱研究會：보고사，2006）、韓國漢詩學會編《韓國漢詩作家研究》（太學社，2006）本書中包括了高麗詩人鄭知常、金富軾、林椿、李仁老、金克己、李奎報、陳澕、金坵、洪侃、李齊賢、崔瀣、閔思平、李穀等相關研究論文。筆者還查閱了韓國近幾十年博

碩士論文題目，發現大多也都是對單個作家的研究，其中包括了高麗時代所有的重要詩人。〔註 23〕如南潤秀《李仁老研究》（高麗大學，碩士論文，1979）、朴유리《李仁老의詩世界》（高麗大學，碩士論文，1981）、金乾坤《林椿의生涯와漢詩研究》（韓國精神文化研究院，碩士論文，1981）、柳廣眞《林椿의詩研究》（誠信女子大學校，碩士論文，1983）、呂運弼《李奎報詩研究》（首爾大學，碩士論文，1982）、鄭成培《李奎報詩論研究：作詩論을中心으로》（首爾大學，碩士論文，1988）；金鎭英《李奎報文學研究》（首爾大學，博士論文，1982）、金聖基《李齊賢의詩文學研究》（首爾大學，博士論文，1990）、尹用植《西河林椿文學研究》（檀國大學校國文學，博士論文，1992）、呂運弼《李穡的詩文學研究》（漢城大學國文學博士論文叢書，1997）、河政承《高麗後期漢詩의品格研究：牧隱系士人을中心으로》（成均館大學校，博士論文，2000）等。

　　此外，從比較詩學角度對高麗漢詩整體風格展開研究的著作相對而言不多，主要有柳晟俊《韓國漢詩와唐詩의比較》（首爾：푸른사상，2002），此書共分三部分，第一部分是新羅漢詩與唐詩的比較；第二部分是高麗漢詩與唐詩的比較；第三部分是朝鮮時代漢詩與唐詩的比較。在第二部分關於高麗漢詩與唐詩的比較分析中，著重選擇了陳澕、金九容作爲研究對象，把陳澕漢詩與王維、孟浩然之詩加以比較，認爲都存在著古淡之風和詩中有畫之特質。而金九容漢詩則具有逃避現實、隱逸浪漫以及充滿畫意之特點。此書還選取了《明詩綜》中部分高麗漢詩做了譯釋。

　　卞鍾鉉《高麗朝漢詩研究——唐宋詩受容樣相與韓國的變容》（首爾：太學社，1994），本書在前面已經做過介紹。此外，尹載煥《高麗朝詩風轉換의意味》（《韓民族語文學》第 44 輯）和權赫鎭《宋詩

〔註 23〕劉婧《韓國漢文學研究學位論文目錄（1953～2006）》，見張伯偉編《域外漢籍研究集刊》第二輯、第四輯，中華書局，2006 年、2008 年。

風의漢詩受容樣相研究》（《中國文學研究》第 34 輯）中也都涉及有高麗漢詩受唐宋詩風影響的內容。

　　相比較而言，韓國學者更多是從比較詩學角度對單個作家進行研究，而且主要集中在蘇軾，以單篇論文為主，如金卿東《高麗、朝鮮時代士人對白居易的「受容」及其意義》（《文學遺產》1995 年第 6 期）、金卿東《論李奎報對蘇東坡的和詩》（《中正大學中文學術年刊》第六期，2004 年 12 月）、金周淳《試論高麗漢詩文中有關蘇東坡》（《國際中國學研究》第八輯，2005）、金周淳《蘇軾對高麗漢詩之影響》（《第五屆宋代文學國際研討會論文集》，2009）、柳基榮《蘇軾對韓國古代文學的影響及其高麗觀之探討》（復旦大學博士論文，1996）、趙承觀《韓國文學上的蘇東坡》（東國大學《國語國文學會論集》，1964）、洪瑀欽《蘇軾文學이韓國文學에미친影響》（嶺南大學碩士論文，1972）、李昌龍《蘇東坡의投影——高麗漢詩를 中心으로그 材源研究》（建國大學人文科學研究所《人文科學論叢》第八輯，1975）、尹浩鎮《韓國漢文學的東坡受容樣相》（《中國語文學》，1986.12）、許捲洙《蘇東坡詩文의韓國的受容》（《中國語文學》第十四輯，1988）。

2、國內研究現狀

　　近些年來，國內學術界對高麗漢詩研究仍處於繼續探索的階段。

　　首先是從文學史角度看，目前所能見到的有韋旭昇《朝鮮文學史》（北京大學出版社，1986）、金英今編著《韓國文學簡史》（南開大學出版社，2009）、劉順利《朝鮮半島漢學史》（學苑出版社，2009）等，這幾部文學史著作中有高麗漢詩文學的部分。而專門就高麗漢文學進行研究的，有延邊大學蔡美花《高麗文學審美意識研究》一書（延邊大學出版社，2006）。而專門對高麗漢詩展開研究的只有廈門大學劉強的《高麗漢詩文學史論》（廈門大學出版社，2008）。

　　其次，對高麗詩人的研究。這是國內研究較早、也相對較為充分的領域，如許文燮《朝鮮十三世紀傑出的民族詩人李奎報及其創作評

述》（《延邊大學學報》1981 年 1、2 期）、蘇晨《朝鮮的李太白——李奎報》（《讀書》，1983 年 6 期）、李岩《論李奎報詩歌創作歷程及其藝術風格》（《延邊大學學報》1985 年 2 期）、玉弩《論朝鮮詩人李奎報《開元天寶詠史詩》》（《東疆學刊》1993 年 4 期）、李海山《試談李齊賢詩歌作品的思想傾向》（《朝鮮問題研究叢書》，1984 年 4 輯）、胡樹森《朝鮮李齊賢和他的詩》（《河北大學學報》1985 年 2 期）、包文安《遠道朝鮮族詩人李齊賢》（《內蒙古民族師院學報》1994 年 2 期）、溫兆海《李齊賢詩美理論探微》（《延邊大學學報》2000 年 4 期）等。此外，近幾年還出現了幾篇研究朝鮮半島詩人的博士論文，比如徐東日《李德懋文學研究》（延邊大學，2002）、韓衛星《洪大容文學研究》（延邊大學，2006）、金哲《朴齊家詩文學與中國文學之關聯研究》（延邊大學，2006）、鄒志遠《李晬光文學批評研究》（延邊大學，2007）、劉彥明《李奎報散文研究》（中央民族大學，2005）、倪文波《崔致遠文學創作研究》（中央民族大學，2006）、何永波《李齊賢漢詩創作研究》（中央民族大學，2007）、師存勳《李奎報詠史詩研究》（中央民族大學，2011）等。不過，這裡面只有李齊賢和李奎報是高麗時期的詩人。

再次，對高麗詩話、詩論的研究。這方面中國學者的研究成果主要有：任範松、金東勳等著《朝鮮古典詩話研究》（延邊大學出版社，1995）、鄭判龍主編《韓國詩話研究》（延邊大學出版社，1997）、鄺健行等選編《韓國詩話中論中國詩資料選粹》（中華書局，2002）、蔡鎮楚《比較詩話學》（北京圖書館出版社，2006）、馬金科《朝鮮詩學對中國江西詩派的接受：以高麗後期至李朝前期朝鮮詩話為中心》（民族出版社，2006）等。這些著作都不是專論高麗詩學，但是當中包含了高麗時代的相關詩論。

其他單篇論及高麗詩論的論文還有：王克平《朝鮮古典詩話對杜甫詩之批評》（《延邊大學學報》1997 年 3 期）、鄒志遠《李奎報對中國詩歌創作的「主意」論》（《東疆學刊》1997 年 4 期）、牛林

傑《朝鮮古代的杜詩研究》(《山東師大學報》2000 年 1 期)、溫兆海《從詩「味」看崔滋對詩歌審美特徵的認識》(《延邊大學學報》2001 年 3 期)、《「味」審美範疇在高麗詩學前期之考察》(《東疆學刊》2004 年 3 期)、《簡論李奎報詩論中的審美範疇》(《當代韓國》2004 年 3 期)、張振亭《高麗詩學範疇初探》(《延邊大學學報》2007 年 5 期)、王國彪《論高麗詩話對「池塘生春草」句的解讀》(《現代語文》,2008 年 4 期)、《論李仁老詩學批評的邏輯體系》(《延邊大學學報》2008 年 5 期)、陳丕《中朝文論關係比較》(《中外文化與文論》,2009 年 1 期)、蔡美花《朝鮮古代詩論的審美思維方式》(《東疆學刊》2010 年 1 期)、馬金科、譚紅梅《試論朝鮮古代漢詩用事範圍的特殊性》(《解放軍外國學院學報》,2010 年 1 期)等。

從比較詩學角度對高麗漢詩進行研究,也是中國學者比較喜歡做的事情。不過,大都集中在單個作家的比較,以論文爲主,尚缺乏體系化的研究專著。李岩《中韓文學關係史論》(社會科學文獻出版社,2003)中有部分內容涉及高麗詩學,但是比重少,且未能有新的突破。金寬雄、金東勳主編《中朝古代詩歌比較研究》(黑龍江朝鮮民族出版社,2005)實際上還是作家比較研究,當中與高麗詩學相關的有「白居易與高麗詩人李奎報的詩歌創作」、「蘇軾與高麗時期漢詩」、「江西詩派與高麗、朝鮮漢詩的發展」等。

單篇論文相對較多一點,如鄒志遠《論白居易對高麗詩人李奎報晚年詩歌創作的影響》(《延邊大學學報》2002 年 4 期)、周裕鍇《試論宋代文學對高麗文學之影響》(《國學研究》第十一卷,北京大學出版社,2003)、金英蘭《杜詩對高麗、朝鮮文壇之影響》(《杜甫研究學刊》2003 年 1 期)、劉豔萍《韓國高麗文學對蘇軾及其詩文的接受》(《延邊大學學報》2008 年 4 期)、馬金科《論高麗、李朝詩人對黃庭堅詩學的接受與變通》(《東疆學刊》2009 年 2 期)、孫德彪《歐陽修在朝鮮文壇的影響考述》(《南京師範大學文學院學報》2010 年 1 期)、王紅霞《韓國高麗詩人李仁老對李白的接受》

（《天府新論》，2010 年 6 期）、李楠《高麗金克己漢詩創作與中國詩歌關聯研究》（延邊大學碩士論文，2010）、李紅燕《高麗中期蘇東坡熱與陶淵明文學的接受》（延邊大學碩士論文，2009）、張公《論高麗朝詩人對蘇軾詩的接受與發展》（延邊大學碩士論文，2010）、蔣肖雲《宋代詩論對高麗詩話批評的影響》（延邊大學碩士論文，2011）等。

　　綜上所述，無論是中國學者還是韓國學者，從比較詩學角度對高麗漢詩進行研究存在幾個不足：一是專著少，論文多；二是作家多，整體研究少。因此，本書選定「宋詩與高麗漢詩」作爲研究對象，具有一定的開拓性意義。首先，選定宋詩作爲比較的對象，是因爲高麗與宋朝並存大約三百多年，彼此影響深遠，沒有哪個朝代的文化和文學對高麗的影響比宋朝更大，而高麗人更是以自稱「小中華」爲榮，所以他們創作漢詩必然要受到宋詩的影響。然而，這一選題至今仍無人涉及。其次，研究者在描述高麗漢詩特徵時，往往以引用徐居正「高麗文士，專尙東坡」一語﹝註24﹞，來作爲整個高麗時代漢詩創作特徵的概括，這顯然是不科學的，完全未能正確反映出高麗漢詩與宋詩之間的錯綜複雜關係。所以，本篇論文希望通過相關研究，能夠在此領域有所突破。

三、研究內容

　　本文分爲三個章節：

　　第一章主要探討高麗漢詩對宋詩文本的接受問題。第一節分析高麗時代漢詩爲何會成爲高麗文人的主要書寫選擇；第二節分析麗、宋之間的文化交流，這裡面包括掌握著較高漢文知識的使臣往來、宋代商人和移民的文化傳播，以及宋代書籍的流入等。這一節其實是對宋詩進入高麗的背景作一交代。第三節側重於探討高麗文人對宋詩文本的接受情況，比如，他們接受了哪些宋代詩人的詩集，

﹝註24﹞《東人詩話》卷上，《域外詩話珍本叢書》第八冊，205 頁。

又以怎樣的方式來接受等。第四節以考證的方式，仔細梳理出宋詩進入高麗的具體狀況。

第二章主要探討宋代詩歌對高麗漢詩創作的具體影響。第一節分析高麗初期漢詩創作的晚唐詩風傾向，並指出由晚唐詩風轉向宋詩風的根本原因所在。具體而言，那就是內部要求變化的動力（對浮華詩風的反感和「武臣之亂」導致的文人地位的改變）與外部宋詩的進入（詩文革新後宋詩風格的確立）恰好對接，最終促使了高麗詩風的轉換。第二節分析蘇軾及「東坡體」對高麗中期漢詩創作的影響。正如任何的文化流行都需要偶像的引導一樣，宋代詩歌在高麗的地位，也與蘇軾的「偶像」效應分不開，這樣的偶像效應，既與蘇軾的詩歌成就有關，也與蘇軾的人格魅力有關。由此，高麗出現了一股「蘇軾熱」。蘇軾詩歌以其「屬詞富贍，用事恢博」的特點成為高麗詩人爭相學習和模仿的對象。高麗詩人主要從內容和風格上來學習蘇詩，但是由於蘇軾詩歌的渾然天成和變化多端，所以他們往往在模擬和創新之間艱難徘徊。第三節分析黃庭堅及「庭堅體」對高麗中期漢詩「宋詩化傾向」的影響。高麗詩人在學習蘇軾詩時感到難以下手或者難以把握要點，而黃庭堅則為他們指出一條可行的道路。所以，高麗詩人們在創作實踐中以「點鐵成金，奪胎換骨」「字字皆有來歷」等「庭堅體」詩學作為指導自己創作的方針，這使得高麗漢詩進一步向著宋詩的方向前進。而到了高麗末期，隨著宋代理學的傳入，高麗漢詩中又出現了新的氣象。第四節主要探討宋代理學及理學詩對高麗文學理論以及高麗末期漢詩創作的影響。

第三章主要探討宋代詩學對高麗漢詩批評的影響。第一節分析高麗漢詩批評興起的背景。首先是宋代詩學經驗的總結，為高麗漢詩批評提供了可供借鑒的資源。其次，高麗受宋代文化的影響，議論風氣興起，這也為高麗漢詩批評的產生創造了前提條件。第二節主要探討宋代詩學對高麗漢詩批評形式的影響。題跋、論詩詩、詩話等宋人獨創或者發揚光大的詩歌批評形式，被高麗詩人借用、發展，用來作為

詩學討論的工具。本節重點討論了高麗詩話的源頭、特徵、創作目的
等幾個前人未能很好研究的問題。第三節則研究宋代詩學與高麗漢詩
批評內容的關係。宋代詩學在語言、結構以及評判標準和審美取向上
都給予了高麗詩學以巨大的影響。當然，高麗漢詩並非完全接受，他
們也有發展和創造。本節主要選取了幾個最有代表性的宋代詩學命題
加以探討，分別是詩窮而後工、詩畫本一律、詩以意爲主、詩欲造平
淡和詩中尙用事等。

四、研究中的幾個問題之探討

1、高麗漢詩之滯後與同步

　　由於交通、語言的限制，中國詩歌與朝鮮半島漢詩的發展可能並
不同步，也就是說，中國詩歌對朝鮮半島漢詩的影響有一個滯後性。
那麼這個滯後的時間是多久呢？朝鮮學者李德懋（1741～1793）認爲
大約是幾百年，他說：「大抵東國文教，較中國，每退計數百年後始
少進。東國始初之所嗜，即中國衰晚之所厭也。如岱峰觀日，雞初鳴，
日輪已騰躍，而下界之人，尙在夢中。又如蛾眉山雪，五月始消。」
〔註25〕

　　李德懋只說了一個大概的滯後時間，並不具體，而之後的徐有榘
（1764～1845）則認爲這個滯後時間大約爲「三五百年」，他說：

　　　　僕嘗謂我東文體，每後中國三五百年，始少進一格。
孤雲之北學中原，距元和諸大家不甚遠，尙可接其咳唾影
響。而夷考其書記雜文，猶循六朝偶儷之體，殆若未聞韓
李之風者然。以孤雲之冠絕今古尙如此，況其下焉者，又
勿論也。豈山川之所鍾毓，風氣之所囿圍，終戞戞乎一變
至道之難歟？抑韓李之蔽於暫而耀於後，如歐陽子之云，
而孤雲適際暫蔽之時，則其不能捨世好而追作家之軌，固

〔註25〕李德懋《青莊館全書》卷六十八《寒竹堂涉筆》（上）《孤雲論儒釋》，
　　　　《韓國文集叢刊》第259冊，245頁。

其勢然歟？詩尤平易，絕不類晚唐遺響，亦可異也。〔註26〕

「三五百年」是一個很概括的數字，而且是一種直覺感悟式的結論，尚缺乏科學的論證。其實，這裡存在疑問，如果朝鮮半島有很多賓貢生在唐朝和宋朝學習，那麼他們將直接受到當時中國文風的影響，其所謂幾百年的「滯後性」又從何而來呢？徐有榘舉了崔致遠這個例證，我們就以此來分析他的推斷是否有道理。

崔致遠（857～？），字孤雲，新羅末期人，是朝鮮半島歷史上第一位留下了個人文集的學者、詩人，一向被韓國學術界尊奉爲韓國漢文學的開山鼻祖，有「東國儒宗」、「東國文學之祖」的稱譽。他 12 歲就來到中國，在長安、洛陽求學。6 年後，即公元 874 年，崔致遠參加科舉考試，一舉以「賓貢」及第。後被唐朝政府任命爲宣州郡溧水縣尉、都統巡官等職。黃巢起義時，淮南節度使高駢受命諸道行營兵馬都統，特聘崔致遠擔任從事巡官，執掌軍中文書。公元 885 年，在中國生活了 16 年後，他以唐朝節度使的身份奉詔回到新羅，時年 28 歲。歸國後曾任翰林學士、兵部侍郎等職。後因國亂，隱居伽耶山而卒，諡文昌侯，因此後人尊稱他爲崔文昌。

崔致遠在韓國文學史上享有崇高的地位。高麗時代著名詩人李奎報（1169～1241）在《白雲小說》中曾寫道：「崔致遠孤雲，有破天荒之大功，故東方學者皆以爲宗。……三韓自夏時，始通中國，而文獻蔑蔑無聞，隋唐以來，方有作者，如乙支之貽隋將，羅王之獻頌唐帝。雖在簡冊，未免寂寥。至崔致遠入唐登第，以文章名動海內。」〔註27〕此後，徐居正《東人詩話》、李晬光《芝峰類說》、成俔《慵齋叢話》等著述都對他開「新羅文風」評價很高。如成俔（1439～1504）云：「我國文章始發於崔致遠。遠入唐登第，文名大振，至今配享文廟。」〔註28〕

〔註26〕徐有榘《楓石全集·金華知非集》卷三《與淵泉洪尚書論桂苑筆耕書》，《韓國文集叢刊》288 冊，337 頁。
〔註27〕李奎報《白雲小說》，《域外詩話珍本叢書》第十一冊，第 9、11 頁。
〔註28〕成俔《慵齋叢話》卷一。

　　據《新唐書・藝文志》記載，崔致遠的著作有「《四六》一卷，又《桂苑筆耕》二十卷。」〔註29〕但現在只有《桂苑筆耕集》流傳於世，這部文集完成於他揚州五年宦遊淮南幕府時期。崔致遠在唐朝即很有詩名。「十二乘船渡海來，文章感動中華國。十八橫行戰詞苑，一箭射破金門策。」〔註30〕這是晚唐詩人顧雲對崔致遠這位異國同輩的讚美。當時，與崔致遠交往的詩人，除了顧雲外，還有裴瓚、周繁、羅隱、張喬、吳巒等，連杜荀鶴也與這位晚輩有詩歌往來。〔註31〕

　　《桂苑筆耕集》中收錄有300餘篇公私文章，體式上基本是四六駢儷文。這也正是徐有榘所不解的地方。他認爲崔致遠在唐朝時，距離元和諸大家，特別是韓愈、柳宗元不遠，爲何崔沒有受到韓柳古文的影響，依然使用六朝時駢文呢？這是不是就是所謂的文學影響「滯後性」呢？

　　其實，崔致遠的駢儷文恰恰是受到晚唐文風的影響，而並非是徐有榘所以爲的「六朝偶儷文」，儘管它們是一脈相承的。駢文盛行於六朝，初盛唐進一步發展，整個唐代長盛不衰。中唐時代，韓愈、柳宗元發起了古文運動，取得一定成效，但是依然沒有戰勝駢文。韓、柳去世之後，古文運動旋即式微，駢文依然風行於世。所以，王運熙先生說，韓愈的古文運動，「一時頗有聲勢，但未能取得代替駢文的優勢。整個中晚唐時代，駢文仍占主導地位」。不僅如此，從實際創作情況看，「唐代中後期的文章代表乃是擅長駢文的白居易、元稹而非韓愈」。〔註32〕而晚唐的李商隱甚至將自己的文集命名爲《樊南四六》，直接打出四六文體的旗號，他也被譽爲

〔註29〕《新唐書》卷六十・志第五十・藝文四。

〔註30〕《全唐詩續拾》卷三十四《送崔致遠西遊將還》，見《全唐詩》（增訂本）第15冊，中華書局，1999年。

〔註31〕黨銀平《崔致遠與唐末徽籍詩人的文學交遊》，《徽學》第三卷，合肥：安徽大學出版社，2004年。

〔註32〕王運熙《關於唐代古文、駢文的幾個問題》，《南陽師範學院學報》，2004年第1期。

「晚唐駢文第一作手」。〔註33〕

此外，整個唐代朝廷上的公文也都是採用駢文這種「正式的程式」。鄭振鐸云：「自六朝以來，到了唐代，駢儷文的勢力，深中於朝野的人心，連民間小說也受到了這種影響，連朝廷上的應用的公文也都是非用這種格調不可。馴至成了所謂『四六文』的一個專門的名辭。……在正式的『公文程式』上，這種文體，自唐以後還延長壽命很久。」〔註34〕

崔致遠的《桂苑筆耕集》完成於他在淮南做官時，其中所載文章多是其撰寫的公文，因而放到唐代文學背景中，都是駢文也就不足為奇了。崔國述《孤雲先生文集編輯序》云：「或以綺麗短先生，撰佛祇先生，然晚唐文法，自有定制，凡百需用，非四六則不得行，此其所以不可不從也。」〔註35〕此言甚是。

說完崔致遠的「文」，我們再來看看他的詩。從崔致遠現存的詩歌看，其題材涵蓋了送別、紀遊、詠史、懷古、干謁、酬贈、詠物等廣泛的內容，體裁則包括了五絕、七絕、五律、七律等不同的類型。崔致遠在中國生活十六年，恰逢晚唐末季，因此他的詩歌，不可能不受到整個晚唐文學創作風格的影響。

李奎報《白雲小說》評價曰：「然其詩，不甚高，豈其入中國在於晚唐後故歟？」〔註36〕許筠《惺叟詩話》亦曰：「崔孤雲學士之詩，在唐末亦鄭谷、韓偓之流，率佻淺不厚。」〔註37〕雖然二人對崔詩的評價不高，但能把崔致遠的詩歸到晚唐詩歌，指出晚唐詩風對崔致遠的影響，這還是非常準確公允的。但是徐有榘說他「詩尤平易，絕不

〔註33〕於景祥《中國駢文通史》，長春：吉林人民出版社，2002年，第619頁。
〔註34〕鄭振鐸《插圖本中國文學史》（上冊），北京工業大學出版社，2009年，第307頁。
〔註35〕崔致遠《孤雲集》卷首，《韓國文集叢刊》第一冊，133頁。
〔註36〕《域外詩話珍本叢書》第八冊，第10頁。
〔註37〕許筠《惺所覆瓿稿》卷二十五・說部四・惺叟詩話，《韓國文集叢刊》第七十四冊，357頁。

類晚唐遺響，亦可異也」，原因又何在呢？其實，不僅是徐有榘，許筠所謂「佻淺不厚」亦即平易之意。而洪奭周（1774～1842）《桂苑筆耕後序》曰：「至其詩，平易近雅，尤非晚唐人所可及。」〔註38〕此意與徐有榘如出一轍，在他們看來，似乎晚唐詩是不該「平易」的。那麼，晚唐詩是否也有平易的一面呢？

　　從文宗太和（827年）到唐朝滅亡的七八十年間，文學史上一般稱為晚唐時期。提到晚唐詩，宋人俞文豹《吹劍錄》云：

> 近世詩人好為晚唐體，不知唐祚至此，氣脈浸微，士生斯時，無他事業，精神技倆悉見於詩。局促於一題，拘攣於律切，風容色澤，輕淺纖微，無復渾涵氣象，求如中葉之全盛，李杜元白之瑰奇，長章大篇之雄偉，或歌或行之豪放，則無此力量矣。〔註39〕

俞文豹對晚唐詩的特徵歸納比較精確。總的來看，晚唐詩題材比較狹窄，氣格比較弱，注重語言的推敲鍛鍊。然而晚唐詩其實並非只是一種風格：有在唐末五代時期流傳最廣、影響最大的以賈島、姚合為宗的清苦詩風；也有以溫庭筠、李商隱、韓偓等人為代表的典麗詩風；此外還有以皮日休、陸龜蒙、杜荀鶴等人為代表的寫實詩風。〔註40〕

　　寫實詩風繼承中唐的白居易、元稹風格。他們的詩歌往往沒有華麗的詞句，多用口語，通過詠物來諷刺現實。這是與晚唐溫、李「唯美派」相對應的「古淡派」。與崔致遠交往密切的有羅隱、顧雲、杜荀鶴、張喬等，他們都是屬於寫實詩風，崔致遠顯然是受到了他們詩風的影響。韓國學者柳晟俊認為，羅隱和崔致遠詩中都具有「淡雅」

〔註38〕洪奭周《淵泉先生文集》卷十九，《韓國文集叢刊》第二百九十三冊，422頁。

〔註39〕《吹劍錄全編》，〔宋〕俞文豹，張宗祥校訂，上海：古典文學出版社，1958年，第32頁。

〔註40〕許總《宋詩：以新變再造輝煌》，桂林：廣西師大出版社，1999年，第154頁。

的特徵，這種特徵更接近「平淡」。〔註41〕因此，崔致遠詩歌的「平易」特徵其實是與羅隱他們一樣，都還在晚唐詩的範疇內。

由此，我們也就明白了，徐有榘對崔致遠「詩尤平易，絕不類晚唐遺響」感到詫異，乃是因為他可能把晚唐詩風等同於了溫、李「唯美派」，抑或是當成了宋人所說的「晚唐體」，也就是賈島、姚合的「清苦派」，而沒有意識到晚唐詩風的複雜性和多樣性。弄明白了這個問題，我們可以斷定，崔致遠的詩歌風格其實是與他所處的時代同步的。

那麼，所謂朝鮮半島詩歌相對於中國詩歌有三五百年的「滯後期」這一說法就顯得很不準確了。應該說，因為地理位置、語言理解、政治形勢等因素的影響，朝鮮半島漢詩接受中國詩歌的影響確實存在著一點滯後，但是絕沒有三、五百年這麼久。如果，我們想一想，朝鮮半島與中國之間的距離甚至還沒有中國南北方之間的距離遠，而兩國間又有著密切的文化交流與人員往來，甚至還有非常相似的科舉制度與教育制度，那我們就不能不對這所謂的「幾百年」產生懷疑。我個人以為，這個滯後時間應該在三十至五十年。放在上千年的文學史上，這點時間幾乎可以忽略不計。也就是說，朝鮮半島的漢詩是與中國漢詩發展幾乎同步的。

我們可以舉例證明。十一到十二世紀，中國正處於詩文革新的復古主義思潮中，歐陽修、蘇軾等一大批詩人以出色的作品，確立了宋詩的風格。而朝鮮半島詩人也不甘落後，他們也緊密關注著宋朝詩人的一舉一動。比如《歐陽文忠公全集》在1241年已經傳入朝鮮半島，這與周必大完成編輯《歐陽文忠公全集》的時間1196年最多也只落後了四十五年。而當蘇軾風行中國詩壇時，朝鮮半島也為其詩風所癡迷，蘇軾的詩集更是在其身前便已傳入了高麗（詳見第二章）。此外，林椿、李仁老、李奎報等一大批詩人以學蘇、黃為目標，崛起於其時，其創作實踐和詩學理論與宋詩遙相呼應。林椿說：「僕觀近古已來本

〔註41〕〔韓〕柳晟俊《羅隱詩與新羅崔致遠詩之關係》，《唐代文學研究》（第十一輯），廣西師大出版社，2006。

朝製作之體，與皇宋相爲甲乙。」〔註42〕這種大膽的判斷顯然是建立
在其對宋詩充分掌握和比較瞭解的基礎之上的。

2、高麗漢詩之分期

　　對朝鮮半島文學史進行分期並非容易的事情。上世紀八十年代，
韓國學者趙東一就在閱讀近二十種文學史論著的基礎上，把當時的文
學史分期法細分爲十三種。其中，把王朝更迭作爲標誌，劃分文學史
時期，是當時最爲權威的方法。〔註43〕

　　縮小一點範圍，對高麗漢文學史進行分期，亦非易事，也有二期
論、三期論和四期論三種主要觀點。二期論的劃分以「鄭仲夫之亂」
爲分界點，劃分爲前期和後期。代表性的著作有：趙潤濟《韓國文學
史》，車溶柱《韓國漢文學史》，李丙疇、李鍾燥、金光淳、宋宵鎬、
金甲起合著《漢文學史》及金甲起《韓國漢詩文學史論》等。

　　三期論以前、中、晚三期敘述高麗漢詩文學史，比如中國學者韋
旭昇先生在《朝鮮文學史》中就是這樣分期的。他把前期和中期的界
限大約定位於仁宗（1122～1146 在位）到毅宗（1146～1170 在位）
這五十年間。

　　韓國學者金臺俊先生在《朝鮮漢文學史》中把高麗漢詩文學史分
爲初葉、私學之勃興與文運隆盛期、文人受難期、高麗末葉四期。對
於各期的時間界線，除高麗初葉明確定爲太祖（918～943 在位）之
外，其他時期的界限並沒有給予說明。

　　對高麗漢詩文學史做完整清晰的四期劃分的，是韓國學者池濬模
的《高麗漢文學史》，這四期是：制度整備期（918～1055）、君臣遊宴
期（1056～1170）、內外激蕩期（1171～1281）和王朝衰退期（1282～
1392）。其中，制度整備期主要討論的是科舉制度與文學的關係，君臣
遊宴期主要討論的是私學興盛與文學的關係，內外激蕩期主要討論的

〔註42〕《西河先生集》卷四《與皇甫若水書》，《韓國文集叢刊》第一冊，
　　　　242 頁。
〔註43〕趙東一《朝鮮文學史分期問題》，《國外社會科學》，1983 年第 11 期。

是在武臣執政及外族入侵下，文人結社與文學的關係，王朝衰退期主要討論的是士大夫階層的出現及性理學的傳入與文學的關係。〔註44〕

　　以上分期方法無一例外都與歷史分期緊密結合。文學史分期需要以社會史為參照，但是「文學的發展與社會的發展並不同步，文學史的分期不同於社會史的分期，兩者並不完全對應。」〔註45〕特別是，高麗漢文學具有一定的獨特性。一方面，它是朝鮮半島漢文學，有其獨特的發展環境，有其自身的發展歷程。另一方面，高麗文學處於中國漢文學這個大環境中，是漢文學的一個分支。高麗立國將近五百年，無論是語言、教育、科舉，都是學習中國的，其文學發展也與中國文學息息相關。而且，高麗曾與中國五代、宋、元、明四個朝代並存，其漢文學必然會受到這幾個朝代文學風尚的綜合影響。

　　侔榮本認為：「社會史的發展，文學觀念的變革，文體的流變，是文學史分期參照的主要方面。……社會史作為參照主要以文學活動與『世界』的聯繫為基礎；文學觀念的變革作為參照主要以文學活動與『作家』『讀者』的聯繫為基礎；文體的流變作為參照主要以文學活動與『作品』的聯繫為基礎。」〔註46〕因此，綜合以上幾種劃分方法，本文以社會史作為參照，但更注重文學自身內部的特點，主要從詩風的轉換角度來對高麗漢詩進行分期。朝鮮李朝學者金宗直（1431～1492）《青丘風雅序》云：

　　　　得吾東人詩而讀之，其格律無慮三變：羅季及麗初，
　　　專襲晚唐；麗之中葉，專學東坡；迨其叔世，益齋諸公，
　　　稍變舊襲，裁以雅正，以迄於盛朝之文明，尤循其軌轍焉。

　　〔註47〕

〔註44〕轉引自劉強《高麗漢詩文學史論》，廈門大學出版社，2008 年，第
　　　　34 頁。
〔註45〕侔榮本《論文學史的分期》，《江蘇社會科學》，2003 年第 3 期。
〔註46〕侔榮本《論文學史的分期》，《江蘇社會科學》，2003 年第 3 期。
〔註47〕轉引自劉強《高麗漢詩文學史論》，廈門大學出版社，2008 年，第
　　　　47 頁。

這段話簡明扼要地總結了從新羅末到朝鮮李朝前期的漢詩詩風轉換過程。以此作爲高麗漢詩分期的依據之一，並結合高麗的歷史發展脈絡，本文用早、中、晚三期來描述高麗漢詩。如果再具體一點的話，參照韓國學者洪瑀欽的觀點，即前期爲太祖建國（918）至第十七代仁宗（1146），乃文臣執政時期，詩風崇尙晚唐；中期爲第十八代毅宗（1146）至第二十四代元宗（1274），乃武人執政時期，蘇、黃大爲盛行；後期爲第二十五代忠烈王（1274）至三十四代恭讓王（1392），臣屬元朝時期，漢詩創作深受理學之影響。〔註48〕

〔註48〕參看洪瑀欽《「擬把漢江當赤壁」——韓國蘇軾研究述略》，見曾棗莊等著《蘇軾研究史》，江蘇教育出版社，2001年，第573頁。

第一章　高麗漢詩興起與宋詩東傳

第一節　高麗漢詩之興起

　　在朝鮮半島近 1400 多年的漢文學發展歷史中，高麗時代，無疑是漢文學全面繁盛的一個時期，如徐居正《東文選序》所言：「吾東方之文，始於三國，盛於高麗，極於盛朝。」〔註1〕很多評論家認為，高麗漢文學不僅「盛」於新羅時代，甚至連朝鮮李朝時代也無法與之相比。比如李朝學者張維（1587～1638）就認為：「我朝之文，大不如前麗。」〔註2〕申欽（1566～1628）《晴窗軟談》也認為高麗的文學成就要高於李朝，他說：「我朝文章，非不蔚然輩出，而比之麗朝，則少遜焉。」〔註3〕而金萬重（1637～1692）則專就「詩」發表意見說：「本朝詩力量，不如前朝。」〔註4〕這一切言論都表明，高麗文學所取得的成就是值得我們去認真地研究和探索的。

〔註1〕《四佳文集》卷四，《韓國文集叢刊》第十一冊，248 頁。
〔註2〕《溪谷漫筆》卷一，見張維《溪谷集》，《韓國文集叢刊》第九十二冊，578 頁。
〔註3〕申欽《象村稿》卷五十二・漫稿下・晴窗軟談下，《韓國文集叢刊》第七十二冊，341 頁。
〔註4〕金萬重《西浦漫筆》卷下。

一、文學興起

　　自 918 年立國以來，高麗太祖王建就把學習中國文化作為重要的建國方針之一，其《十訓要》中的第四條云：「惟我東方，舊慕唐風，文物禮樂，悉遵其制。殊方異土，人形各異，不必苟同。契丹是禽獸之國，風俗不同，言語亦異。衣冠制度慎勿效焉。」〔註 5〕王建非常重視漢文教育，因而興學校，並選拔優秀生徒到中國留學等。這些措施，有力地推動了高麗王朝漢文學的發展。

　　而 975 年科舉制的確立，更是造就了大批投身於詩賦的文人，以至「豪傑之士，彬彬輩出」。〔註 6〕他們熱心漢詩，潛心創作，「工於題詠」，聲名甚至傳到了中國。〔註 7〕

　　崔滋（1188～1260）在《補閒集序》中為我們描摹了高麗中期之前文士輩出的盛況：

> 我本朝以人文化成，賢雋間出，讚揚風化。光宗顯德
> 五年，始闢春闈。舉賢良文學之士，玄鶴來儀。時則王融、
> 趙翼、徐熙、金策，才之雄者也。越景、顯數代間，李夢
> 遊、柳邦憲以文顯。鄭倍傑、高凝以詞賦進。崔文憲公沖，
> 命世興儒，吾道大興。至於文廟時，聲明文物，粲然大備。
> 當時冢宰崔惟善，以王佐之才，著述精妙。平章事李靖恭、
> 崔奭、參政文正李靈幹、鄭惟產、學士金行瓊、盧坦，濟
> 濟比肩。文王以寧，厥後朴寅亮、崔思齊、（崔）思諒、李
> 頔、金良鑒、魏繼廷、林元通、黃瑩、鄭文、金緣、金商

〔註 5〕《高麗史》卷二·世家·太祖。

〔註 6〕徐居正《東文選序》：「高麗氏統三以來，文治漸興。光宗設科取士，睿宗好文雅，繼而仁明亦尚儒術。豪傑之士，彬彬輩出。」見《四佳文集》卷四，《韓國文集叢刊》第十一冊，248 頁。

〔註 7〕《破閒集跋》引李仁老語云：「麗水之濱必有良金，荊山之下豈無美玉。我本朝境接蓬瀛，自古號為神仙之國，其鍾靈毓秀，間生五百。現美於中國者，崔學士孤雲唱之於前，朴參政寅亮和之於後。而名儒韻釋，工於題詠，聲馳異域者，代有之矣。」見《域外詩話珍本叢書》第八冊，53 頁。

祐、金富軾、權適、高唐愈、金富轍、（金）富佾、洪瓘、印份、崔允儀、劉羲、鄭知常、蔡寶文、朴浩、朴椿齡、林宗庇、芮樂全、崔誠、金精、文淑公父子、吳先生兄弟、李學士仁老、俞文公升旦、金貞肅公仁鏡、李文順公奎報、李承制公老、金内翰克己、金諫議君綏、李史館允甫、陳補闕澕、劉沖基李百順兩司成，咸淳、林椿、尹於一、孫得之、安淳之，金石間作，星月交輝。漢文唐詩，於斯爲盛。〔註8〕

從上面這段文字，我們可以想像當時蔚爲大觀的文學盛景。而以上所列舉的還僅僅是高宗（1213～1259 在位）之前的一代文人，與崔滋同時的文人尚有金坵、李需、李百順、河千旦、李咸、任景甫等，稍後有金之岱、李藏用、宋彥琦、鄭可臣、白文節、閔漬、李混、尹宣佐、韓宗愈、安軸、崔瀣，而李瑱、李齊賢父子，李兆年、李仁復父子，鄭䛏、鄭樞父子，李穀、李穡父子，更是一時之雄。到高麗末，先後有白文寶、李達衷、李存吾、朴尚衷、金九容、許錦、李崇仁、鄭夢周等一代文士。而李穡及其門生權近、鄭道傳、李詹、姜淮伯等則跨越高麗、朝鮮兩朝。〔註9〕

　　高麗時代文人輩出，也創作出了大量的漢文學作品，即崔瀣所謂「粲然文章，咸有可觀者焉。」〔註10〕但是遺憾的是留下的文集並不多。其中，高麗早期沒有一部詩文集得以留存。到高麗末，李穡即已遺憾曰：「我太祖立國以來，光廟設科取士，文學之盛見稱中國。然其成書，未之多見。」〔註11〕韓國學者趙東一也感慨云：「研究漢文學時遇到的最大問題是材料的收集與整理。從三國、統一新羅、渤海，

〔註8〕 《域外詩話珍本叢書》第八冊，58 頁。

〔註9〕 〔韓〕金臺俊《朝鮮漢文學史》，北京：社會科學文獻出版社，1996年，第 39 頁。

〔註10〕 《拙稿千百》卷二《東人之文序》，《韓國文集叢刊》第三冊，27 頁。

〔註11〕 《牧隱文稿》卷九《贈金敬叔秘書詩序》，《韓國文集叢刊》第五冊，73 頁。

一直到高麗時期爲止，個人文集幾乎都未流傳下來。這使文學史的編撰遇到了很多困難。」〔註12〕

　　高麗文集之所以大部分沒能流傳下來，主要與戰爭有關。《高麗史》中曾記載有這樣的一段文字：「顯宗南行，文籍散逸，制度施爲，莫知其詳。」〔註13〕所謂「顯宗南行」，是指顯宗元年（1010）末至次年初，高麗國王爲避免契丹圍攻開京（京城，今開城）而逃至羅州南海浦避難一事。當時契丹軍「入京城焚燒，大廟、宮闕、民居皆盡。」〔註14〕此後，毅宗年間（1197～1204），武臣作亂，文人遭到大批屠殺，文籍多遭焚毀。而從1231年至1273年，蒙古又先後九次征伐高麗。期間，國王和王室貴族一度遷都江華島，直至最後高麗投降，成爲元朝的藩屬國。蒙古軍隊在朝鮮半島燒殺擄掠，「凡所經由，無佛像梵書，悉焚滅之」。〔註15〕這些戰亂，使得高麗早期的書籍大部分遭到毀滅，以至「國家書籍，委諸泥塗，無能收之。」〔註16〕

　　而朝鮮李朝時期，「壬辰倭亂」再一次造成很多高麗文集消失。宋煥箕（1728～1807）《止浦集序》云：「我東文章，在麗朝不爲不盛，而凡其遺集布行於世者，甚鮮。抑或始有裒稡，而失於兵燹，終致其實迹泯沒不傳也。余嘗覽《東文選》，而尋常慨恨於斯。」〔註17〕

〔註12〕〔韓〕趙東一等著，周彪等譯《韓國文學論綱》，北京大學出版社，2003年，第135頁。

〔註13〕《高麗史》卷七十二·輿服志。

〔註14〕《高麗史》卷四·世家·顯宗。

〔註15〕李奎報《東國李相國集》卷二十五《大藏刻版君臣祈告文》，《韓國文集叢刊》第一冊，554頁。

〔註16〕崔瀣《拙稿千百》卷二《東人之文序》：「（高麗）中葉失御武人，變起所忽。昆岡玉石，遽及俱焚之禍。爾後三四世，雖號中興，禮文不足。因而繼有權臣擅國，脅君罔民，曠棄城居，竄匿島嶼，不暇相保。國家書籍，委諸泥塗，無能收之。」

〔註17〕金坵《止浦集》卷首，《韓國文集叢刊》第二冊，323頁。

　　此處所指「兵燹」，就是指「壬辰倭亂」。沈守慶《遣閒雜錄》亦
云：「萬曆壬辰夏，倭寇陷京城，國破家亡，公私書籍，蕩失無餘。」
〔註18〕這場戰爭由日本豐臣秀吉在 1592 年（壬辰年，中國萬曆年間）
派兵入侵朝鮮引起，戰爭持續七年。這場侵略戰爭破壞巨大，大批政
府紀錄、文物、檔案、歷史文獻和藝術品被毀，宋煥箕所「慨恨」者
正在於此。

　　以高麗晚葉著名詩人洪侃（？～1304）為例，其有《洪崖集》傳
世，但到朝鮮李朝就失傳了。現在我們所見到的《洪崖遺稿》乃是其
後人「搜得古詩、排律、近體、絕句四十餘首於《東文選》、《青丘風
雅》、《大東詩林》及《三韓詩龜鑒》等書，謄寫一冊」〔註19〕。洪侃
十世孫洪霶也曾慨恨於斯，他說：「先祖詩律之傳於世者本不止此，
而兵火之餘，採摭無憑。今之所收拾，只是九苞之一毛耳。」〔註20〕
麗末詩人李集（1327～1387）和卞季良（1369～1430）的文集也都是
毀於這場戰火。李集後人李如圭《祝文》云：「先祖遁村文章節義，
大名於麗季。所著詩稿一卷行於世，壬辰兵燹之後，書籍蕩然，泯泯
幾失其傳焉。適得破簡於宗人。」〔註21〕金是瓚《春亭先生文集重刊
識》云：「春亭集者，國初太學士卞先生所著，而我世宗大王命集賢
儒臣勘校梓於嶺營者也。不幸龍蛇之燹，公私書籍蕩悉，是集之失傳，
且二百有餘年。先生之文遺落人間者，秪雜出於《東文選》暨《青邱
風雅》者若干篇而已。」〔註22〕

　　當然崔瀣所謂「凡有家集，多自手寫，少以板行，愈久愈失，難
於傳廣」也是原因之一。〔註23〕總而言之，高麗文集留存下來的很少，
尤其是早期的文集幾乎全部消失了。許多文人只有零星的作品保存在

〔註18〕《大東野乘》卷十三，首爾：朝鮮古書刊行會，1971。
〔註19〕洪霶《洪崖遺稿跋》，《韓國文集叢刊》第二冊，440 頁。
〔註20〕同上。
〔註21〕李集《遁村雜詠》補編，《韓國文集叢刊》第三冊，375 頁。
〔註22〕《春亭集・識》，《韓國文集叢刊》第八冊，6 頁。
〔註23〕《拙稿千百》卷二《東人之文序》。

《東文選》等選集中，而這只能是很少的一部分，完全不能反應當時的文學之盛，如李朝中期的任相元（1638～1697）在《益齋集重刊序》中所言：「麗朝文章之家蔚然其多矣，到今遺文之傳世落落如晨星，入《東文選》者，代不過數人，人不過數篇。」〔註24〕

高麗目前所存文集，據金烋《海東文獻錄》僅有四十七種。〔註25〕據《朝鮮古書目錄》也只有六十種文集，此外尚有高麗僧詩文集十種，共約七十種。〔註26〕對有著近五百年歷史的高麗來說，這些文集只能是當中很微小的一部分。

二、先詩後文

有著如此好文風尚的高麗，在其文學書寫形式上的首要選擇是漢詩。任相元云：「自麗訖於我朝，文教益盛。……大要先詩而後文。」〔註27〕高麗時代，漢詩在與其它文學體裁的爭奪中，佔據了領先位置。

徐居正《東人詩話》卷下曰：「高麗光、顯以後，文士輩出，詞賦四六，穠纖富麗，非後人所及。但文辭議論多有可議者，……光宗始設科，用詞賦。睿宗喜文雅，日會文士唱和。繼而仁、明亦尚儒雅，忠烈與詞臣唱酬，有《龍樓集》。由是俗尚詞賦，務為抽對。」〔註28〕

所謂「抽對」乃是指詩歌中對偶的形式，也借指詩。「俗尚詞賦，務為抽對」說明當時文壇對詩歌的偏好。南龍翼（1628～1692）在《箕雅序》中也不得不承認，由新羅留唐賓貢生崔致遠所開創的朝鮮半島

〔註24〕任相元《恬軒集》卷二十九，第一百三十八冊，467頁。
〔註25〕李圭景《五洲衍文長箋散稿‧論詩‧歷代詩集家數辯證說》：「我東則自新羅，惟崔孤雲致遠及崔承祐二人有集。高麗，則見於金烋《海東文獻錄》者，僅四十七家。」
〔註26〕張伯偉《朝鮮古代漢詩總說》，《文學評論》1996年第2期。
〔註27〕任相元《恬軒集》卷三十《蓀谷集跋》，《韓國文集叢刊》第148冊，470頁。
〔註28〕《東人詩話》卷下，《域外詩話珍本叢書》第八冊，221頁。

詩律「至勝國（高麗）而大暢。」〔註29〕

　　種種迹象表明，漢詩成爲了高麗時代最爲主流的文學樣式。故柳壽垣（1694～1755）《迂書》云：「麗朝所尙詩賦，故雖以三禮三傳之類試士，然或行或否，終以詩賦爲重。」〔註30〕

　　高麗文學對漢詩的優先選擇，自有其內在的動因與外在的條件，內外因素缺一不可。不過，我們首先要考慮的因素便是語言，因爲對於高麗人來說，文學創作所面臨的第一個難題就是漢語的運用。漢語對朝鮮半島人說是外來語，作爲非母語，其在使用過程中必然會面臨許多意想不到的困難。而朝鮮半島早期的漢文教學弊端叢生，教學中的「訛謬」也是日漸增多。朝鮮時代的成三問（1418～1456）較早注意到了這一問題，他說：

> 我東邦在海外，言語與中國異，因譯乃通。自我祖宗事大至誠，置承文院掌吏文，司譯院掌譯語，專其業而久其任。其爲慮也，蓋無不周。第以學漢音者，得於轉傳之餘，承授旣久，訛繆滋多。縱亂四聲之疾舒，衡失七音之清濁，又無中原學士從旁正之，故號爲宿儒老譯，終身由之，而卒於孤陋。〔註31〕

在這種師資條件下，高麗人所掌握的漢文水平必然有限，而要達到如中國人般靈活運用，並創作出文學作品來，絕非一般才能可以爲之。崔瀣（1287～1340）曾搜羅高麗文人作品，編過一本書，叫《東人之文》。書中「得詩若干首，題曰五七。文若干首，題曰千百。騈儷之文若干首，題曰四六。」〔註32〕在編《東人之文》時，崔瀣就曾慨歎

〔註29〕南龍翼《壺谷集》卷十五《箕雅序》：「箕封而後，我東始知文字。孤雲入唐而詩律始鳴，至勝國而大暢，入我朝而彬彬焉。」《韓國文集叢刊》第 131 冊，333 頁。
〔註30〕《迂書》卷一《論麗制》。
〔註31〕《成謹甫先生集》卷二《直解童子習序》，《韓國文集叢刊》第十冊，191 頁。
〔註32〕崔瀣《拙稿千百》卷二《東人之文序》。

作「文」之難，他說：「言出乎口，而成其文，華人之學，因其固有而進之，不至多費精神。而其高世之才，可坐數也。若吾東人，言語既有華夷之別，天資苟非明銳，而致力『千百』，其於學也，胡得有成乎？」〔註33〕此處所提及的「千百」就是指相對於詩和駢文的「古文」。

很顯然，使用第二語言創作，文字越少，也就意味著難度的降低，更易入手寫作，相對於「詩」而言，「文」的創作難度要大得多。所以李晬光說：「我國之人用功於詩學者眾矣，至於散文則全不著力，故鮮有可觀。」〔註34〕南克寬（1689～1714）也總結曰：「東國人於文章，鮮能深造，獨詩律短篇，往往有佳者。」〔註35〕高麗時期，短小精鍊的詩歌更易受到人們的青睞，這便是情理之中的事情了。此外，高麗人對短小的詞作等也不感興趣，同樣是因為他們對漢語的語音難以掌握。徐居正《東人詩話》對此作了很好的解釋，他說：「樂府句句字字皆協音律，古之能詩者尚難之……吾東方語音與中國不同，李相國、李大諫、猊山、牧隱皆以雄文大手，未嘗措手。」〔註36〕

其次，高麗人對漢詩的優先選擇也與其對詩歌本質的認識有關。任元濬（1423～1500）在《四佳集序》中說：「然文莫難乎詩，詩乃文之精者也。」〔註37〕在朝鮮半島人心目中，把詩看做「文之精者」，與中國特別是唐宋時期的文學觀念如出一轍。無論是「詩言志」，抑或是「詩緣情」，詩歌因為其內在文學價值與審美價值，作為最正統的文學形式，既被中國人所熱愛，也為高麗人所接受。崔淑精（1432～1480）在《青丘風雅跋》中有這樣一段話：

〔註33〕崔瀣《拙稿千百》卷二《東人之文序》。
〔註34〕李晬光《芝峰類說》卷八·文章部一·文評。
〔註35〕南克寬《夢囈集》（坤）·雜著·謝施子，《韓國文集叢刊》第209冊，309頁。
〔註36〕《東人詩話》卷上，《域外詩話珍本叢書》第八冊，202頁。
〔註37〕任元濬《四佳集序》，《韓國文集叢刊》第十冊，221頁。

> 吾東方詩學，始於三國，盛於高麗，而極於聖朝之文
> 明。數千載間，溫柔敦厚之教，薰陶漸漬。而風雅之聲，
> 彬彬乎洋洋乎，足以追配六義之作。〔註38〕

這種把詩與「風雅之聲」以及「六義之作」聯繫起來的觀點，反映出朝鮮半島對漢詩的尊重態度。此外，詩的傳世意義也爲高麗人所特別重視。徐居正云：「詩雖細事，然古人作詩必期傳後，故少陵有『老去新詩誰與傳』，又『清詩句句自堪傳』、『將詩不必萬人傳』之句。韓子蒼亦云：『詩文當得文人印可，乃自不疑。所以前輩汲汲於求知也。』自魏晉唐宋以來及我高麗，文士尙然。」〔註39〕

詩既是「文之精者」，又「追配六義」，還能「傳世」，其自然成爲高麗文人主動的書寫選擇。「高麗文士，皆以詩騷爲業」〔註40〕，成俔的這句話形象地反映出當時的文學風尙。

三、以詩取士

高麗的教育和科舉基本上是學習唐、宋的制度，而這兩種制度則成爲促進高麗漢詩文學興起的重要內在激勵因素。

公元四世紀時，新羅用武力統一辰韓各部，以慶州爲都城。統治集團爲了鞏固其特權地位，制定了等級制度，稱爲「骨品制」。朴、昔、金三家王族地位最高，稱爲「聖骨」，大小貴族依次分爲「眞骨」、六頭品、五頭品、四頭品等四個等級。「聖骨」、「眞骨」貴族能繼承王位。新羅貴族按血統確定等級身份及相應官階，不同骨品不通婚姻。骨品世襲不變。骨品制意味著社會特權，不僅能帶來相應的政治和社會地位，而且會帶來相應的經濟利益和發展機會。但它同時也阻礙了下層人士的發展之路，如果不是出身骨品，在仕途上的發展就很困難。對下層人士來說，除了游學中國，改變命運之外，建立軍功便是唯一出路。

〔註38〕崔淑精《逍遙齋集》卷二，《韓國文集叢刊》第十三冊，42頁。
〔註39〕《東人詩話》卷上，《域外詩話珍本叢書》第八冊，214頁。
〔註40〕成俔《慵齋叢話》卷一。

　　在統一新羅之前，由於戰亂頻仍，武力是保證社會穩定和國家發展的重要手段。因此，新羅尚武，國家也採取以武藝高低遴選人才的方式，來選拔官吏管理地方。統一新羅之後，國家安定，沒有了戰爭的威脅，官員選拔任用的方式也隨之發生了改變。

　　新羅元聖王四年（唐貞元三年，788），設立「讀書三品科」——一種類似於科舉的制度，以才學選用人才，其出身標準完全是以讀漢籍經典的情況而定。《三國史記》卷十《新羅本紀》載：

　　　　（元聖王）四年春，始定讀書三品以出身。讀《春秋左
　　氏傳》，若《禮記》、若《文選》，而能通其義，兼明《論語》、
　　《孝經》者爲上；讀《曲禮》、《論語》、《孝經》者爲中；讀
　　《曲禮》、《孝經》者爲下。若博通五經、三史、諸子百家書
　　者，超擢用之。前只以弓箭選人，至是改之。〔註41〕

顯然，「讀書三品科」制度是仿照唐朝科舉制度設置的，根據應試者對於儒學經典的掌握和理解的水平，而擢選人才，委以官爵。這種制度使新羅國風從「尚武」變爲「尚文」，更多的文人得以有機會步入仕途。而其所讀書籍幾乎都是儒家經典，尤其值得關注的是《文選》也列入其中，且是作爲「上品」的必讀書目，這對朝鮮半島「重文」之風起著重要的推動作用。

　　但是，「讀書三品科」制度直接違背封建貴族特權階層的利益，所以遭到他們的強烈反對，以致未能收到明顯效果。

　　公元 958 年，高麗光宗（949～975 在位）聽取周人雙冀的建議，開始實行中國式的科舉制度。《高麗史》記載：

　　　　光宗用雙冀言，以科舉選士，自此文風始興，大抵其
　　法頗用唐制。

　　　　其科舉有制述、明經二業，而醫卜地理律書算三禮三
　　傳何論等雜業，各以其業試之而賜出身。〔註42〕

〔註41〕《三國史記》卷十・新羅本紀十・元聖王・四年。
〔註42〕《高麗史》卷七十三・志二十七・選舉一。

高麗科舉制對高麗文風的興盛同樣有著積極的影響作用。李朝學者金允植（1835～1922）云：

> 士之有才者，皆隸名於七管九齋十二徒之籍，必由科目而進身，捨此則雖位至卿相不貴也。當是時，士皆磨礪自修，富於文史。其登科顯仕者，蘊出將入相之略，具專對四方之才。雖荒徼殘障，皆有能文之幕僚。倉卒牒移之文，皆能修飾藻辭，切中事宜，可見當時人才之盛也。〔註43〕

高麗科舉的科目與唐代相似，主要包括「明經」和「制述」。「明經科」考試科目有「五經」等儒家經典，這與新羅的「讀書三品科」法相似；「制述科」也就是「進士科」，考試科目主要是詩賦頌及時務策。而且，在以上兩個門類中，「制述科」往往比「明經科」更受重視，而「制述科」中的「詩賦頌」又比「時務策」受重視。如李朝學者柳馨遠（1622～1673）《本國選舉制》所云：「其進士則試以詩賦頌及時務策，而所常用者詩賦。」〔註44〕

高麗還曾多次科舉只試詩賦，不試時務策，如「光宗十一年只試詩賦頌」、「顯宗元年四月，國子司業孫夢周奏：只試詩賦，不試時務策。」「成宗二年……親試覆試，例用詩賦。」〔註45〕高麗忠肅王時，甚至規定「舉子讀律詩一百首，通小學五聲字韻，乃許赴試。」〔註46〕

這既顯示了唐代科舉制度的直接影響，也表明了高麗對詩賦的重視。科舉制引導了全社會熱衷於寫詩的風氣，造就了大批投身於漢詩創作的人。正如麗末大詩人李穡（1328～1396）所言：「三韓人物之盛，雖不盡在於科第，然由科第之盛。」〔註47〕寫作漢詩之人越來越多，高麗漢詩創作之繁榮自不待言。

〔註43〕金允植《雲養集》卷十《東鑒文鈔序》，《韓國文集叢刊》第328冊，394頁。

〔註44〕柳馨遠《磻溪隨錄》卷十二《教選考說》下《本國選舉制》。

〔註45〕《高麗史》卷七十三·志二十七·選舉一·科目一。

〔註46〕李晬光《芝峰類說》卷四·官職部·科目。

〔註47〕李穡《牧隱文稿》卷八《賀竹溪安氏三子登科詩序》，《韓國文集叢刊》第五冊，61頁。

四、學經賦詩

　　李滉（1502～1571）曰：「惟我東國，迪教之方，一遵華制。內有成均四學，外有鄉校，可謂美矣。」〔註48〕

　　這是對朝鮮半島教育制度的讚美。確實，朝鮮半島一直都非常重視漢文化教育，特別是儒家文化教育。統一新羅時代，便開始向中國學習，建立了與政治制度相結合的教育制度。新羅神文王二年（682）6月，新羅仿唐設立國學〔註49〕，講授中國「五經」和「三史」。新羅景德王六年（747），「置國學諸業博士、助教」〔註50〕，講授儒學。新羅的國學教材，是以「《周易》、《尚書》、《毛詩》、《禮記》、《春秋左氏傳》、《文選》，分而爲之業。」〔註51〕《三國史記》卷三十八《志・職官上》「國學」條載：「教授之法，以《周易》、《尚書》、《毛詩》、《禮記》、《春秋左氏傳》、《文選》，分而爲之業。博士若助教一人，或以《禮記》、《周易》、《論語》、《孝經》，或以《春秋左傳》、《毛詩》、《論語》、《孝經》，或以《尚書》、《論語》、《孝經》、《文選》，教授之。」

　　到了高麗時代，太祖十三年（930）首創學校。《東鑑文鈔序》曰：

　　　　高麗太祖草創大業，首興學校，以秀才廷鶚爲西都博士，教授六部生徒。賜帛頒廩，以勸學生。自是以後，內崇國學，外列鄉校，里庠黨序，弦誦相聞。於是彬彬多文學之士，中州人稱之曰「小中華」。〔註52〕

自此，歷代高麗國王對學校教育都非常重視。高麗亦仿唐朝學制，中央設國子監與東西學堂，地方設縮小了的國子監——鄉校，逐漸形成

〔註48〕李滉《退溪先生文集》卷九《上沈方伯書》，《韓國文集叢刊》第29冊，264頁。
〔註49〕《三國史記》卷八・新羅本紀・神文王二年。
〔註50〕《三國史記》卷九・新羅本紀・景德王六年。
〔註51〕《三國史記》卷三十八・志七・職官上。
〔註52〕金允植《雲養集》卷十《東鑑文鈔序》，《韓國文集叢刊》第328冊，394頁。

了國子監、私學、鄉校、學堂等從中央到地方的多級教育機構，並多以中國儒家教育爲榜樣。《高麗史》記載：「太祖十三年，幸西京，創置學校，命秀才廷鶚爲書學博士，別創學院，聚六部生徒教授。後太祖聞其興學，賜彩帛勸之。兼置醫卜二業，又賜倉穀百石爲學寶。」〔註53〕又云：「三國以前，未有科舉之法，高麗太祖首建學校，而科舉取士未遑焉。光宗用雙冀言，以科舉選士，自此文風始興。大抵其法頗用唐制，其學校有國子大學四門，又有九齋學堂，而律書筭學皆隸國子。」〔註54〕

　　成宗即位後，深知「王者化成天下，學校爲先」〔註55〕，並大力提倡儒學，「欲興周孔之風，冀致唐虞之理。庠序以養之，科目以取之」。〔註56〕並於十一年（992）在開京創立國子監。國子監畢業後可參加科舉，考取各級官吏。〔註57〕

　　睿宗即位後，第二年就表示「置學養賢，三代以降，致治之本也」。十四年，「睿宗銳意儒術，詔有司廣設學舍，置儒學六十人，武學十七人，以近臣管勾事，務選名儒爲學官，博士講論經義以教導之。」〔註58〕

　　除了公學之外，高麗私學也異常發達。993至1019年，高麗和契丹之間曾進行三次戰爭（993、1010、1018），使高麗的教育事業受到影響，京城和地方的教育設施遭到破壞。戰爭結束後，爲了振興教育，文宗朝（1047～1082）中書令崔沖，「收召後進，教誨不倦，青衿白布，塡溢門巷。」〔註59〕這是高麗私學興起之始。因爲學生太多，崔沖「遂分九齋」，以容納這些學生。「每歲暑月，借僧房結夏課，擇

〔註53〕《高麗史》卷七十四・志二十八・選舉二・學校。
〔註54〕《高麗史》卷七十三・志二十七・選舉一。
〔註55〕《高麗史》卷三・世家三・成宗。
〔註56〕《高麗史》卷七十四・志二十八・選舉二・學校。
〔註57〕同上。
〔註58〕同上。
〔註59〕《高麗史》卷七十四・志二十八・選舉二・學校・私學。

徒中及第學優才瞻而未官者爲教導。」〔註60〕除崔沖外，還有侍中鄭
倍傑等十一人相繼在其它十一處進行私人講學，與國家開辦的國子監
並行，爲國家培養出不少人材。當時指稱這十二人門下的學生爲「十
二徒」。

　　鄉校是高麗的地方教育機構。仁宗五年（1127），「詔諸州立學，
以廣教道」。〔註61〕自此，民間鄉校，大爲發展。元宗二年（1261）
又「置東西學堂」，教育對象主要是不能進國子監學習的開京學生，
對學生進行相當於地方鄉校程度的教育。

　　此時的高麗，「上而朝列官吏，閒威儀而足辭采；下而閭閻陋巷
間，經館書舍，三兩相望，其民之子弟未婚者，則群居而從師受經。
既稍長，則擇友各以其類，講習於寺觀。下逮卒伍童稚亦從鄉先生學，
嗚呼盛哉」。〔註62〕

　　國子監、鄉校、學堂以及私學，他們的教學內容主要還是以儒家
經典爲主。仁宗朝制定了具體的國子監教學內容：

> 凡經：《周易》《尚書》《周禮》《禮記》《毛詩》《春秋
> 左氏傳》《公羊傳》《穀梁傳》各爲一經；《孝經》《論語》
> 必令兼通。諸學生課業：《孝經》《論語》共限一年，《尚書》
> 《公羊》《穀梁傳》各限二年半，《周易》《毛詩》《周禮》《儀
> 禮》各二年，《禮記》《左傳》各三年，皆先讀《孝經》《論
> 語》，次讀諸經並筭習時務策。有暇兼須習書，日一紙，並
> 讀《國語》《說文》《字林》《三倉》《爾雅》。〔註63〕

不過，除了經學，學校裏也有相當部分內容是對詩文的學習。〔註64〕
此外，高麗還有「漢兒學堂」（類似於現在的國際學校），很多孩子在

〔註60〕《高麗史》卷七十四·志二十八·選舉二·學校·私學。
〔註61〕《高麗史》卷七十四·志二十八·選舉二·學校。
〔註62〕〔宋〕徐兢《宣和奉使高麗圖經》卷四十「儒學」條，知不足齋本。
〔註63〕《高麗史》卷七十四·志二十八·選舉二·學校。
〔註64〕田華麟《高麗時期的教育》，見《朝鮮研究文集》（第1集），吉林省
　　　　朝鮮研究學會編，1981年第120頁。

裏面學習漢語。每天上午是語言課，下午則仿句、對句、吟詩、講書。〔註65〕

　　恭讓王時，更規定在每年五六月，「閒集童子讀唐宋絕句，至五十日乃罷，謂之夏課」。〔註66〕而崔沖在私學中所教內容除了「九經三史」，還要學生「刻燭賦詩」，有時至於「竟日酬唱」。〔註67〕崔滋《補閒集》中有一段記載可謂是對當時場景的形象描述：

> 十二徒冠童，每夏會山林肄業，及秋而罷。多寓龍興、歸法兩寺。一夕秋空月朗，爽氣襲人，咸司直淳、李先達湛之、玉先達和遇，率冠童六七人，會歸法石橋，開小飲，用前人韻賦詩。〔註68〕

咸淳、李湛之都是「海左七賢」中的著名文人，從此文看，他們似乎都是十二所私學中的教師。每年夏天在山林中休息學業，看來是當時的一項經常性措施。而在這夏季的研修學業過程中，賦詩是一項重要的內容。

五、君臣唱和

　　高麗漢詩的興起，還離不開高麗君臣的倡導。這種自上而下的引導，對漢詩在高麗成為一種主流的文學形式起著推波助瀾的作用。

　　高麗歷代君主，無不愛好漢詩，甚至還有詩集流傳，比如睿宗王俁有唱和詩集播在人口。〔註69〕忠烈王也「嘗與大司成金坵、祭酒李松縉等唱和，有《龍樓集》行於世。」〔註70〕因而，高麗君主對漢詩

〔註65〕〔韓〕文美振《韓國「高麗‧朝鮮」時期的華人漢語教師》，《暨南大學華文學院學報》2005年第2期。
〔註66〕《高麗史》卷七十四‧志二十八‧選舉二‧學校。
〔註67〕《高麗史》卷七十四‧志二十八‧選舉二‧學校‧私學。
〔註68〕《補閒集》卷中，《域外詩話珍本叢書》第八冊，119頁。
〔註69〕李奎報《東國李相國全集》卷二十一《睿宗唱和集跋尾》：「（睿宗）常與詞人逸士若郭璵等賦詩著詠，揉金振玉，動中韶鈞，流播於人間，多爲萬口諷頌，實太平盛事也。今所謂《睿宗唱和集》是已，行於世久矣。」見《韓國文集叢刊》第一冊，514頁。
〔註70〕《高麗史》卷三十二‧世家‧忠烈王。

創作特別重視。成宗（981～997 在位）因爲擔心文人們忙於公務，荒廢詩文，特意於十四年（995）要求「其年五十以下未經知制誥者，翰林院出題，令每月進詩三篇，賦一篇；在外文官自爲詩三十篇，賦一篇。」〔註71〕睿宗（1105～1122 在位）則「天性好學，尊尙儒雅」，「日與學士討論墳典」，而且「與群臣宴飮唱酬，篇什尤多，無不鏤金石播絲竹，以傳樂府」。〔註72〕

　　毅宗（1140～1170 在位）更是被稱爲「好文之主」。〔註73〕《高麗史》多次記載他與群臣「相與唱和，至夜乃罷」的事迹。如：

　　　　丙午，……王吟賞風月，與諸學士唱和未已。王被酒徑入歸法寺，日已暮，侍從失王所之，夜半乃還。

　　　　戊寅，以河清節幸萬春亭，宴宰樞侍臣於延興殿，大樂署管絃坊爭備彩棚樽花獻仙桃拋球樂等聲伎之戲。又泛舟亭南浦，沿流上下，相與唱和，至夜乃罷。（《高麗史》卷十八・世家・毅宗）

　　　　五月辛亥朔，宴文臣於和平齋，唱和至夜，命內侍黃文莊執筆以書。群臣稱讚聖德謂之太平好文之主。（《高麗史》卷十九・世家・毅宗）

他還把詩的「采風」特點發掘了出來，曾「詔五道及東西兩界，分遣吏，悉錄諸院宇郵置所題詩，悉納御府，察其風謠及民物利病，因擇名章俊語編上，以爲詩選。」〔註74〕

　　高麗君主愛好漢詩，因而君臣間賦詩唱和的歷史記載頗多。據筆

〔註71〕《高麗史》卷三・世家・成宗。
〔註72〕《破閒集》卷上：「睿王天性好學，尊尙儒雅，特開清宴閣，日與學士討論墳典，嘗御莎樓前有木芍葉盛開，命禁署諸儒，刻燭賦七言六韻詩。」又《破閒集》卷中：「昔睿王西巡，與群臣宴飮唱酬，篇什尤多，無不鏤金石播絲竹，以傳樂府。」
〔註73〕《高麗史》卷十九・世家・毅宗：「五月辛亥朔，宴文臣於和平齋，唱和至夜。命內侍黃文莊執筆以書，群臣稱讚盛德，謂之『太平好文之主』。」
〔註74〕《破閒集》卷下，《域外詩話珍本叢書》第八冊，48 頁。

者統計，單《高麗史》「世家」中，相關記載較多的君主有：文宗（1046
～1083 在位）十次，肅宗（1095～1105 在位）十四次，睿宗三十一
次，毅宗二十次。

　　君臣之間賦詩唱和的情形多種多樣。有時是即興賦詩，沒有明確
詩題。如肅宗一次飲酒過程中，意興大發，便命周圍近臣「相與賦詩，
至夜分雷雨乃罷」。〔註 75〕毅宗一天看見月色很好，便立刻「召覺倪
玩月賦詩。」〔註 76〕睿宗一次「忽見東南方有白雲數片，其中雙鶴徘
徊」，於是也命人即興賦詩。〔註 77〕

　　有時是命題賦詩，往往由國君命題，然後群臣應制。比如：文宗
曾命群臣賦《東池尋勝詩》、《賞花詩》、《喜雨詩》和《途中遇重陽》
詩等，〔註 78〕肅宗也曾「召內侍及侍從文臣於重光殿，命題賦詩」，
〔註 79〕有一次則「召集詞臣賦《重光殿玉玫瑰花》詩」。〔註 80〕

　　仁宗（1123～1146 在位）則把漢詩創作與講經結合起來。比如，
有一次聽鄭知常講《書・無逸》，即刻召「從臣及西京儒臣二十五人

〔註 75〕《高麗史》卷十一・世家・肅宗：「癸未，王與延德宮主柳氏及元子
　　　　泛舟東池，置酒召侍中邵臺輔僕射黃仲寶、知樞密院事黃瑩、刑部
　　　　尚書崔迪、知奏事殿中監崔弘嗣、直門下省李頗右、承宣給事中柳
　　　　伸侍宴，相與賦詩，至夜分雷雨乃罷。」

〔註 76〕《高麗史》卷十八・世家・毅宗：「戊子，召覺倪玩月賦詩。」

〔註 77〕《高麗史》卷十四・世家・睿宗：「丙寅，召見處士郭輿，賜坐於常
　　　　安殿後花壇，親賜酒食，時忽見東南方有白雲　數片，其中雙鶴徘徊，
　　　　因命輿賦詩，王亦和之。」

〔註 78〕《高麗史》卷七・世家・文宗：「癸巳，命太子與諸王置酒東池樓，
　　　　召秀才崔應李曙御室忠，令賦《東池尋勝》詩，各賜匹段。」
　　　　《高麗史》卷八・世家・文宗：「秋七月，自春涉夏，雨澤未洽。至
　　　　是甘霖霈然，命近臣賦《喜雨》詩。」
　　　　《高麗史》卷八・世家・文宗：「夏四月辛酉朔，王曲宴於賞春亭，
　　　　令太子諸王侍臣各賦《賞花》詩。」
　　　　《高麗史》卷九・世家・文宗：「九月癸未，王南巡。丁亥，次峰城
　　　　縣，設重陽宴，令兩府及侍臣賦《途中遇重陽》詩。」

〔註 79〕《高麗史》卷十二・世家・肅宗。

〔註 80〕《高麗史》卷十一・世家・肅宗：「夏四月辛巳，御紗樓，召集詞臣，
　　　　賦《重光殿玉玫瑰花》詩，分第賜絹有差。」

賦詩」。〔註 81〕還有一次，在聽鄭沆講完《禮記》、《中庸》後，也即刻命題，「使大學博士郭東珣等十八人賦詩」。〔註 82〕

不過更多的時候，是君臣互相唱和詩作。嚴格說來，和詩其實也是命題賦詩，只是要求可能更爲嚴格，在主題、立意和聲韻上都有一定的標準。

唱和往往與宴飲有關，比如文宗「登南峰禊飲，制上巳詩，命侍臣和進。」〔註 83〕又毅宗「宴宰樞近臣於清遠樓，相與唱和爲樂」等。〔註 84〕有時候，唱和與宴飲無關，僅僅是作爲一種小範圍的文藝活動，主要參與者是君王「左右」或者「從臣」等。比如顯宗有一次作了一首《重陽詠菊詩》，於是便「宣示翰林學士以下，即令和進。」〔註 85〕睿宗作了一首《端午詩》，也即刻「宣示左右，令和進。」〔註 86〕

有時，唱和範圍則擴大至兩京儒臣，這種大範圍的文藝活動，更可以體現漢詩作爲一種文學體裁在高麗的受歡迎程度，並反過來又進一步擴大了漢詩的影響。比如《高麗史》卷十一中對肅宗朝便有多次這樣的記載：

> 庚申，曲宴於美花亭，改賜額曰有美，御製詩一絕，
> 命兩京儒臣和進。
>
> 甲子，幸興福、永明兩寺行香，遂御九梯宮，留題永
> 明寺浮碧樓九梯宮詩各一首，命兩京儒臣和進。

〔註 81〕《高麗史》卷十五‧世家‧仁宗：「御麒麟閣，命鄭知常講《書‧無逸》，召從臣及西京儒臣二十五人賦詩，賜酒食。」

〔註 82〕《高麗史》卷十六‧世家‧仁宗：「癸卯，命鄭沆講《禮記‧中庸》篇，又命題，使大學博士郭東珣等十八人賦詩。」

〔註 83〕《高麗史》卷八‧世家‧文宗。

〔註 84〕《高麗史》卷十八‧世家‧毅宗。

〔註 85〕《高麗史》卷五‧世家‧顯宗：「甲子，移幸鹽州路上，御製《重陽詠菊》詩一首，宣示翰林學士以下，即令和進。」

〔註 86〕《高麗史》卷十二‧世家‧睿宗：「五月丙申，王賦《端午》詩，宣示左右，令和進。」

　　　　庚辰，王幸弘福寺行香，出御寺南江岸閱射，因命置

酒，太子及臣僚侍宴，親製「秋日遊鎬京南河開宴詩」四

韻，宣示兩京儒臣和進。

隨著唱和詩風的愈演愈烈，高麗中期開始，君臣唱和中開始增加顯示
寫作技巧的要求，以提高難度。有時用險韻，如毅宗時，有人獻牛於
朝，於是讓詞臣占韻賦詩，但是「韻險峭」，詞臣「莫不有難色。」
〔註87〕

　　有時限定時間，令大家「刻燭賦詩」，如睿宗曾「召文臣五十六
人，刻燭命賦《牧丹詩》六韻。」〔註88〕有時還要評判高低，如文宗、
肅宗在文臣和進後，往往「親第高下」。〔註89〕

　　而詩除了作為高麗君主的一項文化活動外，還經常被高麗君王用來
測試人才，甚至作為選拔後備人才的手段。如高宗（1213～1259 在位）
時，「太子出麗正宮，試選侍學公子給使，六韻詩取俞恂等四人，四韻
詩丁偉等四人，絕句李紹等四人。」〔註90〕後「太子以詩題試國子諸生，
取求仁、齋生、高季棱等，以補宮僚。」〔註91〕元宗（1260～1274 在位）
時，「太子集諸生徒賦詩，選進士宣招等五人。」〔註92〕忠烈王（1274
～1308 在位）也多次以詩賦親試文臣，選取所需要的人才。〔註93〕

　　如上種種事例表明，在高麗，漢詩已經成為統治階層中一種廣泛
的文學活動，其對整個社會形成崇尚漢詩的風氣具有不可小視的推動
作用。

〔註87〕《破閒集》卷上：「毅王初，青郊驛吏養一青牛，狀貌特異，獻諸朝，
　　　　上命近署詞臣賦詩占韻，而韻險峭，莫不有難色。」
〔註88〕《高麗史》卷十四・世家・睿宗。
〔註89〕《高麗史》卷九・世家・文宗：「冬十月戊申朔，宣示御製《暮秋南
　　　　幸次天安府》詩，命近臣依韻和進，第其甲乙。」又《高麗史》卷
　　　　十一・世家・肅宗：「夏四月丙戌，御賞春亭，宣示御製禁亭賞花詩，
　　　　令館閣近侍文臣和進，親第高下，賞絹有差。」
〔註90〕《高麗史》卷二十二・世家・高宗。
〔註91〕《高麗史》卷二十三・世家・高宗。
〔註92〕《高麗史》卷二十六・世家・元宗。
〔註93〕《高麗史》卷二十八、二十九、三十二・世家・忠烈王。

第二節　宋詩進入高麗之背景

一、對宋代文明之仰慕

公元 918 年，王建推翻後高句麗，建立高麗王朝，定都開京（今開城）。隨後，「降（新）羅，滅（百）濟，合三韓而爲一家」，〔註94〕統一了朝鮮半島。高麗王朝統治朝鮮半島四百七十四年（918～1392），在此期間，中國歷經五代（後梁、後唐、後晉、後漢、後周）、宋（遼、金）、元至明朝初年。

宋朝（960～1279）是中國歷史上，上承五代十國、下啓元朝的時代，也是中國古代歷史上經濟與文化教育最繁榮的時代。著名史學家陳寅恪在《鄧廣銘宋史職官志考證序》中言：「華夏民族之文化，歷數千載之演進，造極於趙宋之世。」〔註95〕明人宋濂亦曰：「自秦以下，文莫盛於宋。」〔註96〕而高麗與宋朝並存時間最久，達三百多年，其對高麗所產生的影響極爲深遠。

宋朝一立國，高麗光宗即遣使「如宋獻方物」，「行宋年號」。〔註97〕隨後，在文物制度上便開始了全面學習宋朝的過程。朝鮮時代正祖（1776～1800 在位）曾言李朝時代，「立國規模，專仿有宋，非但治法之相符，文體亦然。」〔註98〕其實，高麗時代更是有過之而無不及。1225 年，高麗大臣崔瑀曾上書高宗，「奏請本朝文物禮樂，一遵華制，其自宋國來者，許於臺省，政曹，清要之職，隨材擢用。」〔註99〕

其後歷代更是如此，如崔瀣曰：「本國越自古昔，知尊中國。然

〔註94〕鄭麟趾《進〈高麗史〉箋》，《高麗史》卷首。
〔註95〕陳寅恪《金明館叢稿二編》北京：生活・讀書・新知三聯書店，2001年，第 277 頁。
〔註96〕宋濂《太史蘇平仲文集序》，《蘇平仲集》卷首，叢書集成初編本。
〔註97〕《高麗史》卷二・光宗十三年、十四年。
〔註98〕正祖《弘齋全書》卷一百六十一《日得錄》一・文學，見《韓國文集叢刊》第 267 冊，138 頁。
〔註99〕《高麗史節要》卷十五・高宗安孝大王（二）・乙酉十二年。

於宮府署額，多仿中國而爲之，未嘗有嫌也。」〔註100〕權鼇（約生活於朝鮮仁祖年間）《海東雜錄》云：「國家自祖宗朝，衣冠禮樂，悉遵華制。」〔註101〕李承召（1422～1484）曰：「東方自殷太師受封以來，代事上國，衣冠文物，悉尊華制。」〔註102〕金墩（約生活於朝鮮世宗年間）亦曰：「我東方邈在海外，凡所施爲，一遵華制。」〔註103〕

對宋朝文物制度的學習是高麗立國的根本，而積極引進學習宋代文化，也一直是歷代高麗國王所關注的事情。高麗國王一般都嚮往宋代文明，如文宗王徽（1046～1082在位）對宋朝文化便是無比嚮往，甚至曾夢至宋朝。《宋史·高麗傳》云：「徽自言嘗夢至中華，作詩紀其事。」對此，宋人葉夢得《石林燕語》有更爲詳細與傳神的記載：

> 高麗自端拱後不復入貢。王徽立，嘗誦《華嚴經》，願生中國。舊俗，以二月望張燈祀天神，如中國上元。徽一夕夢至京師觀燈，若宣召然。遍呼國中嘗至京師者問之，略皆夢中所見，乃自爲詩識之曰：「宿業因緣近契丹，一年朝貢幾多般。忽蒙舜日龍輪召，便侍堯天佛會觀。燈焰似蓮丹闕迴，月華如水碧雲寒。移身幸入華胥境，可惜終宵漏滴殘。」〔註104〕

而仁宗（1122～1146在位）也是「崇尙儒術，樂慕華風」。〔註105〕此外，據《高麗史》記載，文宗於十二年（1058）曾突發奇想，想造一艘很大的船，專門用來通使宋朝。〔註106〕雖然後來大臣的勸阻未能施行這個計

〔註100〕 《拙稿千百》卷一《軍簿司重新廳事記》，《韓國文集叢刊》第三冊，20頁。
〔註101〕 《海東雜錄》一·本朝一·趙浚。
〔註102〕 《三灘先生集》卷十《皇華集序》，《韓國文集叢刊》第11冊，478頁。
〔註103〕 《東文選》卷八十二《簡儀臺記》。
〔註104〕 《石林燕語》卷二，中華書局1984年，28頁。
〔註105〕 《宣和奉使高麗圖經》卷六·宮殿。
〔註106〕 《高麗史》卷八·世家·文宗：「八月乙巳，王欲於耽羅及靈巖伐材造大船，將通於宋。」

劃，但是他對宋朝的仰慕之情確實讓人印象深刻。因爲對宋朝文化無比嚮往，文宗還對來高麗做生意的宋商非常優禮，徐兢便曾說他「知尊中國，館待使華，禮意勤厚。至遇賈人，亦有體貌」。〔註107〕

　　同時，從景宗（975～981 在位）開始，高麗就不斷地派遣留學生赴中國學習，特別是睿宗時出現入宋留學的熱潮。《高麗史》記載：

> 景宗元年，遣金行成如宋入學國子監。二年，行成在宋登第。五年，遣崔罕、王琳如宋入學。十一年，罕、琳登賓貢科，授秘書郎。穆宗元年，金成積入宋登第。肅宗四年二月，宋詔：許舉子賓貢。睿宗十年七月，遣金端、甄惟底、趙奭、康就正、權迪，如宋赴大學。十二年，迪、奭、端登上舍及第。〔註108〕

對宋朝文化的無比仰慕和崇拜，也使高麗一直堅守著「事大」主義，把依歸宋朝當做一件發自內心的而又自豪的事情。李穡云：

> 予惟朝鮮氏立國，實唐堯之戊辰歲也。雖世通中國，而中國未嘗臣之。是以，武王封殷太師而不之臣。其後新羅、百濟、高句麗鼎峙相雄長。秦、漢以降，或通或絕。我始祖以宏材遠略，起於唐季，遂並三國而王其地，自五代以迄於今，蓋將五百年矣。俗習既異，語言不通，固中國之所不齒也。然詩書禮樂之風，尚猶不泯，知尊中國，有聖人者出，未嘗不爲之依歸焉。〔註109〕

李穡以爲，高麗固有的語言文化是不足以與中國相提並論的，但是在「詩書禮樂之風」方面是相同的。而高麗以尊尚中國爲要，願意依歸中朝。這是一種發自內心的尊崇，這種對宋文明的仰慕態度使得高麗對宋代文化的學習與接受非常成功，以至「中國之人，自宋以來，皆

〔註107〕　《宣和奉使高麗圖經》卷二·世次·王氏。
〔註108〕　《高麗史》卷七十四·志二十八·選舉二·科目二·制科。
〔註109〕　《牧隱文稿》卷九《送偰符寶使還詩序》，《韓國文集叢刊》第 5 冊，75 頁。

進之以爲禮義之邦，稱小中華。」〔註110〕高麗人甚至以「小中華」
爲榮。李穡在一首詩中就曾熱情讚歌麗宋之間這種特殊的關係：

　　　國家遭遇宋文明，禮樂交修最太平。制誥褒崇天語密，
　　朝廷覆燾海封清。病求藥物來醫老，閲閲軍容報禍萌。萬
　　古難磨忠義在，小中華館豈虛名。〔註111〕

二、掌握漢文化之使節

　　宋代詩學進入高麗，離不開知識和文化的掌握者——使節的來往
與交流。除了那些赴宋留學的賓貢生外，兩國的使者無疑承擔著最重
要的文化傳播功能。

　　在宋朝建立以後不久，高麗即於公元962年派遣廣評侍郎李興祐
向宋朝貢。之後二十多年間，兩國間的使節往來相當頻繁。〔註112〕

　　此後，隨著契丹的崛起，麗宋之間的外交關係時斷時續。整個兩
宋時期，主要有三個階段貢使不通：宋太宗淳化五年至宋眞宗咸平三
年（994～1000）；仁宗天聖八年至宋神宗熙寧三年（1030～1070）；
宋孝宗隆興二年至南宋滅亡（1164～1279）。特別是，在仁宗天聖八
年以後，高麗不入宋朝朝貢達四十一年，直至神宗朝（熙寧四年，
1071），才與宋朝恢復朝貢關係。王辟之《澠水燕談錄》卷九云：「高
麗，海外諸夷中最好儒學。祖宗以來，數有賓客貢士登第者。自天聖
後，數十年不通中國。熙寧四年，始復遣使修貢。」〔註113〕

　　儘管如此，除此三個階段以外，兩國之間的使節往來依然算是頻

〔註110〕俞漢儁（1732～1811）《自著》卷一《廣韓賦》，《韓國文集叢刊》
　　　　第二百四十九册，11頁。
〔註111〕《牧隱詩稿》卷十八《懷古》，《韓國文集叢刊》第四册，228頁。
〔註112〕《高麗史》卷二·世家·光宗：「（壬戌）十三年冬，遣廣評侍郎李
　　　　興祐等，如宋獻方物。」《宋史》卷四百八十七·列傳第二百四十
　　　　六·高麗：「建隆三年十月，昭遣其廣評侍郎李興祐、副使李勵希、
　　　　判官李彬等來朝貢。」
〔註113〕《唐宋史料筆記叢刊·澠水燕談錄》，呂友仁點校，中華書局1981
　　　　年，112頁。

繁的。自宋太祖建隆三年（高麗光宗十三年，962）十一月至南宋孝宗隆興二年（高麗毅宗十八年，1164）三月，這 203 年間（其中有近六十年不通貢使），高麗遣使來宋達五十六次。〔註 114〕終宋（960～1279）的三百餘年間，宋朝向高麗派出使節團四十次（包括宋朝政府派出的擔負了朝廷使命的民間商人兩次。）〔註 115〕

出於牽制遼國的目的，宋朝對高麗使節團非常重視，優待甚厚。葉夢得《石林燕語》記載：

> 元豐以後，待高麗之禮特厚，所過州皆旋為築館，別為庫，以儲供帳什物。始至，太守皆郊迓，其餞亦如之。張安道知南京，獨曰：「吾嘗班二府，不可為陪臣屈。」乃使通判代將迎，已受謁而後報，時以為得體。大觀中，蔡元度知鎮江，高麗來朝，遂亦用安道例。〔註 116〕

同時，宋朝對派往高麗的使臣也特別重視，一般都要經過特別的挑選，而主要的依據便是要有較高的文化和文學修養。比如，宋神宗「以其國（高麗）尚文，每賜書詔，必選詞臣著撰而擇其善者。」〔註 117〕

宋淳化元年（990）三月，出使高麗的光祿卿柴成務（934～1004），是宋代第九位狀元，也是宋代第一位浙籍狀元，「能詩」，「有詞學，博聞稽古」，曾參與編修《太宗實錄》。〔註 118〕據楊億（974～1020）記載，「公（指柴成務）雍容儒雅，博聞強記，衣冠之國，文物盛焉，舉措話言，是法是傚，皇華之美，至今稱之。」〔註 119〕

〔註 114〕 付百臣主編《中朝歷代朝貢制度研究》，長春：吉林人民出版社，2008 年，第 45 頁。

〔註 115〕 陳慧《試論高麗對宋的朝貢貿易》，《東疆學刊》2009 年第 4 期。

〔註 116〕 《石林燕語》卷三，中華書局 1984 年，44 頁。

〔註 117〕 《宋史》卷四百八十七·列傳二百四十六·高麗。

〔註 118〕 《宋史》卷三〇六·列傳六十五·柴成務。

〔註 119〕 《全宋文》卷二百九十七《故大中大夫行給事中上柱國臨汾郡開國侯食邑一千二百戶賜紫金魚袋柴公行狀》，曾棗莊、劉琳主編《全宋文》（第八冊），成都：巴蜀書社，1990 年，第 13 頁。

　　元豐六年（1083）高麗國王王徽去世，宋朝派楊景略、王舜封爲祭奠使，錢勰、宋球爲弔慰使，出使高麗。當時楊景略辟李之儀爲書狀官，宋神宗卻因其「文稱不著」，下令「宜得問學博洽、器宇整秀者，召赴中書，試以文乃遣。」〔註120〕書狀官只是出使的隨從人員之一，可見宋朝對出使使節的選擇是何等的重視。

　　而錢勰被任命奉使高麗的原因，神宗的解釋是：「高麗好文，又重士大夫家世，所以選卿，無他也」。〔註121〕錢勰乃是錢惟演的侄孫，選他奉使高麗乃是看中他的家世身份與才學。

　　所以，宋朝對出使高麗的對象選擇是非常嚴格的。從《宋史·高麗傳》中，我們可以發現，著名文人如李巨源、孔維、王著、呂文仲、韓國華、呂端、呂祐之、柴成務、趙化成、陳靖、劉式、安燾、陳睦、王舜封、楊景略、錢勰、宋球、劉逵、吳拭、路允迪、傅墨卿、張洎、句中正等，皆曾出使過高麗。其它如秦楚材、傅國華、王子飛、林希等文人也都出使過高麗。〔註122〕

　　這些使者大多都是身負文學才華，根據《宋史》本傳，我們可以略舉幾例：

　　　王欽臣：「元祐初，爲工部員外郎。奉使高麗，還，進太僕少卿，遷秘書少監。……欽臣平生爲文至多，所交盡名士，惟嗜古，藏書數萬卷，手自讎正，世稱善本。」

　　　呂文仲：「富詞學，器韻淹雅」，曾「預修《太平御覽》、《廣記》、《文苑英華》」。「太宗暇日，每從容問文仲以書史、

〔註120〕　《宋史》卷四百八十七·列傳二百四十六·高麗。
〔註121〕　《宋史》卷三百一十七·列傳七十六·錢勰傳：「奉使弔高麗，外意頗謂欲結之以北伐。勰入請使指，帝曰：『高麗好文，又重士大夫家世，所以選卿，無他也。』」
〔註122〕　《全宋詩》中有以下詩篇：張守《送秦楚材使高麗二首》，第二十八冊，第 18019 頁；程俱《送傅舍人國華使高麗二首》，第二十五冊，第 16340 頁；蔡肇《贈王子飛之高麗》，第二十冊，第 13652 頁；蘇轍《送林子中安厚卿二學士奉使高麗二首》，第十五冊，第 9918 頁。

著以筆法、湍以字學。雍熙初，文仲遷著作佐郎，副王著使高麗。」「其使高麗也，善於應對，清淨無所求，遠俗悅之。後有使高麗者，必詢其出處。」

王著：善攻書，筆迹甚媚，頗有家法。……太宗聽政之暇，嘗以觀書及筆法爲意，諸家字體，洞臻精妙。……雍熙二年，遷左拾遺，使高麗。

陳靖：好學，頗通古今。……淳化四年，使高麗還，提點在京百司，遷太常博士。

孔維：乾德四年《九經》及第……太平興國中，就拜國子《周易》博士，代還，遷《禮記》博士。七年，使高麗，王治問禮於維，維對以君父臣子之道，升降等威之序，治悅，稱之曰：「今日復見中國之夫子也。」

句中正：精於字學，古文、篆、隸、行、草無不工。……（太平興國）四年，命副張泊爲高麗加恩使，還，遷左贊善大夫，改著作郎，與徐鉉重校定《說文》，模印頒行。……時又命中正與著作佐郎吳鉉、大理寺丞楊文舉同撰定《雍熙廣韻》。中正先以門類上進，面賜緋魚，俄加太常博士。《廣韻》成，凡一百卷，特拜虞部員外郎。

張泊：「風儀瀟落，文采清麗，博覽道釋書，兼通禪寂虛無之理。……有文集五十卷行於世」，「太宗即位，以其文雅，選直舍人院，考試諸州進士。未幾，使高麗，覆命，改戶部員外郎。」

元豐年間，蘇軾也曾被推薦爲出使高麗的候選對象，但最終未能成行。蘇軾自己也感到非常遺憾，其在給友人的信中寫道：「忽見報，當使高麗，方喜得人，又見辭免，何也？」〔註123〕可見他是很想去的。其友人孫覺（1028～1090）爲這件事還專門寫詩贈給蘇軾，詩云：

〔註123〕《與林子中書》，見《蘇軾文集》第四冊，北京：中華書局，1986年，第1656頁。

「文章異域有知音，鴨綠差池一醉吟。穎士聲名動倭國，樂天辭筆過雞林。節髦零落氈吞雪，辯舌縱橫印佩金。奉使風流家世事，幾隨浪拍海東岑。」〔註124〕秦觀（1049～1100）和孫覺詩云：「學士風流異域傳，幾航雲海使南天。不因名動五千里，豈見文高二百年。貢外別題求妙筍，錦中翻樣織新篇。淹留卻恨鴛行舊，不得飛觴駐蹕前。」〔註125〕這確實是中朝文化交流史上一件遺憾的事情。此事大約發生在元豐八年（1085）。〔註126〕

　　出使高麗的使者具有較高的文化和文學修養，在出使過程中，詩文交流自然也成爲題中之義。並且，使臣們還往往把文學的交流作爲一件密切兩國關係的事情，有時影響甚至很大。李晬光《芝峰類說》記述了這樣一個故事：

　　　　李容齋爲遠接使，在路遊香山，聞天使過江，馳迓於定州。容齋貌又不揚，天使怒不禮之。及見其和章，始深服。唐天使書與副使曰：「此人詩壇老將，愼勿輕制云。」文詞之於華國，其重如此。〔註127〕

雖然，李晬光記述的是朝鮮李朝的事情，但是，在高麗亦然。大家都自然地把詩文當作使節交往中最爲看重的事項之一。

　　比如，柴成務出使高麗時，當時任禮部員外郎的王禹偁作《送柴郎中使高麗》一詩，其中有「東夷休請蕭夫子，好把詩書問狀元」的詩句〔註128〕，既誇讚柴成務的詩文水平，又暗示出使過程中，其與高麗文人的詩文交流是必不可少的。蘇轍在《送林子中安厚卿二學士奉使高麗二首》中則希望林希和安燾「但將美酒盈船去，多作新詩異

〔註124〕　孫覺《聞朝議以子瞻使高麗》，《全宋詩》第十一冊，第 7545 頁。
〔註125〕　秦觀《客有傳朝議欲以子瞻使高麗，大臣有惜其去者，白罷之，作詩以紀其事，與莘老同賦》，《全宋詩》第十八冊，第 12101 頁。
〔註126〕　吳熊和《蘇軾奉使高麗一事考略》，《杭州大學學報》，1995 年第 3 期。
〔註127〕　《芝峰類說》卷四·官職部·使臣。
〔註128〕　《全宋詩》第二冊，第 702 頁。

域傳。」〔註129〕蘇軾在《次韻王晉卿奉詔押高麗燕射》中寫道：「錦囊詩草勤收拾，莫遣雞林得夜光。」〔註130〕張守（1084～1145）《送秦楚材使高麗二首》曰：「波神侑飲鯨翻鱠，海雨催詩蜃吐樓。不獨雞林傳好句，會看弭檝上瀛洲。」〔註131〕都暗示詩文交流是兩國使者之間必不可少的事情。

除了出使的使者，擔當接待高麗使者的館伴也往往由知名文人擔當，比如畢仲衍〔註132〕、劉攽〔註133〕、廖剛〔註134〕、葉夢得〔註135〕、蘇軾、范祖禹〔註136〕、王銑〔註137〕、沈與求〔註138〕等，都參加過接待高麗使者的工作。

同樣，高麗選派前往宋朝的使者更是格外重視，往往是挑選那些漢文學修養比較高的人。文學才能是重要的參考標準，絕非一般人所能擔任。崔瀣曾記述高麗使者入宋情形云：

> 每遣人使，必自慎簡官屬，其帶行或至三五百人，少亦不下於一百。使始至中國，遣朝官接之境上。所經州府，輒以天子之命致禮餼。至郊亭，又迎勞，到館撫問。除日支豐腆，自參至辭，錫燕內殿，設食禮賓。御札特賜茶香酒果衣襲器玩鞍馬禮物，便蕃不絕。而隨事皆以表若狀，

〔註129〕《全宋詩》第十五冊，第9918頁。

〔註130〕《全宋詩》第十四冊，第9481頁。

〔註131〕《全宋詩》第二十八冊，第18019頁。

〔註132〕《宋史·畢仲衍傳》：高麗使入貢，詔館之。

〔註133〕劉攽《送高麗使》，《全宋詩》第十一冊，第7276頁。

〔註134〕廖剛《高麗使副特徘致語口號》，《全宋詩》第二十三冊，15425頁。

〔註135〕《石林詩話》卷中：「高麗自太宗後，久不入貢，至元豐初，始遣使來朝。神宗以張誠一館伴，令問其復朝之意。云：……余大觀間，館伴高麗人，嘗見誠一語錄，備載此事。」見〔清〕何文煥輯《歷代詩話》（上冊），北京：中華書局2004年，第425頁。

〔註136〕范祖禹《和王都爲押高麗人宴射北園》，《全宋詩》第十五冊，第10376頁。

〔註137〕蘇軾《次韻王晉卿奉詔押高麗宴射》，《蘇軾詩集》卷三十六，1954頁。

〔註138〕沈與求《館待高麗進奉使樂語口號》，《全宋詩》第二十九冊，第18801頁。

稱陪臣伸謝。而其私覿宰執，又多啓箚往復。故書記之任，
非通才，號難能。中古國相若朴寅亮、金富軾輩，皆嘗經
此任，而爲中國所稱道者。〔註139〕

「書記」也只是陪同使者的官員，然而「非通才，號難能」，可見其
要求之高。使者到達宋境後，宋朝皇帝往往會派人看望、賜宴，甚至
手寫御箚慰問，此時就需要書記撰寫表狀感謝。有時，使者與宋朝公
卿大夫私下交流，或者與館伴酬唱，吟詩作賦，往返手箚，這些都需
要書記來承擔。所以，「苟非博洽通敏之材，蓋難能焉」。〔註140〕

　　正是這些使臣，展示了較高的文化與文學水平，從而爲高麗贏得
「小中華」之美譽。在宋文明輝煌之際，高麗能夠依靠第二語言學習，
獲得文化與文學上的巨大成就，並贏得「小中華」之譽，是離不開高
麗使節的優秀表現的。如金宗直所言：「諸侯大夫，入天子之國，有
以觀其會通，而能有所得者。……吾東方，邈居海外，然箕子之後，
詩書之俗，藹如也。其在新羅，唐太宗聞庾信仁聞之風，謂爲君子之
國。其在高麗，金富軾、朴寅亮、金覲、李資諒之徒入宋，以文雅迭
鳴，而人稱小華。」〔註141〕

　　自熙寧以來，使宋的著名高麗文人有金悌、朴寅亮、金覲、李絳
孫、盧柳、金化珍、崔思齊、李資諒、魏繼延、金富軾、崔惟清等，
他們無不展現了自己出色的漢文學才華。

〔註139〕　《拙稿千百》卷二《送鄭仲孚書狀官序》，《韓國文集叢刊》第三冊，
　　　　　22 頁。

〔註140〕　金宗直《佔畢齋文集》卷一《送鄭監察錫堅赴燕京序》：「朝聘之使，
　　　　　必有書狀。書狀，即古書記之任也。苟非博洽通敏之材，蓋難能焉。
　　　　　我東方，自高麗以來，其爲任，或輕或重。趙宋時，待我之隆，亞
　　　　　於遼金。使者及境及郊亭及館，皇帝之勞問沓至。錫宴內殿，橫賜
　　　　　御箚，輒用表狀而陳謝之。又於公卿私覿，館伴酬答。若啓箚，若
　　　　　詩騷，往復不已，是皆出於書記之手。當人材全盛之時，號能辦此
　　　　　者，朴參政寅亮、金文烈富軾數人外，無聞焉。」見《韓國文集叢
　　　　　刊》第 12 冊，408 頁。

〔註141〕　《佔畢齋文集》卷一《送李國耳赴京師序》，《韓國文集叢刊》第 12
　　　　　冊，411 頁。

　　元祐二年（1087），高麗使入貢，恰逢上元節，於是宋哲宗招待他們飲酒觀燈，並要他們一起賦觀燈詩。高麗副使魏繼延詩中有句曰「千仞彩山擎日起，一聲天樂漏雲來」，主簿朴景綽詩中有句云「勝事年年傳習久，盛觀今屬遠方賓」。他們的詩作非常精彩，以致於沈括把它寫進了《夢溪筆談》。〔註142〕

　　高麗使臣李資諒受邀參加宋徽宗（1101～1125）的宴席，即席賦詩一首，讓徽宗大爲讚賞。第二天，李資諒的詩就傳遍京城，很多人甚至將他的詩寫下來掛在牆上。〔註143〕徐兢（1091～1153）在出使高麗時結識了金富軾（1075～1151），非常推崇他的詩文和學識，在他所著《宣和奉使高麗圖經》中對他作了專門介紹。回國後，徐兢將其所撰上奏於帝，宋帝下詔命司局鏤板以廣其傳，金富軾於是「名聞天下」。後來，他奉使如宋，所到之處受到隆重而熱烈的款待。〔註144〕宋政和元年（1111），金富佾作爲書狀官出使宋朝，他撰寫的《入宋告奏表》得到宋徽宗「覿觀重席，往詣橫經，誠悃備陳，文辭兼麗」的稱讚。〔註145〕宋政和六年（公元1116年），鄭沆和李資諒出使宋朝，鄭沆所制表章令館伴學士王黼（1079～1126）稱歎有加。〔註146〕

　　在這些使臣中，朴寅亮（？～1096）的詩名無疑是最爲響亮的，他的《泗州龜山寺》一詩連「中土士人亦稱之」。〔註147〕李奎報最爲

〔註142〕　沈括《夢溪筆談·續筆談》，見胡道靜《夢溪筆談校正》，上海出版公司，1956年，1068頁。

〔註143〕　《補閒集》卷上：「後三年癸巳，使李資諒、李永等往朝，帝御睿謀殿賜宴，製詩示之，仍命和進。資諒賡韻曰：……此詩語涉淺易，而帝大加稱賞，以其即事詳當也。明日流傳諸鋪店，書之爲簇，掛諸壁。」

〔註144〕　《高麗史》卷九十八·列傳十一·金富軾：「徐兢見富軾善屬文，通古今，樂其爲人。著《高麗圖經》，載富軾世家，又圖形以歸。奏於帝，乃詔司局鏤板，以廣其傳，由是名聞天下。後奉使如宋，所至待以禮。」

〔註145〕　《高麗史》卷九十七·列傳十·金富佾。

〔註146〕　《高麗史》卷九十七·列傳十·鄭沆。

〔註147〕　《澠水燕談錄》卷九·雜錄。

推崇的朝鮮半島詩人便是崔致遠、朴仁範和朴寅亮三人，他說：「我東之以詩鳴於中國，自三子始。」〔註148〕洪萬宗《小華詩評》卷上亦曰：「我東以文獻聞於中國，中國謂之『小中華』，蓋由崔文昌（致遠）唱之於前，朴參政（寅亮）和之於後。」〔註149〕又《補閑集》卷上載：「朴參政寅亮奉使入中朝，所至皆留詩。《金山寺》云：『巉岩怪石疊成山，上有蓮房水四環。塔影倒江蟠浪底，磬聲搖月落雲間。門前客棹洪波急，竹下僧棋白日閒。一奉皇華堪惜別，更留詩句約重還。』行次越州，聞樂調中奏新聲，旁人曰：『此公詩也』」。〔註150〕可見其詩名在中國已經廣為流傳。

　　高麗使節在漢文學上的才華，贏得了宋人的驚歎和讚賞，並開始搜集、編印他們的詩文。《郡齋讀書志》中就收錄有《高麗詩》三卷，此書現已失傳，根據晁公武的注解，應該是高麗使臣與宋朝文人之間唱和的詩篇。〔註151〕元豐三年（1080），朴寅亮、金覲與戶部尚書柳洪一起出使宋朝。宋人看到朴寅亮與金覲的詩文後，大為讚賞，並把兩人的詩文編為《小華集》刊行。〔註152〕這說明，高麗詩人的詩作已經贏得了宋人的肯定。此後，金悌、朴寅亮、裴口、李絳孫、盧柳、金化珍等人還把在出使途中互相酬唱的多篇詩作，自編為《西上雜詠》。〔註153〕

　　高麗與宋朝之間的使節往來及詩文交流活動，對宋詩進入朝鮮半

〔註148〕　《白雲小說》，《域外詩話珍本叢書》第十一冊，12 頁。
〔註149〕　《域外詩話珍本叢書》第九冊，496 頁。
〔註150〕　《域外詩話珍本叢書》第八冊，71 頁。
〔註151〕　《郡齋讀書志》卷二十《高麗詩》三卷：「右元豐中，高麗遣崔思齊、李子威、高琥、康壽平、李穗入貢，上元宴之於東闕下，神宗製詩，賜館伴畢仲行，仲行與五人者及兩府皆和進。」
〔註152〕　《高麗史・朴寅亮傳》：「文宗三十四年（宋元豐三年，1080），與戶部尚書柳洪奉使如宋，有金覲者亦在是行。宋人見寅亮及覲所著尺牘、表狀、題詠，稱歎不置，至刊二人詩文，號《小華集》。」
〔註153〕　《郡齋讀書志》卷二十《高麗詩》三卷，注解云：「其後使人金悌、朴寅亮、裴口、李絳孫、盧柳、金化珍等途中酬唱七十餘篇，自編之為《西上雜詠》，絳孫為之序。」

島起著至關重要的作用。掌握著知識和文化的高麗使者，通過自己的接觸與認識，逐漸地認知、欣賞宋詩，並主動把宋詩傳到高麗。很多高麗使者甚至會利用出使宋朝的機會，主動地搜集他們所喜歡的宋人詩篇。比如熙寧中，高麗使者曾到京師專門求王平甫的詩篇，而神宗還特地下旨讓元厚之抄錄王平甫的新詩，送給高麗使者。〔註154〕

使者們在高麗的宋詩接受史上，有著重要的意義。如周裕鍇所言：「高麗在北宋時期頻繁地派出陣容強大的使團，使得更多的高麗文人得以直接與宋詩人酬唱，從而在不辱使命的競技心態中仿傚宋人的創作技巧。」而「擔任館伴或者使者的宋詩人，其作品更容易直接爲高麗使者所獲得，如安燾、畢仲衍、劉攽、錢勰、范祖禹、陳軒、葉夢得、廖剛等人，都有詩文集傳世，流入高麗自在情理之中。」〔註155〕

三、商人和移民之傳播

除了使節往來，對宋詩進入高麗起著重要作用的，還有民間的來往，包括商人和赴高麗定居的宋人。很多的宋人詩集都是通過商人得以傳到高麗，而很多宋詩也是通過那些有文化的商人和移民在高麗民間得以傳播。

據《高麗史》統計，在 1012 年至 1192 年的一百八十一年間，宋商人到高麗活動的共有 117 次，其中能知道具體人數的有七十七次，每次有數名、數十名、三百多名不等，共計 4548 名。值得注意的是，宋商人甚至在兩國的外交關係中斷時期（1031～1071 年）也陸續往高麗去，其次數比以前更多，到十二世紀中葉達到高潮。〔註156〕

〔註154〕 《詩話總龜》卷十七：「熙寧中，高麗使人至京師求王平甫詩，有旨令京尹元厚之抄錄以賜。厚之自詣平甫　求新著。平甫以詩戲之曰：『誰使詩仙來鳳沼？欲傳賈客過雞林。』」

〔註155〕 周裕鍇《試論宋代文學對高麗文學之影響》，《國學研究》第十一卷，北京大學出版社 2003 年，第 247、249 頁。

〔註156〕 朴眞奭《11～12 世紀宋與高麗的貿易往來》，刁書仁主編《中朝關係史研究論文集》，吉林文史出版社，1995 年，第 118 頁。

　　而據中國學者楊渭生對《高麗史》所記史料的統計，在 1012 年
至 1229 年間，宋朝海商前往高麗貿易先後有 4899 人之多。如果考慮
到 1012 年以前和 1229 年以後未予記載的因素，前往高麗的宋朝海商
數量當在五千人以上。〔註 157〕

　　1055 年「寒食日」，高麗政府「饗宋商葉德寵等八十七人於娛賓
館，黃拯等一百五十人於迎賓館，黃助等四十八人於清河館」〔註 158〕，
一次就招待了二百四十名宋商人。自宋眞宗大中祥符五年（1012），
到南宋帝昺祥興元年（1278），這二百六十六年中，宋商以民間貿易
形式去高麗達一百二十九次，人數有五千餘人。〔註 159〕

　　很多商人甚至在高麗定居做官。據《宋史》記載，高麗「王城有
華人數百，多閩人，因賈舶至者，密試其所能，誘以祿仕，或強留之
終身。朝廷使至，有陳牒來訴者，則取以歸。」〔註 160〕

　　據統計，宋朝入仕高麗的共有七十人，其中赴高麗經商的有兩
個，隨同商船而來的有五人，在四十三個沒明確記載赴高麗原因、方
式的宋人中，大部分是文士或有各種特殊才藝且身份並不顯赫者，他
們也極有可能是隨同商船前去高麗尋找出路的。另外，對籍貫有明確
記載的十二個宋人中，來自東南沿海的就有八個，說明雙方頻繁的商
貿往來對中國人入仕高麗有著直接的影響。〔註 161〕

　　韓國的柳己洙教授查過在《高麗史》和《高麗史節要》中出現的
歸化漢人，他們是「周佇、王福、錢華、楊太、葉清、王弩、李太、
林惜、戴翼、歐陽徵、陳億、劉守全、張廷、黃忻、黃蒲安、黃世安、
張琬、盧寅、陳渭、蕭鼎、蕭遷、葉盛、愼修、陳潛古、儲元賓、周
沆、胡宗旦、林完、劉載、王逢辰」。其中「張廷、盧寅、陳渭、愼

〔註 157〕　楊渭生《〈高麗史〉中的中韓關係研究》，《韓國學論文集》第四輯，
　　　　　　社會科學文獻出版社 1995 年，第 181 頁。
〔註 158〕　《高麗史》卷七・世家七・文宗九月二日「戊申條」。
〔註 159〕　楊渭生《宋與高麗的典籍交流》，《中國典籍與文化》，1994 年第 2 期。
〔註 160〕　《宋史》卷四百八十七・列傳二百四十六・高麗。
〔註 161〕　李廷青《中國人入仕高麗朝考論》，《韓國研究論叢》，2011 年第 1 期。

修、張忱、林完、王逢辰」是宋朝登進士第的才子,「周佇、胡宗旦、劉載」是善於文章的學者。〔註162〕

這些歸化宋人一般都會得到重用,禮遇甚殊,如《高麗史》載:

是歲,宋溫州文士周佇來投,授禮賓注簿。(《高麗史》卷三‧世家三‧穆宗)

庚戌,宋閩人戴翼來投,授儒林郎守宮,令賜衣物田莊。(《高麗史》卷四‧世家四‧顯宗)

癸卯,以宋進士盧寅有文才,授祕書省校書郎。

丁巳,以宋進士陳渭為祕書校書郎;蕭鼎、蕭遷為閣門承旨;葉盛為殿前丞旨。渭有文藝,鼎等三人曉音律。

丙午,以宋人蕭宗明權知閣門祗候。(《高麗史》卷八‧世家八‧文宗)

制曰:「宋人田盛善書箚,陳養有武藝,敦請留止,且加職秩,以勸來者。」(《高麗史》卷十‧世家十‧宣宗)

對宋人的過分優待甚至引起了高麗人的反感,比如當林椿聽說朝廷擢用宋人王逢臣時,便譏諷云:「物因地貴已可笑,魯人豈是皆師儒。」〔註163〕儘管如此,依然不斷有較高文化修養的宋人定居高麗,他們在高麗人接受宋詩的過程中起著重要的橋梁作用。

四、麗宋間書籍之交流

宋詩進入高麗的最終環節便是宋代書籍之傳入朝鮮半島。當代日本著名學者大庭修曾指出:「書籍的流動往往伴隨著文化的交流與傳播。我們在考察這一問題時,通常想到的是書籍所蘊含的文化層次上的內容、思想、文藝、藝術等方面,大都著眼於它們對異文化所產生

〔註162〕 柳己洙《高麗詞人與高麗詞發展背景初探》,《中國學研究》,2004(29),轉引自〔韓〕文美振《韓國「高麗‧朝鮮」時期的華人漢語教師》,《暨南大學華文學院學報》2005年第2期。

〔註163〕 《西河先生集》卷一《題天院柳光植家橙,時擢用宋人王逢辰》,《韓國文集叢刊》第1冊,208頁。

的影響。要研究這個問題，必須考察接受方是如何對待、理解書籍來源方的文化，或者如何去模仿、再生產出自己的東西。在這種場合下，就必須研究接受方是如何獲得這些書籍，如何進行閱讀，讀後又是如何進行理解的。」〔註164〕

中國書籍進入朝鮮半島年代頗早。在三國時代，高句麗「閭巷里落，莫不有學。其學士大夫日游學於中國，而中國書籍已與之日東。而魏晉之間歷代賜書，又復相繼而至，秘府所積，蓋亦多矣。」〔註165〕

高麗獲得宋朝圖書的第一個途徑來自於賜書。宋朝曾賜予高麗許多重要典籍，如宋端拱二年（989），宋朝贈與高麗《大藏經》一部。〔註166〕宋大中祥符九年（1016），高麗使郭元回國時，宋眞宗據其所請，賜給他「詔書七函，襲衣、金帶、器幣、鞍馬及經史、曆日、聖惠方等。」〔註167〕又「淳化四年、大中祥符九年、天禧五年，曾賜高麗《九經書》、《史記》、《兩漢書》、《三國志》、《晉書》、諸子、曆日、聖惠方、陰陽、地理書等。」〔註168〕宋元祐元年（1086），高麗使前來祝賀宋哲宗即位，宋朝賜《文苑英華》。〔註169〕宋建中靖國元年（1101）6月，高麗使吳延寵回國時，宋徽宗又賜《太平御覽》一千卷。〔註170〕

〔註164〕 大庭修《書籍之路的驗證方法》，載於王勇主編《中日關係史料與研究》第一輯，北京圖書館出版社，2002年，第28頁。

〔註165〕 李鍾徽《修山集》卷十二《東史志・高句麗藝文志》，《韓國文集叢刊》第247冊，544頁。

〔註166〕 《宋史・高麗傳》：「（端拱）二年，遣使來貢，詔其使選官侍郎韓蘭卿、副使兵官郎中魏德柔並授金紫光祿大夫，判官少府丞李光授檢校水部員外郎。先是，治遣僧如可齎表來覲，請《大藏經》，至是賜之，仍賜如可紫衣，令同歸本國。」

〔註167〕 《宋史》卷四百八十七・列傳二百四十六・高麗。

〔註168〕 《蘇軾文集》卷三十五《論高麗買書利害箚子》，第1000頁。

〔註169〕 《宋史・高麗傳》：「哲宗立，遣使金上琦奉慰，林暨致賀，請市刑法之書、《太平御覽》、《開寶通禮》、《文苑英華》。詔惟賜《文苑英華》一書。」

〔註170〕 《高麗史》卷九十六・列傳・吳延寵：「肅宗五年，與尚書王嘏，如宋賀登極，以朝旨購《太平御覽》，宋人秘不許。延寵上表懇請。乃得。及還，王曰：『此書文考嘗求之不得，今朕得之，使者之能也。』」

宋代很多書籍以此種途徑進入高麗，不過，因爲麗、宋、遼之間複雜的關係，宋朝贈給高麗的書籍還是有很多限制的，一般集中在經、史以及醫術、曆法、陰陽、佛法等類的書籍，凡是內容涉及到朝廷治道的史書，除了一些正史以外，別史、雜史或是野史都在禁止贈送的範圍之內，那些內容與當時的國防、軍事有關的書籍，包括論及朝政得失的奏議，更是在禁止之列。〔註171〕

除賜書之外，宋朝政府還開放書籍市場，讓高麗使節自行購買書籍。宋仁宗天聖年間，入宋朝貢的使人就曾往國子監買書。熙寧七年（1074）2月，宋神宗詔國子監「許賣九經子史諸書與高麗國使人」〔註172〕。宋元祐七年（1092），高麗使來獻《黃帝針經》，並要求購買大量書籍。儘管當時的禮部尚書蘇軾上奏堅決反對，但宋哲宗還是允許高麗使節購買《冊府元龜》。〔註173〕高麗使者鄭文出使宋朝時，「所賜金帛，分與從者，餘悉買書籍以歸」。〔註174〕高麗宣宗時，曾「於興王寺置教藏都監，購書於遼、宋，多至四千卷，悉令刊行。」〔註175〕又忠肅王時，「元遣使，賜王書籍四千三百七十一冊，皆宋秘閣所藏。」〔註176〕

此外，很多書籍還通過宋代商人得以運往高麗，而且數量甚巨。朴趾源（1737～1805）《熱河日記》云：「高麗時，宋商舶頻年來泊於

〔註171〕 周彥文《宋代以來中國書籍的外傳與禁令》，《韓國學論文集》，1994年第2期。

〔註172〕 《續資治通鑑》卷七十·宋紀七十·神宗熙寧七年，中華書局1957年，1747頁。

〔註173〕 《宋史·高麗傳》：「七年，遣黃宗愨來獻《黃帝針經》，請市書甚眾。禮部尚書蘇軾言：『高麗入貢，無絲髮利而有五害，今請諸書與收買金箔，皆宜勿許。』詔許買金箔，然卒市《冊府元龜》以歸。」

〔註174〕 《高麗史》卷九十五·列傳·鄭文：「嘗扈駕西京，請立箕子祠。奉使入宋，所賜金帛分與從者，餘悉買書籍以歸。」

〔註175〕 《高麗史》卷九十·列傳·宗室·大覺國師煦：「王上表乞令還國，詔許東還。煦至禮成江，王奉太后出奉恩寺，以待其迎迓。導儀甚盛。煦獻釋典及經書一千卷，又於興王寺奏置教藏都監，購書於遼宋，多至四千卷，悉皆刊行。」

〔註176〕 《高麗史節要》卷二十四。

禮成江，百貨湊集。麗王待之以禮，故當時書籍大備，中國器物無不來者。」〔註177〕對此，《高麗史》中亦多有記載。例如高麗顯宗十八年（1028），「宋江南人李文通等來獻書冊凡五百九十七卷」。〔註178〕宣宗四年（1087）「宋商徐戬等二十人，來獻《新注華嚴經》板。」〔註179〕對此，蘇軾在《論高麗進奉狀》中還特地提到了徐戬的名字：「福建狡商，專擅交通高麗，引惹牟利，如徐戬者甚眾。」〔註180〕高麗明宗二十二年（1192年），宋朝商人又向高麗獻《太平御覽》。〔註181〕高麗對這些帶去宋人書籍的商人非常歡迎。據《宋史・高麗傳》記載，在高麗，「每賈客市書至，則潔服焚香對之。」

　　不過，需要說明的是，南宋僅有一次商人赴高麗賣書的記載，這與南宋偏安一隅，與高麗斷絕了外交關係有很大的關係。〔註182〕此外，高麗還通過僧人、留學生和民間貿易搜集購買中國書籍。

　　在如此頻繁的書籍交通情況下，高麗書籍也愈來愈豐富。如《高麗史》記載，自成宗即位，「益以崇儒，踵修曩日之所修，繼補當年之所補，沈隱士二萬餘卷，寫在麟臺；張司空三十車書，藏在虎觀。欲收四部之典籍，以畜兩京之府藏，青衿無閱市之勞，絳帳有執經之講，使秦韓之舊俗，知鄒魯之遺風，識父慈子孝之常，習兄友弟恭之懿。宜令所司於西京開置修書院，令諸生抄書史籍而藏之。」〔註183〕又《高麗史節要》卷九記載，仁宗七年（1128），八月，「御書籍所，命承宣鄭沆，讀《宋朝忠義集》。先是，王欲以聽政之暇，與諸學士講學，以壽昌宮側侍中邵臺輔家，爲書籍所，裒集文書。令大司成金

〔註177〕　朴趾源《燕巖集》卷十五《熱河日記・銅蘭涉筆》，《韓國文集叢刊》
　　　　　第 252 冊，322 頁。
〔註178〕　《高麗史》卷五・世家・顯宗。
〔註179〕　《高麗史》卷十・世家・宣宗。
〔註180〕　《蘇軾文集》卷三十，第 848 頁。
〔註181〕　《高麗史》卷二十・世家二十・明宗二。
〔註182〕　楊昭全《中國——朝鮮・韓國文化交流史》，北京：崑崙出版社，
　　　　　2004 年，第 899 頁。
〔註183〕　《高麗史》卷三・世家・成宗。

富轍、禮部員外郎林完，與諸儒臣更直。」此段記載說明「書籍所」藏著不少書籍，當中定不乏宋人詩文集。

究竟有多少書籍進入了高麗呢？我們先看《高麗史節要》中的一段記載：「八月，西京留守奏：京內進士、明經等諸業，舉人所業書籍，率皆傳寫，字多乖錯，請分賜秘閣所藏九經、漢、晉、唐書、論語孝經、子、史、諸家文集、醫、卜、地理、律、算諸書，置於諸學院，命有司，各印一本，送之。」〔註 184〕

又南宋末張端義《貴耳集》云：「宣和間，有奉使高麗者，其國異書甚富，自先秦以後，晉唐隋梁之書皆有之，不知幾千家、幾千集。」〔註 185〕徐兢在《宣和奉使高麗圖經》中亦記載曰：「詢知臨川閣藏書，至數萬卷。又有清燕閣，亦實以經史子集四部之書。」〔註 186〕

從上面這些記載，可以斷定，進入高麗的宋代書籍應當相當廣泛。高麗甚至保存了很多宋人所沒有的本子。如晁公武記載，《法華言句》一書五代時就已經因為兵亂而散失，但是「錢俶聞高麗有本，厚賂因賈人求得之，至今盛行於江浙。」〔註 187〕又比如《說苑》一書，宋代就是用高麗的本子補足完成的。〔註 188〕因為，高麗保留了很多宋代所沒有的本子，宋廷還曾反過來向高麗索求書籍。《高麗史節要》載：元祐六年，「李資義等還自宋，時帝聞我國書籍多好本，命館伴書所求書目錄，授之，乃曰：雖有卷第不足者，亦須傳寫附來。」〔註 189〕

在書籍廣泛交流的情形下，宋詩進入高麗也便是順理成章的事

〔註 184〕 《高麗史節要》卷四・文宗仁孝大王・丙申十年・宋嘉祐元年。
〔註 185〕 《貴耳集》卷上，叢書集成初編本，第 6 頁。
〔註 186〕 《宣和奉使高麗圖經》卷四十・同文「儒學」。
〔註 187〕 《郡齋讀書志》卷十六《法華言句》：「五代兵亂，其書亡。錢俶聞高麗有本，厚賂因賈人求得之，至今盛行於江浙。」
〔註 188〕 《四庫全書總目提要》卷九十一《說苑》條：「陸游《渭南集》記李德芻之言，謂『得高麗所進本補成完書』，則宋時已有此本。晁公武偶未見也。」
〔註 189〕 《高麗史節要》卷六・宣宗思孝大王・辛未八年・宋元祐六年。

了。正如周裕鍇先生所言，由於印刷術的進步，刊刻本代替了手抄本，也由於海舶商賈的發展，大量書籍的流入，高麗人比新羅人更易得到中華士大夫的詩文集，從而也更便於案頭的玩味借鑒。這對宋詩順利進入高麗並得到傳播、評論，提供了條件。〔註190〕

第三節　高麗對宋詩接受概述

一、宋詩文本流入之考察

　　流入高麗的宋代書籍涵蓋了經、史、子、集，數量如此之多，要想弄清楚當中有哪些宋代詩人別集，實非易事。

　　一是因為宋人詩文集數量太多。宋人以讀書求仕進，以文章立後世名，已經是當時全社會普遍認同的觀念。個人著述也尤其被看重，因為只有文章「可以垂世而行遠」〔註191〕，所以宋代私人編輯文集的風氣極為盛行。加之印刷業、刻書業越來越發達，這也為宋人文集的大量刊行起了推披助瀾的作用。《宋史・藝文志》著錄的宋人別集多達 1824 部，23604 卷，分屬 651 家。但實際數量遠不止如此，許多名不見經傳的普通文人的別集尚未得到完全地反映。北京大學古文獻研究所編纂的《全宋詩》是目前收錄宋代詩人最全的一部總集，據初步統計，在它所收 8900 家詩人中曾經有過文集行世的作家就達 2500 餘人。至今仍有文集傳世（包括僅存後人輯本）的，大大小小尚存 739 家。〔註192〕

　　二是高麗藏書豐富，但缺少目錄學著作。不僅沒有專門的目錄學著作，即使《高麗史》中也沒有「藝文志」。這可能與高麗後期及朝

〔註190〕　《試論宋代文學對高麗文學之影響》，周裕鍇，《國學研究》第十一卷，北京大學出版社 2003。

〔註191〕　歐陽修《居士集》卷四十四《江鄰幾文集序》，見《歐陽修全集》，北京：中國書店，1986 年，第 304 頁。

〔註192〕　《現存宋人別集版本目錄》，轉載於王嵐著《宋人文集編刻流傳叢考》，江蘇古籍出版社 2003 年，第 9 頁。

鮮李朝重儒輕文有關，比如《高麗史》中有儒林列傳，但是沒有文苑列傳等。目錄學著作的缺失，給我們今天去瞭解宋人詩文集進入朝鮮半島的情況增加了困難。

三是因爲戰火的原因，如前文所述，許多宋代詩文集已經毀失。因此，朝鮮李朝金萬重（1637～1692）就曾感歎：「宋人詩集之行於東方者蓋鮮矣。」〔註193〕

所以，要考察宋代詩集流傳高麗的情況，非常有難度。金程宇對此頗爲感同身受，他認爲：「高麗世代流傳下來的文集版本幾乎沒有，而考證也頗難。」因此，「欲瞭解當時政府書籍的存藏情況，只能通過文集、筆記、類書、史書等文獻來進行鉤沈。」〔註194〕然而即使如此，也依然很有難度，因爲高麗流傳下來的文集、筆記、類書、史書等文獻也實在太少。比如，高麗五百年歷史，僅剩下不到七十種文集。〔註195〕

這裡，必須提一下林惟正的《百家衣集》，此書保存了大量宋代詩人的詩句。林惟正大約生活於高麗明宗（1171～1197）時期，曾擔任祭酒一職，故而《百家衣集》亦稱爲《林祭酒百家衣詩集》。《百家衣集》是一本集句詩集。所謂集句詩，亦稱爲「百家衣體」，是採用不同詩人的詩句，重新組合成一首新詩。現存最早集句詩乃是西晉傅咸的《七經詩》。到了北宋，集句詩開始發展、成熟起來，王安石、蘇軾、黃庭堅、晁補之等都有大量集句詩。蔡絛《西清詩話》曰：「集句自國初有之，未盛也。至石曼卿，人物開敏，以文爲戲，然後大著。……至元豐間，王文公益工於此。」〔註196〕

〔註193〕 金萬重《西浦先生集》卷九《宋詩抄序》，《韓國文集叢刊》第148冊，92頁。

〔註194〕 《域外漢籍研究的重要收穫——喜讀〈朝鮮時代書目叢刊〉》，金程宇《域外漢籍叢考》，北京：中華書局，2007年，第202頁。

〔註195〕 張伯偉《朝鮮古代漢詩總說》，《文學評論》1996年，第2期。

〔註196〕 《稀見本宋人詩話四種》，張伯偉編校，江蘇古籍出版社，2002年，第184頁。

　　集句詩主要是依靠閱讀別人的詩集，並從中搜索到所需要的詩句，再拼湊成一篇詩作。如高麗文人趙文拔（？～1227）1225 年左右所寫《百家衣詩序》所言：「百家衣者，大原王舒王始唱之，山谷輩繼起而和於後。觀其體，每於古之詩，摘取一句，鬥湊而別著新篇。」〔註197〕

　　集句詩既要注意到用韻、平仄、格律、對仗等，還要能夠意思渾然一體，方是佳作。明李東陽《麓堂詩話》曰：「集句詩，宋始有之，蓋以律意相稱為善，如石曼卿王介甫所為，要自不能多也。後來繼作者，貪博而忘精，乃或首尾聲衡決，徒取字句對偶之工而已。」〔註198〕

　　因此，集句詩作者要博聞強記，翻閱大量詩作方能融會貫通，如出一體，做成一篇好的集句詩，這其實是一項很花費時間的工作。如李奎報所言：「追曠日搜索古人詩集，然後為之。」〔註199〕

　　林惟正的《百家衣集》所集多為唐宋詩句，涉及詩人眾多。朝鮮李朝學者南秀文（1408～1442）曾有所統計，其《林祭酒百家衣跋》云：「高麗祭酒林先生百家衣集三卷，五七言總二百八十餘首，所集無慮數。集百家詩句，左右逢原，遇物則賦，對偶之精，渾然天成。如取越羅蜀錦，而巧加針線，五彩相宜，炫耀心目。其記識之富，綴集之能，使荊公見之，寧不為之多讓也耶。」〔註200〕金程宇先生曾對《百家衣集》中的詩作情況加以統計，發現其涉及到唐五代詩人九十餘人，宋詩人一百三十餘人，收詩凡二百八十九首，一千九百六十八句。〔註201〕如果以此推測，則林惟正所看到的宋人詩集至少在一百五十種以上。如果再加上唐五代詩人的詩集至少也要有一百多種，他總共需要看將近三百種詩集方能完成這本《百家衣集》。

〔註197〕　《東文選》卷八十四。

〔註198〕　丁福保輯《歷代詩話續編》，中華書局 1983 年，第 1391 頁。

〔註199〕　《東國李相國全集》卷二十六《與金秀才懷英書》。

〔註200〕　南秀文《敬齋先生遺稿》卷一，《韓國文集叢刊》第 9 冊，48 頁。

〔註201〕　《論林惟正《百家衣集》的文獻價值》，金程宇《稀見唐宋文獻叢考》，中華書局，2009。

　　但是，在當時的條件下，林惟正能否有機會接觸到這麼多來自中國的詩集尚存疑問。本來高麗詩人的書籍閱讀面畢竟還是有限，因為圖書大部分歸國家收藏，一般人是難以閱讀到的。高麗末，鄭道傳還感歎國內書籍太少，致使學者讀書不廣，故而想設立「書籍鋪」印書，以便有志者都能讀到想讀的書籍。〔註202〕那麼，林惟正又如何能接觸到那麼多中國詩文集呢？關於這一點，朝鮮李朝學者李德懋《清脾錄》中有段話，他說：「高麗林惟正工於集句，有《百家衣集》。……柳泰齋曰：『集句荊公所難，近世林祭酒惟正、崔先生報鈞，皆能之。我國文籍鮮少，林崔所集，多有不見不聞之人。此甚可疑。』」〔註203〕李德懋借用柳方善（1388～1443）的話表示了自己的懷疑。徐居正《東人詩話》中對柳方善的話做了更為具體的引述：

　　　　余嘗聞泰齋先生集句難易，先生曰：「難而易，易而難。」
　　曰：「何謂也？」曰：「集句荊公所難，近世林祭酒惟正、崔
　　先生執君皆能之。觀其所集，似是平日依韻摭詩，諸子百家，
　　靡不搜獵，區分類別，以待其用耳。我國家文籍鮮少，百家
　　諸子之行有數，而林崔所集，多有不見不聞之人，此甚可疑。
　　且林、崔既能集句，何無自作一篇流傳於世，膾炙人口乎？
　　是又可疑。此不亦難而易、易而難乎？」〔註204〕

確實如柳方善所言，林惟正自己所作的詩一首也沒有流傳下來，這很讓人生疑。此外，林惟正集句詩中張冠李戴現象頗多，錯把其它朝代的人當做宋人的也很多。因此，本文暫時不把它作為考察依據。不過，為了便於瞭解，還是把《百家衣集》中所涉及的一百三十餘宋詩人列

〔註202〕　《三峰集》卷一《置書籍鋪詩並序》：「夫為士者，雖有嚮學之心，
　　　　苟不得書，亦將如之何哉？而吾東方書籍罕少，學者皆以讀書不廣
　　　　為恨，予亦病此久矣。切欲置書籍鋪鑄字，凡經史子書諸家詩文，
　　　　以至醫方兵律，無不印出。俾有志於學者，皆得讀書，以免失時之
　　　　歎。」見《韓國文集叢刊》第五冊，第296頁。
〔註203〕　李德懋《青莊館全書》卷三十三《清脾錄》二·林惟正集句，《韓
　　　　國文集叢刊》第258冊，21頁。
〔註204〕　《東人詩話》卷下，《域外詩話珍本叢書》第八冊，242頁。

於下面，按出現順序排列，供參考。〔註205〕

　　　　王禹偁　胡眞（直）儒　潘閬　張子方　楊師道　王
鈇　僧無本　司馬光　黃唏（晞）　曹組　張政元　柳開
魏野　謝邁　楊徽之　僧正勤　趙滕　和（種）放　王操
蔡襄　畢公叔　楊傑　蘇子瞻　趙企　（姚）舜諧　孫何
楊蟠　（楊）億之　智圓　永叔　公濟　石延年　（王）
荊公　王震　文與可　寇準　毛友　夏倪　郭震　范文正
李樸　（蘇）舜欽　張耒　范純仁　清晦　王逢原　陸經
宋祁　呂本中　俞迪孺　劉安世　李師中　邢敦夫　楊公
濟　陳師道　徐師川　獎（蔣）堂　錢公輔　沈括　徐
鉉　李構（觏）　唐庚　宋白　鄭文寶　王令　王洙　舒
亶　陳諤　王珪　參寥　許表民　丁謂　范鎮　胡方直
（致隆）　朱存　尹潛　李若水　惠洪（以上卷一）

　　　　王觀　張嶸　智覺　陶弼　陳充　呂祐之　劉紋　可
正平(釋祖可)　聖俞(梅堯臣)　趙德麟　朱服　夏竦　敏
若(石懋)　李至　泉和尚(法泉)　蔡肇　和蠓　王隨　杜
惟一　何永錫　晏殊　（黃）山谷　孫僅　（曾）子固　陳
純益　俞秀老　程但(俱)　李邦直(清臣)　蔡持正(確)
鄭獬　焦千之　宋庠　丁寶臣　韓駒　張擴　廖融　陳瞻
錢惟演　張叔夜　陸長倩　尹洙　蘇易簡　趙湘　潘大臨
唐咨　葉不器（以上卷二）

　　　　龔原　張衡　歐陽凱士　葛次仲　曾誠（以上卷三）
此外，《百家衣集》中引用詩句最多的詩人是白居易，有二百二十回，
接下來依次是：杜甫（104 回），歐陽修（82 回），蘇軾（75 回），王安
石（55 回），王禹偁（51 回），李白（42 回），蘇舜欽（31 回）。〔註206〕

〔註205〕　參考自《論林惟正〈百家衣集〉的文獻價值》，金程宇《稀見唐宋
　　　　　文獻叢考》，中華書局 2009 年，第 168 頁。
〔註206〕　琴知雅《林惟正의〈林祭酒百家衣詩集〉研究》，《中國語文學論集》
　　　　　第 49 集，2008.4。

二、宋詩文本之接受概況

因爲資料的有限，所以我們只能把目光轉向高麗文人所留存下來的文字，從他們的筆下去尋找線索。雖然，這依然還是不夠全面的，但我們至少能夠大致掌握宋詩文本傳入高麗的基本情況。

1、宋人詩集

在高麗文人的作品中，很多地方明確記載了他們當時所閱讀到的宋人詩文集。李奎報（1169～1241）《扶寧馬上記所見》詩，其詩序中寫道：「二月，復指扶寧郡。馬上讀《小畜詩》，用《茶園》詩韻，記所見。」〔註207〕這裡的「小畜詩」當爲王禹偁《小畜集》。崔滋（1188～1260）《補閑集》卷下：「文順公曰：『曩余初見《歐陽公集》，愛其富，再見得佳處，至於三拱手歎服。』」此處的《歐陽公集》，當是歐陽修《歐陽文忠公全集》〔註208〕。崔滋《補閑集》卷上曰：「予嘗謁文安公，有一僧持《東坡集》質疑於公。」李奎報也有《全州牧新雕〈東坡文集〉跋尾》一文。〔註209〕據王水照先生考證，蘇軾文集在其生前即已傳入了高麗。〔註210〕李奎報《東國李相國集》卷十八有《偶讀〈山谷集〉次韻雨絲》一詩，李仁老（1152～1220）《臥陶軒記》亦曰：「是以闢所居北廡，以爲棲遲之所，因取《山谷集》中『臥陶軒』以名之。」〔註211〕則黃庭堅的詩集在高麗中期已經比較流行。李仁老《破閑集》卷上曰：「近有以《筠溪集》示之者，大率多贈答篇，玩味之，皆不及前詩遠甚。」此則釋惠洪《筠溪集》傳入之確證。陳澕（約生活於1200年間）《春晚題山寺》云：「雨餘庭院簇莓苔，人靜雙扉晝

〔註207〕 《東國李相國全集》卷十，《韓國文集叢刊》第1冊，393頁。
〔註208〕 〔韓〕黃一權《歐陽修著作初傳韓國的時間及其刊行、流佈的狀況》，《復旦學報》，2000年第2期。
〔註209〕 《東國李相國文集》卷二十一，《韓國文集叢刊》第1冊，515頁。
〔註210〕 王水照《蘇軾文集初傳高麗考》，《半肖居筆記》，上海：東方出版中心，1998年，62～64頁。
〔註211〕 《東文選》卷六十五。

不開。碧砌落花深一寸，東風吹去又吹來。」〔註212〕而徐居正《東人詩話》云：「近得《甘露集》，乃宋僧詩也。其詩云『綠楊深院春晝永，碧砌落花深一寸』，與陳句無一字異，古之人亦有是語矣。」〔註213〕據此，惠洪的《甘露集》也已經在高麗中期進入了高麗。

林桂一《萬德山白蓮社靜明國師詩集序》曰：「文章之作，固釋氏之餘事，然自唐、宋間，高僧四十餘人詩集，行於世，斯亦可尚已。」〔註214〕林桂一乃是高麗中期詩人，大致與李奎報同時，《高麗史》無傳。其所說「高僧四十餘人詩集」不知道是各自有詩集，還是這些唐宋僧人詩的合集。

李崇仁（1347～1392）《陶隱先生文集》卷五《題千峰詩稿後》曰：「世傳唐《九僧集》，予嘗竊窺其梗概。爾之所得，豈肯多讓乎彼哉。」李崇仁所說「唐《九僧集》」當是語誤，應為「宋《九僧集》」。歐陽修《六一詩話》曰：「國朝浮圖以詩鳴於世者九人，故時有集號《九僧詩》。」則其時已經傳入朝鮮半島的應是宋《九僧詩集》。

此外，元天錫（1330～？）《耘谷行錄》卷四有詩，題曰《次康節邵先生〈春郊十詠詩〉並序》，序中有「予讀先生《擊壤集》」語，鄭樞（1333～1382）《圓齋先生文稿》卷上有題為《污吏同朴獻納用〈陳簡齋集〉中韻》詩，可見邵雍的《擊壤集》與陳與義《簡齋集》均已在高麗晚期傳入了高麗。

2、宋人詩句

高麗詩文中多有引用宋人詩句處，被引用之人的詩文集有可能當時也已經傳入了高麗。比如李仁老《破閒集》卷上：「菊有品彙至多，雖不可數，須以黃為正色，故古人云：『五色中偏貴，千花後獨尊』」。「五色中偏貴，千花獨後尊」一聯出自宋初詩人魏野《詠菊》詩，魏野有《草堂集》。李奎報《東國李相國文集》卷二十一《論詩

〔註212〕　《梅湖遺稿》，《韓國文集叢刊》第二冊，274 頁。
〔註213〕　《東人詩話》卷上，《域外詩話珍本叢書》第八冊，180 頁。
〔註214〕　《東文選》卷八十三。

說》：「予自讀梅聖俞詩，私心竊薄之……」又李奎報《東國李相國全集》卷十二《與同年盧生手簡》中有「此梅聖俞所謂『大貧丐小貧，安得不相嗤者』也。」，這裡所引詩句出自梅堯臣《貸米於如晦》詩，梅堯臣有《宛陵集》。李集（1327～1387）《遁村雜詠》中有《復賦》詩，其詩曰：「占斷風情向臘天，尋詩和靖倍忻然。暗香疏影儂家興，我愛孤芳席更前。」其「暗香疏影」句無疑出自宋初詩人林逋，林逋有《和靖集》。鄭摠（1358～1397）《復齋先生集》（上）有《宮詞集句，想奉天殿作》詩，這是一首集句詩，其詩曰：「月倚觚稜宿霧收，露華香滴杏梢頭。君王曉坐金鑾殿，萬國衣冠拜冕旒。」「月倚觚稜宿霧收」一句出自宋景文，也就是宋初詩人宋祁，祁有《景文集》。「露華香滴杏梢頭」一句作者為趙文鼎。趙文鼎，《宋史》無傳。《花庵詞選》有他的詞作，並介紹其曰：「趙文鼎，名善抗，號解林居士，詩詞甚富，蓋趙德莊之流也。」〔註215〕趙文鼎是否有文集行世，今已不詳。《宋史・藝文志》、《文獻通考・經籍考》、《四庫全書總目》均不載其書目。《全宋詩》收錄其散佚詩作四首一句。李穡（1228～1396）《牧隱詩稿》卷十四《狂吟》詩曰：「剗卻君山湘水平，斫卻桂枝月更明。放翁此語盡豪放，只恐千載傳狂名。」此詩前兩句見於陸游《樓上醉歌》。又《牧隱詩稿》卷十七《欲出未能，有懷雲錦》曰：「放翁詩語想清遊，一馬二僮溪路秋。老牧病餘無腳力，扶輿細雨亦風流。」此詩第二句「一馬二僮」語出自陸游《題蘇虞叟岩壑隱居》。

《高麗史節要》卷十一有這樣一段記載：「時人，誦宋人『並遊英俊顏何厚』之句，以譏之。」這一詩句出自李師中（1013～1078）《送唐介》。李師中有《李誠之集》三卷。這首詩當時流傳頗廣，晁公武曰：「唐子方貶〔註216〕春州，誠之嘗有詩送行，盛傳一時。」只

〔註215〕 《花庵詞選》，〔宋〕黃昇輯，王雪玲、周曉薇校點，瀋陽：遼寧教育出版社，1997年，第231頁。
〔註216〕 《郡齋讀書志》卷十九。

是，高麗人是只讀到這一首很流行的詩，還是看到了李師中的詩集，不得而知。

3、宋詩詩韻

高麗人喜歡以次宋人詩韻方式創作詩歌，據此，我們也可以判斷哪些宋人詩作傳入了高麗。這裡以李奎報的幾首詩爲例，比如《東國李相國全集》卷三有《次韻梁閣校，和潘閬春遊篇》一詩。潘閬乃宋初詩人，有《潘逍遙詩》。潘閬的詩散佚嚴重，今《全宋詩》中不見題爲《春遊》之詩。李奎報這首詩長達八十二句，乃是一首古體詩，在詩題旁有一小注：「長短一依潘體」，可見，潘閬原詩也應該是一首長篇古體詩。《東國李相國全集》卷六有《十六日，次中庸子詩韻》，詩曰：「羈紲不到處，白雲僧自閒。煙光愁暮樹，松色護秋山。落日寒蟬噪，長天倦鳥還。病中深畏客，白日鎖松關。」中庸子，乃宋初詩人釋智圓，與處士林逋爲友，有《閒居編》。李奎報所次之詩乃是其《題湖上僧房》一詩，載於《閒居編》五十一卷。《東國李相國全集》卷八有《訪寒溪，住老覺師旅寓，用參寥子詩韻贈之》一詩。參寥子，即北宋僧人道潛。道潛能文章，尤喜爲詩，與蘇子瞻、秦少游爲詩友。又李穡《牧隱詩稿》卷十六有一首詩，其詩序云：「宋詩有『五月臨平山下路，藕花無數滿汀洲』之句⋯⋯」。這兩句宋詩正是出自道潛詩作《臨平道中》。《東國李相國全集》卷十有《草堂與諸友生置酒，取王荊公詩韻各賦之》，李奎報還有《論王文公菊詩議》一文，則王安石的詩集想必已經在那時傳入了高麗。

4、宋人之名

高麗詩文中還出現了很多宋人的名字，他們並不以詩知名，但是其詩作依然有可能成爲高麗人的閱讀對象。比如崔瀣（1287〜1340）《春軒壺記》曰：「春軒崔侯，學古孝悌人也。病子弟泛學無師，未有以正之者，則廣收程朱氏之書，與之講習焉。」〔註217〕崔瀣並未

〔註217〕《拙稿千百》卷一，《韓國文集叢刊》第三冊，19頁。

說明「程朱氏之書」中是否包括他們的詩集，但李齊賢（1288～1367）在其《則天陵》詩序中有「後閱晦庵《感遇》詩……」之語，〔註218〕那麼，朱熹的詩集肯定是已經在高麗末期進入朝鮮半島了。

《高麗史・金富軾傳》記載：「王嘗召富軾，置酒命讀司馬光遺表及訓儉文，歎美久之曰：『光之忠義如是，時人謂之姦黨，何也？』富軾對曰：『以與王安石不相能耳，其實無罪。』王曰：『宋之亡未必不由此也。』」〔註219〕金富軾（1075～1151）乃高麗早期學者、詩人，著有《三國史記》。由此段文字可知司馬光（1019～1086）的文章在高麗早期即已很受朝鮮半島君臣的喜愛。不過，這裡只提及他的公文，至於其是否有詩文集傳入高麗，並無明確記載。但是崔瀣（1287～1340）《拙稿千百》卷一《春軒壺記》曰：

予少時始讀經傳，則知投壺之禮君子所以節賓主之樂而作之者，而未究其制焉。及見司馬文正公圖序，則雖得其大概，又無師友可以問而質之。每恨生長海隅，不得與中原士夫相接，而擁矢請益身習之也。

據晁公武《郡齋讀書志》卷十五記載，司馬光著有《投壺新格》一書。同時，司馬光有《傳家集》八十卷，這是司馬光生前親自編訂的。〔註220〕據《四庫全書總目提要》，《傳家集》中包含「賦一卷，詩十四卷，雜文五十六卷，題跋、《疑孟》、《史剡》共一卷，《迂書》一卷，壺格、策問、樂詞共一卷，誌三卷，碑、行狀、墓表、哀辭共一卷，祭文一卷」。〔註221〕可見，《投壺新格》也已經被編入了《傳家集》。那麼，崔瀣所讀到的是單本《投壺新格》，還是《傳家集》呢？根據當時書籍刊印及交流的情況，考慮到當時的交通等種種因素，崔瀣所讀應為《傳家集》，因為在當時條件下，高麗人不太可能一本一本來購買司馬光的著作。而且，《投壺新格》一書在《直齋書錄解題》

〔註218〕　《益齋亂稿》卷三《則天陵》，《韓國文集叢刊》第二冊，522 頁。
〔註219〕　《高麗史》卷九十八・列傳十一・金富軾。
〔註220〕　《郡齋讀書志》卷十九。
〔註221〕　《四庫全書總目提要》卷一五二・集部五・別集類五。

和《宋史‧藝文志》中均已不載，估計此書的單本在南宋就已經不再刊印，而是僅保存在《傳家集》中了。既然《傳家集》進入了高麗，那麼司馬光的詩文也肯定是已經隨之傳入了。

此外，諸如蘇舜欽、楊億、范仲淹、司馬光、楊萬里、范成大、蘇轍、曾鞏、胡仔等知名宋人名，也都出現在高麗詩文中，雖然無法確認其詩文集是否傳入，但可以斷定這些人是爲高麗人所熟知的。

從以上的分析中，我們可以發現，有代表性的宋代詩人的作品或詩集都已經進入了高麗文人的閱讀視野。

三、接受宋詩文本之方式

高麗對宋詩的學習，並非只是被動的接受，他們以各種各樣的方式，來展開主動的選擇。

1、鍾情於宋代詩人的某個知名言論或者是獨特品格

比如蘇轍，高麗人所激賞的乃是其在《上樞密韓太尉書》中所揭示的「文氣論」。如林椿在《上李學士書》曰：「養其氣者，非周覽名山大川，求天下之奇聞壯觀，則亦無以自廣胸中之志矣。是以，蘇子由以爲於山見終南嵩華之高，於水見黃河之大，於人見歐陽公、韓大尉，然後爲盡天下之大觀焉。」〔註222〕崔瀣在《送鄭仲孚書狀官序》中曰：「昔蘇穎濱讀百氏之書，不足激其志氣，捨去遊京師，觀宮闕倉廩府庫城池苑囿之大，見歐陽公，聽議論之宏辯。而又見韓大尉，願承光耀，以盡天下之大觀而無憾也。」〔註223〕鄭誧在《雪谷集》之《送人赴都》曰：「少日遊天京，結交皆豪英。虛名簸人口，壯志自可驚。見知韓太尉，竊比蘇穎濱。那知事大謬，東歸受艱辛。」這些高麗文人都對蘇轍的「文氣論」很熟悉，但是卻並未提及他的詩作。

再如范仲淹，高麗人所熟知的是他的那句名言「先天下之憂而憂，後天下之樂而樂」。如「然公有大度，幼年志學，常誦范文正之

〔註222〕　《西河先生集》卷四，《韓國文集叢刊》第 1 冊，243 頁。
〔註223〕　《拙稿千百》卷二，《韓國文集叢刊》第三冊，22 頁。

言曰『先天下之憂而憂，後天下之樂而樂』，以爲大丈夫不爲則已，苟志於世，胡不爾也。」〔註224〕又「昔范文正公登岳陽樓歎曰：『先天下之憂而憂，後天下之樂而樂』，我思古人，實獲我心。」〔註225〕至於范仲淹的詩作，也同樣無人提及。

還有一些宋代詩人爲高麗人所熟知，主要也並非是因爲其詩篇，而是因爲其高尚品格或者獨特個性。比如，對於林逋，高麗詩人欣賞的是其孤高自好、遺世獨立的品格。林椿《寄山人益源》詩曰：「莫作北山移，吳儂有林逋。」〔註226〕把林逋與《北山移文》所揭露和諷刺的那些僞裝隱居以求利祿的文人聯繫在一起，所讚賞的乃是那種眞正的隱士品格，故而「梅花」意象也便與林逋永遠地聯繫在了一起。如李穀（1298～1351）云：「爲我一過和靖宅，能詩便是愛梅人。」〔註227〕李穡云：「西湖鏡淨倒青山，和靖梅花照水寒。」〔註228〕元天錫云：「能詩和靖憐梅樹，愛酒淵明對菊叢。」〔註229〕他們都以「梅」來寓意林逋的個人品格。又如潘閬，高麗人喜愛的是其疏狂不羈的個性，故而「潘閬騎驢」是他們吟誦最多的意象。比如李仁老《崔太尉騎牛出遊》曰：「嗜酒謫仙扶上馬，愛山潘閬倒騎驢。爭如穩著黃牛背，處處名園任所如。」〔註230〕陳澕專門以「潘閬騎驢」爲題作詩曰：「三峰縹緲是新居，一抹斜暉轉碧虛。已信此行無去住，浪吟猶自倒騎驢。」〔註231〕李齊賢不僅詩中寫潘閬：「任他行路嘲輕脫，倒

〔註224〕 白文寶《淡庵先生逸集》卷二《尹氏墳廟記》，《韓國文集叢刊》第三冊，314 頁。

〔註225〕 鄭道傳《三峰集》卷四《二樂亭記》，《韓國文集叢刊》第 5 冊，349 頁。

〔註226〕 《西河先生集》卷一，《韓國文集叢刊》第一冊，210 頁。

〔註227〕 李穀《稼亭先生文集》卷十七《送鄭仲孚遊杭州謁丞相》，《韓國文集叢刊》第 3 冊，205 頁。

〔註228〕 《牧隱詩稿》卷五《雪後寄林樣》，《韓國文集叢刊》第 4 冊，3 頁。

〔註229〕 元天錫《耘谷行錄》卷四《復次》，《韓國文集叢刊》第 6 冊，198 頁。

〔註230〕 《東文選》卷二十。

〔註231〕 《梅湖遺稿》之《和李俞諸公題任副樞寢屏四詠》，《韓國文集叢刊》第 2 冊，276 頁。

跨驢兒點檢看。」〔註 232〕甚至還把他寫進了自己的詞作中，如「一嘯蹇驢背，潘閬亦風流。」〔註 233〕

2、把宋人詩句化用在自己的作品中

如林椿《西河先生集》卷三《代書答金秀才》詩曰：「昨傳書信勸加餐，一別堪嗟再會難。每欲烹雞侍供給，因思捫虱話辛酸。近來交道如雲薄，唯有先生耐歲寒。秋入衡陽多北雁，須應爲我報平安。」其「因思捫虱話辛酸」一句源自蘇軾《和王斿二首》其一：「異時長怪謫仙人，舌有風雷筆有神。聞道騎鯨遊汗漫，憶嘗捫虱話悲辛。氣吞餘子無全目，詩到諸郎尙絕倫。白髮故交空掩卷，淚河東注問蒼旻。」〔註 234〕又如：林椿《西河先生集》卷三《暮春聞鶯》詩曰：「田家三月麥初稠，綠樹初聞黃栗留。似識洛陽花下客，殷勤百囀未能休。」「似識洛陽花下客」一句來自歐陽修《戲答元珍》詩：「春風疑不到天涯，二月山城未見花。殘雪壓枝猶有橘，凍雷驚筍欲抽芽。夜聞歸雁生鄉思，病入新年感物華。曾是洛陽花下客，野芳雖晚不須嗟。」〔註 235〕

再如：閔思平（1295～1359）《及庵先生詩集》卷三《杏村書室梅花答胥有儀》詩曰：「一春泥酒走芳埃，見雨迎梅又送梅。素質共憐天所賦，紅顏豈是自爲媒。分身陸放詩翁醉，乘興林逋處士來。爲報清乎隱君子，對花不飲也應猜。」權近（1352～1409）《陽村先生文集》卷三《南氏宅賦梅三絕，因兩家皆無紙，故未書已有日矣。南公得紙分惠，仍求梅詩，又作此爲謝》詩曰：「春風有興即吟詩，未久茫然摠不知。忽得溪藤書一句，流傳還恐被人欺。一樹梅花一首詩，

〔註 232〕　《益齋亂稿》卷三《菊齋橫坡十二詠・潘閬三峰》，《韓國文集叢刊》第 2 冊，526 頁。

〔註 233〕　《益齋亂稿》卷十《水調歌頭・過大散關》，《韓國文集叢刊》第 2 冊，606 頁。

〔註 234〕　《蘇軾詩集》卷二十四，第 1289 頁。

〔註 235〕　《居士集》卷十一，見《歐陽修全集》，北京市中國書店，1986 年，74 頁。

放翁風味有誰知。殷勤走紙求題詠，須信先生不我欺。」這兩首詩都用了陸游《梅花絕句》中的意象。「分身陸放詩翁醉」和「一樹梅花一首詩」脫胎於陸游《梅花絕句》：「聞道梅花坼曉風，雪堆遍滿四山中。何方可化生千億，一樹梅前一放翁。」〔註236〕李穡《牧隱詩稿》卷十七《欲出未能，有懷雲錦》詩云：「放翁詩語想清遊，一馬二僮溪路秋。」「一馬二僮」語則出自陸游《題蘇虞叟岩壑隱居》一詩：「千岩萬壑舊卜築，一馬二僮時出遊。」〔註237〕安軸（1282～1348）《謹齋先生集》卷一《奉答通州太守贈別詩》：「關東二載鎮軍營，未把恩憐慰物情。回謝江湖釣臺月，他年尋我白鷗盟。」其最後一句顯然是化用黃庭堅《登快閣》中的詩句「此心吾與白鷗盟」。

在高麗漢詩中，像這樣化用宋人詩句的地方還有很多。這一方面說明高麗詩人們對宋詩非常的喜愛，一方面也說明他們是充分熟稔宋詩的。化用詩句，還是一種創造性學習的體現，它需要高麗詩人對宋詩有較為深入的體驗和理解，方能巧妙點化，為我所用。

3、通過和韻、次韻的形式接受宋詩

當某些宋詩的思想內容與寫作技巧，甚至僅僅是某個宋代詩人本身打動了高麗詩人時，雙方會產生一種內在的共鳴，和韻、次韻便成為高麗詩人表情達意的常見形式。

次韻、和韻等形式本始於唐代，張表臣《珊瑚鉤詩話》云：「前人作詩，未始和韻。自唐白樂天為杭州刺史，元微之為浙東觀察，往來置郵筒倡和，始依韻。」〔註238〕到了宋代後，因為蘇軾、黃庭堅等人的大量使用，這種形式方興盛起來。嚴羽《滄浪詩話·詩評》曰：「和韻最害人詩，古人酬唱不次韻，此風始盛於元白皮陸，

〔註236〕　《劍南詩稿》卷五十，見《陸遊集》，孔凡禮點校，北京：中華書局，1976 年版，第 1231 頁。

〔註237〕　《劍南詩稿》卷七十六，《陸遊集》，第 1782 頁。

〔註238〕　《珊瑚鉤詩話》卷一，見《歷代詩話》，中華書局，2004 年，458頁。

本朝諸賢乃以此而鬥工，遂至往復有八九和者。」〔註239〕朝鮮李朝初期文學家金安老（1481～1537）在《龍泉談寂記》中云：「古人於詩，投贈酬答，但和其意而已。次韻之作，始於元白，往復重押，愈出愈新，至歐、蘇、黃、陳而大盛。」〔註240〕其觀點與宋人的認知是一樣的。又李朝學者梁慶遇（1568～？）云：「唐人以詩酬唱者，不過和詩中之意，而無次韻之例。宋人酬唱之詩，專尚押韻，不必和其意。次韻之例，蓋始於宋人矣。然嘗見元微之酬樂天詠通州事長律四首之詩，則其中兩律依樂天之韻，是知在唐已有次韻之漸矣。」〔註241〕

　　和韻、次韻之風也傳到了高麗詩壇。比如，高麗文集中，追和蘇軾的詩一共有三十八首，其中主要集中在高麗中期，而李奎報一個人就有三十一首和蘇詩。〔註242〕這恰如其分地反映出了高麗中期詩人對蘇軾本人及其詩作的熱愛。林椿曰：「僕觀近世，東坡之文大行於時。」〔註243〕李奎報亦曰：「夫文集之行乎世，亦各一時所尚而已。然今古已來，未若東坡之盛行。」〔註244〕都同樣反映出當時的學蘇熱情。

　　再比如，王禹偁的詩歌也是高麗中期詩人們的鍾愛，經常成為他們唱和的對象。李奎報《東國李相國全集》卷十《扶寧馬上記所見》詩曰：

　　　　分憂無暇日，乘駒走平原。是處花迷路，誰家竹鎖園。

　　藤纏扶倒蔓，槐僕露孤根。逸駕如鞭鶴，輕裝可趁猿。湖

〔註239〕　《滄浪詩話》「詩評」，見《歷代詩話》，699頁。

〔註240〕　金安老《龍泉談寂記》，《域外詩話珍本叢書》第十一冊，107頁。

〔註241〕　梁慶遇《霽湖集》卷九《詩話・唐人詩已有次韻之漸》，《韓國文集叢刊》第73冊，501頁。

〔註242〕　〔韓〕金卿東《論李奎報對蘇東坡的和詩》，《中正大學中文學術年刊》第六期，2004年12月。

〔註243〕　《西河先生集》卷四《與眉叟論東坡文書》，《韓國文集叢刊》第1冊，242頁。

〔註244〕　《東國李相國全集》卷二十一《全州牧新雕東坡文集跋尾》。

天春霧暗，蠻店瘴雲溫。苔活添新暈，潮狂過舊痕。入村逢燕社，望海問鼇番。古堰晨開閘，空城晝掩門。郡胥迎導路，邑宰出開樽。役役皆王事，陶陶亦聖恩。沙邊鷗獨舞，林表鳥能言。父老休驚避，書生不自尊。

這首詩詩韻用的正是王禹偁的《茶園十二韻》詩，王詩為：

勤王修歲貢，晚駕過郊原。蔽芾餘千本，青蔥共一園。芽新撑老葉，土軟迸深根。舌小侔黃雀，毛獰摘綠猿。出蒸香更別，入焙火微溫。採近桐華節，生無穀雨痕。緘縢防遠道，進獻趁頭番。待破華胥夢，先經閶闔門。汲泉鳴玉甃，開宴壓瑤罇。茂育知天意，甄收荷主恩。沃心同直諫，苦口類嘉言。未復金鑾召，年年奉至尊。〔註245〕

王禹偁《茶園十二韻》詩記述了路經茶園所見一切，描寫細緻而生動，特別是結尾「沃心同直諫，苦口類嘉言」一聯，借茶寓意，以直言規勸，用善意忠告，使他人改變不合時勢、法度、情理的主張和做法。詩風清新平易。而李奎報這首詩的序中寫道：「二月，復指扶寧郡。馬上讀《小畜詩》，用《茶園》詩韻，記所見。」可見，李奎報是在旅行途中，讀到王禹偁的詩，突發詩興，記下自己的所見所思。此詩深受王禹偁詩影響，雖然沒有王詩的自然流暢，但是也平易近人，特別是結尾處「沙邊鷗獨舞，林表鳥能言」一聯，同樣有所寓意。

李奎報《東國李相國全集》卷九還有一首詩，詩曰：「萬里天涯意外逢，夕陽煙岫碧千重。才雄獨作人中鳳，緣厚曾攀牓上龍。傷錦拙能慚郡寄，燃藜大手賀儒宗。殷勤更乞尋溪寺，何惜齊鑣過一峰。」

這首詩的詩序寫道：「六月八日，鶯谷驛，遇劉天院沖祺小酌，用小畜詩韻各賦」。從詩序可知，李奎報與劉沖祺都用《小畜集》詩韻寫了一首詩，他們兩人所用詩韻乃是王禹偁的《揚州道中感事兼簡史館丁學士》一詩。

〔註245〕《全宋詩》第二冊，第 761 頁。

　　高麗中期，喜歡王禹偁詩的當不止這兩位，與李奎報同時的林桂一也用王禹偁詩韻寫了一首詩，其詩序曰：「丙寅秋仲一日，謁平章慶源公，因語及宋學士王文公禹偁西湖蓮社詩，其起聯云『夢幻吾身是偶然，勞生四十又三年』。時予適已過先師不惑之年而加數歲，惻然有感，因和成一篇，遙寄呈大尊宿丈下，以達鄙懷，且約他時問道，冀綠蘿煙月，無以予爲生客耳」。〔註246〕從序中可知，林桂一所和爲王禹偁《寄杭州西湖昭慶寺華嚴社主省常上人》一詩，王詩爲：「夢幻吾身是偶然，勞生四十又三年。任誇西掖吟紅藥，何似東林種白蓮。入定雪龕燈焰直，講經霜殿磬聲圓。謫官不得餘杭郡，空寄高僧結社篇。」〔註247〕

　　與林桂一交遊的高麗僧人釋始寧也和了一首，詩曰：「一葉秋來起浩然，年經年復幾年年。那知陌巷搖搖柳，元是淤泥濯濯蓮。白菊籬邊篁韻碎，紫苔庭畔樹陰圓。長沙隻眼雖云在，一點靈犀露短篇。」〔註248〕釋始寧在詩題中寫道：「前用王文公起聯中生字爲韻，似聞藥省諸郎皆次林拾遺詩韻，依（缺一字）更呈」。「藥省諸郎皆次林拾遺詩韻」，可見當時參與此次和詩的有好多人。

　　王禹偁乃是宋初「白體」詩人重要代表，其詩語言平易流暢，風格簡雅古淡。林逋盛讚他：「縱橫吾宋是黃州」〔註249〕，胡仔也說：「國初沿襲五代之餘，士大夫皆宗白樂天詩，故王黃州主盟一時。」〔註250〕高麗中期，這麼多人對王禹偁的詩歌感興趣，並不是偶然的現象。

　　當我們注目於高麗中期漢詩時，往往只關注了蘇軾，如金宗直在《青丘風雅序》中曾慨歎：「麗之中葉，專學東坡。」這句話其實並不全面，它忽略了其時高麗詩人對不同詩風的喜愛，比如他們也是崇

〔註246〕　《東文選》卷十四。
〔註247〕　《全宋詩》第二册，第 757 頁。
〔註248〕　《東文選》卷十四。
〔註249〕　林逋《讀王黃州詩集》，《全宋詩》第二册，1230 頁。
〔註250〕　《苕溪漁隱叢話》前集卷二十二。

尚「平淡」詩風的。李奎報《論詩說》曰：「予自讀梅聖俞詩，私心竊薄之，未識古人所以號詩翁者。及今閱之，外若爾弱，中含骨鯁，真詩中之精雋也，知梅詩然後可謂知詩者也。……又陶潛詩恬淡和靜，如清廟之瑟，朱弦疎越，一唱三歎。予欲效其體，終不得其髣髴，尤可笑已。」〔註 251〕

梅堯臣詩蘊藉含蓄，詩風平淡委婉，深得後人稱道。劉克莊《後村詩話》前集稱他為宋詩的「開山祖師」〔註 252〕，李奎報所領會梅堯臣詩歌的「精雋」之處便是其意於言外的那種含蓄平淡美，而平淡正是宋詩的一個重要特徵。

李奎報不僅欣賞梅堯臣、陶淵明，還十分仰慕白居易的詩風，他說：「白公詩，讀不滯口，其詞平淡、和易，意若對面諄諄詳告者。雖不見當時事，想親睹之也。是亦一家體也。古之人或以白公詩頗涉淺近，有以囁嚅翁目之者，此必詩人相輕之說耳，何必爾也。」〔註 253〕顯然，從陶淵明、白居易，到王禹偁、梅堯臣，李奎報所鍾情的乃是他們一脈相承的淡而有味的詩風。

當然，不僅僅是李奎報喜歡這種平淡詩風，李仁老《破閑集》卷中也說：「夫得道者之辭，優游閑淡，而理致深遠，雖禪月之高逸，參寥之清婉，豈是過哉？此古人所謂『如風吹水，自然成文』。」即使到了高麗末期，李齊賢還借稱讚友人，道出其對「蘊藉其文，平淡其詩」的喜歡。〔註 254〕

所以，通過高麗詩人的唱和詩篇，我們可以深入分析高麗詩人對宋詩的接受情況。

〔註 251〕 《東國李相國文集》卷二十一，《韓國文集叢刊》第 1 冊，509 頁。

〔註 252〕 劉克莊《後村詩話》前集卷二，中華書局 1983 年，22 頁。

〔註 253〕 《東國李相國後集》卷十一《書白樂天集後》，《韓國文集叢刊》第二冊，244 頁。

〔註 254〕 《益齋亂稿》卷九下《安謙齋真贊》，《韓國文集叢刊》第 2 冊，603 頁。

第四節　宋人詩文傳入考辨

一、總集

《文苑英華》

　　《高麗史》卷十·世家·宣宗：（宣宗七年，1089）宋
賜《文苑英華》集。

　　按：太平興國七年（982），宋太宗「命學士李昉、扈蒙、徐鉉、
宋白等閱前代文學，撮其精要，以類分之」〔註255〕，欲編成一部繼
《文選》之後的詩文總集。雍熙三年（986）完成。此後又經過四次
校勘，至南宋周必大方才形成較爲可信的傳本。〔註256〕全書凡一千
卷，上起蕭梁，下迄唐五代，選錄作家近 2200 人，文章近兩萬篇。
所收唐代作品最多，約占全書的十分之九，所以這書實際上是唐代詩
文的總匯。

《唐文粹》、《宋文鑒》

　　李穡（1328～1396）《牧隱文稿》卷九《贈金敬叔秘書
詩序》：子雲清淨守玄宅，學力所到非荒虛。三國文章出師
表，千年寂寂南陽廬。太山北斗韓吏部，力排異端仍補苴。
歐王曾蘇冠趙宋，中間作者皆丘墟。程朱道學配天地，直
揭日月行徐徐。梁選唐粹宋文鑒，通典通考精英儲。雄文
傑句並晃耀，精鑒博採相乘除。

　　按：李穡提到了三部文學總集，分別是：梁選、唐粹、宋文鑒。
「梁選」當指梁蕭統《文選》。「唐粹」則是《唐文粹》。《郡齋讀書志》
卷二十著錄有《文萃》一百卷，姚鉉編，即是此書。根據晁公武記載：
「鉉，廬州人。太平興國初進士。文辭敏麗，善書箚，藏書至多，頗
有異本。累遷兩浙漕課使，課吏寫書，採唐世文章，分門編類，初爲

〔註255〕　《直齋書錄解題》卷十五。
〔註256〕　李致忠《關於〈文苑英華〉》，《文獻》1997 年第 1 期。

五十卷，後復增廣之。」〔註257〕馬端臨《文獻通考》引《麈史》曰：「姚鉉集唐人所爲古賦、樂章、歌詩、贊、頌、碑、銘、文、論、箴、表、傳、錄、書、序凡百卷，名《文粹》。」〔註258〕《宋文鑑》爲南宋呂祖謙所編，陳振孫《直齋書錄解題》著錄有《皇朝文鑑》一百五十卷，即爲此書。朱熹晚年曾評論曰：「此書編次，篇篇有意，每卷首必取一大文字作壓卷，如賦取《五鳳樓》之類；其所載奏議，亦係一時政治大節，祖宗二百年規模與後來中變之意，盡在其中，非《選》、《粹》比也。」〔註259〕

《詳說古文眞寶大全》

> 金宗直《詳說古文眞寶大全跋》：詩以三百篇爲祖，文以兩漢爲宗，聲律偶儷興而文章病焉。梁蕭統以來，類編諸家者多矣，率皆誇富鬥博。咸池之與激楚，曇洗之與康衢，隋珠之與魚目，俱收並摭，不厭其繁。文章之病，不暇論也。惟《眞寶》一書不然。其采輯頗得眞西山正宗之遺法，往往齒以近體之文，亦不過三數篇，不能虧損其立義之萬一。前後三經人手，自流入東土，樊隱田先生首刊於合浦，厥後繼刊於管城，二本互有增減。〔註260〕

按：《詳說古文眞寶大全》，是宋代黃堅編纂的一部古詩跟古文合而爲一的文學總集。所收作品自屈原的《離騷》到南宋謝枋得的《菖蒲歌》，代有所錄，但絕大多數爲唐和北宋的詩文。此書流行於元、明二朝，自明亡以後，便在中國逐漸消失。根據金宗直的文字，《詳說古文眞寶大全》由田祿生（1318～1375）首先在朝鮮半島刊行。我們據此可以推斷，其流入朝鮮半島的時間還要更早。此書在中國雖然

〔註257〕 《郡齋讀書志》卷二十。
〔註258〕 《文獻通考》卷二百四十八，《經籍考》七十五。
〔註259〕 《直齋書錄解題》卷十五。
〔註260〕 田祿生《樊隱先生逸稿》卷四・附錄，《韓國文集叢刊》第 3 冊，405 頁。

逐漸消失了，但是自進入朝鮮半島後卻成爲文人的必讀書，至今仍廣
爲流行。〔註261〕

《南徐集》

> 李仁老《破閑集》卷上：迴文詩起齊梁，蓋文字中戲
> 耳。昔竇滔妻織錦之後，杼柚猶存。而宋三賢亦皆工焉。《南
> 徐集》中所載盤中體，雖連環讀之，可以分四十首，其韻
> 尚諧。

按：《文獻通考・經籍考》、《宋史・藝文志》、《四庫全書總目》
均不著錄《南徐集》，不知是何人作品。「宋三賢」一般指歐陽修、王
安石、蘇軾，這三人都寫過迴文詩。從李仁老這段記述來看，《南徐
集》緊跟「宋三賢」之後，可能是宋代的迴文詩集。

《九僧集》

> 李崇仁（1347～1392）《陶隱先生文集》卷五《題千
> 峰詩稿後》：自余遭放逐爲東西南北之人，人率掉臂去，
> 戒勿相親。而浮屠往往有相見訪者，有相書問者。於星
> 山得敬蘭，於長興得學南、省敏，於西原得尚衡，於中
> 原得屯雨、斯近，蓋皆遺外聲利而逃空虛者也。雨從余
> 旅寓月餘，一日，出其所作詩一袟見示。清而不至於苦，
> 拙而不至於野，腴而不至於膩，讀之愈久，而愈不知倦
> 焉。世傳唐《九僧集》，予嘗竊窺其梗概。雨之所得，豈
> 肯多讓乎彼哉。

按：歐陽修《六一詩話》曰：「國朝浮圖以詩鳴於世者九人，故
時有集號《九僧詩》，今不復傳矣。……其集已亡，今人多不知有所
謂『九僧』者矣。」歐陽修不知道九僧是哪幾人，但是司馬光《續詩
話》曰：「所謂九詩僧者：劍南希晝，金華保暹，南越文兆，天台行

肇，沃州簡長，青城惟鳳，淮南惠崇，江南宇昭，峨眉懷古也。」則不僅列出了姓名，還注明了他們的籍貫。此外，歐陽修稱九人有《九僧詩》集，但「其集已亡」，這並不準確。稍後司馬光《續詩話》又曰：「歐陽公云《九僧詩集》已亡。元豐元年秋，余遊萬安山玉泉寺，於進士閔交如舍得之。……直昭文館陳充集而序之。」查看宋代書目，晁公武《郡齋讀書志》卷二十著錄有《九僧詩集》一卷，陳充爲序，凡一百十篇。陳振孫《直齋書錄解題》卷十五著錄有《九僧詩》一卷，凡一百七首。此外，《宋史》卷二〇九《藝文志八》也著錄「陳充《九僧詩集》一卷」。李崇仁所說「唐《九僧集》」當是語誤，應爲「宋《九僧集》」。

其它高僧詩集

林桂一《萬德山白蓮社靜明國師詩集序》：文章之作，固釋氏之餘事，然自唐、宋間，高僧四十餘人詩集，行於世，斯亦可尚已。〔註262〕

按：林桂一，《高麗史》無傳。林桂一在這篇詩序中有語云：「後國師傳天台教觀，慧解果發，機辯風生。及國師既耄，欲令繼席。師即脫身，避之上洛功德山。會今相國崔公滋守洛，創米麵社以邀之。」從這段文字可以推斷他與崔滋同時。另外，林桂一有《復次李相國詩韻，奉呈大尊宿丈下》一首七言律詩，可以推斷，他與李奎報也有來往，當爲高麗中葉人士。林桂一說「自唐、宋間，高僧四十餘人詩集，行於世」，不知他是否曾親眼目睹。此外，他所說「高僧四十餘人詩集」，也未明確是合集還是單獨的別集。宋代也有僧人詩的合集，據陳振孫《直齋書錄解題》，宋代有《唐僧詩》三卷，彙集了唐代僧人三十四人的兩百多篇詩作。〔註263〕

〔註262〕《東文選》卷八十三。

〔註263〕《直齋書錄解題》卷十五：《唐僧詩》三卷，吳僧法欽集唐僧三十四人詩二百餘篇。楊傑次公爲之序。

二、別集

魏野《草堂集》

　　　　李仁老《破閒集》卷上：菊有品彙至多，雖不可數，
須以黃爲正色，故古人云：「五色中偏貴，千花後獨尊」。

　　按：「五色中偏貴，千花獨後尊」出自宋初詩人魏野《詠菊》
詩。魏野（960～1019），字仲先，號草堂居士，陝州（今河南陝縣）
人。晁公武說他「志清逸，以吟詠自娛，忘懷榮利」，「爲詩肖苦，
句多警策，與寇準、王旦善，每往來酬唱」。〔註264〕《郡齋讀書志》
著錄有魏野《草堂集》二卷，另有《鉅鹿東觀集》，「乃野之子閒集
其父詩四百篇，以贈著作，故以『東觀』名集」。據《宋史·魏野傳》
載，他的《草堂集》上帙，在大中祥符（1008～1016）初年已傳到
契丹。〔註265〕

潘閬《潘逍遙詩》

　　　　林椿《西河先生集》卷六《上按部學士啓》：子厚雄深，
雖韓愈尚難爲敵。少陵高峭，使李白莫窺其藩。聖俞身窮
而詩始工，潘閬鬢白而吟益苦。賈島之病在於瘦，孟郊之
語出於貧。

　　　　李仁老《崔太尉騎牛出遊》：嗜酒謫仙扶上馬，愛山潘
閬倒騎驢。爭如穩著黃牛背，處處名園任所如。〔註266〕

　　　　陳澕《梅湖遺稿》之《和李俞諸公題任副樞寢屏四詠·
潘閬移居》：三峰縹緲是新居，一抹斜暉轉碧虛。已信此行
無去住，浪吟猶自倒騎驢。

　　　　李奎報《東國李相國全集》卷十《辛酉五月，草堂端

〔註264〕　《郡齋讀書志》卷十九。
〔註265〕　《宋史·魏野傳》：有《草堂集》十卷，大中祥符初契丹使至，嘗
　　　　　言本國得其上帙，願求全部，詔與之。
〔註266〕　《東文選》卷二十。

居無事，理園掃地之暇，讀杜詩，用成都草堂詩韻，書閒適之樂五首》：懶惰無心賦兩都，況堪著論效王符。緬思潘閬三峰好，且任陳蕃一室蕪。小塢移花邀客看，比鄰有酒遣兒沽。何須點檢人間事，出處悲歡命矣夫。

　　李奎報《東國李相國全集》卷十一《題任君景謙寢屏六詠，與尹同年等數子同賦・潘閬向三峰》：閬仙若也愛三華，一望嵯峨已足多。倒正騎驢何更問，詩人好事亦云誇。

　　李奎報《東國李相國全集》卷三《次韻梁閣校，和潘閬春遊篇》（略）。

　　李齊賢《益齋亂稿》卷三《菊齋橫坡十二詠・潘閬三峰》：落日青山興未闌，欲題詩句破天慳。任他行路嘲輕脫，倒跨驢兒點檢看。

　　李齊賢《益齋亂稿》卷十《水調歌頭・過大散關》：……我欲乘風歸去，只恐煙霞深處，幽絕使人愁。一嘯蹇驢背，潘閬亦風流。

　按：潘閬（？～1009），字逍遙，大名（今屬河北）人。宋初隱士，「尤以詩知名」，「與王禹偁、孫何、柳開、魏野交好最密」[註267]，和寇準、林逋等也時有唱和。晁公武在《郡齋讀書志》中錄有《潘逍遙詩》三卷，《宋史・藝文志》則作《潘閬詩》一卷。其詩「去五代餘風未遠」「尚有晚唐作者之遺」。[註268]

王禹偁《小畜集》

　　李奎報《東國李相國全集》卷十《扶寧馬上記所見（二月，復指扶寧郡。馬上讀小畜詩，用茶園詩韻，記所見）》（見78頁）

　　又《東國李相國全集》卷九《六月八日，鶯谷驛，遇

〔註267〕《郡齋讀書志》卷十九。
〔註268〕《四庫全書總目提要》卷一五二・集部五・別集類五。

劉天院沖祺小酌，用小畜詩韻各賦》：萬里天涯意外逢，夕
陽煙岫碧千重。才雄獨作人中鳳，緣厚曾攀牓上龍。傷錦
拙能慚郡寄，燃藜大手賀儒宗。殷勤更乞尋溪寺，何惜齊
鑣過一峰。

按：《郡齋讀書志》錄有王禹偁《小畜集》三十卷。王禹偁（954
～1001），字符之，濟州巨野（今山東省巨野縣）人，晚被貶於黃州，
世稱王黃州。太平興國八年進士，歷任右拾遺、左司諫、知制誥、翰
林學士。北宋詩文革新運動的先驅。《小畜集》在其生前即已編好，
晁公武《郡齋讀書志》卷十九說其「集自爲序」，《直齋書錄解題》卷
十七也說王禹偁「自爲之序，略曰：閱平生所爲文，類而第之，得三
十卷。將名其集，以《易》筮之，遇《乾》之《小畜》，象曰『君子
以懿文德』，未能行其施，但可懿文而已。」

宋祁《景文集》

鄭摠（1358～1397）《復齋先生集》上《宮詞集句，想
奉天殿作》：月倚觚稜宿霧收，露華香滴杏梢頭。君王曉坐
金鑾殿，萬國衣冠拜冕旒。

按：「月倚觚稜宿霧收」一句，鄭摠注明作者是宋景文。宋景文，
即宋初詩人宋祁。宋祁（998～1061），字子京，安州安陸（今湖北安
陸）人，後徙居開封雍丘（今河南杞縣）。天聖二年進士，官翰林學
士、史館修撰。與歐陽修等合修《新唐書》，書成，進工部尚書，拜
翰林學士承旨。卒諡景文，與兄宋庠並有文名，時稱「二宋」。因《玉
樓春》詞中有「紅杏枝頭春意鬧」句，世稱「紅杏尚書」。晁公武《郡
齋讀書志》卷十九云：「其文多奇字，蘇子瞻嘗謂其『淵源皆有考，
奇嶮或難句』，世以爲知言」。據宋史本傳，宋祁有「文集百卷」[註269]，
而《郡齋讀書志》、《直齋書錄解題》、《文獻通考‧經籍考》、《四庫全
書總目》中均載宋祁有《宋景文集》一百五十卷。現《全宋詩》宋祁

〔註269〕《宋史》卷二百八十四，列傳四十三。

詩中無「月倚觚稜宿霧收」一句，不過，《全宋詩》中另一處有一首
集句七絕詩，詩句如下：

> 月倚觚稜宿霧收，三千珠翠擁宸遊。霓旌影亂簫聲遠，
> 天子龍輿過玉樓。〔註270〕

據《全宋詩》注釋，詩作者爲聞人祥正，但「事迹不詳。所作集句
以王安石、蘇軾、沈括、鄭獬、徐俯詩爲止，似爲宋室南渡前人。」
〔註271〕這首集句詩的第一句便是「月倚觚稜宿霧收」，與鄭摠所集詩
句完全一樣，只是並未注明所集此句詩作者是誰。因此，我們可以有
兩種推斷：一、這不是宋祁詩句，鄭摠爲誤；二、這是宋祁詩句，但
是多年來已經無人知其爲作者，而鄭摠這首集句詩告訴了我們答案。
從目前情況來看，第二種推斷似乎更爲恰當，這也證明宋祁的《景文
集》已經傳到了高麗。

趙文鼎或《詩家鼎臠》

鄭摠《宮詞集句》第二句「露華香滴杏梢頭」，注明作者爲趙文
鼎。

趙文鼎，《宋史》無傳。《花庵詞選》有他的詞作，並介紹其曰：
「趙文鼎，名善抗，號解林居士，詩詞甚富，蓋趙德莊之流也。」
〔註272〕可見，他是當時一位創作甚富的詩人、詞人。其生活年代當
在宋室南渡之初，他與辛棄疾、韓元吉、趙蕃等當時著名詞人、詩人
均有詩詞唱和。比如，辛棄疾（1140～1207）有《虞美人·壽趙文鼎
提舉》、《蝶戀花·用趙文鼎提舉送李正這提刑韻送趙元英》、《鷓鴣天·
用前韻和趙文鼎提舉賦雪》，韓元吉（1118～1187）有《次韻趙文鼎
同遊鵝石五首》、《交韻趙文鼎雨中》、《送馬莊甫攝幕鄱陽用趙文鼎
韻》，著名南宋詩人趙蕃（1143～1229）有《寄趙文鼎》、《謁趙文鼎

〔註270〕　《全宋詩》第 24 冊，第 15821 頁。《集句》其十。
〔註271〕　同上。
〔註272〕　《中興以來絕妙詞選》卷四，見《花庵詞選》，〔宋〕黃昇輯，王雪
　　　　　玲、周曉薇校點，瀋陽：遼寧教育出版社，1997 年，第 231 頁。

墓》、《五月下旬夢趙文鼎書寄斯遠》等。

趙文鼎是否有詩文集行世，今已不詳。《宋史·藝文志》、《文獻通考·經籍考》、《四庫全書總目》均不載其書目。其詞作賴《花庵詞選》有所保存。《全宋詩》收錄其散佚詩作四首一句。其中，七言絕句《春辭》輯自《詩家鼎臠》卷上，詩曰：「碧落初明月未收，露華香滴杏梢頭。玉闌干外東風暖，人在重雲第幾樓。」〔註273〕鄭摠所集詩句正是「露華香滴杏梢頭」一句。《詩家鼎臠》係宋末佚名所編選的一部南宋詩歌總集。如果，趙文鼎並無文集行世，那麼鄭摠就有可能是看到了《詩家鼎臠》。

釋智圓《閒居編》

> 李奎報《東國李相國全集》卷六《十六日，次中庸子詩韻》：羈紲不到處，白雲僧自閒。煙光愁暮樹，松色護秋山。落日寒蟬噪，長天倦鳥還。病中深畏客，白日鎖松關。

按：宋代稱「中庸子」的有兩人。一是陳充。根據《宋史·陳充傳》記載：「陳充，字若虛，益州成都人。性曠達，善談謔，澹於榮利，自號『中庸子』」。官至刑部郎中，卒於大中祥符六年（1013）。〔註274〕《郡齋讀書志》卷十九錄其《民士編》十九卷。另《郡齋讀書志》卷二十著錄有《九僧詩集》一卷，晁公武說是「陳充為序，凡一百十篇」。陳振孫《直齋書錄解題》卷十五也著錄有《九僧詩》一卷，該集「凡一百七首，景德元年，直昭文館陳充序」。景德元年為公元1004年，其時九僧尚健在。九僧具體生卒年，已無法確考，只能從他們的交遊及唱和中，知與林逋、魏野、釋智圓等同時，主要活動於太宗至眞宗朝，蓋出生於趙宋開國，即公元960年前後。〔註275〕九僧中的惟鳳有《寄昭文館陳學士》詩，希晝有《寄壽春使君陳學士》詩。惟鳳是青城人，希晝是劍南人，與

〔註273〕 《全宋詩》，第48冊，第30103頁。
〔註274〕 《宋史》卷四百四十一·列傳第二百·文苑三。
〔註275〕 祝尚書《論「宋初九僧」及其詩》，《四川大學學報》1998年第2期。

陳充乃同鄉。故這兩首詩中的「陳學士」可能就是陳充，而陳充與九僧也有著密切的交往。〔註276〕

另一個稱爲「中庸子」的是宋初僧人釋智圓。釋智圓（976～1022），字無外，自號中庸子，錢塘（今浙江杭州）人，俗姓徐。年八歲，受具於龍興寺。二十一歲，傳天台三觀於源清法師。〔註277〕智圓自稱「於講佛經外，好讀周孔楊孟書，往往學爲古文，以宗其道。又愛吟五七言詩，以樂其性情」。〔註278〕居杭州孤山瑪瑙院，與處士林逋爲友。眞宗乾興元年卒，年四十七，諡號法慧。據《宋史・藝文志》，其有雜著《閒居編》五十一卷，仁宗嘉祐五年刊行於世。智圓詩存於《閒居編》卷三七至五一。《閒居編》無單本傳世，惟見於《續藏經》。〔註279〕

李奎報所次「中庸子」詩，從內容看，與僧人有關，故既可能是與九僧密切交往的陳充之作，也可能是智圓所作。但翻檢智圓《閒居編》，其中有《題湖上僧房》一詩，載於《閒居編》卷五十一。原詩爲：「深隱遠城郭，平湖景色閒。苦吟終夜月，清夢徹寒山。徑冷秋苔合，庭幽嶽鳥還。紅塵趨竟者，誰得扣松關。」〔註280〕

這首詩的詩韻與李奎報之詩完全一樣，故李奎報所提之「中庸子」應當是智圓，而不是陳充。同時，這也說明李奎報當時已經讀到了智圓的《閒居編》。

梅堯臣《宛陵集》

陳澕《梅湖遺稿》有《追和〈歐梅感興〉》詩。

李奎報《東國李相國文集》卷二十一《論詩說》：予自

• • •

〔註276〕 吉廣興《宋初九僧詩集考述》，《普門學報》2001年第2期。
〔註277〕 吳遵路《閒居編序》，見《卍新纂續藏經》Vol.56，No.949《閒居編》，來源：中華電子佛典協會 （CBETA）http://www.cbeta.org
〔註278〕 智圓《閒居編自序》，同上。
〔註279〕 孫力平、袁九生《孤山智圓生平及著述考》，《浙江學刊》2010年第1期。
〔註280〕 《閒居編》卷五十一。

讀梅聖俞詩，私心竊薄之，未識古人所以號詩翁者。及今
閱之，外若萹弱，中含骨鯁，眞詩中之精雋也。知梅詩然
後可謂知詩者也。

又《東國李相國後集》卷十二《與同年盧生手簡》：僕
亦近以邦廩虛耗，不以時給俸，故屢遭在陳。此非子所不
詳知也。想君家鵝雁之聲，有甚於吾家，所以及之也。此
梅聖俞所謂「大貧丐小貧，安得不相噆」者也。宜乎子之
丐我也。

按：李奎報所引詩句出自梅堯臣《貸米於如晦》：「舉家鳴鵝雁，
突冷無晨炊。大貧丐小貧，安能不相噆。幸存顏氏帖，況有陶公詩。
乞米與乞食，皆是前人爲。」梅堯臣（1002～1060）字聖俞，宣州
宣城（今屬安徽）人。宣城古稱宛陵，世稱宛陵先生。《郡齋讀書志》
著錄有梅堯臣《宛陵集》六十卷。《直齋書錄解題》卷十七著錄有：
「《宛陵集》六十卷、《外集》十卷。凡五十九卷爲詩，他文賦才一
卷而已。謝景初所集，歐公爲之序。」又其詩「古澹深遠，有盛名
於一時。」從李奎報對梅詩的引用，可見高麗中葉，其詩集便已傳
入了朝鮮半島。

歐陽修《歐陽文忠公全集》

李仁老（1152～1220）《破閒集》卷下：石鼓在岐陽孔
子廟中，自周至唐幾二千載。詩書所傳，及諸史百子中固
無所傳，且韋韓二公皆博古者，何以即謂周宣王鼓，著於
歌詞剖析無遺，歐陽子亦以爲有三疑焉。昨在書樓，偶讀
其文，有會於余心者。

按：上文中提到的內容出自歐陽修《集古錄跋尾》卷一《石鼓
文》。〔註281〕

〔註281〕《歐陽修全集》，第 1097 頁。

　　　李仁老《破閒集》卷下：文章自有一定之價，富不爲
之減。故歐陽永叔云：後世苟不公，至今無聖賢，濮陽世
材，才士也，累舉不得第。

　　按：「後世苟不公，至今無聖賢」一聯出自歐陽修《重讀徂徠
集》。〔註282〕

　　　崔滋《補閒集》卷中：「文順公曰：曩余初見歐陽公集，
愛其富，再見得佳處，至於三拱手歎服。」又《補閒集》
卷下：歐陽公作《歸田錄》，以肇言爲法，此古今儒者撰述
之常也。

　　按：歐陽修（1007～1073），字永叔，號醉翁，又號六一居士。
吉安永豐（今屬江西）人，自稱廬陵（今永豐縣沙溪）人。謚號文忠，
世稱歐陽文忠公，北宋文學家、史學家。歐陽修有《歐陽文忠公集》，
共153卷，附錄5卷。其中《居士集》、《易童子集》、《外制集》、《內
制集》、《表奏書啓四六集》、《奏議集》等一百十四卷，《歸田錄》、《詩
話》、《長短句》等十九卷，《集古錄跋尾》十卷，書簡十卷。前附年
譜，後附行狀、墓誌、傳文等五卷。這麼多文集中，只有《居士集》
是歐陽修晚年自己編定。餘皆出後人裒輯，各自流傳。陳振孫《直齋
書錄解題》卷十七稱「其集遍行海內，而無善本」，直到南宋周必大
「解相印歸，用諸本編校，定爲此本，且爲之年譜」。現《四庫全書》
本《歐陽文忠公集》即爲周必大所編定的本子。

　　根據高麗文人的相關文字，韓國學者黃一權推斷，在李奎報卒年，
亦即1241年之前，周必大編的《歐陽文忠公全集》或者《居士集》、《歸
田錄》、《集古錄跋尾》等文集已經傳入朝鮮半島。此外，歐陽修的歷史
著作《新五代史》以及與他人合著的《新唐書》亦已傳入高麗。〔註283〕

〔註282〕　《居士集》卷三，《歐陽修全集》第19頁。
〔註283〕　〔韓〕黃一權《歐陽修著作初傳韓國的時間及其刊行、流佈的狀
　　　　　況》，《復旦學報》，2000年第2期。

王安石《臨川集》

李奎報《東國李相國全集》卷十《草堂與諸友生置酒，取王荊公詩韻各賦之》：年來腰帶漸寬圍，夢繞青山尚未歸。曾被營營來點白，春寒猶恐有蠅飛。

《東國李相國全集》卷二十六《與金秀才懷英書》：且百家衣體，亦非古人所甚尚，唯王荊公喜爲之，但貴即席中急就者耳。

《東國李相國文集》後集卷十一有《王文公菊詩議》一文。

李穡《牧隱詩稿》卷九《即事》：青山捫虱坐，黃鳥枕書眠。膾炙荊公句，規模杜老聯。肇明編不及，天啓誦來傳。白髮吟長苦，鸞膠續斷弦。

按：王安石（1021～1086），字介甫，晚號半山，撫州臨川（今屬江西）人。《宋史》卷三二七有傳。《郡齋讀書志》著錄有《臨川集》一百三十卷，《直齋書錄解題》著錄有《臨川集》一百卷。鄭樞《圓齋先生文稿》（卷中）有兩首集句詩，分別是《集句題李陶隱送別李清州詩（缺一字）》和《集句送全羅宋按廉》，這兩首詩都集到了王安石的詩句，分別是「郵筒還肯寄新詩」，出自王安石《寄張先郎中》；「下重（應爲「車」——筆者注）應不問狐狸」，出自王安石《送劉和父奉使江南》。

蘇軾《東坡集》

李奎報《東國李相國文集》卷二十一《全州牧新雕東坡文集跋尾》：夫文集之行乎世。亦各一時所尚而已。然今古巳來。未若東坡之盛行。尤爲人所嗜者也。

崔滋《補閒集》卷中：予嘗謁文安公，有一僧持《東坡集》質疑於公，讀至「碧潭如見試，白塔苦相招」一聯，公吟味再三曰：古今詩集中，罕見有如此新意。

李仁老《破閒集》卷下：京城西十里許，有安流慢波，澄碧澈底，遙岑遠岫相與際天，實與蘇黃集中所說西興秀氣無異。

按：蘇軾（1037～1101），字子瞻，又字和仲，號東坡居士，眉州眉山（今屬四川）人。《郡齋讀書志》卷十九著錄有《蘇子瞻東坡前集》四十卷，《後集》二十卷，《奏議》十五卷，《內制》十卷，《外制》三卷，《和陶集》四卷，《應詔集》十卷。據王水照先生考證，蘇軾作品早在熙寧末已傳入高麗。蘇頌元豐二年（1079）曾作詩，詩題曰《己未九月，予赴鞫御史，聞子瞻先已被繫。予晝居三院東閣，而子瞻在知雜南廡，才隔一垣，不得通音息，因作詩四篇，以爲異日相遇一噱之資耳》，其第二首中有一句爲：「擬策進歸中御府，文章傳過帶方州。」蘇頌自注云：「前年高麗使者過余杭，求示子瞻集以歸。」這一《子瞻集》，王先生推測是蘇軾此時已結集傳世的《錢塘集》。這應該是蘇軾作品集流傳高麗的開始。〔註284〕

《東坡詩注》

李穡《牧隱稿》卷十有詩題曰《〈東吳八詠〉沈休文之作也，宋復古畫之，載於〈東坡集〉，予少也讀之而忘之。今病，余悶甚，偶閱〈東坡詩注〉，因起東吳之興，作八詠絕句》。

按：此處所提到的《東坡詩注》，不知道是指分類注還是集注，抑或是顧施注蘇詩，但是可以推斷蘇軾詩的注本在高麗朝已經傳入了朝鮮半島。

《和陶詩》

權近（1352～1409）《陽村先生文集》卷八《奉謝江原道都觀察使韓公尚敬惠東坡〈和陶詩〉，兼示所作關東雜

〔註284〕王水照《蘇軾文集初傳高麗考》，見《半肖居筆記》，上海：東方出版中心，1998年。

詠》：淵明高節最堪師，千載流傳醉後詩。未悟昨非慚老大，秋深三徑有歸期。曾信東坡百世師，精神都在和陶詩。展來試得吟中趣，卻恨吾生在後期。功名役役走京師，未向溪山一賦詩。忽得關東題詠妙，海門思欲訪安期。柳巷先生我所師，羨君問禮又聞詩。峨洋妙意傳家法，惟恨知音欠子期。

按：《郡齋讀書志》卷十九著錄有蘇軾《和陶集》四卷，並稱蘇軾「晚喜陶淵明詩，和之幾編。」《直齋書錄解題》卷十五著錄有《和陶集》十卷，陳振孫注云：「蘇氏兄弟追和，傳共注。」

黃庭堅《山谷集》

李仁老《臥陶軒記》：是以闢所居北廡，以爲棲遲之所，因取《山谷集》中臥陶軒以名之。〔註285〕

李仁老《破閒集》卷下：詩家作詩多使事，謂之點鬼簿，李商隱用事險僻，號西崑體，此皆文章一病。近者蘇黃崛起，雖追尚其法，而造語益工，了無斧鑿之痕，可謂青於藍矣。……山谷云：「語言少味無阿堵，冰雪相看只此君」，「眼看人情如格五，心知世事等朝三」，類多如此。

李奎報《東國李相國集》卷十八《偶讀〈山谷集〉次韻雨絲》：斜風掣斷乍如稀。亂下翻欺繭緒微。未補碧羅天忽遠。欲成纖縠霧交飛。漁翁誤喜縫疏網。貧婦虛驚緯廢機。收得一番歸紡績。四方何處歎無衣。

林椿《西河先生集》卷二《二月十五夜對月，並序》：……今春二月十五夜，我向嶺南樓上適。乾坤開霽微風緊，玉盤東轉長空碧。捲簾門外明如畫，表裏更無纖靄隔。沉沉正照寒溪面，澄波上下難相別。令人卻憶黃庭堅，解道春宵何索寞。

〔註285〕《東文選》卷六十五。

按：黃庭堅（1045～1105），字魯直，自號山谷道人，晚號涪翁，又稱豫章黃先生，洪州分寧（今江西修水）人。《郡齋讀書志》卷十九著錄有《豫章集》三十卷，《直齋書錄解題》著錄有《山谷集》三十卷。而韓國奎章閣現存有高麗刊本《山谷詩集》二十卷十一冊，仿宋木活字，有紹興乙亥許尹序，紹定壬辰黃𡎲跋。〔註286〕

邵雍《擊壤集》

李穡《牧隱詩稿》卷十九《明日，聞韓柳巷數遣人候僕還家，蓋欲相攜登高也。平時幅巾往來，無有少阻，九日之會，胡爲而睽乎。吟成一首，錄呈座下，以資一笑》：柳巷卻在家，蕭條喚黃菊。候我走蠻童，把花香滿掬。公眞陶淵明，我即邵康節。相從固爲圓，相失亦何缺。美景方未央，非意無干涉。東籬政爛熳，白髮吾更鑷。晚節保初心，悲哉弄芳蝶。

元天錫（1330～1402）《耘谷行錄》卷四《次康節邵先生〈春郊十詠詩〉並序》：讀古人詩，看古人意。今古雖殊，其意不異。人於富貴貧賤榮枯得失，皆有歡忻快樂哀戚鬱陶。其所以然者，情所感發而興起也。惜哉情乎，夫何使人至於斯也。予讀先生《擊壤集》，至共城十吟，其自敘云：悼身之窮處，故有春郊詩一什。雖不合於雅焉，抑亦導於情耳。其詩意深有感於予心者。若然則天之所賦之性，固無古今之異者歟。故想其風味，各以其韻次成一什云。

按：邵雍（1011～1077）北宋哲學家、易學家，字堯夫，諡號康節，自號安樂先生、伊川翁，後人稱百源先生。《郡齋讀書志》卷十九著錄有《邵堯夫擊壤集》二十卷。從上述高麗文人的記載，此書高麗末期當已經隨理學進入了朝鮮半島。

〔註286〕 鞏本棟《宋集傳播考論》，北京：中華書局，2009年，第204頁。

道潛《參寥集》

李奎報《東國李相國全集》卷八《訪寒溪，住老覺師旅寓，用參寥子詩韻贈之》：霞想雲情逸天半，玉籠金鎖莫我絆。平生自學元次山，欲往寒溪稱浪漫。寒溪主人偶此逢，聊復軒眉一笑同。禪味何妨飲餘滴，談鋒更愛生雄風。相從不覺西日側，十里青煙催晚色。不須更憶寒溪遊，見公眼色奪溪碧。

按：參寥子，即北宋僧人道潛。道潛，本名曇潛，賜號妙總大師。俗姓王，錢塘（今浙江杭州）人。生卒年大致為1044至1114年。道潛幼即出家為僧，能文章，尤喜為詩。「自號參寥子。與蘇子瞻、秦少游為詩友。其詩清麗，不類浮屠語」，〔註287〕有《參寥集》十二卷。陳師道曾譽之為「釋門之表，士林之秀，而詩苑之英也。」〔註288〕

又：李穡《牧隱詩稿》卷十六有詩云「漏雲殘照雨絲絲，膾炙猊山四句詩。更憶風流玉堂老，紅妝白髮兩相宜」。在詩序中李穡寫道：「閏五月初九日獨坐，至日斜有微雨，日光雨點相雜。因記崔拙翁和郭密直賞蓮詩：漏雲殘照雨絲絲，心語口曰。宋詩有『五月臨平山下路，藕花無數滿汀洲』之句。五月政荷花開時也，而微雨又如此，拙詩情興可想。予以二毛，承乏領史翰，郭公玉堂老之語，先得僕之風情鬢絲也。吟成一篇，為他日池之會張本」。

「五月臨平山下路，藕花無數滿汀洲」出自道潛詩作《臨平道中》：「風蒲獵獵弄輕柔，欲立蜻蜓不自由。五月臨平山下路，藕花無數滿汀洲。」〔註289〕

〔註287〕《郡齋讀書志》卷十九。
〔註288〕《送參寥序》，見《陳後山集》卷十三，適園叢書本。
〔註289〕《全宋詩》第十六冊，第10723頁。

陳與義《簡齋集》

鄭樞（1333～1382）《圓齋先生文稿》卷上《污吏同朴獻納用陳簡齋集中韻》：城中鳥亂啼，城下污吏集。府牒暮夜下，豈辭行露濕。窮民相歌哭，子夜誅求急。舊時千丁縣，今朝十室邑。君聞虎豹守，此言無自入。白駒在空谷，何以得維縶。

按：陳與義原詩題爲《休日早起》，其詩曰：曨曨窗影來，稍稍禽聲集。開門知有雨，老樹半身濕。劇談了無味，遠遊非所急。蒲團著身寬，安取萬戶邑。開鏡白雲渡，捲簾秋光入。飽受今日閒，明朝復羈縶。〔註290〕

鄭樞《圓齋先生文稿》卷中《集句題李陶隱送別李清州詩（缺一字）》：笑分銅虎別京師，快騎璁瓏刻玉羈。坐對梅花映妝額，郵筒還肯寄新詩。

按：這首集句詩的第三句顯然是來自陳與義的《欲離均陽而雨不止書八句寄何子應》，陳詩爲：「江城八月楓葉凋，城頭哦詩江動搖。秋雨留人意戀戀，水風泛樹聲蕭蕭。綸巾老子無遠策，長作東西南北客。不如何遜在揚州，坐待梅花映妝額。」〔註291〕

韓脩（1333～1384）《柳巷先生詩集》之《鄭旅溪家，次簡齋韻》：無悶去世久，雄篇對秋月。今來訪宅相，飲我醉兀兀。後園松已老，東籬菊初發。愛君說往事，一一折毫髮。題詩慚雲煙，騷雅蓋吾闕。

按：韓脩所次簡齋詩題爲《夜步堤上其三》，其詩曰：「旋買青芒鞋，去踏沙頭月。爭教冠蓋地，著此影突兀。樹寒棲鳥動，風轉孤管發。月色夜夜佳，人生事如發。夢中續清遊，濃露濕銀闕。」〔註292〕

〔註290〕《全宋詩》第三十一冊，第 19500 頁。
〔註291〕《全宋詩》第三十一冊，第 19528 頁。
〔註292〕《全宋詩》第三十一冊，第 19507 頁。

權近（1352～1409）《陽村先生文集》卷四《黑翁行》
（並序），其序曰：友人金主簿，諱翼，字子鳥。貌甚黑，
自號黑竹子，鄰里呼爲黑人。一日與友共會，忽披《簡齋
詩集》，集有《里翁行》，沉吟久之曰：「此乃《黑翁行》也，
何不道黑翁意乎？」其友視之則《里翁行》也。一座皆笑。
予爲賦《黑翁行》而戲之。

　按：陳與義（1090～1138），字去非，號簡齋，北宋末、南宋初
年的傑出詩人。嚴羽《滄浪詩話》在「以人而論」詩體時，將陳與義
的詩稱爲「陳簡齋體」。《郡齋讀書志》中錄有《簡齋集》二十卷。從
上面材料可以斷定，《簡齋集》在高麗末期已經深爲高麗詩人所喜愛。

陸游《劍南詩稿》

閔思平《及庵先生詩集》卷三《杏村書室梅花答胥有
儀》：一春泥酒走芳埃，見雨迎梅又送梅。素質共憐天所賦，
紅顏豈是自爲媒。分身陸放詩翁醉，乘興林逋處士來。爲
報清乎隱君子，對花不飲也應猜。

權近（1352～1409）《陽村先生文集》卷三《南氏宅賦
梅三絕，因兩家皆無紙，故未書已有日矣。南公得紙分惠，
仍求梅詩，又作此爲謝》：春風有興即吟詩，未久茫然總不
知。忽得溪藤書一句，流傳還恐被人欺。一樹梅花一首詩，
放翁風味有誰知。殷勤走紙求題詠，須信先生不我欺。

　按：這兩首詩都用了陸游《梅花絕句》中的意象。「分身陸放詩
翁」和「一樹梅花一首詩」脫胎於陸游《劍南詩稿》卷五十《梅花絕
句》：「聞道梅花坼曉風，雪堆遍滿四山中。何方可化生千億，一樹
梅前一放翁。」

李穡（1228～1396）《牧隱詩稿》卷十四《狂吟》：剗
卻君山湘水平，斫卻桂枝月更明。放翁此語盡豪放，只恐
千載傳狂名。

《牧隱詩稿》卷十七《欲出未能，有懷雲錦》：放翁詩語想清遊，一馬二僮溪路秋。老牧病餘無腳力，扶輿細雨亦風流。

按：《狂吟》詩前兩句見於陸游《樓上醉歌》：「劉卻君山湘水平，斫卻桂樹月更明。丈夫有志苦難成，修名未立華發生。」第二首詩的第二句「一馬二僮溪路秋」出自陸游《劍南詩稿》卷七十六《題蘇虞叟岩壑隱居》：「蘇子飄然古勝流，平生高興在滄州。千岩萬壑舊卜築，一馬二僮時出遊。香斷鐘殘僧閣晚，鯨吞鼉作海山秋。極知處處多奇語，肯草吳箋寄我不？」

陸游（1125～1210），字務觀，號放翁，越州山陰（今浙江紹興）人，南宋詩人。《直齋書錄解題》卷十八著錄有陸游《渭南集》三十卷、《劍南詩稿》、《續稿》八十七卷。陳振孫說他「詩爲中興之冠，他文亦佳，而詩最富，至萬餘篇，古今未有，故文與詩別行。」從上面高麗詩人對陸游詩句引用的頻繁和熟悉程度來看，《劍南詩稿》在當時應該也是頗爲流行的。

司馬光《司馬文正公傳家集》

《高麗史節要》卷十三：（公元 1192 年）夏四月，命吏部尚書鄭國儉、判秘書省事崔詵等，讎校《資治通鑒》，令州縣雕印以進，分賜侍從儒臣。

《高麗史》卷十七‧世家‧仁宗：（仁宗十七年）乙巳，召金富軾、崔溱等置酒，命富軾讀司馬光遺表及訓儉文。

《高麗史》卷九十八‧列傳‧金富軾：王嘗召富軾，置酒，命讀司馬光遺表及訓儉文，歎美久之曰：「光之忠義如是，時人謂之姦黨，何也？」富軾對曰：「以與王安石不相能耳，其實無罪。」王曰：「宋之亡未必由此也。」

按：據《宋詩》本傳，司馬光遺表作於元豐五年，即 1082 年。大約五十年後，也就是仁宗十七年（1138），高麗君臣就讀到了此文。

崔瀣（1287～1340）《拙稿千百》卷一《春軒壺記》：
予少時始讀經傳，則知投壺之禮君子所以節賓主之樂而作
之者，而未究其制焉。及見司馬文正公圖序，則雖得其大
槩，又無師友可以問而質之。每恨生長海隅，不得與中原
士夫相接，而擴矢請益身習之也。

按：司馬光（1019～1086）字君實，號迂夫，晚號迂叟，原籍陜
州夏縣（今屬山西夏縣）涑水鄉人，世稱涑水先生。卒贈太師、溫國
公，諡文正。《宋史》卷三三六有傳。《郡齋讀書志》卷十五著錄有司
馬光《投壺新格》一卷，《郡齋讀書志》卷十九著錄有《司馬文正公
傳家集》八十卷和其它雜著多種。如前文所述，《傳家集》已經於高
麗時代傳入朝鮮半島。

釋惠洪《筠溪集》、《甘露集》

李仁老《破閒集》卷上：讀惠洪《冷齋夜話》，十七八
皆其作也，清婉有出塵之想，恨不得見本集。近有以《筠
溪集》示之者，大率多贈答篇，玩味之，皆不及前詩遠甚。

按：惠洪（1071～1128），俗姓彭（一作姓喻），一名德洪，字
覺範。宋代僧人，「頗有詩名」。〔註293〕《郡齋讀書志》卷十三錄有
惠洪《冷齋夜話》六卷，卷十九錄有《筠溪集》十卷，卷二十錄有《天
廚禁臠》三卷。《直齋書錄解題》卷十二錄有《僧寶傳》三十卷、《林
間錄》十四卷，卷十七錄有《石門文字禪》三十卷，卷二十錄有《物
外集》三卷。《筠溪集》最晚當在高麗高宗七年（1220，亦即李仁老
之卒年）前已經傳入朝鮮半島。惠洪的詩被認爲是「邊幅雖狹，而清
新有致，出入於蘇、黃之間，時時近似」。〔註294〕

崔滋《補閒集》卷中：金翰林克己與安（淳之）同邑
又同時，安之文集中未嘗一與金有唱和之作，惟與吳先生

〔註293〕《四庫全書總目提要》卷一四五・子部五五・釋家類「林間錄」條。
〔註294〕《四庫全書總目提要》卷一五四・集部七・別集類七・石門文字禪。

世才一見歎服不已。見陳玉堂澕詩曰：「君才已過筠溪，少進之可至東坡。」

陳澕《梅湖遺稿》之《春晚題山寺》：雨餘庭院簇莓苔，人靜雙扉畫不開。碧砌落花深一寸，東風吹去又吹來。

徐居正《東人詩話》卷上：陳司諫澕「雨餘庭院簇莓苔，人靜柴扉畫不開。碧砌落花深一寸，東風吹去又吹來」。……近得《甘露集》，乃宋僧詩也。其詩云『綠楊深院春畫永，碧砌落花深一寸』，與陳句無一字異，古之人亦有是語矣。」〔註295〕

按：鄭樵《通志》卷七十《藝文略八》著錄有惠洪《甘露集》九卷。但《郡齋讀書志》、《直齋書錄解題》、《文獻通考・經籍考》均不載此集。《四庫全書總目提要》也未提及，故其內容不詳。徐居正所引宋僧詩正是出自惠洪的《郭祐之太尉試新龍團索詩》，其詩曰：「政和官焙雨前貢，蒼璧密雲盤小鳳。京華誰致建溪春，睿思分賜君恩重。綠楊院落春畫永，碧砌飛花深一寸。門下賓朋還畢集，碾聲驚破南窗夢。……」〔註296〕

三、詩人

王安國

阮閱《詩話總龜》卷十七：熙寧中，高麗使人至京師求王平甫詩，有旨令京尹元厚之抄錄以賜。厚之自詣平甫求新著。平甫以詩戲之曰：「誰使詩仙來鳳沼？欲傳賈客過雞林。」

按：王安國（1028～1074）字平甫，王安石大弟。熙寧進士，北宋著名詩人。曾鞏謂其「於書無所不通，其明於是非得失之理為尤

〔註295〕《域外詩話珍本叢書》第八冊，180頁。
〔註296〕《全宋詩》第二十三冊，第15101頁。

詳，其文閎富典重，其詩博而深矣。……世皆謂平甫之詩，宜爲樂歌，薦之郊廟；其文宜爲典冊，施諸朝廷，而不得用於世。……然其文之可貴，人莫得而掩也。……古今作者，或能文不必工於詩，或長於詩不必有文，平甫獨兼得之，其於詩尤自喜，其憂喜哀樂感激怨懟之情，一於詩見之，故詩尤多也。」〔註297〕王安國逝世後，家人彙集其詩文編爲文集一百卷。陳振孫《直齋書錄解題》卷十七著錄有王安國《王校理集》六十卷，《文獻通考》同。《宋史・藝文志七》著錄《王安國集》六十卷、《序言》八卷。詩文大多已佚，今僅存《王校理集》一卷，收入《兩宋名賢小集》。《全宋詩》卷六百三十一錄其詩一卷。事迹見王安石《臨川先生文集》卷九十一《王平甫墓誌》、《宋史》卷三百二十七本傳。高麗使臣索求王安國詩，說明其聲名已經遠播到朝鮮半島。如果王安國文集是在其去世之後由家人彙編而成，則高麗使臣所得可能僅是王安國散詩。

潘大臨

　　李仁老《破閒集》卷上：因見潘大臨寄謝臨川一句，今爲補之：「滿城風雨近重陽，霜葉交飛菊半黃。爲有俗雰來敗意，惟將一句寄秋光。」

　　按：潘大臨，字君孚，一字邠老，黃州（今屬湖北）人。家貧未仕，蘇軾、張耒謫黃州時，多有交往。入江西詩派，與江西派詩人多有唱和。徽宗大觀間客死蘄春，年未五十。據陳振孫《直齋書錄解題》卷二十記載，潘大臨有《柯山集》二卷，已佚。《兩宋名賢小集》中存有《潘邠老小集》一卷。事見《張右史文集》卷五一《潘大臨文集序》。〔註298〕至於潘大臨最有名的詩句，陳振孫已經特地提到：「所謂『滿城風雨近重陽』者也」。

〔註297〕　曾鞏《王平甫文集序》，見《曾鞏集》卷十二，中華書局1984年，201～102頁。
〔註298〕　《全宋詩》注釋，見第20冊，第13438頁。

　　但這一典故最早當見於《冷齋夜話》卷四：「黃州潘大臨工詩，多佳句，然甚貧，東坡、山谷尤喜之。臨川謝無逸以書問：『有新作否？』潘答書曰：『秋來景物，件件是佳句，恨爲俗氛所蔽翳。昨日清臥，聞攪林風雨聲，欣然起，題其壁曰：滿城風雨近重陽。忽催租人至，遂敗意。止此一句奉寄。』聞者笑其迂闊。」

李師中

　　《高麗史節要》卷十一・毅宗莊孝大王（癸未十七年，宋孝宗隆興元年，金大定三年）：……時人，誦宋人「並遊英俊顏何厚」之句，以譏之。

　　按：這一宋人詩句出自李師中（1013～1078）《送唐介》，這首詩當時流傳頗廣。晁公武《郡齋讀書志》卷十九著錄有李師中《李誠之集》三卷，《文獻通考》同。晁公武曰：「唐子方貶春州，誠之嘗有詩送行，盛傳一時。」

蘇舜欽

　　李奎報《東國李相國全集》卷二十六《答全履之論文書》：至宋又有王安石，司馬光，歐陽修，蘇子美，梅聖俞，黃魯直，蘇子瞻兄弟之輩。亦無不撐雷裂月，震耀一代。

　　林椿《西河先生集》卷一《次韻贈若水》：與子同時大曆年，平生交分契深緣。詩名迴出蘇梅右，文格須回漢魏前。欲向雲霄追駿足，自嗟山澤伴臞仙。郢中欲繼陽春曲，慚愧皇華也盡然。

　　《東人詩話》卷上：李大諫仁老瀟湘八景詩：雲間灩灩黃金餅，霜後溶溶碧玉濤。欲識夜深風露重，倚船漁父一肩高。語本蘇舜欽「雲頭灩灩開金餅，水面沉沉臥彩虹」之句，點化自佳。〔註299〕

〔註299〕《東人詩話》卷上，《域外詩話珍本叢書》第八冊，183頁。

按：蘇舜欽（1008～1048）北宋詩人，字子美。他與梅堯臣齊名，人稱「梅蘇」。《郡齋讀書志》卷十九著錄其《滄浪集》十五卷，歐陽修為之作序。晁公武稱其「慷慨有大志，好古，工文章。」並且，「發其憤懣於歌詩。其體豪放，往往驚人。」從上述文字可知，其詩作及詩名早在高麗中葉即已名揚朝鮮半島。

楊億

林椿《西河先生集》卷第六《賀王舍人啟》：在唐以馬周、岑文本為得人，至宋有楊億、蘇子瞻之故事。繼茲前美，今有幾人。

按：楊億（974～1020）北宋文學家，「西崑體」詩歌主要作家。字大年，建州浦城（今屬福建浦城縣）人。曾參預修《太宗實錄》，主修《冊府元龜》。《郡齋讀書志》著錄有《楊文公刀筆集》十卷，據陳振孫言，此書在南宋即已不存。另《直齋書錄解題》卷十七著錄其《武夷新集》二十卷，留存至今。

范仲淹

李穀《稼亭先生文集》卷二《義財記》：而又今各出錢若干，命之曰義財。歲更二人而迭主之，月取其息，以備慶弔迎餞之用。苟有羨餘，將以為救恤賙贍之資。俾子孫守之此法而勿失焉，蓋慕范文正公義田之遺意也。

白文寶《淡庵先生逸集》卷二《尹氏墳廟記》：然公有大度，幼年志學，常誦范文正之言曰「先天下之憂而憂，後天下之樂而樂」，以為大丈夫不為則已，苟志於世，胡不爾也。

鄭道傳《三峰集》卷四二《樂亭記》：昔范文正公登岳陽樓歎曰：「先天下之憂而憂，後天下之樂而樂」，我思古人，實獲我心。

　　按：范仲淹（989～1052），字希文，世稱「范文正公」。北宋著名的政治家、思想家、軍事家和文學家。《郡齋讀書志》卷十九著錄其《范文正公集》二十卷，《別集》四卷。晁公武稱其「爲學明經術，跂慕古人事業，慨然有康濟之志，作文章尤以傳道爲任」。

林逋

　　林椿《西河先生集》卷一《寄山人益源》：世患非吾事，食肉者謀謨。不如居岩穴，斷穀食松腴。莫作北山移，吾儂有林逋。

　　林椿《西河先生集》卷二《長湍湖上，將成草堂，作詩示頤師》：吾家老和靖，寄隱居東吳。江頭結草堂，至今傳其圖。雲山有餘態，宛轉煙鬟姝。我豈先生後，故亦眼不枯。卜宅終歸去，餘生寄一區。不煩來敕賜，衣缽傳西湖。

　　李穀《稼亭先生文集》卷十七《送鄭仲孚遊杭州謁丞相》：梅花風格幾番新，俗物何曾解混眞。爲我一過和靖宅，能詩便是愛梅人。

　　李集《遁村雜詠》之《復賦》：占斷風情向臘天，尋詩和靖倍忻然。暗香疏影儂家興，我愛孤芳席更前。

　　李穡《牧隱詩稿》卷五《次林樣所贈詩韻》：囂囂莊嶽鬭鱣堂，善誘青衿納義方。策世只應深得體，鑄人能使斐成章。敏公經學無餘蘊，和靖詩名獨擅場。知有君家潛德在，他年誰爲發幽光。

　　元天錫《耘谷行錄》卷四《復次》：曾聞阮籍泣途窮，擬欲心期失馬翁。堪笑襄王巫峽雨，可誇曾點舞雩風。能詩和靖憐梅樹，愛酒淵明對菊叢。我亦因看魯褒論，鹿門將訪老龐公。

李崇仁《陶隱先生詩集》卷二《寄東溪》：五人一日出都城，漢水東頭各異程。銷骨爍金元細事，求田問舍即眞情。山僧自可同風調，朝土何曾記姓名。別後不知凡幾首，從來和靖有詩聲。

按：林逋，字君復，杭州錢塘人。善行書，喜爲詩，其語孤峭澄淡。賜諡曰和靖先生。《郡齋讀書志》卷十九稱其有《林君復集》二卷，集有梅聖俞序。《直齋書錄解題》著錄有《和靖集》三卷，另有《林和靖摘句圖》一卷。《文獻通考》也著錄有《林和靖詩》三卷。《宋史‧藝文志》則有《林逋詩》七卷。陸游《渭南文集》卷三十《跋林和靖帖》曰：「祥符、天禧間，士之風節、文學名天下者，陝郊魏仲先、錢塘林君復二人，又皆工於詩。方是時，天子修封禪、告太平，有二人在，天下麟鳳芝草，不足言矣。」〔註300〕

楊萬里、范成大

李齊賢（1288～1367）《益齋亂稿》卷四《門生栗亭尹政堂，得蒙主上爲之寫眞，仍題栗亭二大字其上。千載一遇，耳目所罕，作詩以賀》：淩煙休誇歐與虞，誠齋空羨范石湖。

按：楊萬里（1127～1206），字廷秀，號誠齋。有《誠齋集》一百三十三卷。范成大（1126～1193），字致能，號石湖居士。《石湖集》一百三十六卷。二人與陸游、尤袤合稱南宋「中興四大詩人」。

蘇轍

林椿《西河先生集》卷第四《上李學士書》：養其氣者，非周覽名山大川，求天下之奇聞壯觀，則亦無以自廣胸中之志矣。是以，蘇子由以爲於山見終南嵩華之高，於水見黃河之大，於人見歐陽公、韓大尉，然後爲盡天下之大觀焉。

〔註300〕　《陸遊集》，中華書局 1976 年，2274 頁。

　　崔瀣《拙稿千百》卷二《送鄭仲孚書狀官序》：昔蘇穎
濱讀百氏之書，不足激其志氣，捨去遊京師，觀宮闕倉廩
府庫城池苑囿之大，見歐陽公，聽議論之宏辯。而又見韓
太尉，願承光耀，以盡天下之大觀而無憾也。

　　鄭誧《雪谷集》之《送人赴都》：少日遊天京，結交皆
豪英。虛名籍人口，壯志自可驚。見知韓太尉，竊比蘇穎
濱。那知事大謬，東歸受艱辛。閉門無車馬，寒燈照踈屋。
自聞君欲行，頻夢燕山綠。山城春事遲，二月猶冰雪。遙
想黃金臺，正是花時節。此行喜有餘，浮面氣可掬。安得
萬里風，先生騎鴻鵠。

按：據《郡齋讀書志》卷十九載，蘇轍有《欒城集前集》五十
卷，《後集》二十四卷，《第三集》十卷，《應詔集》二十卷。《直齋書
錄解題》卷十七稱蘇轍「曉居穎濱，自號穎濱遺老，故集或名」。

曾鞏

　　李穡《牧隱文稿》卷九《贈金敬叔秘書詩序》：子雲清
淨守玄宅，學力所到非荒虛。三國文章出師表，千年寂寂
南陽廬。太山北斗韓吏部，力排異端仍補苴。歐王曾蘇冠
趙宋，中間作者皆丘墟。程朱道學配天地，直揭日月行徐
徐。梁選唐粹宋文鑒，通典通考精英儲。雄文傑句並晃耀，
精鑒博採相乘除。

按：曾鞏（1019～1083），字子固，世稱「南豐先生」。曾鞏「師
事歐陽永叔，早以文章名天下。壯年，其文慓鷙奔放，雄渾瑰瑋。」
〔註301〕《郡齋讀書志》著錄有《元豐類稿》五十卷。

程頤、程顥、朱熹

　　崔瀣《拙稿千百》卷一《春軒壺記》：春軒崔侯，學古

〔註301〕　《郡齋讀書志》卷十九。

> 孝悌人也。病子弟泛學無師，未有以正之者，則廣收程朱
> 氏之書，與之講習焉。又懼其張而不弛，無以休焉，則以
> 壺不可無，遠購而置之。

按：程顥（1032～1085），字伯淳，又稱明道先生；程頤（1033～1107），程顥之胞弟，字正叔，又稱伊川先生，被世人稱爲「二程」，是北宋著名的理學家和教育家。二人共創「洛學」，爲理學奠定了基礎。二程的著作有後人編成的《河南程氏遺書》、《河南程氏外書》、《明道先生文集》、《伊川先生文集》、《二程粹言》、《經說》等，程頤另著有《周易傳》。

朱熹（1130～1200）字元晦，一字仲晦，號晦庵、晦翁、考亭先生、雲谷老人、滄洲病叟、逆翁。南宋著名的理學家、思想家、哲學家、教育家、詩人、閩學派的代表人物，世稱朱子，是孔子、孟子以來最傑出的弘揚儒學的大師。朱熹作爲一代理學名家，著述甚多，主要有《四書章句集注》、《楚辭集注》及門人所輯《朱子大全》、《朱子語錄》等。

楊傑

> 金富儀（1079～1136）《登智異山》：歷險疑登大華
> 峰，歸途還怯夕陽紅。偶因王事遊方外，還愧當年楊次
> 公。〔註302〕

按：楊傑，字次公，自號「無爲子」。《宋史》卷四百四十三有傳。楊傑嘗與歐陽修、王安石、蘇軾等遊，有文集二十餘卷。宋熙寧末年（1077），楊傑以母憂，歸鄉閒居，閱讀藏經，遂歸心淨土。

范鎮

> 《宋史》卷三三七：其學本《六經》，口不道佛、老、
> 申、韓之說。契丹、高麗皆傳誦其文。少時賦《長嘯》，卻

〔註302〕《東文選》卷十九。

胡騎，晚使遼，人相目曰：此「長嘯公」也。兄子百祿亦
使遼，遼人首問鎮安否。〔註303〕又蘇軾《范景仁墓誌銘》：
「契丹、高麗皆知誦公文賦。」〔註304〕

按：范鎮，字景仁。以才華著稱，《宋史・范鎮傳》稱：「宋庠
兄弟見其文，自謂弗及，與爲布衣交」。

〔註303〕 《宋史》卷三三七・列傳九六《范鎮傳》。
〔註304〕 《蘇軾文集》卷十四，第 435 頁。

第二章 宋詩對高麗漢詩創作之影響

第一節 宋詩與高麗詩風之轉換

　　對高麗漢詩的脈絡進行梳理，我們就會發現，高麗詩風在中期有一次轉變。那麼，這是一次怎樣的轉變，這次轉變與宋詩又有何關聯？要弄清這些問題，我們就必須從高麗初期詩風的特點入手，尋找高麗漢詩發展的內在動因。很多時候，我們把高麗漢詩僅僅看作是對中國詩歌，特別是宋詩的一種模仿，而忽略其自身發展的獨立性。實際上，高麗立國（918 年）要比宋朝立國（960 年）早將近半個世紀，其漢詩在起初與宋詩並無交集，更不可能學習宋詩，相反它有著自己獨立的運行軌迹。只是由於彼此之間存在著很多相似性，促使它們最終在演變之途中發生了交集。

一、宋詩與高麗漢詩之源

　　追溯高麗漢詩的源頭，我們會發現，其與宋詩在起始階段有著相同的血脈。

1、承續晚唐詩風

　　關於高麗初期詩學風尚，金宗直《青丘風雅序》云：

　　　　得吾東人詩而讀之，其格律無慮三變：羅季及麗初，

專襲晚唐；麗之中葉，專學東坡；迨其叔世，益齋諸公，

稍變舊襲，裁以雅正，以迄於盛朝之文明，尤循其軌轍焉。

近代韓國學者許世旭云:「自新羅末至高麗初，詩漸染晚唐之風，時當晚唐、五代，以逮宋初，以後世詩話證之，頗相符合。」〔註1〕

兩者都認爲高麗初期晚唐詩風盛行。關於晚唐詩風，本文在前言部分論述崔致遠時已經有所闡述。概括而言，晚唐體詩「總體取徑傾向是輕快有味，具體包括：重苦吟鍛鍊和造語成就；不用典故；擅長寫景詠物，高者清深閒雅，下者清淺纖微。」〔註2〕也有人認爲，晚唐體就是「特指晚唐至宋末一些具有隱逸情調的精雕苦吟之詩」。〔註3〕總的來說，晚唐詩風比較偏重於聲律的精心雕琢，景物的細緻刻畫，還有情感的閒遠清淡。

高麗初期，詩尚晚唐，這是因爲它接續的是新羅時代的詩風，亦即晚唐五代詩風。

新羅派出大量遣唐留學生，並大規模吸收中國文化的時期，正是唐王朝走向沒落的晚唐時期。經過「安史之亂」的唐王朝進一步走向衰敗，宦官專權，黨爭不停，藩鎮割據，經濟也日漸衰退。因此，對於被派遣到唐朝並學習唐朝先進文化的留學生們來說，具有雄健剛勁的風骨、高遠渾成的意境，並代表中國古典詩歌最高成就的盛唐詩歌，是他們難以企及的。而充滿感傷、豔麗的時代氣息，並追求形式美的晚唐文風則更加容易被他們接受和學習。據研究統計：自唐貞觀十四年（640）新羅第一次派遣留學生至五代中葉，三百年間，新羅派遣的留學生總數估計有約兩千人。其中，僅837年赴唐留學生就達216名。〔註4〕自唐穆宗長慶年間（821～824）至五代中葉（930

〔註1〕許世旭《概述：韓國詩話與中國詩活》，載曹順慶主編《東方文論選》，四川人民出版社，1996年，第845頁。

〔註2〕李定廣《論「晚唐體」》，《文學遺產》2006年第3期。

〔註3〕張海鷗《北宋詩學》，鄭州：河南大學出版社，2007年版，第19頁。

〔註4〕嚴耕望《新羅留唐學生與僧徒》，《嚴耕望史學論文集》（下），上海古籍出版社，2009年，第932頁。

前後），通過「賓貢科」考試的新羅人達到了九十名，其中包括金雲卿、崔致遠等知名文人。〔註5〕此外，新羅還曾多次派出遣唐使以及入唐求法僧，知名的有元曉、慧超、金喬覺等。

在密切的文化交流中，新羅文人和留學生與晚唐文人建立起了友好聯繫，並學習晚唐詩的風格，這之中的傑出代表便是崔致遠等。他們從晚唐文壇輸入駢四儷六的文格和拘忌聲病的律詩，這種唯美主義的文藝思潮一直在高麗前期的文苑盛行。而科舉制度的實施，更是起到了推波助瀾的作用。如前文所述，高麗科舉主要以詩賦取士，考的是聲律駢偶，故而徐居正《東人詩話》曰：「高麗光、顯以後，文士輩出，詞賦四六，穠纖富麗，非後人所及。……高麗光宗始設科，用詞賦，……由是俗尚詞賦，務爲抽對。」〔註6〕《迂書》亦云：「高麗光宗，始用雙冀言，設科取人。冀即中國秀才，附商舶東來，官至翰林學士者也。其法頗用唐制，以詩賦頌策取士，兼取明經醫卜等業。所謂詩，即十韻排律之類。所謂賦，即八義賦之類。唐賦有官韻，其體如駢儷。宋初，亦以此取士。體格最陋，曾見麗朝詞賦，亦是此體。」〔註7〕

這種對駢偶和聲律的追求確實與宋初詩壇非常相似。《蔡寬夫詩話》云：「國初沿襲五代之餘。」〔註8〕《宋史·穆修傳》云：「自五代文敝，國初，柳開始爲古文，其後楊億、劉筠尚聲偶之詞，天下學者靡然從之。」〔註9〕《宋史·歐陽修傳》亦云：「宋興且百年，而文章體裁，猶仍五季餘習。鏤刻駢偶，淟涊弗振，士因陋守舊，論卑氣

〔註5〕崔瀣《拙稿千百》卷二《送奉使李中父還朝序》：「進士取人，本盛於唐。長慶初，有金雲卿者，始以新羅賓貢，題名杜師禮榜。由此以至天祐終，凡登賓貢科者五十有八人。五代梁唐，又三十有二人。蓋除渤海十數人，餘盡東士。」見《韓國文集叢刊》第3冊，23頁。

〔註6〕《東人詩話》卷下，《域外詩話珍本叢書》第八冊，221頁。

〔註7〕柳壽垣《迂書》卷一《論麗制》。

〔註8〕郭紹虞《宋詩話輯佚》卷下，中華書局1980年，第398頁。

〔註9〕《宋史》卷四百四十二·列傳第二百一·文苑四。

弱。」〔註10〕可見，高麗初期詩風與宋初詩風一樣，都是承襲晚唐五代而來。所以，北宋末出使高麗的徐兢（1091～1153）就明確指出，高麗文人「大抵以聲律爲尙，而於經學未甚工，視其文章，彷彿唐之餘弊云」。〔註11〕

2、深受《文選》影響

《文選》對唐五代綺靡華豔詩風所起的作用不可小視。明代陸時雍《詩鏡總論》云：「自梁以後，習尙綺靡，昭明《文選》，家視爲千金之寶。」〔註12〕《文選》正是誕生於詩風綺靡華豔的梁、陳時代，那時候詩人們倡言情性，講究聲律、鍊字、用典，如同劉勰所言：「儷採百字之偶，爭價一句之奇，情必極貌以寫物，辭必窮力而追新。此近世之所競也。」〔註13〕蕭統編輯《文選》時，也是恪守「義歸於翰藻」這一藝術標準，收錄了許多辭藻華美的詩作。比如收錄較多的曹植、謝靈運、陸機、潘岳等人，都以辭采豔麗著稱，如曹植「骨氣奇高，詞采華茂」，陸機「才高辭贍，舉體華美」，潘岳「爛若舒錦」，謝靈運「才高詞盛，富豔難蹤」等。〔註14〕此外，《文選》選詩也很重視駢偶，宋人葛立方曾說：「《選》詩駢句甚多。」〔註15〕這種對偶句的使用顯然是爲了增加語言的美感和韻味。《文選》的另一個重要選詩標準便是聲律，清人李重華《貞一齋詩說》曰：「沈隱侯最講聲病，昭明選錄至多」。〔註16〕日本學者清水凱夫甚至認爲《文選》的選錄標準就是沈約的《宋書·謝靈運傳論》，因爲《文選》重視聲律，是受到沈約這篇《傳論》的影響。〔註17〕

〔註10〕《宋史》卷三百一十九·列傳第七十八·歐陽修。
〔註11〕《宣和奉使高麗圖經》卷四十「儒學」條。
〔註12〕丁福保輯《歷代詩話續編》（下），中華書局1983年，1416頁。
〔註13〕劉勰《文心雕龍》卷二·明詩。
〔註14〕鍾嶸《詩品》序及卷上。
〔註15〕葛立方《韻語陽秋》卷一，《歷代詩話》486頁。
〔註16〕見《昭代叢書》壬集，卷五十。
〔註17〕清水凱夫《六朝文學論文集》，重慶出版社1989年，75頁。

　　《文選》對後代詩歌創作產生了巨大的影響。唐詩直接受其影響不必說了，一直到宋初依然甚爲流行。宋初科舉考試便很重視《文選》，甚至從《文選》中直接出題。比如，有一年江南試進士，主考官就是從《文選》卷二十二謝靈運《於南山往北山經湖中瞻眺》一詩中取出「天雞弄和風」一句作詩題。〔註 18〕因而，當時學子們無不熟讀《文選》，作爲步入仕途的敲門磚。詩人陸游說：「國初尙《文選》，當時文人專意此書，故草必稱王孫，梅必稱驛使，月必稱望舒，山水必稱清暉。至慶曆後，惡其陳腐，諸作者始一洗之。方其盛時，士子至爲之語曰：『《文選》爛，秀才半』」。〔註 19〕宋初詩人宋祁（998～1061）又名「選哥」，相傳曾經手抄《文選》三遍。〔註 20〕宋祁的詩很注重鍊字和聲律，「紅杏枝頭春意鬧」這一佳句便是刻苦鍛鍊的結果。

　　《文選》在朝鮮半島一樣非常受重視。在三國時代的高句麗，《文選》便爲世人所重。〔註 21〕新羅時代，設立「讀書三品科」，也把熟讀《文選》作爲重要的評價標準。〔註 22〕金允植云：「新羅於三國最稱爲文獻之邦，然風氣簡樸，久而漸開。其初以射選人，或取於花郎之徒。至元聖王時，始定讀書出身科，以博通五經三史爲雋，而尤用力於《文選》。蓋六朝以來交鄰事大之文，專尙駢儷故也。於是任強首、薛弘儒、崔孤雲之徒出焉。是爲東國文章之祖。」〔註 23〕高麗初期漢詩創作，依然把《文選》作爲重要的學習對象。崔滋（1188～1260）在《補閒集》中引俞升旦語云：「凡爲國朝製作，引用古事，於文則

〔註 18〕王應麟《困學紀聞》卷十七。
〔註 19〕陸游《老學庵筆記》卷八。
〔註 20〕王得臣《麈史》卷中「學術」，叢書集成初編本，28 頁。
〔註 21〕《舊唐書》卷一九九《高麗傳》：俗愛書籍，至於衡門廝養之家，各於街衢造大屋，謂之扃堂，子弟未婚之前，晝夜於此讀書習射。其書有《五經》及《史記》、《漢書》、范曄《後漢書》、《三國志》、孫盛《晉春秋》、《玉篇》、《字統》、《字林》；又有《文選》，尤愛重之。
〔註 22〕《三國史記》卷十《新羅本紀》：（元聖王）四年春，始定讀書三品以出身。讀《春秋左氏傳》，若《禮記》、若《文選》，而能通其義，兼明《論語》、《孝經》者爲上。
〔註 23〕《雲養集》卷十《東鑑文鈔序》，《韓國文集叢刊》第 328 冊，394 頁。

六經三史，詩則《文選》李杜韓柳，此外諸家文集，不宜據引爲用。」
〔註24〕崔滋所處時代已經是高麗中葉了，可見，一直到那時候，儘管
以蘇軾爲代表的宋詩已經風靡朝鮮半島，《文選》依然是學詩的範本。
一直到高麗末期，《文選》才逐漸失去熱度。金允植云：「至於季世，
益齋、稼亭、牧隱、圃隱諸公繼出焉，粹然反之以八家古文，其高者
直接西漢，自是《選》體始不爲世所貴矣。」〔註25〕陸游說，慶曆（1041
～1048）以後，宋代《文選》的風光就逐漸消失了。這與高麗稍有區
別，《文選》影響於朝鮮半島的時間要更久遠一點。總的來看，高麗初
期的漢詩創作與宋初詩歌創作一樣，在源頭上都受《文選》的影響。

二、宋詩與高麗初期詩風

受晚唐詩風以及《文選》爲代表的詩歌創作風格影響，高麗初期
詩歌有著鮮明的特色，那就是內容上的相對單薄和形式上的華美，這
與宋初詩歌創作很相似。

從內容上來說，這一時期的詩歌普遍格局狹小，缺乏深刻的主題。
這與高麗初期承平日久，漸生浮靡有關。掌握漢文書寫的都是在統治階
層的人，他們享受著安逸的生活，無心思考社會問題，詩歌取材範圍逐
漸狹窄，而氣力卻更爲羸弱。他們創作大量的應製詩、閒適詩，或者是
歌功頌德，或者是閒吟微愁，內容貧乏，卻辭采繁縟。我們可以看幾首
當時有代表性的詩人作品，這些詩作均見於《東文選》卷十二：

> 鹿鳴嘉宴會賢良，仙樂洋洋出洞房。天上賜花頭上豔，
> 盤中宣橘袖中香。黃河再報千年瑞，綠醑輕浮萬壽觴。今
> 日陪臣參盛際，願歌天保永無忘。（李資諒《大宋睿謀殿御
> 宴應制》）

> 漢皇東注意偏深，美我君王事大心。八道詔書天上降，
> 九霄星騎日邊臨。雲蒸紫殿浮佳瑞，雷動彤庭布德音。多

〔註24〕《補閒集》卷中，《域外詩話珍本叢書》第八冊，128 頁。
〔註25〕《雲養集》卷十《東鑒文鈔序》。

幸微臣在朝列，不勝歡慶貢巴吟。（崔承老《奉賀聖上受大尉冊命，初襲王封》）

　　襄城前馬忽超然，行遇孤雲一握天。警蹕聲高盈遠壑，羽林兵哨裂寒煙。奇花墮豔翻經座，甘露浮香上壽筵。酬奉文章爭落筆，侍臣才氣似唐賢。（金富軾《玄化寺，奉和御製》）

上述詩篇，是很典型的應製作品。應製詩一般是臣下奉和君主的詩篇，在命題、內容、語言、表現諸方面所受限制更多，作者身份亦屬富貴階層，因而一般表現出典雅富厚、充實豔麗的特點，如葛立方所言：「應製詩非他詩比，自是一家句法，大抵不出於典實富豔爾。」〔註26〕同時，應製詩也往往「綺繪有餘，而微乏韻度」。〔註27〕李資諒等人的應製詩作體現出與此相同的特點：辭藻富麗，內容典實，但是缺少一點詩的韻味。

　　又如崔沖（984～1068）《示座客》云：「水閣風櫳苦見招，簿書叢裏度流年。朱櫻紫筍時將過，紅槿丹榴態亦妍。病久卻嫌邀客飲，性慵偏喜聽鶯眠。良辰健日終難再，急趁花開作醉仙。」〔註28〕

　　這首詩中所體現出來的士大夫的雍容閒雅一目了然。詩作並沒有什麼深刻的思想內容，只是極度悠閒之後對生命、時間的一點感悟。這種從容不迫而又略有憂愁的心態與宋初一些館閣詩人非常相像，其詩作也自然顯得「閒雅有情思」。〔註29〕高麗初期漢詩詩境一般來說比較狹小，大抵不脫個人情感的圈子。再如《東文選》卷十九所載部分高麗初期漢詩作品：

　　　月白寒松夜，波安鏡浦秋。哀鳴來又去，有信一沙鷗。

　　　　　　　　　　　　　　　　　（張延祐《寒松亭曲》）

〔註26〕《韻語陽秋》卷二，《歷代詩話》，498 頁。
〔註27〕楊慎《升菴詩話》卷八，《歷代詩話續編》，787 頁。
〔註28〕《東文選》卷十二。
〔註29〕《宋史》卷三一一《晏殊傳》：「(殊) 文章贍麗，應用不窮。尤工詩，閒雅有情思。」

俗客夢已斷，子規啼尚咽。世無公冶長，誰知心所結。
（金富軾《大興寺聞子規》）

回首海陽城，傍城山嶙峋。山遠已不見，況是城中人。
看山帶慘色，聽水帶愁聲。此時借何物，能得慰人情。
一別有一見，暫別又何傷。情知不再見，斷腸仍斷腸。
（崔讜《馬上寄人 三首》）

古樹鳴朔吹，微波漾殘暉。徘徊想前事，不覺淚沾衣。
（崔鴻賓《書星龍寺兩花門》）

久住真無計，重來未必期。人生百歲內，長作一相思。
（全坦夫《晉陽留別》）

閒餘弄筆硯，寫作一竿竹。時於壁上看，幽姿故不俗。
（鄭敍《題墨竹後》）

這些詩與晚唐詩，特別是賈島一派的詩歌，在意境、格調上如出一轍，也與宋初以林逋、寇準等為代表的「晚唐體」十分相似。雖然，在詞句的鍛鍊上、篇章的結構上還不夠圓熟，但他們所關注的也是個人情感裏的喜怒哀樂，所描寫的或者是清邃幽靜的山林景色，或者是朦朧清幽的意象，或是清高拔俗的事物，或是孤寂淡泊的心境。上述詩作中的「哀鳴」、「啼尚咽」、「斷腸」、「淚沾衣」等詞還表現出來一種濃厚的愁苦之情。這些詩作絕無盛唐詩的剛健勁拔之力，而顯現出一種晚唐詩所特有的卑弱氣格。

從語言形式上來說，高麗初期漢詩追求語言的華美，色彩偏向穠麗，如李朝詩人李植（1584～1647）所言：「我東人之詩文，啓自唐季，其始麗縟而已。」〔註30〕而追求華美豔麗恰恰是高麗初葉的時代審美特色。〔註31〕這種「華豔」之風，甚至一直延伸到了高麗中期，

〔註30〕李植《溪谷集序》，《澤堂先生別集》卷五，《韓國文集叢刊》第八十八冊，339頁。

〔註31〕蔡美花《朝鮮高麗文學的審美理想與追求》，《東疆學刊》2006年第1期。

比如權適便以「富豔」爲其文章特色。〔註32〕

在「華美」的時代風尚影響下，詩人們對描繪對象往往有著細緻體察以及巧妙的表現，寫景精緻細膩，字句精雕細琢，非常講究鍊字鍊句，講究格律聲調。

比如，任奎（？～1171）《江村夜興》：

> 月黑鳥飛渚，煙沉江自波。漁舟何處宿，漠漠一聲歌。
>
> （《東文選》卷十九）

高兆基（？～1157）《山莊雨夜》：

> 昨夜松堂雨，溪聲一枕西。平明看庭樹，宿鳥未離棲。
>
> （《東文選》卷十九）

上述兩首詩，構思精巧，韻律和諧，充滿著一種蘊藉自然之美。任奎《江村夜興》中「漁舟何處宿，漠漠一聲歌」一聯與柳宗元《漁翁》中「煙銷日出不見人，欸乃一聲山水綠」的構思頗有異曲同工之妙。而「煙沉江自波」和「溪聲一枕西」兩句則可以看出詩人刻苦鍛鍊的痕迹。

當然，高麗初期漢詩的代表性作者當屬鄭知常和金富軾，他們都是高麗初期最傑出的詩人。徐居正云：「高麗氏開國，文治大興。金文烈富軾、鄭諫議知常唱之於前。」〔註33〕李奎報《白雲小說》亦云：「侍中金富軾、學士鄭知常，文名齊名一世，兩人爭軋不相能。」〔註34〕兩位同時代的傑出詩人，在詩歌創作上充分體現了高麗初期漢詩的鮮明特點。

金富軾（1075～1151），字立之，號雷川，諡號文烈。出生在開京的一個官僚家庭中，父親和兄弟都是當時著名文人。他自幼渴慕漢學，學習詩文。肅宗朝文科及第，歷任寶文閣待制、翰林學士、門下

〔註32〕《補閒集》卷上：「（權適）率不事章句，如有和答之作，率爾出語不欲驚人。尤長於文辭，富豔體中有清駛之骨。」

〔註33〕徐居正《牧隱詩精選序》，見《牧隱集》附錄，《韓國文集叢刊》第5冊，178頁。

〔註34〕《域外詩話珍本叢書》第十一冊，13頁。

侍中、平章事等職。1135年，任元帥，率兵平定西京（平壤）叛亂。
1145年，他參閱朝鮮古代的文獻和中國史書，編纂成紀傳體史籍《三
國史記》。金富軾生於高麗政局穩定、文化繁榮時期，死於社會矛盾
趨於尖銳、統治階級內部傾軋加劇、動亂屢生（如李資謙之亂、妙清
之亂）的衰微時期。受儒家思想教育的金富軾一生忠於高麗王朝，這
使他的詩歌也充滿了正統的色彩，從而顯得文雅典實。比如其《燈夕》
和《結綺宮》詩：

> 城闕深嚴更漏長，燈山火樹粲交光。綺羅縹緲春風細，
> 金碧鮮明曉月涼。華蓋正高天北極，玉爐相對殿中央。君
> 王恭默踈聲色，弟子休誇百寶妝。

（《東文選》卷十二《燈夕》）

> 堯階三尺卑，千載餘其德。秦城萬里長，二世失其國。
> 古今青史中，可以爲觀式。隋皇何不思，土木竭人力。

（《東文選》卷四《結綺宮》）

第一首詩先是描摹了一番「燈夕」的繁華景象，「燈山火樹」、「綺羅
縹緲」、「金碧鮮明」、「華蓋玉爐」，可謂極盡奢華。結尾，詩人則規
勸君王遠離聲色，官宦子弟切勿炫富，顯露出詩人強烈的道德責任
感。後一首詩則以帝堯、秦始皇、隋煬帝作爲正反事例，希望當今君
王能夠「以史爲鑒」，吸取經驗教訓，要愛民理國，而不要窮奢極欲，
苛掠百姓。兩首詩都顯現出詩人那種爲國爲民的殷勤懇切之態。所
以，《東人詩話》曾評論曰：「文烈《結綺宮》詩……《燈夕》詩…詞
意嚴正典實，眞有德者之言也。」〔註35〕確實，金富軾的詩中有著很
鮮明的儒家倫理道德意識，始終不忘國、不忘君。聯繫金富軾曾經以
文官的身份，親帥大軍，平定妙清叛亂的經歷，我們便更可以理解其
詩中所體現的忠君愛國思想。而他詩歌「典實」的風格也正符合其詩
作的思想內容。

〔註35〕《東人詩話》卷上，《域外詩話珍本叢書》第八冊，179頁。

　　成俔云：「金富軾能瞻而不華。」〔註36〕「不華」正是指出其詩「典實」的特點，而「瞻」則指出其詩具有善於用典、遣詞豐富的特色。從某種意義上來說，金富軾的詩有點與李商隱的詩相似。比如《聞教坊妓唱布穀歌有感》云：

　　　　　佳人猶唱舊歌詞，布穀飛來梃樹稀。還似霓裳羽衣曲，
　　開元遺老淚沾衣。〔註37〕

此詩用典巧妙。據《高麗史》卷七十一《樂志》載：「伐谷，鳥之善鳴者也。睿宗欲聞己過及時政得失，廣開言路，猶恐群下不言，作此歌，以諷喻之也。」顯然，此詩的前兩句暗用了這個典故。而後兩句詩則用了白居易《長恨歌》中「漁陽鼙鼓動地來，驚破霓裳羽衣曲。……君臣相顧盡沾衣，東望都門信馬歸」的故事意象。金富軾巧妙運用了這些歷史典故，使詩歌自有一種含蓄之美，且諷喻之意不見而明。

　　又如《臨津有感》云：

　　　　　秋風嫋嫋水洋洋，回首長橋思渺茫。惆悵美人隔千里，
　　江邊蘭芷爲誰香。〔註38〕

此詩無論是立意、語言還是意象，都深受《楚辭》的影響。「秋風嫋嫋水洋洋」一句意象源自屈原《湘夫人》：「帝子降兮北渚，目眇眇兮愁予。嫋嫋兮秋風，洞庭波兮木葉下。登白萍兮騁望，與佳期兮夕張。」《湘夫人》是一首愛情詩，寓情於景，情景交融，表達了對情人的思念之情。而「蘭芷」、「美人」則是屈原詩作中常用的意象，比如《離騷》：「扈江離與辟芷兮，紉秋蘭以爲佩」；「蘭芷變而不芳兮，荃蕙化而爲茅」等。「蘭芷」往往被用來比德，代表高尚的品德與節操。而「美人」則用來比喻君主，或是自喻，代表具有高潔品德和人格的人，如「惟草木之零落兮，恐美人之遲暮」；「眾女嫉余之蛾眉兮，謠諑謂

〔註36〕《慵齋叢話》卷一。
〔註37〕《東文選》卷十九。
〔註38〕同上。

余以善淫」等。〔註39〕金富軾這首詩熟練使用了《楚辭》中的種種意象，來表達別離的主題，且因爲使用這些意象而顯得含蓄委婉。同時，「香草美人」意象的使用還使得詩歌具有一種「豔美」的特質，如同其對六朝華美文風之影響。〔註40〕

再如《甘露寺次慧遠韻》：

　　俗客不到處，登臨意思清。山形秋更好，江色夜猶明。

　　百鳥高飛盡，孤帆獨去輕。自慚蝸角上，半世覓功名。

〔註41〕

《小華詩評》認爲此詩有「悠然出塵之趣」。〔註42〕從詩的意境來看，此詩確實顯得超越塵俗，高遠閒淡。其第三聯化用了李白《獨坐敬亭山》中的詩句「眾鳥高飛盡，孤雲獨去閒」，最後一聯則化用了《莊子》中的典故，表達一種勘破塵世、超然物外的人生態度。〔註43〕從詩的格調來說，明顯是晚唐的。

而《熏修院雜詠》一詩更與宋初晚唐體詩人的詩作難以分辨：

　　院靜僧閒夜向分，殘燈孤枕臥幽軒。自嗟情習何時盡，

　夢把花枝對酒尊。〔註44〕

此詩前兩句意境清幽孤寂，後兩句則用典巧妙。所用典故乃是西漢馬融「夢花」故事。據說，馬融勤奮好學，有一次夢見自己進入一片樹林，看到四處花團錦簇，就摘下吃了。醒來後文才大增，天下文詞無

〔註39〕李中華《〈楚辭〉與中國文化》，河南大學出版社，1998 年，第 191～196 頁。

〔註40〕於浴賢《楚騷「香草美人」手法在六朝文學中的承傳》認爲：《楚辭》「香草美人」在六朝文學中被廣泛運用，形成六朝文學辭藻華麗、意境瑰奇和想像豐富的特點。見《遼東學院學報》2010 年第6 期。

〔註41〕《東文選》卷九。

〔註42〕《小華詩評》卷上：「金侍中富軾……松都甘露寺詩曰……亦悠然出塵之趣。」《域外詩話珍本叢書》第九冊，499 頁。

〔註43〕《莊子‧則陽》：「有國於蝸之左角者，曰觸氏，有國於蝸之右角者，曰蠻氏，時相與爭地而戰，伏屍數萬，逐北，旬有五日而後反。」

〔註44〕《東文選》卷十九。

所不知，當時人叫他「繡囊」。〔註45〕金富軾使用此典，既營造了一種含蓄朦朧的美，又準確傳達出了一種悵然若失的情緒。

又《安和寺致齋》詩曰：

　　　　窮秋影密庭前樹，靜夜聲高石上泉。睡起淒然如有雨，
憶曾蘆葦宿漁船。〔註46〕

此詩寫景刻畫細膩，特別是「窮秋影密」來寫樹，「靜夜聲高」來寫泉，都很貼切。而最後的「淒然」一語則一下子使整個詩篇籠罩上一層傷感情緒。整首詩情景交融，渾然一體。

總的來說，金富軾的詩作內容典實，辭語富豔，用事巧妙，且能創造出混融的意境，在高麗初期詩作中確實算得上是佳作。唯其詩歌的境界尚不夠開闊，也缺少剛健之力，所以從總體面貌上來看依然是晚唐的風調。

鄭知常（？～1135）原名鄭之元，號南湖。高麗睿宗和仁宗時期人，生於西都平壤。少時聰慧過人，能詩之名遠揚。曾任起居舍人，升左司諫，後官至翰林學士知制誥。性格曠達不羈，討厭虛情僞作，後因參與僧人妙清叛亂而遭殺害。

許筠（1569～1618）《惺叟詩話》評價鄭知常的詩篇時曰：「鄭大諫詩，在高麗盛時最佳，流傳者絕少，篇篇皆絕唱也。」〔註47〕這是相當高的評價了。對鄭知常詩歌的認識歷來集中在兩點：一是晚唐風格，如「知常爲詩得晚唐體，尤工絕句，詞語清華，韻格豪逸，自成一家法。」〔註48〕「麗朝鄭知常詩才絕高，宛有唐調。」〔註49〕「鄭

〔註45〕〔唐〕李冗《獨異志》卷中：「《武陵記》曰：『後漢馬融勤學，夢見一林，花如繡錦，夢中摘此花食之。及寤，見天下文詞，無所不知，時人號爲繡囊。』」
〔註46〕《東文選》卷十九。
〔註47〕許筠《惺所覆瓿稿》卷二十五・說部四・惺叟詩話，《韓國文集叢刊》第七十四冊，357頁。
〔註48〕《高麗史》卷一百二十七・列傳四十・叛逆一・妙清。
〔註49〕尹根壽（1537～1616）《月汀先生集》卷五《送朴子龍出按關西序》，《韓國文集叢刊》第47冊，248頁。

詩，語韻清華，句格豪逸，深得晚唐體。」〔註50〕二是詩風豔麗，許
筠云：「麗代知常……亦晚李中穠麗者。」〔註51〕李晬光《芝峰類說》
也評價鄭知常詩是「婉麗」；〔註52〕成俔《慵齋叢話》則評價爲「曄
而不揚」，〔註53〕又說：「鄭知常、金克己、李奎報、李仁老、林椿、
陳澕、洪侃之徒，皆以富麗爲工。」〔註54〕

鄭知常最有名的一首詩便是《送人》絕句：

雨歇長堤草色多，送君南浦動悲歌。大同江水何時盡，

別淚年年添綠波。〔註55〕

這首詩是鄭知常的名作，受到後人讚譽。自古以來，別離便是一種讓
人傷感的情緒。渭城朝雨、灞橋楊柳，無不因離別而成爲詩歌中永恒
的意象。在朝鮮半島，大同江也成爲離別的符號。〔註56〕離人的眼淚
彙聚成爲那不捨晝夜的流水，水有多長，情有多深。詩人以大同江水
爲喻，訴人間離情別緒之深，動人心魄。這首詩在整個朝鮮詩壇影響
深遠，「至今稱爲絕唱」。〔註57〕崔滋讚美其詩最後兩句「當時以爲警
策」。〔註58〕雖然此詩有杜甫「別淚遙添錦江水」和李白「願結九江
波，添成萬行淚」的影子，但是不可否認，這依然是一首情景交融，
且富有朝鮮地方特色的好詩。所以，金澤榮（1850～1927）以爲在古
今描寫平壤的詩篇中，這一篇「最爲佳作」。然而，他同時也認爲此

〔註50〕《東人詩話》卷上，《域外詩話珍本叢書》第八冊，179頁。
〔註51〕許筠《惺所覆瓿稿》卷十《答李生書》，《韓國文集叢刊》第74冊，
225頁。
〔註52〕《芝峰類說》卷九《詩評》：「前朝人詩，若李奎報之雄贍，鄭知常、
陳澕之婉麗，李仁老、李齊賢之精緻，李穡之沖粹，鄭夢周之豪邁，
李崇仁之醞籍，可謂秀出者。」
〔註53〕《慵齋叢話》卷一：「金富軾能贍而不華，鄭知常能曄而不揚。」
〔註54〕成俔《虛白堂文集》卷十三《文變》，《韓國文集叢刊》第十四冊，
531頁。
〔註55〕《東文選》卷十九。
〔註56〕《補閑集》卷上：「大同江是西都人送別之渡，江山形勝，天下絕景。」
〔註57〕《惺叟詩話》之「鄭知常西京詩人多和之」條
〔註58〕《補閑集》卷上，《域外詩話珍本叢書》第八冊，79頁。

詩「只寫豔情」，依然沒有脫離「豔麗」的特點。〔註59〕

又如《西都》詩：

　　　　紫陌春風細雨過，輕塵不動柳絲斜。綠窗朱戶笙歌咽，
　　盡是梨園弟子家。

這首詩可以說是聲色兼備。「紫陌」、「綠窗」、「細雨」、「柳絲」、「清塵」、「朱戶」、「笙歌」、「梨園弟子」，這一組意象勾勒出一幅鮮豔生動的畫面來，色彩極其亮麗。詩中沒有寫人，依然能讓人感受到西都平壤那種安居樂業、一派繁華的生活景象。徐居正曾評價此詩曰：「西都繁華氣象，四句盡之，後之作者無能闖其藩籬。」〔註60〕從這首詩來看，鄭知常的詩不僅有「豔情」，更有「豔景」，成俔《慵齋叢話》說：「鄭知常能曄而不揚。」趙斗淳（1796～1870）也用「華」字來概括其詩作，當是指此而言。〔註61〕

　　鄭知常詩歌色彩豔麗的特點非常鮮明，比如「浮雲流水客到寺，紅葉蒼苔僧閉門。秋風微涼吹落日，山月漸白啼清猿。」（《題邊山蘇來寺》）「風送客帆雲片片，露凝宮瓦玉鱗鱗。綠楊閉戶八九屋，明月捲簾三兩人。」（《長源亭》）「物象鮮明霽色中，勝遊懷抱破忡忡。江含落日黃金水，柳放飛花白雪風。」（《春日》）「花接蜂鬚紅半吐，柳藏鶯翼綠初深。一軒春色無窮興，千里皇華欲去心。」（《分行驛，寄忠州刺史》）「飲闌欹枕畫屏低，夢覺前村第一雞。卻憶夜深雲雨散，

〔註59〕金澤榮《韶濩堂詩集》定本卷一・乙亥稿・《李韋史將之平壤，見觀察使趙公，過余徵詩，遂賦長句十五首塞之，兼寄李寧齋學士，學士先有送韋史之作》：「古今平壤詩至多，而尚無一篇能儘其景槩者。……惟鄭司諫知常『別淚年年添綠波』一絕，金三淵昌翕『杯行星漢流』一律，最爲佳作。然鄭只寫豔情，金只寫譙景，而皆未及於全全之景槩，其亦難哉。」見《韓國文集叢刊》第347冊，152頁。
〔註60〕《東人詩話》卷下，《域外詩話珍本叢書》第八冊，222頁。
〔註61〕趙斗淳《心庵遺稿》卷二十八《梅湖集序》：「是所謂在唐爲唐，在宋爲宋，孰禰而孰可祧，非公雅尚所涇渭也。夫金富軾之贍，鄭知常之華，益稼健博，陶圜溫粹，皆由此其選。」見《韓國文集叢刊》第307冊，564頁。

碧空孤月小樓西。」(《團月驛》) 這些詩句，色彩鮮明，描寫細緻，很有畫面感。

再如他的《新雪》詩：

> 昨夜紛紛瑞雪新，曉來鵲鷺賀中宸。輕風不起陰雲卷，
> 白玉花開萬樹春。〔註62〕

這首詩雖然是寫雪，但是卻通過特有的意象賦予「雪」不一樣的含義，烘托作者喜悅的心情。「瑞雪」本是豐年之兆，早晨起來，開門便是滿眼白色，心中欣喜之情不言而喻，連那趕來覓食的鵲鷺也似乎是前來祝賀的。而掛滿雪花的樹枝似乎開滿了白色花朵，猶如春天來臨了一般，預示著新一年的美好。與前面的詩作一樣，此詩畫面感很強，並且還透露出「和豔富貴」的氣象。〔註63〕

又《醉後》絕句云：

> 桃花紅雨鳥喃喃，繞屋青山閒翠嵐。一頂烏紗慵不整，
> 醉眠花塢夢江南。〔註64〕

這首詩寫景細緻，刻畫生動。雖不言情，卻情在其中。外面紅雨翠嵐，景色宜人，作者沉浸在這絢麗的大好春光中。他一個人舉杯獨酌，徑入醉鄉。在他放浪不羈的形象背後，或許隱約流露出一點政治上的失意。此詩同樣是豔麗過人。申欽《晴窗軟談》認為此詩「警拔藻麗，我東之詩，鮮有其比」。〔註65〕崔滋則認為「此詩可作圖畫看。」〔註66〕

除了豔麗的特點之外，鄭知常的詩還有一個特點，那便是講究聲律，喜用拗調。鄭知常應該是熟知聲調知識的，申光洙（1712～1775）

〔註62〕《東文選》卷十九。
〔註63〕《補閒集》卷中：「鄭舍人知常《新雪》云：……此詩和豔富貴，非東坡所謂村學中雪詩也。」
〔註64〕《東文選》卷十九。
〔註65〕《象村稿》卷五十二《晴窗軟談》（下），《韓國文集叢刊》第七十二冊，345頁。
〔註66〕《補閒集》卷中，《域外詩話珍本叢書》第八冊，108頁。

云：「東國無樂府……鄭知常《官船》一絕，始得樂府音調，爲千年絕唱，足與盛唐方駕。」〔註67〕而關於「拗體」，《東人詩話》卷上云：「拗體者，唐律之再變，古今作者不多，其法遇律之變處，當下平字換用仄字，欲使語氣奇健不群，晚唐人喜用此體。」〔註68〕對於晚唐人所喜歡的這種作詩方式，鄭知常也很鍾愛，徐居正便說他「尤長於拗體」。〔註69〕

如《題邊山蘇來寺》詩云：

> 古徑寂寞縈松根，天近斗牛聊可捫。浮雲流水客到寺，
> 紅葉蒼苔僧閉門。秋風微涼吹落日，山月漸白啼清猿。奇
> 哉厖眉一老衲，長年不夢人閒喧。（《東文選》卷十二）

這首詩由於用了拗調，所以讀起來不會有熟滑的感覺，顯得「清健可愛」。〔註70〕

鄭知常對拗體詩情有獨鍾，且「深得其妙」，因而他創作了很多優秀的拗體詩。李晬光曰：「鄭知常《丹月驛》詩云：『飲闌欹枕畫屏低，夢覺前村第一雞。卻憶夜深雲雨散，碧空孤月小樓西』。又有詩曰：『綠楊閉戶八九屋，明月捲簾三四人』。又《題靈鵲寺》曰：『上磨星斗屋三角，半出虛空樓一間』。又：『地應碧落不多遠，人與白雲相對閒』。雖拗體亦好。」〔註71〕

總的來說，鄭知常的詩歌代表著高麗初期詩歌的最高水平，也具有高麗初期詩歌的鮮明特點。李朝大詩人申緯（1789～1845）曾有《東

〔註67〕《石北先生文集》卷十《關西樂府 並序》，《韓國文集叢刊》第二百三十一冊，397頁。

〔註68〕《東人詩話》卷上，《域外詩話珍本叢書》第八冊，179頁。

〔註69〕《東人詩話》卷上：「鄭詩，語韻清華，句格豪逸，深得晚唐體，尤長於拗體。」

〔註70〕《小華詩評》卷上：「拗體者，律之變也……鄭學士知常，深得其妙，《題邊山蘇來寺》詩曰……清健可愛。」《域外詩話珍本叢書》第九冊，501頁。

〔註71〕《芝峰類說》卷十三·文章部六·東詩，《域外詩話珍本叢書》第九冊，315頁。

人論詩》絕句云：「長嘯牧翁倚風磴，綠波添淚鄭知常。雄豪豔逸難相下，偉丈夫前窈窕娘。」申緯用「豔逸」兩個字來評價鄭知常的詩歌，顯然是著眼於其辭采華靡的特點。但是申緯同時認為他的詩歌氣骨柔弱，缺乏剛健之力，只能算是「窈窕娘」。〔註72〕崔滋也說：「鄭舍人知常，以詩鳴於仁廟時……語韻清華，句格豪逸，讀之使煩襟昏眼，灑然醒悟，但雄渾巨作乏耳。」〔註73〕這種剛健之力的缺乏所導致的柔弱風骨逐漸無法適應時代的需求，高麗漢詩也走到了一個亟需變革的路口。

三、宋詩與高麗詩風轉換

高麗漢詩之所以要變革，首先是因為到了高麗中期，隨著社會矛盾的加劇和外敵的入侵，孱弱浮華的詩風已經不能適應時代的要求。而「武臣之亂」所導致的文人身份地位的改變進一步促使這種變革意願越發強烈。但如何變革，往哪個方向變革，這對高麗詩人來說，是一個不得而知的問題。因為，漢詩畢竟是他們用第二語言進行創作，是舶來品，他們尚不能自由隨意、爐火純青地進行自我創造。於是，他們自覺地把目光轉向一直以來學習的對象——中國漢詩，去汲取靈感。而此刻，中國漢詩也恰好剛剛發生過一次重大變革，有異於唐調的宋詩新風貌已經形成。更為重要的是，宋詩變革的背景與高麗漢詩目前所面臨的狀況居然是那麼的相似，於是宋詩理所當然地成為了高麗漢詩變革的外在助力。

1、浮華詩風的批判

高麗初期，追求華美是時代風尚，但追求過度則容易形成浮華習氣。明宗在二十二年（1192）5月，專門下詔，斥浮華現象。在詔書中，他說：「古先哲王之化天下，崇節儉，斥奢靡，所以厚風俗也。

〔註72〕申緯《警修堂全稿》冊十七《北禪院續稿》二·辛卯五月·《東人論詩》絕句三十五首，《韓國文集叢刊》第291冊，371頁。
〔註73〕《補閑集》卷上，《域外詩話珍本叢書》第八冊，73頁。

今俗尚浮華，凡公私設宴，競尚誇勝，用穀粟如泥沙，視油蜜如潘淬，徒爲觀美，糜費不貲。」〔註74〕

這種浮華現象同樣出現在文學領域。高麗初期追求華美的風氣，反映在文學創作上，造就了初期文學的豔美特質。雖然增強了美感，但是「華美」的另一面便是容易造成文學上的「浮華」習氣，也就是一味追求形式上的完美，而忽略思想內容。比如，高麗重詩賦，特別是那些講究用韻屬對的場屋之文，而輕視古文，便是這種追求的體現。金富儀曾言：「遠自祖宗之時，已遵聖賢之教，然賢關未闢，城闕有挑撻之徒，而古學不興，詞賦取雕蟲之末。」〔註75〕金富儀批評文學上不重「古學」，越來越追求形式主義的「雕蟲」之風，正說明當時的文學風尚是傾向於具有美感的詩賦，並且詩賦中又格外重視聲律章句雕琢之美。

《高麗史節要》卷八中記載有金黃元（1045～1117）的一段故事：

> 黃元，自幼好學，登科，文詞推爲海東第一。性清勁，不附勢，與李載同在翰林，齊名。時契丹使至，黃元作內宴口號，有「鳳含綸綍從天降，鼇駕蓬萊渡海來」之句，使驚歎，求寫全篇而去。然二人，皆學古文，不隨時態。宰相李子威惡之曰：「若此輩久在文翰之地，必註誤後生。」遂奏斥之。〔註76〕

金黃元大約與鄭知常同時，他和李載「學古文」本沒有什麼，但是因爲當時風尚是喜歡形式更爲華美的文字，因而兩個人顯得與時代格格不入。更爲嚴重的是，因爲「不隨時態」，他們二人竟遭到宰相李子威的上書奏斥，認爲他們會誤導後生。當時社會文化風尚於此可見一斑。

然而，隨著號稱「海東孔子」的崔沖（984～1068）對儒學的提

〔註74〕《高麗史節要》卷十三・明宗光孝大王（二）・壬子二十二年。
〔註75〕《東文選》卷四十二《辭知貢舉表》。
〔註76〕《高麗史》卷八・睿宗文孝大王（二）・丁酉十二年。

倡，一批儒賢開始對浮華無實的文風進行批評。睿宗時（1105～1122
在位），崔瀹（大約生活於 11 世紀末至 12 世紀初）曾諫言：「帝王當
好經術，日與儒雅討論經史、諮諏政理，化民成俗之無暇，安有事童
子之雕蟲，數與輕蕩詞臣，吟風嘯月，以喪天衷之醇正耶？」〔註77〕
這一方面反映了當時依然是詞章極盛的現狀，另一方面也表明對其不
滿在與日俱增。

　　高麗人一直認為這種重視詞章的「浮華」之風，與雙冀倡導科舉
不無關係。李圭景（1788～1856）《雙冀辯證說》云：

　　　雙冀父子之來，東國之文風雖變，浮薄日滋，以至今日。
　　其弊與楊廣同流，（注：隋煬帝始設科取士）不如羅朝只有讀
　　書出身科之為醇古也。高麗《李益齋集》論雙冀事，適中其
　　病。崔承老上書成王，亦論雙冀之弊，其意甚切，可謂朝陽
　　鳳鳴。愚以為東方躁競之風，未嘗不自雙冀作俑也。〔註78〕

李圭景所提及李齊賢之語，出自其《史贊・光王》：「光王之用雙冀，
可謂立賢無方乎？冀果賢也，豈不能納君於善，不使至於信讒瀾刑
耶？若其設科取士，有以見光王之雅，有用文化俗之意，而冀亦將順
以成其美，不可謂無補也。惟其倡以浮華之文，後世不勝其弊。故宋
徐奉使兢撰圖經，言取士用詩賦論三題，不策問時政，視其文章，彷
彿唐之餘弊云。」〔註79〕

　　李齊賢認為，雖然雙冀在「以文化俗」上有一定功勞，但是雙冀
確實導致了高麗文風的浮華。前文在分析高麗科舉制時，我們曾指
出，雙冀所倡導的科舉制乃是仿照唐代，主要設明經和進士兩科，而
進士科最為重視。在取進士過程中，又特別重詩賦，而輕策論。因此，
這造就了高麗創作漢詩的熱潮。但是，作為一項考試制度，詩賦寫作
必然要遵循一定的要求，比如詩題需要限意限韻等。也就是說，從內

〔註77〕《補閒集》卷上，《域外詩話珍本叢書》第八冊，70 頁。
〔註78〕李圭景《五洲衍文長箋散稿》（人事篇／治道類・科舉・雙冀辯證說）。
〔註79〕《益齋亂稿》卷九《史贊・光王》，《韓國文集叢刊》第 2 冊，591 頁。

容到聲律、結構，必然受到種種限制，因而很難出現真正抒情達意的有內容的作品。這是所有科舉之文，也就是場屋之文必有的弊端。北宋徽宗大觀四年，在一次君臣議論科舉的相關事項時，就有臣僚指出：「場屋之文，專尚偶麗，題雖無兩意，必欲釐而爲二，以就對偶；其超詣理趣者，反指以爲澹泊。請擇考官而戒飭之，取其有理致而黜其強爲對偶者，庶幾稍救文弊。」〔註80〕可見，這是在宋代也無法避免的現象。

其實，如李圭景所言，早在高麗初期，崔承老（927～989）就曾上書指責雙冀。崔承老認爲，高麗過於重視雙冀這樣的文人，導致了「軍國要務，壅塞不通」，而且不論人才好壞，一律「接以殊恩殊禮」，並不能取得真正的賢才，還誘使後生手相以文謀名，致使躁競浮誇之風盛行。〔註81〕儘管崔承老指向的是高麗過於重用中國文人的不正常現象，但特別指出雙冀的名字，認爲社會「浮虛之譽」正是由其而來，這已經是比較嚴重的指責了。

雖然崔承老並未提及雙冀對文風所造成的影響，但雙冀所推崇的文風無疑是趨向於浮華的，即使雙冀本身的文辭，也是「病於浮藻，不足爲後學模範」。〔註82〕其所倡導的科舉制度自然也是高麗詩風越發走向「浮華」的重要原因之一。李朝學者金允植（1835～1922）云：「光宗時雙冀創爲科舉，以詞賦取士，或有浮華之疵，然文風亦由是

〔註80〕《宋史》卷一百五十五·志第一〇八·選舉一·科目上。

〔註81〕《高麗史》卷九十三·列傳六·崔承老：「及雙冀見用以來，崇重文士，恩禮過豐。由是非才濫進，不次驟遷。未浹歲時，便爲卿相。或連宵引見，或繼日延容。以此圖歡，怠於政事，軍國要務，壅塞不通。酒食燕遊，聯綿靡絕。於是南北庸人，競願依投。不論其有智有才，皆接以殊恩殊禮。所以後生爭進，舊德漸衰。雖重華風，不取華之令典。雖禮華士，不得華之賢才。於百姓則益消膏血之資，於四方則剩得浮虛之譽。」

〔註82〕崔溥（1454～1504）《錦南先生集》卷二《東國通鑒論》（文宗，守太師中書令致仕崔沖牟）：「高麗開國，庶事革創，未遑文教。光宗好文，雖委任雙冀，然其文辭，病於浮藻，不足爲後學模範。」見《韓國文集叢刊》第16冊，400頁。

益盛。」〔註83〕雖然肯定雙冀在倡導文風上起了重大的作用，但是也實事求是地指出其在造成「浮華」文風上的過失。

隨著時間的發展，這種文風的弊端越發顯現，並在高麗中期開始遭到越來越多有識之士的批判。特別是「武臣之亂」以後，隨著文人地位的改變，其對生活和文學的體驗更為深刻，自然對盛行於世的形式主義浮華文風也越發反感。林椿在《與趙亦樂書》中曰：

> 僕性本曠達，好問大道，不樂為世俗應用文字。但少為父兄所強，未免作之。自遭難，廢而不為者久矣。今既寒窘，思其所以取仕進而具裘葛養孤窮者，非此術莫可，故出而乃取時所謂場屋之文者讀之。工則工矣，非有所謂甚難者，誠類俳優者之說。因自計曰，如是而以為文乎則雖甲乙，可曲肱而有也。曾不知遽為造物小兒所困，遂奪之志也。此天命要不可逃。〔註84〕

林椿少年時代曾經為了參加科舉應試而寫過場屋之文，但是遭難以後，其身世變化讓他對場屋之文的本質有了更為深刻的認識。雖然，為了生計，他不得不參加科舉考試，繼續寫那些「世俗應用文字」，但是內心裏卻對這種文風深惡痛絕。他認為，場屋之文只是類似於「俳優者之說」的科舉小兒遊戲之作，「可曲肱而有也」，寫這些文字完全沒有意義。從信中，我們可見其內心之痛苦，也可見其對當時文風的不屑和反抗。

與林椿同時的李奎報在《答全履之論文書》中也對當時的文風加以了鞭撻，他說：「所謂今人之詩，雖源出於毛詩，漸復有聲病儷偶依韻次韻雙韻之制，務為雕刻穿鑿，令人局束不得肆意，故作之愈難矣。就此繩檢中，莫不欲創新意臻妙極。」〔註85〕

「毛詩」強調「詩言志」，就是說詩歌要有思想感情，強調詩歌的

〔註83〕《雲養集》卷十《東鑒文鈔序》，第三百二十八冊，394 頁。
〔註84〕《西河先生集》卷四，第一冊，246 頁。
〔註85〕《東國李相國全集》卷二十六，第一冊，557 頁。

政治教化作用，也就是「風雅之義」。李奎報認爲，當時的詩風已經完全背離了這一切，詩人們只是用盡心機在聲律篇章上雕刻穿鑿。這對眞正的詩人來說，無疑是一種拘束，一種壓制，所以必然要創出新意。李奎報的批評可謂入木三分，切中時弊。很顯然，到了高麗中期，擺脫雕琢之風，尋求新的突破，已經成爲高麗漢詩創作的一種內在要求。

　　從此後，排斥浮華，成爲高麗文學很重要的一個命題。特別是，高麗中後期，隨著性理學的引入，對「浮華」文風的排斥也越來越強烈。在性理學的視角下，詩賦本身就是「餘事」，更何況雕章琢句，疏談性命。比如李穡以宰相身份掌管成均館時，就「倡性命之說，斥浮華之習。」〔註86〕他還針對當時應試舉子所寫詩賦過於重視形式的不良現象，專門寫詩加以批評曰：

> 唐風崇律賦，流弊盛東方。音韻偕平側，文章局短長。
>
> 揚清仍激濁，配白故抽黃。芻狗終安用，令人自歎傷。

〔註87〕

李穡所批評的律賦乃是有一定格律的賦體，是嚴格限制立意和韻腳的命題賦，爲唐宋以來科舉考試所採用。宋陳鵠曰：「四聲分韻，始於沈約。至唐以來，乃以聲律取士，則今之律賦是也。」〔註88〕明代徐師曾云：「至於律賦，其變愈下。始於沈約四聲八病之拘。中於徐（陵）、庾（信）隔句作對之陋，終於隋、唐、宋取士限韻之制，但以音律諧協、對偶精切爲工，而情與辭皆置弗論。」〔註89〕清代姚華亦云：「今賦試於所司，亦曰律賦，時必定限，作有程序，句常隔對，篇率八段，韻分於官，依韻爲次，使肆者不得逞，而謹者亦可及。自唐迄清，幾一千年，或繩墨於場屋，或規矩於館閣，其制

〔註86〕鄭道傳《三峰集》卷三《圃隱奉使稿序》，《韓國文集叢刊》第 5 冊，340 頁。

〔註87〕《牧隱詩稿》卷二十二《讀舉子詩賦有感》，《韓國文集叢刊》第 4 冊，297 頁。

〔註88〕《耆舊續聞》卷四，知不足齋本。

〔註89〕《文體明辨粹抄》卷上，早稻田大學藏本。

益艱，其才彌局。」〔註 90〕

　　可見，這種場屋之文是非常形式主義的一種文體，其對文學的影響必然如李奎報所言，是「務爲雕刻穿鑿」，深陷於聲律對偶之中。從高麗中期的李奎報、林椿到高麗末李穡等，高麗詩人不斷地對這種浮華文風加以批評。變革已經成爲高麗漢詩發展的內在要求，也是一種時代的要求，他們所需要的只是一個機會，那就是以蘇軾、黃庭堅爲代表的宋詩的出現。

　　王水照先生在論述宋代詩文革新誕生的歷史時說：「就詩壇而言，對詩教美刺觀念的復興，目的在攻斥五代延及宋初的浮華詩風，即梅堯臣所說的『邇來道頗喪，有作皆空言。煙雲寫形象，葩卉詠青紅。人事極諛諂，引古稱辨雄。經營唯切偶，榮利因被蒙。』因此，復古的功績在『破』。在『破』的基礎上開啓宋詩發展趨向。」〔註 91〕

　　如果，我們用這樣的語言來解釋高麗詩風的轉換，也完全成立。如宋詩一樣，高麗漢詩也是在攻斥浮華詩風的基礎上開始了詩學的變革。只是，宋詩借用美刺觀念的復古，來掀起詩文革新，而高麗漢詩則借助宋詩的力量，來改變浮華的詩風。當然，促使高麗文人進行反思，並勇敢開展詩風變革的另一重要原因也不能忽視，那就是改變文人命運的「武臣之亂」。

2、文人命運的改變

　　高麗承平日久，君臣日夜唱和，終於導致了政治上的動亂，還眞是因「文」作亂，如柳壽垣所言：「大抵歷代規模中，唐朝承六朝餘風，最重詞華，故風俗甚虛誕。麗氏則慕唐末季餘風，故國俗浮靡無實。至毅宗，專以詩句酬唱爲務，終致鄭仲夫輩禍亂。麗氏因以不振矣。」〔註 92〕

〔註 90〕《弗堂類稿》卷一・論著甲・論文後編・目錄中第三，中華書局聚珍仿宋版，1930 年，31 頁。
〔註 91〕王水照主編《宋代文學通論》，河南大學出版社，1997 年，第 258 頁。
〔註 92〕柳壽垣《迂書》卷一《論麗制》「科目」條。

　　「鄭仲夫之亂」是高麗歷史上一次重要的事件，它改變了文人的命運，也促進了文風的改變。其實，在這次動亂之前，還有外戚李資謙之亂和僧人妙清之亂。而之後，則有崔忠獻之亂。整整一個半世紀，高麗處於種種動亂之中。這一切，都對高麗政治、文化產生了巨大的影響。

　　十二世紀，經歷了初期的繁盛後，高麗社會矛盾開始逐漸加劇。國內地主、貴族、寺院兼併土地嚴重，農民賦稅繁多，沉重的封建剝削，使得農民背井離鄉，階級矛盾越發尖銳。

　　仁宗時，外戚李資謙因爲幾個女兒先後成爲睿宗和仁宗兩代國王的王妃，而獨攬大權，作威作福，並欲加害仁宗，自立爲王。於是仁宗與近臣密議，欲除掉李資謙，卻被李發覺。1126 年，李資謙發動政變，燒毀了皇宮，殺盡仁宗親信大臣，並把仁宗軟禁在自己家中。同年，李資謙欲借助金國的勢力來鞏固自己的統治地位，便向金稱臣，這引起高麗上下不滿。1126 年 5 月，仁宗依靠西京勢力得以除掉李資謙，重掌朝政。

　　外戚李資謙之亂後，高麗朝廷內部爭權奪利的鬥爭愈發激烈，很快又發生了以僧人妙清爲首的叛亂。1135 年 1 月，僧人妙清利用陰陽圖讖之說鼓動仁宗遷都西京，認爲當時開城地氣已盡，而西京平壤則生氣勃勃，只要遷都西京，就一定可以使王朝復興。當時許多人都對妙清的陰陽圖讖之說深信不疑。由於開城皇宮在李資謙之亂中已經焚毀殆盡，於是深受妙清影響的仁宗便開始在西京建造王宮。妙情鼓吹遷都的眞實目的，是想通過遷都，脫離文臣世族的包圍，在新的王權建設中攫取權柄，這遭到了以金富軾爲首的舊文臣世族的強力反對。在這種反對的呼聲越來越高之時，妙情看到已經失去對仁宗的影響，於是在仁宗十三年（1135），與趙匡等人在西京以武力叛亂，自立政權。這場叛亂，最終被金富軾率兵平定。

　　此後，因爲高麗向金稱臣，獲得了較長的和平環境。毅宗即位後，在位二十五年，荒淫昏庸，還沉溺於佛教、道教和各種迷信活動，多

次舉行「飯僧」，參加者每次竟達數萬人。他寵信文臣，文人地位逐步上昇，官員中絕大多數都是文人，而武臣卻被逐漸排除出權力核心。毅宗經常同文官一起宴樂，文臣們以歌頌國王的「太平盛世」、「治國有方」、「恩德無量」、「國泰民安」等文詞來博得毅宗的歡心，而武臣卻只能在門外守衛，飢寒交迫，甚至凍餓而死。〔註93〕這導致武臣的不滿日益增長。據《高麗史》載：

> 時王荒淫，不恤政事，遊幸無度。每至佳境，輒駐輦，吟賞風月。十八年，王移御仁智齋，法泉寺僧覺倪迎駕於獺嶺院。王與諸學士唱和未已，仲夫以下諸將疲困憤惋，始有不軌之心。左副承宣林宗植、起居注韓賴、無遠度，怙寵傲物，視武弁蔑如，眾怒益甚。二十四年，王幸和平齋，又與近幸文臣觴詠忘返，扈從將士饑甚。仲夫出，旋牽龍行首散員李義方、李高從之，密語仲夫曰：「文臣得意醉飽，武臣皆饑困，是可忍乎？」仲夫曾有燃鬚之憾，乃曰：「然」。遂構凶謀。〔註94〕

1170年8月，毅宗照例同近臣到開京近郊寺廟「普賢院」宴會行樂。在酒酣時讓武臣手搏，這是毅宗知道武臣有不滿情緒，想通過重賞獲勝武臣的方法來安撫他們。而韓賴等文人則又心懷不滿。在手搏中，大將軍李紹膺體弱落敗逃走，韓賴立刻趕上去打李紹膺的耳光，將其打倒在臺階下，毅宗與群臣則拍掌大笑，林宗植、李復基也大罵李紹膺。鄭仲夫等一班武臣氣憤難當，於是鄭仲夫責問韓賴：雖然李紹膺是武官，但也是官至三品，爲什麼如此羞辱他？此時，毅宗親自加以勸解，方才作罷。〔註95〕

〔註93〕《高麗史》卷十八·世家十八·毅宗二：「辛酉，移御普賢院。天寒雨甚，衛卒凍死者九人。」

〔註94〕《高麗史》卷一百二十八·列傳四十一·叛逆二·鄭仲夫。

〔註95〕《高麗史》卷一百二十八·列傳四十一·叛逆二·鄭仲夫：「翌日，王將幸普賢院。至五門前，召侍臣行酒，酒酣顧左右曰：『壯哉！此地可以肄兵！』命武臣爲五兵手搏戲，蓋知武臣缺望，欲因以

當晚，鄭仲夫、李義方、李高在普賢院五門宣佈起兵，殺死文臣五十名，毅宗則被軟禁。《高麗史》對這段歷史有如下記載：

> 至昏，駕近普賢院。李高與李義方先行，矯旨集巡檢軍。王才入院門，群臣將退，高等殺林宗植、李復基、韓賴，凡扈從文官及大小臣僚宦寺皆遇害。又殺在京文臣五十餘人，鄭仲夫等以王還宮。〔註96〕

回到都城後，武臣又以毅宗的名義大肆殺戮朝廷官員，並一路高呼：「凡戴文冠者，雖胥吏，殺無遺種！」。〔註97〕一時間，文臣被戮殺殆盡。之後，毅宗被迫將權力交到了武臣手中。隨後，鄭仲夫廢掉毅宗王位，將之流放到巨濟島，而迎立其弟即位，這就是明宗。

其後三年，再次發生文人被屠殺事件。當時，大臣金甫當準備聯合各路人馬，討伐鄭仲夫，復立毅宗。沒想到事情敗露，金甫當被處死刑。在金甫當臨死之時，他誣供說所有文臣都參與了這次計劃，於是，又造成一次文人大屠殺。《高麗史》載：

> 甫當臨死，誣曰：「凡其文臣，孰不與謀？」於是一切誅戮，或投江水，旬日間文士戮且盡，中外洶洶，莫保朝夕。〔註98〕

在接下來的幾十年間，武人們彼此之間殘殺不斷，政權也在武臣手中不斷更替。首先是三個叛亂的首領間，李義方殺死李高，接著鄭仲夫又除掉李義方。1179 年，年輕將領慶大升、許升等人得到明宗的首肯後，調動禁軍將鄭仲夫斬首於市。之後，李義旼乘機又奪取了權力。

> 厚賜慰之也。賴恐武臣見寵，遂懷猜忌。大將軍李紹膺，雖武人，貌瘦力羸，與一人搏，不勝而走。賴遽前批紹膺頰，卽墜階下。王與群臣撫掌大笑，林宗植、李復基亦罵紹膺。於是，仲夫、金光美、梁肅、陳俊等失色相目。仲夫屬聲詰賴曰：『紹膺雖武夫，官爲三品，何辱之甚？』王執仲夫手，慰解之。高拔刃目仲夫，仲夫止之。」

〔註96〕《高麗史》卷十九・世家・毅宗。
〔註97〕《高麗史》卷一百二十八，列傳四十一《鄭仲夫列傳》。
〔註98〕同上。

明宗二十六年（1127），崔忠獻殺李義旼，再次奪取權力，建立起自己的獨裁統治。此後，武人間的爭鬥並沒有停息過，但都被崔忠獻一次又一次地鎮壓了下去。這種狀況一直延續到高麗在元朝的征服下，成為元朝的一個附屬國為止。

從「鄭仲夫之亂」爆發，到崔忠獻統治結束，高麗王朝歷時了將近一個世紀的武臣統治時期。

「武臣之亂」讓文人地位發生了巨大的改變，如李齊賢所述：「不幸毅王季年，武人變起所忽，薰蕕同臭，玉石俱焚。其脫身虎口者遁逃窮山，蛻冠帶而蒙伽梨，以終餘年。」〔註99〕

鄭仲夫之亂以後，幾乎所有的在朝文官都遁入山林，過著悲慘的生活，文人政治從此銷聲匿迹。這種政治上、生活上翻天覆地的變化，對文人人生、思想、情感產生了巨大的影響。「國家不幸詩家幸」，在亂離的遭際中，在苦難的生活裏，詩人們得以更加深入地去接觸現實生活，並深切地反思所發生的這一切。從文學上來說，他們再也不可能去淺斟低唱，也再也不能滿足於雕琢詞章的膚淺之作。他們要擺脫前期的華靡之風，進而去開創新的境界。韓國學者趙東一認為：「武臣之亂促使了一個嶄新的文學主導層的出現，迎來了徹底淘汰貴族文化中的形式主義文風和特權風格的轉機。」〔註100〕這是非常準確的判斷，而宋詩恰恰為這次轉機提供了外在的助力。

第二節　蘇軾與高麗中期漢詩創作

美籍學者宇文所安有一段話說得好：「如果我們的文學史寫作是圍繞著『重要的』作家進行的，那麼我們就必須問一問他們是什麼時候成為『重要作家』的，是什麼人把他們視為『重要作家』，根據的

〔註99〕《櫟翁稗說》前集一。
〔註100〕趙東一等著、周彪等譯《韓國文學論綱》，北京大學出版社，2003年，第98頁。

又是什麼樣的標準。」〔註101〕

同樣，在研究高麗漢詩對宋詩之接受時，我們也需要弄明白在高麗人心目中，哪些中國詩人是他們認爲的重要作家，爲何會成爲重要的作家，以及如何成爲其詩學接受史上的重點關注對象的。

我們先來看看高麗中期詩學關注的重點。李仁老《破閑集》云：「自雅缺風亡，詩人皆推杜子美爲獨步。」〔註102〕崔滋《補閑集》云：「言詩不及杜，如言儒不及夫子。」〔註103〕由此可見，在高麗中葉詩人心目中，杜甫佔有極其重要的地位，被認爲是詩學正宗。又俞升旦（1168～1232）云：「凡爲國朝製作，引用古事，於文則六經三史，詩則文選李杜韓柳，此外諸家文集，不宜據引爲用。」〔註104〕從這段話，我們發現除了杜甫外，李白、韓愈、柳宗元，包括《文選》中的一些作者也是高麗詩人的重點學習對象。此外，高宗朝（1214～1259）諸儒所作的《翰林別曲》中有「唐漢書，莊老子，韓柳文集，李杜集，蘭臺集，白樂天集」之語。〔註105〕從此句中所提及的文集看，高麗中葉文人的詩學視野中主要還是李、杜、韓、柳，以及白居易等唐代詩人。

然而，與此同時，宋詩也開始進入高麗人的閱讀視野。宋詩的重要作家當然以蘇軾、黃庭堅爲代表，嚴羽《滄浪詩話‧詩辨》云：「國初之詩，尙沿襲唐人：王黃州學白樂天，楊文公、劉中山學李商隱，盛

〔註101〕　〔美〕宇文所安著，田曉菲譯《他山的石頭記》，南京：江蘇人民出版社，2003年，第8頁。

〔註102〕　《破閑集》卷中，《域外詩話珍本叢書》第八冊，18頁。

〔註103〕　《補閑集》卷下，《域外詩話珍本叢書》第八冊，139頁。

〔註104〕　《補閑集》卷中，《域外詩話珍本叢書》第八冊，128頁。

〔註105〕　《高麗史》卷七十一‧志二十五‧樂二‧俗樂‧翰林別曲：「元淳文，仁老詩，公老四六；李正言，陳翰林，雙韻走筆。沖基對策，光鈞經義，良鏡詩賦，偉試場景何如？琴學士，玉筍門生云云。唐漢書，莊老子，韓柳文集，李杜集，蘭臺集，白樂天集。毛詩，尚書，周易，春秋，周戴禮記云云。太平廣記，四百餘卷，偉歷覽景何如？」

文肅學韋蘇州，歐陽公學韓退之古詩，梅聖俞學唐人平談處，至東坡、山谷始自出己意以爲詩，唐人之風變矣。」〔註106〕蘇軾、黃庭堅奠定了宋詩的基本風格，有別於唐音的宋調正是在此二人手中得以形成。無疑，在高麗漢詩接受宋詩學的過程中，無人能超越這二人的影響力。

《補閒集》云：「學詩者對律句體子美，樂章體太白，古詩體韓、蘇，若文辭則各體皆備於韓文，熟讀深思，可得其體。」〔註107〕推崇杜甫的李仁老也曾說過「杜門讀黃蘇兩集，然後語遒然，韻鏘然，得作詩三昧」這樣的話。〔註108〕由此可知，除了唐代詩人，高麗人也已經把蘇軾、黃庭堅當做了學詩的對象。甚至，推崇杜甫的高麗詩人開始把「由蘇入杜」作爲學習杜詩的途徑。〔註109〕這是一個重要的迹象。時代與社會變化激發了高麗的詩學變革思想，而宋詩恰好成爲變革的最好武器和資源。急於擺脫前期萎靡詩風的高麗詩人們，以一種欣喜的心情，迎接著以蘇、黃爲代表的宋詩，而蘇、黃也成爲高麗中期之後影響最大的詩人。朝鮮李朝學者金鑢（1766～1821）云：「余讀東人詩，自麗朝以後，稱以巨匠者，皆不過規矩蘇黃。」〔註110〕此言雖有點誇張，卻也大致反映了高麗中後期的詩學風尚。

一、蘇軾詩之傳入

王水照先生云：「對高麗朝文學影響最大的，是北宋最傑出的詩人蘇軾。」〔註111〕韓國學者洪瑀欽亦曰：「蘇軾在韓、中比較文學史上佔有的地位和意義，可以說比陶淵明、李白、杜甫等文人更深刻而廣大。」〔註112〕兩位學者無不強調蘇軾對高麗文學影響之重要性。

〔註106〕 《歷代詩話續編》下冊，688頁。
〔註107〕 《補閒集》卷上，《域外詩話珍本叢書》第八冊，82頁。
〔註108〕 《補閒集》卷中，《域外詩話珍本叢書》第八冊，126頁。
〔註109〕 〔韓〕卞鍾鉉《高麗朝漢詩研究》，太學社1994年，第62頁。
〔註110〕 金鑢《藫庭遺稿》卷十《題犀園詩雋卷後》，《韓國文集叢刊》第289冊，534頁。
〔註111〕 王水照《宋代文學通論》，河南大學出版社，1997年，第595頁。
〔註112〕 洪瑀欽《「擬把漢江當赤壁」——韓國蘇軾研究述略》，見曾棗莊等

那麼，蘇軾的詩歌是何時傳入朝鮮半島的呢？這個問題其實需要從三個方面來回答：一是蘇軾的聲名何時傳入；二是蘇軾的詩篇何時傳入；三是蘇軾的詩集何時傳入。

1、蘇軾聲名

蘇軾出生於北宋仁宗景祐三年（1036），眉州眉山縣人。自幼隨父讀書，聰慧過人。嘉祐二年（1057），蘇軾中進士，因爲受到歐陽修的賞識，而一舉成名。歐陽修在《與梅聖俞》中說：「⋯⋯讀軾書，不覺汗出，快哉！快哉！老夫當避路，放他出一頭地也。可喜！可喜！」〔註113〕另朱弁《曲洧舊聞》卷八亦載：「東坡詩文落筆，輒爲人所傳誦，每一篇到，歐陽公爲終日喜。前輩類如此。一日與棐論文及坡，公歎曰：『汝記吾言，三十年後，世上人更不道著我也。』」〔註114〕

蘇軾早年能夠得到歐陽修如此高的評價，與其文采出眾是分不開的。作爲一代文宗，蘇軾繼歐陽修之後，領導了北宋詩文革新運動。其詩文蓋世，家喻戶曉。宋人毛滂《上蘇內翰書》云：「先生之名滿天下，雖漁樵之人、里巷之兒童、馬醫廝役之徒、深山窮谷之妾婦，莫不能道也。」〔註115〕而「士大夫不能誦坡詩，便自覺氣索」的傳聞〔註116〕，以及「蘇文熟，吃羊肉；蘇文生，吃菜羹」的民謠〔註117〕，正是蘇軾爲人欽仰的眞實寫照。

蘇軾的盛名不僅在國內流傳，還爲海外人所仰慕。元祐年間（1086～1093）其文名就流傳到了遼國。蘇轍曾有詩云：「誰將家集過幽都，逢見胡人問大蘇。莫把文章動蠻貊，恐妨談笑臥江湖。」〔註118〕這

　　　　　著《蘇軾研究史》，江蘇教育出版社，2001 年，第 572 頁。
〔註113〕　《書簡卷》第六，見《歐陽修全集》北京：中國書店，1986 年，第 1288 頁。
〔註114〕　《曲洧舊聞》卷八，叢書集成初編本，第 65 頁。
〔註115〕　毛滂《東堂集》卷六，四庫全書本。
〔註116〕　同上
〔註117〕　陸游《老學庵筆記》卷八，叢書集成初編本，第 71 頁。
〔註118〕　《欒城集》卷十六《神水館寄子瞻兄四絕（十一月二十六日是日大

可以說是蘇軾爲遼國人所熟知的確證。蘇軾自己也曾在詩中寫道:「氈
毳年來亦甚都,時時鴃舌問三蘇。那知老病渾無用,欲向君王乞鏡湖。」
〔註119〕蘇軾爲此詩自注云:「余與子由入京時,北使已問所在。後余
館伴,北使屢誦三蘇文。」可見,在蘇軾生前,「三蘇」聲名即已遠
播域外。

　　同樣,蘇軾亦早已爲高麗人所仰慕。元豐三年(高麗文宗 34 年,
1080)高麗使臣朴寅亮、戶部尚書柳洪以及金覲等奉使如宋。朴寅亮
和金覲都是富有文學才華之人,他們所作的尺牘、表狀、題詠等,得
到了宋人的贊許,其詩文甚至被宋朝人編成《小華集》刊行。〔註120〕
金覲回國後,爲他的兩個兒子分別起名爲金富軾和金富轍,這顯然是
有意而爲之。北宋末,徐兢出使高麗時,還對這兄弟二人的名字感到
好奇,「嘗密訪其兄弟命名之意,蓋有所慕云。」〔註121〕從「蓋有所
慕」語,我們可以斷定金覲是用蘇軾、蘇轍兄弟的名字來爲他的兩個
兒子命名的,以此表達其對蘇氏兄弟的仰慕之情。其時(1080 年),
蘇軾剛剛四十五歲。

　　而金富軾的詩文中,也常常可以看到蘇軾的名字。比如他在《惠
陰寺新創記》中寫道:「宋熙寧中,陳述古知杭州,問民之所病,皆
曰,『六井不治,民不給於水』。乃命僧仲文子珪,辨其事。蘇子瞻記
之。」〔註122〕此外,他於仁宗二十三年(1145)編纂的《三國史記》

　　　　　　風)》其三,上海古籍出版社,1987 年,第 398 頁。
〔註119〕　《蘇軾詩集》卷三十一《次韻子由使契丹至涿州見寄四首》其三,
　　　　　　第 1671 頁。
〔註120〕　《高麗史》卷九十五《朴寅亮列傳》。
〔註121〕　《宣和奉使高麗圖經》卷八·人物·同接伴通奉大夫尚書禮部侍郎
　　　　　　上護軍賜紫金魚袋金富軾:「金氏,世爲高麗大族,自前史已載,
　　　　　　其與朴氏,族望相埒,故其子孫多以文學進。富軾,豐貌碩體,面
　　　　　　黑目露,然博學強識,善屬文,知古今,爲其學士所信服,無能出
　　　　　　其右者。其弟富轍,亦有詩譽。嘗密訪其兄弟命名之意,蓋有所慕
　　　　　　云。」
〔註122〕　《東文選》卷六十四。

中亦有「昔錢氏以吳越入宋，蘇子瞻謂之忠臣」之語。〔註 123〕金富軾還有一首《菊花》詩，其詩云：「一夜秋風萬樹空，菊花才發兩三叢。樊素無情逐春去，朝雲獨自伴蘇公。」〔註 124〕在這首詩中，金富軾巧妙地運用了白居易和蘇軾的典故。樊素乃是白居易寵愛的家姬，在白居易年老體衰之時，決然棄白而去。朝云是蘇軾的小妾，在蘇軾遭到貶謫時卻不離不棄，陪伴蘇軾度過在黃州和惠州的兩段艱難歲月。從金富軾對蘇軾典故的熟練使用上看，其事迹早已經爲高麗人所熟知了。

2、蘇軾詩文

蘇軾詩文在其生前，即已隨著他的聲名，傳到了域外。如《續資治通鑑長編》所言，蘇軾詩文，「小則鏤板，大則刻石，傳播中外」。〔註 125〕《曲洧舊聞》亦云：「東坡詩文，落筆輒爲人所傳誦。……崇寧、大觀間，海外詩盛行，後生不復有言歐公者。」〔註 126〕蘇軾自己也曾提及他的詩歌傳到遼國的事情，他說：「昔余與北使劉霄會食。霄誦僕詩云：『痛飲從今有幾日，西軒月色夜來新，公豈不飲者耶？』虜亦喜吾詩，可怪也。」〔註 127〕

與此同時，蘇軾的詩文也已經爲高麗人所熟知。秦觀《客有傳朝議欲以子瞻使高麗，大臣有惜其去者，白罷之，作詩以紀其事》詩云：「文章異域有知音，鴨綠差池一醉吟。穎士聲名動倭國，樂天辭筆過雞林。」〔註 128〕相傳蘇軾使高麗事大約發生於元豐八年（1085），這證明蘇軾詩文在這之前便已經在高麗流傳。而從 12 世紀開始，蘇軾詩文便頻頻爲高麗人所引用。如仁宗 19 年（1140），尹彥頤（？～1149）

〔註 123〕　《三國史記》卷十二《敬順王》。
〔註 124〕　《補閑集》卷中，《域外詩話珍本叢書》第八冊，101 頁。
〔註 125〕　《續資治通鑑長編》卷二百九十九，元豐二年七月己巳條，中華書局 1995 年，7266 頁。
〔註 126〕　《曲洧舊聞》卷八，第 65 頁。
〔註 127〕　《蘇軾文集》卷六十八《記虜使誦詩》，第 2154 頁。
〔註 128〕　《淮海集箋注》卷八，上海古籍出版社 1994 年，347 頁。

在表文中便引用了蘇軾的表狀文字：

> 臣伏讀蘇軾受貶時表，曰：「臣先任徐州日，河水浸城，
> 幾至淪陷，日夜守捍，偶獲安全。又嘗選用沂州百姓程棐，
> 令構捕凶黨，致獲謀反妖賊李鐸、郭進等十七人，庶幾因
> 緣僥倖，功過相除。」以子瞻豪邁之才，尚謗議之若此，
> 況彥頤孤危之迹，遂嘿嘿而已乎。〔註129〕

尹彥頤所引文字出自蘇軾《乞常州居住表》。又金富軾於仁宗 3 年
（1125）所寫的大覺國師義天（1055～1101）的墓誌銘中，也引用了
蘇軾的詩句：

> ……復承朝旨，與主客員外郎楊傑出京師，沿汴達
> 淮泗，侵尋以至餘杭，詣大中祥符寺，謁源公，如見誠
> 公之禮，……然非是始學，欲以已所得，與諸師相試，
> 故來耳。故其所贈詩，有「孰若祐世師（缺五十九字），
> 三韓王子西求法，鑿齒彌天兩勍敵」，其為時賢推尊，類
> 皆然也。〔註130〕

「三韓王子西求法，鑿齒彌天兩勍敵」出自蘇軾《送楊傑》一詩。金
富軾與蘇軾也就相差四十多歲，可是其已經能夠自由引用蘇軾的詩
文，可見蘇軾作品在高麗傳播之早。

3、蘇軾詩集

蘇軾生前就有大量的詩、文、詞作品編輯成集，刊刻印行。除了
他自編或參與編輯的《南行集》（三蘇父子合著）、《岐梁唱和詩集》
（蘇軾、蘇轍兄弟合著）、《東坡集》、《和陶詩》之外，更多的是他人
所編。如王詵、陳師仲所編兩種《錢塘集》，陳師仲所編《超然集》、
《黃樓集》，熙寧末年的《眉山集》，元祐年間的《汝陰唱和集》，陳

〔註129〕 《東文選》卷三十五《廣州謝上表》。
〔註130〕 《大覺國師外集》卷十二《靈通寺大覺國師碑》，見黃純豔點校《高
麗大覺國師文集》，甘肅人民出版社，2007 年，第 168～169 頁。

愷所刻《蘇尙書詩集》，劉沔所編《東坡後集》，張賓老所編並載於蜀本的《東坡詞》，契丹范陽書肆所印《大蘇小集》等等。〔註131〕

宋代流傳的蘇軾詩集主要有全集本（收在《東坡前集》卷一至十九，《東坡後集》卷一至七及《東坡和陶詩集》中）、集注本（包活四注、五注、八注、十注等）、分類注本（王十朋《百家注分類東坡詩》二十五卷）、編年注本（施元之、顧禧合撰的《注東坡先生詩》四十二卷）以及《超然集》、《黃樓集》等選本。〔註132〕

這些詩集當時流傳極廣，不僅在宋王朝轄境擁有廣泛的讀者，而且流入了鄰邦異域。據蘇轍記載，元祐年間（1086～1093）蘇軾詩集便在遼朝流傳，他在《北使還論北邊事箚子五道·一論北朝所見於朝廷不便事》一文中寫道：「本朝民間開版印行文字，臣等竊料北界無所不有。臣等初至燕京，副留守邢希古相接送，令引接殿侍元幸，傳語臣轍云：『令兄內翰（謂臣兄軾）眉山集，已到此多時。內翰何不印行文集，亦使流傳至此。』」〔註133〕

又王辟之《澠水燕談錄》卷七記載：「張芸叟奉使大遼，宿幽州館中，有題子瞻《老人行》於壁者。聞范陽書肆亦刻子瞻詩數十篇，謂《大蘇小集》。」

由於契丹與高麗既是友國又相接壤，所以，蘇軾詩集通過契丹傳到高麗應是順理成章的事情。不過，有確切證據顯示的蘇軾詩集傳入高麗的時間當在宋神宗熙寧（1068～1077）末年。蘇頌在元豐二年（1079 年）曾作詩曰：「擬策進歸中御府，文章傳過帶方州」，並自注云：「前年高麗使者過余杭，求市《子瞻集》以歸」。〔註 134〕這一

〔註131〕 曾棗莊等著《蘇軾研究史》，江蘇教育出版社，2001 年，第 62～78 頁。
〔註132〕 劉尚榮《蘇軾著作版本論叢》，成都巴蜀書社，1988 年，第 212 頁。
〔註133〕 《欒城集》卷四十二，上海古籍出版社，1987 年，第 937 頁。
〔註134〕 《己未九月，予赴鞫御史，聞子瞻先已被繫。予畫居三院東閣，而子瞻在知雜 南廡，才隔一垣，不得通音息，因作詩四篇，以爲異日相遇一噱之資耳》，見《蘇魏公文集》卷十，中華書局 1988 年，第 129 頁。

《子瞻集》，王水照先生推測是蘇軾此時已結集傳世的《錢塘集》。這也是蘇軾詩集流傳高麗之始。〔註135〕

北宋末年，蘇軾文集在國內屢次遭到禁燬。如「崇寧二年（1103）四月乙亥，詔：蘇洵、蘇軾、蘇轍……等印板，悉行焚毀。」〔註136〕「宣和五年（1123）七月十三日……令開封府四川路福建路，令諸州軍毀板。」〔註137〕其時，「人莫敢讀蘇文」。〔註138〕甚至，有人因爲攜帶蘇軾文集出城而被抓。〔註139〕但是，「禁愈嚴而傳愈多」〔註140〕，蘇軾詩文集依然在民間悄然流傳，且越發珍貴。楊萬里序劉才邵《杉溪居士集》云：「是時書肆畏罪，坡、谷二書皆毀其板，獨一貴戚家刻印印焉，率黃金斤易坡文十。蓋其禁愈急，其文愈貴也。」〔註141〕

在蘇軾詩文在國內遭到禁燬之際，其在高麗卻依然受到熱烈的追捧，並且高麗文人並未受到宋代政治因素的影響，反而對蘇軾有著極高的評價。如《破閒集》記載：「宋人有以精縑妙墨，求國師筆迹者，請學士權廸作二絕，寫以附之：『蘇子文章海外聞，宋朝天子火其文。

〔註135〕 王水照《蘇軾文集初傳高麗考》，《半肖居筆記》，上海：東方出版中心，1998年，第62～64頁。

〔註136〕 《續資治通鑑》卷八十八，中華書局1957年，2252頁。

〔註137〕 《宋會要稿》一百六十五冊《刑法二》（大東書局1935年）：「中書省言勘會福建等路，近印造蘇軾、司馬光文集等，詔今後舉人傳習元祐學術，以違制論。印造及出賣者，與同罪，著爲令。……見印賣文集在京，令開封府四川路福建路，令諸州軍毀板。」

〔註138〕 〔元〕韋居安《梅磵詩話》卷下引《夷堅戊志》：「崇寧大觀間（1102～1110），蔡京當國，設元祐黨禁，蘇文忠文辭字畫，存者悉毀之。王詔以重刻《醉翁亭記》至於削籍。由是人莫敢讀蘇文。」見《歷代詩話續編》571頁。

〔註139〕 〔宋〕費袞《梁溪漫志》卷七《禁東坡文》：「宣和間（1119～1125），申禁東坡文字甚嚴，有士人竊攜坡集出城，爲閽者所獲。執送有司，見集後有一詩云，……京尹義其人，且畏累己，因陰縱之。」上海古籍出版社，1985年，82頁。

〔註140〕 《曲洧舊聞》卷八，65頁。

〔註141〕 轉引自葉德輝著《書林清話》（外二種），北京燕山出版社，2008年，第262頁。

文章可使爲灰燼，落落雄名安可焚』。」〔註142〕

　　而高麗文士熱衷蘇詩，手不釋卷的印象也讓人深刻。崔滋《補閒集》卷中載：「予嘗謁文安公，有一僧持《東坡集》質疑於公，讀至『碧潭如見試，白塔苦相招』一聯，公吟味再三曰：古今詩集中，罕見有如此新意。」〔註143〕此處所提詩句乃蘇軾《仙遊潭五首》其二中的一聯。

　　東坡集傳入高麗後，曾經多次翻刻。李奎報《東國李相國集》卷二十一《全州牧新雕東坡文集跋尾》記載了高宗二十三年（1236）完山守禮部郎中崔君址重刻東坡文集的事：

> 　　夫文集之行乎世，亦各一時所尚而已。然今古已來，未若東坡之盛行。尤爲人所嗜者也，豈以屬辭富贍，用事恢博，滋液之及人也，周而不匱故歟。自士大夫至於新進後學，未嘗斯須離其手，咀嚼餘芳者皆是。……其摹本舊在尙州，不幸爲虜兵所焚滅，了無子遺矣。完山守禮部郎中崔君址，好學樂善，君子人也。聞之慨然，方有重刻之志。時胡騎倏來忽往，間不容毫，州郡騷然，略無寧歲，則似若未遑然文事，太守以爲古之人常有臨戎雅歌，投戈講藝者，文之不可廢如此。

從這段文字可知，當時東坡文集曾經在尙州刻版過，如今全州本屬於重新雕刻。更爲主要的是，從1231年至1273年，蒙古先後九次征伐高麗，尙州、全州都受到過戰火侵襲。據《高麗史》記載，高宗二十三年，蒙古兵由唐兀臺率領第三次入侵，渡鴨綠江，橫掃全州之境。〔註144〕在這兵荒馬亂之際，「胡騎倏來忽往」，「州郡騷然，略無寧歲」，而全州牧卻依然熱心於刊刻蘇軾的文集，其對蘇軾詩文的熱愛

〔註142〕　《破閒集》卷下，《域外詩話珍本叢書》第八冊，43頁。
〔註143〕　《補閒集》卷中，《域外詩話珍本叢書》第八冊，107頁。
〔註144〕　《高麗史》卷二十三·世家二十三·高宗：「（23年）冬十月甲午，全羅道指揮使上將軍田甫龜報：『蒙兵至全州古阜之境。』」

可見一斑。

　　此外，蘇詩的注本也在高麗時傳入了朝鮮半島。李穡《牧隱詩稿》卷十有詩題曰：《〈東吳八詠〉，沈休文之作也，宋復古畫之，載於〈東坡集〉。予少也讀之，而忘之矣。今病，余悶甚，偶閱〈東坡詩注〉，因起東吳之興，作八詠絕句》。這裡所提到的《東坡詩注》，我們無法弄清楚是分類注還是集注，抑或是施顧注，但是，蘇詩的注本在高麗已傳人朝鮮半島是肯定無疑的。

二、蘇軾熱之形成

　　伴隨著蘇軾詩文進入朝鮮半島，十二世紀末，高麗文壇掀起一股「蘇軾熱」。這從當時文壇主要人物的言談中可以看得出來，如林椿在《與眉叟論東坡文書》中云：「僕觀近世東坡之文，大行於時，學者誰不伏膺呻吟。」〔註145〕李奎報亦曰：「夫文集之行乎世，亦各一時所尚而已。然今古以來，未若東坡之盛行，尤爲人所嗜者也。……自士大夫至於新進後學，未嘗斯須離其手，咀嚼餘芳者皆是。」〔註146〕

　　在《答全履之論文書》中，李奎報又云：

　　　　……且世之學者，初習場屋科舉之文，不暇事風月。

　　及得科第，然後方學爲詩，則尤嗜讀東坡詩。故每歲榜出

　　之後，人人以爲今年又三十東坡出矣。〔註147〕

高麗初期，科舉考試取士並沒有固定數目，有時候七八人，有時候十幾人。但是仁宗（1122～1146 在位）以後，大多數情況下只取三十三人，故李奎報有「三十東坡」之語。〔註148〕高麗學子考取科舉以後，

〔註145〕　《西河先生集》卷四。
〔註146〕　《東國李相國全集》卷二十一《全州牧新雕東坡文集跋尾》。
〔註147〕　《東國李相國全集》卷二十六《答全履之論文書》，《韓國文集叢刊》
　　　　　第一冊，557 頁。
〔註148〕　柳馨遠（1622～1673）《磻溪隨錄》卷十二《教選考說》下《本國
　　　　　選舉制附》：「其取士亦無定額，中世以前，或七八人或十餘人，仁
　　　　　宗以後，或取三十七八人，或二十八九人。而例多取三十三人。」

便立刻拋棄場屋之文，轉而學習蘇軾的詩，這確實體現了那個時代對蘇軾詩文的狂熱喜愛之情。

如果說，高麗中期是對蘇軾狂熱崇拜的時期，那麼，到了高麗末，雖然隨著性理學的輸入，「東坡熱」有所降溫，但他依然是許多高麗詩人心目中的偶像，即使是僧人也不例外，「喜讀東坡詩」甚至成爲僧人擴大交際的重要手段。〔註149〕當然，最愛東坡的當屬麗末大詩人李穡。李穡「嘗以東坡自比」〔註150〕，其詩中多次表述了對蘇軾詩歌的喜愛，以及自己如何閱讀蘇詩、學習蘇詩的。比如他自稱很小的時候就喜歡閱讀蘇軾詩，並曾寫了數篇模擬蘇軾的詩作。〔註151〕直到晚年，李穡對東坡詩仍難釋手。如其《過三角山》云：「長松影裏讀東坡，定水高談似決河。更把松明燒作炬，煙煤滿面夜如何。」又《述懷》詩曰：「我愛東坡詩，豪氣超塵寰。至今吟不休，朝來微破顏。」〔註152〕

總之，在高麗，蘇軾成爲最爲重要，也是最受歡迎的詩人，其對高麗漢詩創作之影響無人可及。故徐居正（1420～1492）《東人詩話》云：「高麗文士，專尙東坡。」〔註153〕洪萬宗（1643～1725）《小華詩評》亦有「麗朝皆尙東坡」之語。〔註154〕

〔註149〕　《牧隱文稿》卷二十《白氏傳》：「白氏名璘，西林人，予少友也。先稼亭公知丁亥貢舉，白氏擢乙科，是同門也。西林與吾韓山地犬牙相入，兩家密邇，總角交遊。讀書崇政寺中，是同學也。今天台懶殘子喜與縫掖遊，又能讀東坡詩，縫掖群進而聽其說，日滿座。」又《牧隱詩稿》卷十三有詩題爲《華嚴宗大選敬如在妙覺寺，攜東坡詩從天台圓公受其說。因其來訪，訊之如此。喜其知慕斯文，賦詩以贈》

〔註150〕　《東人詩話》卷上：「東坡平生功名出處自比白香山，牧隱亦嘗以東坡自比。」《域外詩話珍本叢書》第八冊，192頁。

〔註151〕　《牧隱詩稿》卷九《扶桑絲吟》：「扶桑大繭如甕盎，我少快讀東坡詩。織女七襄河漢間，衣被天下光陸離。」
《牧隱詩稿》卷十四《即事》：「雞聲柳巷日將斜，寂寂門庭雀可羅。睡起南窗風更急，數篇詩句擬東坡。」

〔註152〕　《牧隱詩稿》卷三十三，《韓國文集叢刊》第4冊，476頁。

〔註153〕　《東人詩話》卷上，《域外詩話珍本叢書》第8冊，205頁。

〔註154〕　《小華詩評》卷上：「麗朝皆尚東坡，至於大比，有三十三東坡之

　　高麗文學上的「蘇軾熱」體現在多個方面。

　　首先，從高麗中期開始，蘇軾的經歷、愛好、人生價值觀等便爲高麗文人所津津樂道，並寫進詩文中。比如許富（約生活於 13 世紀末）《寄金問民龍劍》云：「景陽山水一區幽，物象尤宜賞九秋。不見東坡老居士，昔年樊口五年遊。」〔註155〕又林椿《孔方傳》云：「及炎宋神宗朝，王安石當國，引呂惠卿同輔政，立青苗法，天下始騷然大困。蘇軾極論其弊，欲盡斥之，而反爲所陷，遂貶逐。」〔註156〕這些詩文提及了蘇軾貶謫黃州五年之事，且很清楚其政治上失敗及被貶的原因，褒貶之情分明。高麗人對蘇軾人生經歷之瞭解以及對其情感之偏愛可見一斑。

　　當然，在高麗人的心目中，蘇軾不僅是一個政治家，更是一個詩、書、畫俱臻妙境的偶像性質的文化人。因而，蘇軾的種種愛好也爲他們所傾倒。如《破閒集》卷上載李仁老詩曰：「雪堂居士以詩鳴，墨戲風流亦寫生。遙想江南文笑笑，應分一派寄彭城。」 此詩中「墨戲風流亦寫生」一句正是指蘇軾繪畫之才能。

　　作爲宋代最傑出的文化名人，蘇軾不僅詩寫得好，而且在繪畫上也有很高的造詣。其時，宋代文人畫興起。與畫工之作相比，文人畫多是隨意而成的寫意畫，故常稱「墨戲」。蘇軾正是墨戲的重要代表人物，如惠洪評東坡畫云：「東坡居士遊戲翰墨，作大佛事如春形容，藻飾萬象，又爲無聲之語。致此大士於幅紙之間，　筆法奇古，遂妙天下，殆希世之珍，瑞圖之寶。」〔註157〕又宋趙令時《侯鯖錄》卷八載：「山谷云：東坡墨戲，水活石潤，與予草書三昧，所謂閉門合轍。」〔註158〕

　　東坡墨戲，不僅在宋代很知名，即使在高麗也爲人所熟悉。《破

　　　　　語。」《域外詩話珍本叢書》第九冊，508 頁。
〔註155〕　《東文選》卷二十。
〔註156〕　《西河先生集》卷五，《韓國文集叢刊》第 1 冊，260 頁。
〔註157〕　《石門文字禪》卷十九，見《禪門逸書初編》第四冊。
〔註158〕　趙令時《侯鯖錄》卷八，叢書集成初編本，80 頁。

閒集》卷上載：「碧蘿老人，嘗以睡居士所畫墨竹小屛贈僕，題白傅詩一句於後云：『管領好風煙，欺凌凡草木。』筆迹尤奇妙。僕嘗學之，遇紙素屛幛無不揮灑，自以謂得其彷彿，故作詩云：『餘波猶及碧琅玕，自恐前身文笑笑。』然僕誠不工，僅得形似耳。堂兄千林堂頭，以紙屛求之，僕但寫一枝，橫愕四幅，而不及葉。有一畫史見之曰：『此枝節非庸流所能，有東山墨戲風骨。乃安八九葉於其間，便有蕭然氣勢。』」從最後的文字看，高麗對東坡文人畫很有瞭解。

又林椿《謝人以筆墨見惠，筆上所賜》詩云：「東坡惠我老松煙，妙法應非世所傳。」〔註159〕《寄湛之乞墨》詩云：「君得東坡法，油煙收幾掬。」〔註160〕因爲蘇軾工於書畫，所以他對墨非常癡迷。他不僅有多篇與「墨」有關的詩作，而且對墨有許多研究，總結出很多經驗來，並形於文字，如《書所造油煙墨》、《書別造高麗墨》、《書馮當世墨》、《書懷民所遺墨》等。其晚年被貶海南，還曾親自嘗試製墨，雖然差點引發火災，但最終還是做出了質量頗佳的墨。〔註161〕林椿顯然對蘇軾的這些個人興趣愛好瞭如指掌，所以才在詩中津津樂道。

此外，蘇軾的養生經驗與人生態度也爲高麗人所欣賞。如李穀《齒痛》云：「到今成病奈如何，挫硬攻堅未足多。漱石先生猶自屬，防梭狂客亦能歌。已輸柔舌時還棹，豈以剛腸老不磨。唯有養生方獨妙，軟炊爛煮學東坡。」〔註162〕此詩最後關於「軟炊爛煮」一語，蘇軾、

〔註159〕　《西河先生集》卷一，《韓國文集叢刊》第 1 冊，208 頁。

〔註160〕　同上，211 頁。

〔註161〕　《書潘衡墨》：「金華潘衡初來儋耳，起竈作墨，得煙甚豐，而墨不甚精。予教其作遠突寬竈，得煙幾減半，而墨乃爾。其印文曰「海南松煤東坡法墨」，皆精者也。」《書海南墨》：「此墨吾在海南親作，其墨與廷珪不相下。海南多松，松多故煤富，煤富故有擇也。」《記海南作墨》：「己卯臘月二十三日，墨竈火大發，幾焚屋，救滅，遂罷作墨。得佳墨大小五百丸，入漆者幾百丸，足以了一世著書用，仍以遺人，所不知者何人也。」見《蘇軾文集》卷七十，2229 頁。

〔註162〕　《稼亭先生文集》卷十八，《韓國文集叢刊》第三冊，209 頁。

黃庭堅也曾提過。如黃庭堅《次韻子瞻春菜》云：「琅玕林深未飄籜，軟炊香秔煨短茁。」〔註163〕蘇軾《新釀桂酒》曰：「爛煮葵羹斟桂醑，風流可惜在蠻村。」〔註164〕但是從李穀詩作內容看，很顯然，他所借鑒的是蘇軾的《養老篇》：「軟蒸飯，爛煮肉；溫美湯，厚氈褥；少飲酒，惺惺宿；緩緩行，雙拳曲；虛其心，實其腹；喪其耳，忘其目；久久行，金丹熟。」〔註165〕

又李穡《吾生》云：「吾生吾自省，雙鬢鏡中秋。汲汲名兼利，區區樂且憂。東坡歎如寄，彭澤感行休。風月無涯處，高吟獨倚樓。」〔註166〕李穡所說「東坡歎如寄」涉及到蘇軾之人生思想觀。作爲一名偉大的詩人，特別是經歷過身世浮沉、命運坎坷的文人，蘇軾以其兼容並包的博大胸懷，吸收了儒道佛三家觀點爲己所用，塑造了自己獨特的人生價值觀。「人生如寄」便是他在歷史和自然的宏大時空背景下，反思出的個體人生的意義和價值。其多首詩中有「吾生如寄耳」一語，比如：「吾生如寄耳，寧獨爲此別」〔註167〕、「吾生如寄耳，初不擇所適」〔註168〕、「吾生如寄耳，歸計失不早」〔註169〕、「吾生如寄耳，何者爲福禍。」〔註170〕、「吾生如寄耳，寸晷輕尺玉」〔註171〕、「吾生如寄耳，出處誰能必」〔註172〕、「吾生如寄耳，送老天一方」〔註173〕、「吾生如寄耳，何者爲吾廬」〔註174〕、「吾生如寄

〔註163〕 《宋黃文節公全集》外集卷第六，《黃庭堅全集》，四川大學出版社 2001年，第1014頁。
〔註164〕 《蘇軾詩集》卷三十八，第2077頁。
〔註165〕 《蘇軾佚文匯編》卷一，見《蘇軾文集》，第2421頁。
〔註166〕 《牧隱詩稿》卷十七，《韓國文集叢刊》第四冊，201頁。
〔註167〕 《蘇軾詩集》卷十八《罷徐州，往南京，馬上走筆寄子由五首》，第935頁。
〔註168〕 《蘇軾詩集》卷二十《過淮》，第1022頁。
〔註169〕 《蘇軾詩集》卷十五《過雲龍山人張天驥》，第748頁。
〔註170〕 《蘇軾詩集》卷二十七《和王晉卿（並引）》，第1422頁。
〔註171〕 《蘇軾詩集》卷三十二《次韻劉景文登介亭》，第1699頁。
〔註172〕 《蘇軾詩集》卷三十五《送芝上人遊廬山》，第1899頁。
〔註173〕 《蘇軾詩集》卷三十七《謝運使仲適座上送王敏仲北使》，第1992

耳，嶺外亦閒遊」〔註175〕等等。顯然，蘇軾的思想深深地影響了李穡。

其次，與蘇軾有關的典故成為高麗詩中喜用素材。比如釋圓鑒詩曰：「與君相別十三年，洛北江南兩杳然。那料雞峰風雨夜，白頭今復對床眠。」〔註176〕此詩是圓鑒寫給他的弟弟文愷的。文愷即將赴平陽任職，在赴任之前，先來山中看他，此時兄弟二人已分別十三年。當晚剛好下雨，兩人有說不盡的話，聊不完的天，不知不覺到了天明。詩中「白頭今復對床眠」既是寫實，也是暗用蘇軾典故。據《冷齋夜話》卷二載：「東坡友愛子由，而性嗜清境，每誦『何時風雨夜，復此對床眠』」。蘇轍《逍遙堂會宿二首並引》亦曰：「轍幼從子瞻讀書，未嘗一日相捨。既壯，將遊宦四方，讀韋蘇州詩至『安知風雨夜，復此對床眠』，惻然感之，乃相約早退，為閒居之樂。故子瞻始為鳳翔幕府，留詩為別曰：『夜雨何時聽蕭瑟。』」〔註177〕又蘇軾《東府雨中別子由》詩云：「對床定悠悠，夜雨空蕭瑟。」〔註178〕釋圓鑒此詩顯然是借用了蘇軾兄弟故事，並以蘇軾兄弟之情來比附自己與文愷的兄弟之情，詩語顯得蘊藉含蓄。此外，李穡《有感 三首》其二也使用了這個典故，其詩云：「夜雨侵茅屋，衰翁感歎長。自持工部傘，誰對子瞻床。獨宿彌岑寂，長歌欲奮揚。悠悠千載下，幾個襲餘芳。」〔註179〕

李穡《答胥有儀》云：「最喜得吾子，知非山澤臞。當路莫予識，

〔註174〕　《蘇軾詩集》卷四十一《和陶擬古九首》之三，第2261頁。

〔註175〕　《蘇軾詩集》卷四十五《鬱孤臺（再過虔州，和前韻）》，2429頁。

〔註176〕　《東文選》卷二十《舍弟平陽新守（文愷），將抵州治，先到山中。是夕會有雨，相與話盡 十餘年睽離之意，不覺至天明。因記蘇雪堂贈子由詩中所引韋蘇州「何時風雨夜，復此對床眠」之句，作一絕以贈之》。

〔註177〕　《欒城集》卷七，上海古籍出版社，1987年，第158頁。

〔註178〕　《蘇軾詩集》卷三十七，第1992頁。

〔註179〕　《牧隱詩稿》卷三十二，《韓國文集叢刊》第四冊，465頁。

哦詩伴蜜殊。……」〔註180〕此詩亦運用了蘇軾本人的典故。蘇軾僧人朋友很多，其中有一位是錢塘僧人，叫思聰，他擅長彈琴，因此人稱「琴聰」。還有一位安州僧人叫仲殊，此人平時非常喜歡蜂蜜，人稱「蜜殊」。因此，蘇軾曾有詩曰：「雄豪而妙苦而腴，只有琴聰與蜜殊」。〔註181〕李穡此詩所變現的乃是自己懷才不遇的思想，其內心也非常渴望能夠像蘇軾一樣，擁有像「蜜殊」一樣志同道合的朋友。因為用了蘇軾的典故，因而此詩讀起來也便多了一點耐人咀嚼的意味。

　　再次，蘇軾詩文成為高麗詩人所學習的對象。學習的方式有引用詩句、借用詩意、傚仿詩篇等。

　　引用詩句。如《破閒集》卷上載：「毅王末年，大金使人蓋益，筆勢奇逸。清河崔讜購得之，常掛壁以賞之。有人借觀，留其真迹，而影寫還之。學士誦東山詩：『畫地為餅未必似，要令癡兒出饞水』。笑而不問。」這是直接引用蘇軾《次韻米黻二王書跋尾二首》中的詩句。李奎報《違心詩》云：「碎小不諧猶類此，揚州駕鶴況堪期」〔註182〕，這或是運用了蘇軾《於潛僧綠筠軒》詩中的典故。在《於潛僧綠筠軒》一詩中有「世間那有揚州鶴」一句。「揚州鶴」語出《殷芸小說》：「有客相從，各言所志。或願為揚州刺史，或願多貨財，或願騎鶴上昇。其一人曰『腰纏十萬貫，騎鶴上揚州』，蓋欲兼三人者之所欲也。」〔註183〕又李奎報《醉中走筆贈李清卿》云：「君不見劉郎飲酒趁芳菲，解道風情敵年少。又不見東坡居士簪花老不羞，醉行扶路從人笑。」〔註184〕這也是直引了蘇軾《吉祥寺賞牡丹》一詩詩句：「人老簪花不自羞，花應羞上老人頭。醉歸扶

〔註180〕　《牧隱詩稿》卷三，《韓國文集叢刊》第三冊，552頁。
〔註181〕　《蘇軾詩集》卷四十五《贈詩僧道通》，蘇軾自注云：「錢塘僧思聰，總角善琴，後捨琴而學詩，復棄詩而學道，其詩似皎然而加雄放。安州僧仲殊詩，敏捷立成，而工妙絕人遠甚。殊碎穀，常啖蜜。」第2451頁。
〔註182〕　《白雲小說》，《域外詩話珍本叢書》第十一冊，29頁。
〔註183〕　《蘇軾詩集》卷九，第448頁。
〔註184〕　《東國李相國全集》卷二，《韓國文集叢刊》第一冊，304頁。

路人應笑，十里珠簾半上鈎。」〔註185〕此外，李奎報《次韻吳東閣世文呈誥院諸學士三百韻詩》中有「儉勤師大夏，荒怪黜因墀」語。〔註186〕「因墀」語出晉代王子年《拾遺記》：「因墀國獻五足獸，狀如師子。」〔註187〕「荒怪」一詞一般指怪異荒唐、查無實據之事，這是暗引了蘇軾《次韻孫職方蒼梧山》中「蒼梧奇事豈虛傳，荒怪還須問子年」一聯。〔註188〕

李承休《葆光亭記》云：「頭陀山之中臺洞也，既奇既絕。露盡天慳，且束且盤，叢然地縮。於以便於徙倚，羌難得而形容，若使東坡見之，當以西子況者。」〔註189〕這裡提及的乃是蘇軾《飲湖上初晴後雨》中「欲把西湖比西子，濃妝淡抹總相宜」一聯。而元天錫《送笑岩悟師參方》詩：「休將有限趁無涯，燕坐觀空可以為。此去必應多所得，還家說法問何時。」〔註190〕其第一句則是引用了蘇軾《登玲瓏山》詩語：「腳力盡時山更好，莫將有限趁無窮。」〔註191〕

借用詩意。如李奎報《溪上偶作》：「碣來溪上弄清波，影舞形搖幻怪多。忽憶蘇郎臨穎水，鬚眉散作百東坡。」〔註192〕蘇軾有《泛穎》詩曰：「上流直而清，下流曲而漪。畫船俯明鏡，笑問汝為誰？忽然生鱗甲，亂我鬚與眉。散為百東坡，頃刻復在茲。」〔註193〕顯然，李奎報借用了蘇軾《泛穎》一詩的詩意。此外，李奎報《詠雪二首》以東坡「漁蓑句好應須畫，柳絮才高不道鹽」〔註194〕之句，衍為詩二首。其《漁蓑句意》曰：「都官好導驚人語，不見漁蓑無此句。

〔註185〕　《蘇軾詩集》卷七，第 330 頁。
〔註186〕　《東國李相國全集》卷五，《韓國文集叢刊》第一冊，338 頁。
〔註187〕　〔晉〕王嘉《拾遺記》卷九「晉時事」，中華書局 1981 年，208 頁。
〔註188〕　《蘇軾詩集》卷十二，第 595 頁。
〔註189〕　《動安居士集‧雜著》，《韓國文集叢刊》第二冊，383 頁。
〔註190〕　《耘谷行錄》卷三，《韓國文集叢刊》第六冊，177 頁。
〔註191〕　《蘇軾詩集》卷十，第 492 頁。
〔註192〕　《東國李相國全集》卷八，《韓國文集叢刊》第一冊，372 頁。
〔註193〕　《蘇軾詩集》卷三十四，第 1794 頁。
〔註194〕　《蘇軾詩集》卷十二《謝人見和前篇二首》其一，第 606 頁。

直狀天然是妙處，傳爲警策爭描取。」《柳絮語意》曰：「不是玄多寒裂面，終疑柳絮起漫漫。若言老矚迷難辨，道蘊應將鏡眼看。」〔註195〕

蘇軾有《書贈何聖可》一文，其文云：「歲云暮矣，風雨淒然，紙窗竹室，燈火青熒，輒於此間得少佳趣。今分一半，寄與黃岡何聖可。若欲同享，須擇佳客，若非其人，當立遣人去追索也。」〔註196〕而李仁老《用東坡語，寄貞之上人》詩曰：「歲律既云暮，淒風生戶牖。竹窗燈火青，一段有佳趣。與君分一半，愼勿輕受授。所與苟非人，火迫當還取。」〔註197〕對比原文，我們發現，李仁老直接借用了蘇軾的文意，等於是把蘇軾的散文改爲了韻語而已。

又如朴孝修（與李齊賢同時，卒於1337年）《星州青雲樓上偶題》詩云：「樓下居人笑語嘩，畫橋流水柳陰多。恨無崔顥題芳草，誰爲滕王詠落霞。山雨曉催燒筍興，野風時送插秧歌。強留拙句眞蕭散，滿壁龍騰醉筆斜。」〔註198〕此詩前兩句借用崔顥《登黃鶴樓》詩意，後半部分則借用蘇軾《新城道中二首》中的詩意，蘇詩云：「東風知我欲山行，吹斷簷間積雨聲。嶺上晴雲披絮帽，樹頭初日掛銅鉦。野桃含笑竹籬短，溪柳自搖沙水清。西崦人家應最樂，煮芹燒筍餉春耕。」〔註199〕

倣仿詩篇。如李仁老有《早起梳頭，效東坡》一詩，詩曰：「燈殘綴玉葩，海闊涵金鴉。默坐久閉息，丹田手自摩。衰鬢千絲亂，舊梳新月斜。逐手落霏霏，輕風掃雪華。如金煉益精，百鍊未爲多。豈唯身得快，亦使壽無涯。老雞浴糞土，倦馬驕風沙。此亦能自養，聞之自東坡。」〔註200〕這首詩完全是倣仿蘇軾的《謫居三適三首·且起理髮》詩。以日常生活中閒事入詩，乃是宋詩生活化的體現。李仁老的倣仿可以看作高麗詩風變化的一個有力證據。此外，李仁老還是

〔註195〕《東國李相國全集》卷八，《韓國文集叢刊》第二冊，214頁。
〔註196〕《蘇軾文集》卷七十一，第2258頁。
〔註197〕《東文選》卷四。
〔註198〕《東文選》卷十六。
〔註199〕《蘇軾詩集》卷九，第436頁。
〔註200〕《東文選》卷四。

朝鮮文學史上第一位模仿蘇東坡的《和歸去來辭》而創作「和陶詩」的詩人。〔註201〕

　　李奎報《寒食日待人不至》詩曰：「百五佳辰人不來，秋韆影外夕陽回。杏餳麥酪渾閒事，只對梨花飲一杯。」〔註202〕此詩乃是仿傚了蘇軾《寒食夜》一詩：「漏聲透入碧窗紗，人靜秋韆影半斜。沈麝不燒金鴨冷，淡雲籠月照梨花。」〔註203〕「秋韆影外夕陽回」乃是借用了蘇軾詩句「人靜秋韆影半斜」。此外，兩首詩同以梨花來結尾，顯然都把梨花當作靈感的來源。而李奎報的《虔州八景詩》「不僅在題目上承襲東坡《虔州八境圖八首》，《虔州八景詩》裏也有多處習染東坡詩之軌迹，可見其受東坡影響之深刻。」〔註204〕

　　又李穡《山水圖，節東坡煙江疊嶂圖詩句》云：「山耶雲耶遠，春風搖江天。隱見喬木杪，百道飛來泉。君從何處得，去路無由緣。故人應有招，雲散山依然。」〔註205〕此詩乃是借用了蘇軾《書王定國所藏煙江疊嶂圖（王晉卿畫）》詩意。〔註206〕

　　最後，和韻次韻也是高麗詩人表達對蘇軾喜愛的一種方式。次韻

〔註201〕　金周淳《試論高麗漢詩文中有關蘇東坡》，《國際中國學研究》第八輯，2005（8）

〔註202〕　《東國李相國全集》卷三，《韓國文集叢刊》第一冊，321頁。

〔註203〕　《蘇軾詩集》卷四十八，第2588頁。

〔註204〕　衣若芬《蘇軾對高麗「瀟湘八景」詩之影響——以李奎報〈虔州八景詩〉爲例》，《第三屆宋代文學國際研討會論文集》，寧夏人民出版社，2005年，第154頁。

〔註205〕　《牧隱詩稿》卷九，《韓國文集叢刊》第四冊，76頁。

〔註206〕　蘇軾《書王定國所藏煙江疊嶂圖（王晉卿畫）》：「江上愁心千疊山，浮空積翠如雲煙。山耶雲耶遠莫知，煙空雲散山依然。但見兩崖蒼蒼暗絕谷，中有百道飛來泉。縈林絡石隱復見，下赴谷口爲奔川。川平山開林麓斷，小橋野店依山前。行人稍度喬木外，漁舟一葉江吞天。使君何從得此本，點綴毫末分清妍。不知人間何處有此境，徑欲往買二頃田。君不見武昌樊口幽絕處，東坡先生留五年。春風搖江天漠漠，暮雲卷雨山娟娟。丹楓翻鴉伴水宿，長松落雪驚醉眠。桃花流水在人世，武陵豈必皆神仙。江山清空我塵土，雖有去路尋無緣。還君此畫三歎息，山中故人應有招我歸來篇。」

和韻本是宋代蘇、黃等人比較喜歡的一種作詩形式，在高麗中期之後也頗爲流行，而當中用蘇軾詩韻的例子頗多。如李齊賢《送大禪師瑚公之定慧社詩序》云：「諸學士以東坡『身行萬里半天下，僧臥一庵初白頭』二句韻其字，聯詩十四篇。」〔註207〕這裡所提到的「身行萬里半天下，僧臥一庵初白頭」出自蘇軾《龜山》詩。又鄭誧有詩題爲《戊寅正月六日，次鐵州，寓城南野人家。微雨霏霏，連日不止。因記東坡「曉雨暗人日，春愁連上元」之句，分韻爲詩，寄族叔金史官玽，兼呈同館諸公》，〔註208〕「曉雨暗人日，春愁連上元」出自蘇軾貶謫惠州時所寫的一首《新年》詩。

很多詩從題目即可以看出其是用蘇軾詩韻寫就的，如李仁老《用東坡榴皮題沈氏之壁之韻》、《雪用東坡韻》，李奎報《遊天和寺飲茶，用東坡詩韻》、《安和寺敦軾禪老方丈夜酌，用東坡韻》、《訪覺月師，用東坡詩韻各賦》、《奇尙書退食齋，用東坡韻賦一絕》，白文寶《同李中父作梅花聯句，用東坡韻》，李齊賢《吳江，又陪一齋，用東坡韻作》，李仁復《己酉五月十二日，入試院作，用東坡韻》，閔思平《次益齋和東坡蜜漬荔枝詩韻》，李穀《梅花，同白和父作，用東坡韻》等。

據韓國學者金卿東統計，整個高麗時期，高麗文人對中國文人的追和詩，今存大約一百五十首。其中，對蘇東坡的和詩總共有三十八首。寫和蘇詩最多的是李奎報，共有二十題三十一首。〔註209〕

三、蘇軾詩之接受路徑

高麗詩人以學習蘇軾爲榮，並經常用蘇軾作爲參照，來評價一個詩人的才學和詩作水平。比如林椿之詩被認爲具有「蘇長公風格」，〔註210〕陳澕則被認爲「少進之，可至東坡」，〔註211〕而李穡也「嘗

〔註207〕《益齋亂稿》卷五，《韓國文集叢刊》第二冊，542頁。

〔註208〕《雪谷先生集》卷上，《韓國文集叢刊》第三冊，251頁。

〔註209〕金卿東《論李奎報對蘇東坡的和詩》，《中正大學中文學術年刊》第六期，2004年12月，第65～85頁。

〔註210〕崔錫鼎《林西河集重刊序》，《韓國文集叢刊》第一冊，199頁。

以東坡自比」。同時，在學習蘇軾詩歌上，出現了兩種傾向，一種是
「撏撦竄竊」，以模擬剽竊為主，缺乏新意，結果只能是學到蘇軾詩
歌的皮毛；一種是「得於其中」，真正把握蘇軾詩歌的內涵，學到蘇
詩的精髓。這兩種傾向在高麗中期一直並存著。

1、撏撦竄竊

林椿在《與眉叟論東坡文書》中云：

> 僕觀近世，東坡之文大行於時，學者誰不伏膺呻吟，
> 然徒玩其文而已。就令有撏撦竄竊，自得其風骨者，不亦
> 遠乎。然則學者但當隨其量，以就所安而已，不必牽強橫
> 寫，失其天質，亦一要也。〔註212〕

林椿一針見血地指出，世人爭相學習蘇軾之文，其實不過是「徒玩其
文」，大都只是簡單的模擬剽竊，想要得到蘇軾文章真正的精髓，幾
乎是不可能的。林椿認為，學習蘇軾，一定要根據自己的實際能力行
事，切不可勉強去模仿他，反而失去了自己的風格。

與林椿差不多同時的全履之（生活於 13 世紀前後）批評的範圍
更為廣泛，他說：「世之紛紛效東坡，而未至者，已不足道也。雖詩
鳴如某某輩數四君者，皆未免效東坡。非特盜其語，兼攘取其意，以
自為工。」〔註213〕

全履之把矛頭不僅指向一般的作者，而且指向知名的詩人，指出
即使這些人也難免模擬東坡。更為嚴重的是，一般的作者或許只是盜
取蘇軾的「語言」，而這些文學修養較高的人則盜取的不僅是語言，
還包括蘇軾詩歌的「立意」。他們在竊取蘇軾詩意的基礎上，經過一
番包裝，最後變成自己的創作成果。由於這樣做一般人不容易發現，
因而這顯然是屬於一種比較高級的「盜竊」。

〔註211〕　《補閒集》卷中，《域外詩話珍本叢書》第八冊，110 頁。
〔註212〕　《西河先生集》卷四《與眉叟論東坡文書》。
〔註213〕　《東國李相國全集》卷二十六《答全履之論文書》。

　　稍後的崔滋也指出：「今之後進讀東坡集，非欲倣傚以得其風骨，但欲證據以爲用事之具，剽竊不足導也。」〔註214〕即使是李仁老這樣的詩文大家，在實際創作中也難免陷入剽竊蘇軾詩文的尷尬境地，比如崔滋便說李仁老的詩中「或有七字五字，從東坡集來」。〔註215〕

　　因此，高麗中期在學習蘇軾問題上，面臨的首要困難便是如何與剽竊模擬之風進行鬥爭，並進而找到眞正有效的學習蘇軾之方法。

2、得於其中

　　面對模擬剽竊之風，高麗一些有識之士提出了學蘇的眞正方法，那就是「得於其中」。林椿對李仁老說：「唯僕與吾子，雖未嘗讀其文，往往句法已略相似矣。豈非得於其中者，暗與之合耶。近有數篇，頗爲其體，今寄去，幸觀之以賜指教。」〔註216〕

　　林椿這段話並未說明如何「得於其中」，以及什麼是「得於其中」。但從上下文來看，他所謂的「得於其中」主要是指「句法相似」。這確實符合高麗詩人剛接觸蘇詩時的認知習慣。蘇軾的詩歌，或者說以蘇軾爲代表的宋詩，其最先讓人注目的就在於其語言、格律、句法上的傲峭避熟，這是一種與「唐音」不同的「宋調」。作爲用第二語言來學習寫作漢詩的高麗人來說，率先注意其形式上的不同是自然的現象。林椿說他和李仁老並未看過蘇軾的文章，顯然是誇大其詞。相反，從他們對蘇文的熟悉瞭解程度，以及他們對蘇軾的詩文靈活引用情況來看，兩人都應該是很熟悉蘇軾的詩文的。

　　此外，林椿的這段話中還透露了一個重要信息，那就是高麗詩學對蘇軾詩文自成一體的認知。林椿說「頗爲其體」，此「體」正是指「東坡體」。

〔註214〕《補閒集》卷中，《域外詩話珍本叢書》第八冊，127 頁。
〔註215〕同上，107 頁。
〔註216〕《西河先生集》卷四《與眉叟論東坡文書》。

　　唐宋詩學中，以人名作爲詩體名稱的，根據嚴羽《滄浪詩話‧詩體》有蘇李體、曹劉體、陶體、謝體、徐庾體、沈宋體、陳拾遺體、王楊盧駱體、張曲江體、少陵體、太白體、高達夫體、孟浩然體、岑嘉州體、王右丞體、韋蘇州體、韓昌黎體、柳子厚體、韋柳體、李長吉體、李商隱體、盧仝體、白樂天體、元白體、杜牧之體、張籍王建體、賈浪仙體、孟東野體、杜荀鶴體、東坡體、山谷體、後山體、王荊公體、邵康節體、陳簡齋體、楊誠齋體。〔註217〕而在高麗詩學中只明確提及過「東坡體」和「庭堅體」。

　　林椿此處雖然沒有明確說「東坡體」，然而，李奎報「三十東坡」之語表明，當時東坡詩已經成爲一種具有獨特風格的詩作範式。且徐居正亦云：「高麗文士，專尙東坡，每及第榜出，則人曰『三十三東坡出矣』」。〔註218〕又李德懋（1741～1793）云：「東國詩人，自高麗至我朝中葉，習東坡體。」〔註219〕這些都說明「東坡詩」已經是高麗詩學中認知度非常高的詩體了。

　　何謂「東坡體」？自古以來，對於蘇軾詩歌的風格有眾多描述。葉燮云：「蘇軾之詩，其境界皆開闢古今之所未有，天地萬物，嬉笑怒罵，無不鼓舞於筆端。」〔註220〕趙翼《甌北詩話》曰：「以文爲詩，自昌黎始，至東坡益大放厥詞，別開生面，成一代之大觀。……其尤不可及者，天生健筆一枝，爽如哀梨，快如並剪，有必達之隱，無難顯之情，此所以繼李、杜後爲一大家也。」〔註221〕又明代胡應麟在《詩藪》中稱：「子瞻雖體格創變，而筆力縱橫，天眞爛漫。集中如虢國夜遊、江天疊嶂、周昉美人、郭熙山水、定惠海棠等篇，往往俊逸豪麗，自是宋歌行第一手。」〔註222〕

〔註217〕　《歷代詩話》，689 頁。
〔註218〕　《東人詩話》卷上，《域外詩話珍本叢書》第八冊，205 頁。
〔註219〕　《青莊館全書》卷五十六《盎葉記》（三）‧東坡體。
〔註220〕　《原詩》卷一‧內篇上，見《清詩話》，上海古籍出版社，1999 年，
　　　　　570 頁。
〔註221〕　《甌北詩話》卷五「蘇東坡詩」。
〔註222〕　《詩藪》外編卷五，中華書局，1958 年，第 204 頁。

顯然，「東坡體」內涵極其豐富。那麼，高麗人所理解的「東坡體」又是什麼呢？我們看下面幾段文字：

> 觀文順公詩，無四五字奪東坡語，其豪邁之氣，富贍之體，直與東坡吻合。(《補閒集》卷中)

> 近世尚東坡，蓋愛其氣韻豪邁，意深言富，用事恢博，庶幾效得其體也。(《補閒集》卷中)

> 夫文集之行乎世，亦各一時所尚而已。然今古以來，未若東坡之盛行，尤爲人所嗜者也。豈以屬辭富贍，用事恢博，滋液之及人也，周而不匱故歟。自士大夫至於新進後學，未嘗斯須離其手，咀嚼餘芳者皆是。(《東國李相國全集》卷二十一《全州牧新雕東坡文集跋尾》)

> 東坡，近世以來，富贍豪邁，詩之雄者也。其文如富者之家，金玉錢貝，盈帑溢藏，無有紀極。(《東國李相國全集》卷二十六《答全履之論文書》)

通過上面的文字，我們似乎可以把高麗人所認知的「東坡體」主要概括爲兩個方面的內容：一是「豪邁之氣」，一是「富贍之體」。所謂「豪邁之氣」乃是就其風格而言，氣韻豪放，變化多端；「富贍之體」則是就其內容而言，意深言富，用事恢博。

四、蘇軾詩之接受內容

1、富贍之體

崔滋說：「今之後進讀東坡集，非欲倣傚以得其風骨，但欲證據以爲用事之具，剽竊不足導也，況敢學杜甫得其波耶。」〔註223〕這段話一方面提出學「東坡體」得於其中的關鍵在於「得其風骨」，另一方面也指出很多人其實並不能做到這一點，相反，「東坡詩」很可能會成爲學習者剽竊其用事的素材。「用事之具」雖然是在批評當時的剽竊模擬

〔註223〕《補閒集》卷中，《域外詩話珍本叢書》第八冊，127頁。

之風，卻也揭示了蘇軾詩歌「屬辭富贍，用事恢博」的特點。

從「富贍之體」角度來說，蘇軾詩歌對高麗詩人的衝擊在於題材的擴大和語言的豐富，如李奎報所言：「其文如富者之家，金、玉、錢、貝，盈衍溢藏，無有紀極。」〔註224〕蘇軾的詩歌彷彿是一扇窗戶，一個寶庫，讓高麗詩人一下子發現，原來詩歌寫作可以有如此廣闊的內容，而不必再像晚唐詩那樣，僅在狹小的範圍裏淺斟吟唱、雕琢聲律。特別是，當蘇軾詩歌中的典故意象紛至沓來時，高麗詩人頓時有大開眼界的感覺。

蘇軾的詩歌向來以用事多而巧妙著稱。《詩人玉屑》卷七「用事」條引用《黃常明詩話》語曰：「東坡最善用事，既顯而易讀，又切當。」《甌北詩話》云：「坡公熟於莊、列諸子，及漢、魏、晉、唐諸史，故隨所遇，輒有典故以供其援引，此非臨時檢書者所能辦也。」〔註225〕又《石洲詩話》云：「論蘇詩以使事富縟為嫌。夫蘇之妙處固不在多使事，而使事亦即其妙處，奈何轉欲汰之，而必如梅宛陵之枯淡，蘇子美之松膚者，乃為真詩乎？」〔註226〕這些言論都表明，蘇軾詩歌具有極其豐富的文化內容，其使事用典巧妙而豐富，讓人讚歎。這也讓高麗詩人深深著迷。

李朝初，權應仁（1478～1548）在《松溪漫錄》中記載了這麼一件事：

> 李翰林詩「玉壺繫青絲，沽酒來何遲」，或言青絲乃佳品白金，並與酒錢而送之也。僕質於漢語通事，則曰然矣。
>
> 果如是讀之，則尤為有味。〔註227〕

專門為一句詩的理解而向「漢語翻譯」請教，我們可以看到朝鮮半島詩人對漢詩中的典故意象有著孜孜以求的鑽研精神，而他們的這種鑽研，又與其對中國文化與文學的熱愛有關。同樣，當高麗詩人

〔註224〕　《東國李相國全集》卷二十六《答全履之論文書》。
〔註225〕　《甌北詩話》卷五，人民文學出版社，1963年，59頁。
〔註226〕　《石洲詩話》卷三，叢書集成初編本，第54頁。
〔註227〕　權應仁《松溪漫錄》卷下，《大東野乘》卷五十六。

面對蘇軾詩歌時，他們感到驚訝，同時又被深深吸引。這不僅僅是被蘇軾詩歌的內容與形式所吸引，其更深層次實際上是被蘇詩所代表的宋代文化的一種吸引。正如周裕鍇所言，他們「看重的是蘇軾詩文的巨大文化容量……包含著對淵雅宏博的中華文化的仰慕。」〔註 228〕

　　高麗一直崇拜宋代文明，並且採取「事大主義」，完全模仿宋朝的一切文物制度。反映到文學上，當他們面對蘇軾的詩歌時，同樣採取了積極學習和模仿的策略，即使有些詩人把蘇軾詩文「證據以為用事之具」，他們也不覺得有什麼不妥。比如李奎報就認為，蘇詩詩歌內容極其豐富，「雖為寇盜者所嘗攘取而有之，終不至於貧也，盜之何傷也。」〔註 229〕

　　當然，也有很多高麗詩人追求「得於其中」，不僅是把蘇詩作為「用事之具」，更是學到了蘇詩「富贍」的寫作特點，並在自己的詩歌創作中體現出來。比如林椿，他曾自謂沒看過蘇軾之文卻已經能夠做到「暗與之合」，並且「句法略相似」。我們以他的古律《盤松歌》為例，這首詩比較長，現只截取其中一段：

> 山經地志多汗漫，荒怪萬象無不傳。曾聞赤臬九衢秀，亦有雙瓜雙蒂連。張華既沒不復生，誰能博物渾磨研。峰深路絕人罕到，盤松郁郁生幾年。地下根深帶茯苓，久為琥珀凝精堅。淩空直幹未百尋，低枝交錯拿虯拳。有如將軍獵渭城，高張帷蓋影交纏。又如公子游西園，輕飛傘蓋形團圓。……〔註 230〕

此詩多處用了典故。「曾聞赤臬九衢秀，亦有雙瓜雙蒂連」一聯使用了《山海經》中的故事。古代稱麻為臬，《爾雅·釋草》釋云：「麻，

〔註 228〕　周裕鍇《詩論宋代文學對高麗文學之影響》，見《國學研究》第十一卷，第 251～252 頁。
〔註 229〕　《東國李相國全集》卷二十六《答全履之論文書》。
〔註 230〕　《西河先生集》卷一，《韓國文集叢刊》第一冊，209 頁。

一名枲。」﹝註231﹞又《山海經》云:「有木,青葉紫莖,玄華黃實,名曰建木,百仞無枝,有九欘,下有九枸,其實如麻,其葉如芒。」﹝註232﹞傳說「建木神樹」的果實像麻一樣,且生長於水中,高百仞,樹頂上有九根彎曲向上的大枝幹。林椿所說「赤枲九衢秀」正是指此。

根據植物學常識,枲麻即大麻,是一年生的草本植物,花單性,雌雄異株。我國古代即種大麻,東漢時的崔寔(約103年~約170)首先發現大麻有雌雄株的區別,後分別稱其雄株為枲、雌株為苴。崔寔曰:「牡麻,無實,好肌理,一名為枲也。」﹝註233﹞「雙瓜雙蒂連」顯然又是由此而發。因此,明白了上述內容,才能夠真正理解林椿「曾聞赤枲九衢秀,亦有雙瓜雙蒂連」一聯的意思。

「地下根深帶茯苓,久為琥珀凝精堅」一聯用了張華《博物志》中的典故。《博物志》記載《神仙傳》中語云:「松柏脂入地千年化為茯苓,茯苓化為琥珀。」﹝註234﹞

「有如將軍獵渭城,高張帷蓋影交纏」一聯使用的是王維《觀獵》中詩句「風勁角弓鳴,將軍獵渭城」。

而「又如公子游西園,輕飛傘蓋形團圓」一聯則用了曹丕、曹植的典故,因為兩人為公子時經常和建安諸子在鄴城西園會聚,飲酒賦詩,進行文學活動,而「西園之遊」亦與「金谷之會」、「蘭亭雅集」一起成為中國文化史上的盛事。

短短幾句,便包含了這麼多典故,所以,我們讀林椿的這首詩時,也會有「用事恢博」的感受。高麗中期詩人大都如此,如李仁老《崔太尉家藏草書簇子》云:「顛張脫帽落雲煙,妙筆通靈迸作仙。不見明珠還舊浦,空留畫餅出饞涎。」﹝註235﹞此詩既用了唐代書聖張旭

﹝註231﹞《爾雅注疏》卷八·釋草第十三。
﹝註232﹞《山海經》卷十八·海內經。
﹝註233﹞《齊民要術》卷二·種麻第八。
﹝註234﹞《博物志》卷四「藥物」條。
﹝註235﹞《東文選》卷二十。

的典故，又用了蘇軾《次韻米黻二王書跋尾》之二中「畫地爲餅未必似，要令癡兒出饞水」的詩意。〔註236〕而他的《蟻》詩：「身動牛應斗，穴深山恐頹。功名珠幾曲，富貴夢初回。」崔滋認爲此詩「句句皆用事」。〔註237〕

蘇詩的「富瞻」還體現在題材的無所不包，隨物賦形，一切都可以入詩，這一點對高麗人也有影響。比如李奎報詩歌題材範圍就十分廣泛，到處引用中國古代經、史、子、集中的內容，特別是中國古代《詩經》、《楚辭》以來的文學典籍和名人、名句經常出現在他的作品中。他曾經自述曰：

> 僕自九齡，始知讀書，至今手不釋卷。自詩書六經諸子百家史筆之文，至於幽經僻典梵書道家之說，雖不得窮源探奧，鉤索深隱，亦莫不涉獵游泳，採菁撧華，以爲騁詞擒藻之具。又自伏羲已來，三代兩漢秦晉隋唐五代之間，君臣之得失，邦國之理亂，忠臣義士奸雄大盜成敗善惡之迹，雖不得並包並括，舉無遺漏，亦莫不截煩撮要，鑒觀記誦，以爲適時應用之備。其或操觚引紙，題詠風月，則雖長篇巨題，多至百韻，莫不馳騁奔放，筆不停輟。雖不得排比錦繡，編列珠玉，亦不失詩人之體裁。〔註238〕

如果我們把李奎報的這段自述與《甌北詩話》對蘇軾的介紹對比著看，就會發現他們兩人有很大的相似之處。《甌北詩話》云：「坡公熟於莊、列諸子，及漢、魏、晉、唐諸史，故隨所遇，輒有典故，以供其援引，此非臨時檢書者所能辦也。」或許正是有這樣相似的知識背景，才造就李奎報詩同樣具有富瞻的特點，而這種「富瞻」與那些只靠竊取點詩句和詩意者是截然不同的。

〔註236〕　《蘇軾詩集》卷二十九，第 1538 頁。
〔註237〕　《補閑集》卷中。見《域外詩話珍本叢書》第八冊，101 頁。
〔註238〕　《東國李相國全集》卷二十六《上趙太尉書》，《韓國文集叢刊》第一冊，563 頁。

4、豪邁之氣

「東坡體」給予高麗詩人的另一種衝擊，則是來自蘇軾詩歌的豪邁之氣。

應該說，蘇軾詩的豪邁主要體現在其創作境界宏大，氣勢恢弘，而且語詞宏博，喜歡用散文的筆法寫詩，不拘格律。他筆力縱橫，窮極變幻，汪洋恣意，崇尚直率，不以含蓄婉曲為能事。這一切都造就了蘇詩獨有的豪放之風。沈德潛《說詩晬語》曰：「蘇子瞻胸有洪爐，金銀鉛錫，皆歸鎔鑄。其筆之超曠，等於天馬脫羈，飛仙遊戲，窮極變幻，而適如意中所欲出。韓文公後，又開闢一境界也。」〔註239〕這可謂是對蘇軾豪放詩風的形象描述。

豪放並非蘇軾獨創，本是詩中一格，宋代之前亦有豪放之詩，如曹操、李白、岑參等人的詩作，即使杜甫亦有豪放之詩。然而，唐季以來，因為時代的關係，詩中不復有剛健之力，故歐陽修《六一詩話》曾感慨：「唐之晚年，詩人無復李杜豪放之格。」〔註240〕至宋代，在歐陽修、蘇軾等人領導的詩文革新運動下，詩歌中的充沛之氣再次煥發出來。詩人不再滿足於唐五代以來的柔弱詩風，而從詩歌的境界、語言等各方面加以改革，使詩歌擺脫了前期的萎靡。蘇軾正是這種新詩風的代表人物，故沈德潛稱其為「韓文公後又開闢一境界」。

同樣，高麗漢詩也面臨著與宋詩一樣的過去，即初期的晚唐五代詩風。時代的變化使他們無法再沉迷於此，他們需要改變，需要尋找一種新的能夠提供給他們力量的東西。蘇詩的出現，可謂是恰在其時。我們可以想見，當高麗詩人們初次閱讀到蘇軾的詩文時，內心的那種震撼與欣喜。他們也希望能寫出如蘇軾一樣具有「豪邁之氣」的作品，從而改變自己原先的柔弱品格。

高麗詩人首先對「氣」的概念展開了探討。

〔註239〕　《說詩晬語》卷下，見《清詩話》，上海古籍出版社，1999，第544頁。

〔註240〕　《歷代詩話》，267頁。

「氣」本是中國文論中一個重要的命題。鍾嶸《詩品序》開篇即言：「氣之動物，物之感人。」將氣作爲文學創作的主要動因。關於「氣」的概念含義很豐富，包括了詩人的個性，氣質與修養，個人人生閱歷，知識學問之素養，以及感受人生苦難和人間疾苦所產生的不平之「氣」等等。〔註241〕

那麼在高麗詩學中，「氣」的概念又是什麼呢？蔡美花認爲，高麗美學中的「氣」一般是指作家的天生氣質與才性，個性，風格與氣魄，作家形象，創作動力等。〔註242〕這說明其內涵也十分豐富。總的來說，「氣」是一種決定作品格調，同時又反映作家內在氣質的東西。

李奎報《論詩中微旨略言》云：

> 夫詩以意爲主，設意尤難，綴辭次之。意亦以氣爲主，由氣之優劣，乃有深淺耳。然氣本乎天，不可學得。故氣之劣者，以雕文爲工，未嘗以意爲先也。蓋雕鏤其文，丹青其句，信麗矣。然中無含蓄深厚之意，則初若可玩，至再嚼則味已窮矣。〔註243〕

李奎報認爲，詩主要依賴於「意」而不在於辭語，而「意」又離不開「氣」。所謂「氣」就是一個人的氣質、品格等，而這是天生的，無法通過後天的學習獲得。因此，「氣之劣者」只能在詩文中雕章琢句，在形式上下功夫，卻無法營造出內容上含蓄深厚、氣韻充沛的作品。李奎報關於「氣」的部分觀點與曹丕《典論・論文》中「文以氣爲主，氣之清濁有體，不可力強而致」很相似。

與其同時的林椿亦曰：「文以氣爲主，動於中而形於言，非抽黃對白以相誇，必含英咀華而後妙。」〔註244〕在這裡，林椿把「氣」

〔註241〕 夏述貴《「文以氣爲主」泛論》，《文史雜誌》1990年第2期。
〔註242〕 蔡美花《高麗文學審美學意識研究》，延邊大學出版社，2006年，第95頁。
〔註243〕 《東國李相國全集》卷二十二，《韓國文集叢刊》第一冊，524頁。
〔註244〕 《西河先生集》卷六《上按部學士啓》，《韓國文集叢刊》第一冊，

看做是內在的決定著詩歌價值高低的東西。內在的「氣」通過語言表達出來，形諸文字，要遠遠超過那些只注重雕章琢句的作品，這種因「氣」而生發出來的作品才有耐人尋味、值得咀嚼的東西。林椿所說的「氣」更接近於「思想情感」的意思。

稍後的崔滋認爲：「詩文以氣爲主，氣發於性，意憑於氣，言出於情，情即意也，而新奇之意，立語尤難，輒爲生澀……」〔註245〕又云：「夫評詩者，先以氣骨意格，次以辭語聲律。」〔註246〕這都可以看出，在高麗詩人心目中，「氣」決定著文章的好壞，詩最重要的還是要有內在的「氣骨」。崔滋把「辭語聲律」放在次要的地位，顯然是對形式主義的一種反對。

高麗詩人還探討了「氣」的養成問題。林椿在《上李學士書》中云：

> 文之難尚矣，而不可學而能也。蓋其至剛之氣，充乎中而溢乎貌，發乎言而不自知者爾。苟能養其氣，雖未嘗執筆以學之，文益自奇矣。養其氣者，非周覽名山大川，求天下之奇聞壯觀，則亦無以自廣胸中之志矣。是以蘇子由以爲於山見終南、嵩、華之高，於水見黃河之大，於人見歐陽公韓太尉，然後爲盡天下之大觀焉。〔註247〕

林椿首先提出「氣」的重要性，他也認爲「氣」是無法通過學習得來的，那麼怎樣才能培養出「氣」呢？林椿以爲必須通過增加閱歷來培養。他提到了蘇轍的例子，其實他的這個觀點正是來自蘇轍。

蘇轍有《上樞密韓太尉書》一文，在文中，他首先提出：「文者，氣之所形。然文不可以學而能，氣可以養而致。」〔註248〕接著，他

---

268 頁。
〔註245〕　《補閒集》卷中，《域外詩話珍本叢書》第八冊，126 頁。
〔註246〕　《補閒集》卷下，《域外詩話珍本叢書》第八冊，140 頁。
〔註247〕　《西河先生集》卷四，《韓國文集叢刊》第一冊，243 頁。
〔註248〕　《樂城集》卷二十二《上樞密韓太尉書》，上海古籍出版社，1987年，第 477 頁。

認爲「養氣」既在於內心的修養，但更重要的是依靠廣闊的生活閱歷，
因此他讚揚司馬遷「行天下，周覽四海名山大川，與燕趙間豪俊交遊，
故其文疏蕩，頗有奇氣。」他又以自己的親身經歷說道：

> 轍生十有九年矣，其居家所與遊者，不過其鄰里鄉黨
> 之人，所見不過數百里之間，無高山大野可登覽以自廣；
> 百氏之書，雖無所不讀，然皆古人之陳迹，不足以激發其
> 志氣。恐遂汩沒，故決然捨去，求天下奇聞壯觀，以知天
> 地之廣大。過秦、漢之故都，恣觀終南、嵩、華之高，北
> 顧黃河之奔流，慨然想見古之豪傑。至京師，仰觀天子宮
> 闕之壯，與倉廩、府庫、城池、苑囿之富且大也，而後知
> 天下之巨麗。見翰林歐陽公，聽其議論之宏辯，觀其容貌
> 之秀偉，與其門人賢士大夫遊，而後知天下之文章聚乎此
> 也。〔註249〕

蘇轍強調了文學創作中生活體驗對一個作家的重要作用：周覽四海名
山大川與天下豪傑交遊，以增廣見聞，開闊胸襟，然後其氣才能充乎
其中而溢乎其外，從而寫出好的文章。

通過增加閱歷來養氣，其最終形成的只能是「豪邁之氣」。蘇轍
的言論「雖然講的是文，然與豪放詩表現出來的氣象意境都是完全契
合的。」〔註250〕同樣，林椿強調以增加閱歷的方式來養「氣」，那所
形成的也只能是「豪氣」，如林椿在《東行記》中所言：

> 昔司馬太史嘗遊會稽，窺禹穴，以窮天下之壯觀。故
> 氣益奇偉，而其文頗疏蕩而有豪壯之風。則大丈夫周遊遠
> 覽，揮斥八極，將以廣其胸中秀氣耳。余若桎梏於名檢之
> 內，則必不能窮其奇摻其異，以賞其雅志也。〔註251〕

〔註249〕 《欒城集》卷二十二《上樞密韓太尉書》，上海古籍出版社，1987
年，第477頁。
〔註250〕 趙呈元《試論古代豪放詩的藝術價值》，《文史哲》1985年第5期。
〔註251〕 《西河先生集》卷五《東行記》，《韓國文集叢刊》第一冊，259頁。

在這篇文章中，林椿讚賞司馬遷因爲周遊四海，所以「氣益奇偉」，文章也有「豪壯之風」。他最後得出的結論便是，大丈夫應該通過遊歷天下，來「廣其胸中秀氣」。此後，崔瀣、鄭誧等人也都在文中或詩中對蘇轍的這個觀點有所附和，比如崔瀣《送鄭仲孚書狀官序》曰：「昔蘇穎濱讀百氏之書，不足激其志氣，捨去遊京師，觀宮闕倉廩府庫城池苑囿之大，見歐陽公，聽議論之宏辯。而又見韓太尉，願承光耀，以盡天下之大觀而無憾也。」〔註252〕鄭誧《雪谷集》之《送人赴都》云：「少日遊天京，結交皆豪英。虛名簸人口，壯志自可驚。見知韓太尉，竊比蘇穎濱。……」

　　崇尙「豪放之氣」，正是高麗中期的詩學追求。崔滋便曾明確提出：「文以豪邁壯逸爲氣。」〔註253〕如果我們瀏覽當時的詩學批評語言，就會發現，對「氣」的描述都與豪邁、壯逸、雄壯聯繫在一起。比如：

　　　　及至蘇、黃，則使事益精，逸氣橫出。琢句之妙，可以與少陵並駕。(《破閑集》卷上)

　　　　其氣壯，其意深，其辭顯。(《補閑集》序)

　　　　李學士知深，題豐州城頭樓雲……時人以此聯言不雕鑿，而氣豪意豁。(《補閑集》卷上)

　　　　李文順公奎報，氣壯辭雄，創意新奇。(《補閑集》卷中)

　　　　氣尙生，語欲熟。初學之氣生，然後壯氣逸；壯氣逸；然後老氣豪。(《補閑集》卷下)

這種以「豪壯」爲詩學批評標準的現象，既有時代的原因，也有蘇軾的影響。從時代來看，初期詩風的萎靡柔弱，對「浮華」詩風的批判，以及「武臣叛亂」造成的文人社會心理的改變等等，都促使高麗審美意識發生了改變，那就是從初期的「華美豔麗」轉向「豪放壯美」。高麗後期的文學，崇尙豪放慷慨的美，也正與這種審美追

〔註252〕　《拙稿千百》卷二，《韓國文集叢刊》第三冊，22頁。
〔註253〕　《補閑集》卷下，《域外詩話珍本叢書》第八冊，140頁。

求有關。〔註254〕而蘇軾的詩文風格剛好契合了這種時代氛圍，成爲推動這種審美追求的重要力量。

　　蘇軾「富贍」與「豪放」的詩風對高麗詩人的影響無疑是深遠的，我們只要看一下歷代詩論對高麗漢詩風格的批評就可以發現，幾乎沒有脫離蘇軾的風格範疇。比如李奎報的詩被認爲是「雄博」、「富麗橫放」；李穡的詩也被認爲是「雄博」；金文烈、金英憲、鄭夢周的詩則被評爲「豪放」；金克己的詩作被認爲是「言多益富」，具有「富贍之才華」；吳世才、安淳之之作品則「富贍雄渾」；陳澕的七言古詩是「豪健峭壯」；林椿的文章被推爲「雄博宏肆」；而對整個高麗的詩文評價則是「詞麗氣富」。〔註255〕從這些評語當中，我們不難發現，高麗中後期漢詩創作的共同特點，也不難發現蘇軾詩風對其巨大的影響。

〔註254〕 蔡美花《高麗文學審美學意識研究》，延邊大學出版社，2006 年，第 98 頁。

〔註255〕 《壺谷集》卷十五《箕雅序》：「麗代之英，崔清河始倡，而作者輩出。雄博則李文順、李牧隱、林西河；豪放則金文烈、金英憲、鄭圃隱……」。
　　《補閑集》卷中：「予偶得金翰林集第一卷觀之……見《醉時歌》及《河陽山莊用劇韻敍舊》等長篇，其辭意清曠。後復見八九卷，清辭浩汗，酌而不窮，誠富贍之才華也。」
　　趙泰億《西河集重刊序》：「先生爲文章，雄博宏肆。在當時，與李眉叟吳濮陽埒美而齊響。」
　　《海東雜錄》（二）本朝（二）金壽寧：「金頤叟語徐剛仲曰：『高麗詩文詞麗氣富，而體格生疏。近代著述，辭纖氣弱，而義理精到。孰優孰劣？』剛仲曰：『豪將悍卒，抽戈擁盾談說仁義；腐儒俗士，冠冕從容禮法。先生何取？』頤叟大笑。」
　　《補閑集》卷中：「今之詩人評曰：俞文安公升旦。語勁意淳……李文順公奎報，氣壯辭雄……李承制公老，辭語遒麗……金翰林克己，屬辭清曠言多益富。……吳先生世才、安處士淳之，富贍渾厚。……陳補闕澕，清雄華靡，變態百出。」
　　《東人詩話》卷上：「李大諫仁老瀟湘八景絕句，清新富麗，工於模寫。陳右諫澕七言長句，豪健峭壯，得之詭奇，皆古今絕唱。」
　　《惺所覆瓿稿》卷二十五‧說部四‧惺叟詩話：「李文順富麗橫放。」

五、結語

蘇軾在高麗中期，成為詩學的熱點，受到所有高麗詩人的喜愛，其原因除了其文學作品有明顯異於唐詩的鮮明風格，其「富贍之體」與「豪邁之氣」契合了高麗人的需要外，還有更深層次的原因。在高麗，「蘇軾熱」是一個文化現象，而不僅僅是詩學現象。

首先，蘇軾之儒家進取精神，以及忠君愛國之思想，深得高麗中期詩人的欣賞。高麗中期，儒學逐漸興盛，林椿曰：「凡作文以氣為主，而累經憂患，神志荒敗，眊眊焉真一老農也。其時時讀書，唯欲不忘吾聖人之道耳。」〔註256〕在「武臣之亂」中，林椿遭遇不幸，全家遇難，隻身避禍江南，生活極其艱辛。但是，身處如此逆境，他依然不忘「聖人之道」，這與蘇軾屢遭貶謫，卻依然不改儒家之進取精神，可以說是一脈相承的。蘇軾即使在謫居海南期間，依然寫下了這樣的詞句：「君命重，臣節在。新恩猶可覬，舊學終難改」〔註257〕，表達了他不忘自己的使命，雖歷經磨難仍不改報效國家的政治抱負。這對高麗那些遭受重大挫折的文人來說，是有著極好的示範作用的。

又李仁老云：「自雅缺風亡，詩人皆推杜子美為獨步，豈惟立語精硬，刮盡天地菁華而已！雖在一飯，未嘗忘君，毅然忠義之節，根於中而發於外，句句無非稷、契口中流出。讀之足以使懦夫有立志，玲瓏其聲，其質玉乎，蓋是也。」〔註258〕杜甫之忠君思想是李仁老所欽佩的，實際上也是蘇軾所敬仰的。蘇軾《評子美詩》云：「子美自比稷與契，人未必許也。然其詩云：『舜舉十六相，身尊道益高。秦時任商鞅，法令如牛毛』，此自是契、稷輩人口中語也。」〔註259〕在《王定國詩集敘》中，蘇軾又曰：「若夫發於性止于忠孝者，其詩豈可同日而語哉！古今詩人眾矣，而杜子美為首，豈非以其流落飢

〔註256〕　《西河先生集》卷四《與皇甫若水書》，《韓國文集叢刊》第一冊，245 頁。

〔註257〕　《全宋詞》卷四十四《千秋歲・次韻少游》

〔註258〕　《破閑集》卷中。

〔註259〕　《蘇軾文集》卷六十七，第 2105 頁。

寒，終身不用，而一飯未嘗忘君也歟。」〔註 260〕從中，我們可以看到李仁老與蘇軾都是仰慕杜甫的，而仰慕的原因首先就在於其「一飯未嘗忘君」的忠君思想。

其次，蘇軾所代表的古代士人「儒道互補」的人格精神，也給予高麗文人以很大的吸引力。蘇軾在一生中所經歷的大喜大悲，絕非一般士人所能想像。在沉浮不定、變幻無常的苦樂人生面前，蘇軾表現出極強的適應能力。在其詩文中，責任感、使命感與歸隱山林之念相交織，反映了他豁達的人生態度。陳新雄說：「蘇軾之所以爲蘇軾，即在其不易所爲而求免禍之氣質。所以蘇軾二字，即代表中國文化所陶冶出的讀書人之典範。言及蘇軾，即顯現孟子所謂『富貴不能淫，貧賤不能移，威武不能屈』的大丈夫典型。」〔註 261〕

蘇軾的人生態度，從思想根源上說，是其將儒家入世哲學與佛老出世精神相融合的結果，這也與傳統儒家「窮則獨善其身，達則兼濟天下」的主張是一致的。王水照先生曾經這樣評論說：「蘇軾在黃州、惠州、儋州的長期貶謫生活中，咀嚼盡孤獨、窘困、凄苦等種種況味，並從佛老哲學中尋求過擺脫、超越悲哀的思想武器，以保持對生活、對美好事物的信心和追求，堅持對自我價值的肯定。就其成熟和典型而言，代表了封建文人士大夫人生思考的最高境界。」〔註 262〕蘇軾「儒道互補」的人格模式對封建時代後期的知識分子們產生了巨大的影響力，成爲他們所普遍奉行的榜樣。這對高麗文人同樣如此。特別是高麗中期，文人遭遇亂離之後，因爲自身遭際發生了巨大的變化，因而對蘇軾之思想更是有惺惺相惜之感。

比如在林椿身上便有著如蘇軾一樣濃重的「士意識」。〔註 263〕

〔註260〕 《蘇軾文集》卷十，第 318 頁。

〔註261〕 陳新雄《蘇軾研究史序》，見《蘇軾研究史》，曾棗莊等著，江蘇教育出版社，2001 年。

〔註262〕 王水照《「蘇門」諸公貶謫心態的縮影》，見《蘇軾論稿》，臺灣萬卷樓圖書有限公司 1994 年，第 130 頁。

〔註263〕 〔韓〕孫政仁《高麗中期漢詩研究》，文昌社，1998 年，第 302 頁。

林椿曾自述其貧困狀況曰：「某祚薄門衰，身殘家破，徒欲求田而問舍。飄然去國以離鄉，久糊口於江南，幸卜居於境內。食如玉薪如桂，不堪蘇子之愁。樹之穀藝之麻，聊勉柳生之業。」〔註264〕

　　然而，在這悲慘境況下，他卻把蘇軾處艱境而不餒的人身態度作爲激勵自己的手段。他說：「詩人自古多羈困，倒著青衫佐州鎮。君不見大原居易位尙卑，白頭始得河南尹。又不見眉山子瞻老更貧，上章自請餘杭郡。」〔註265〕如果說，「詩人自古多羈困」是一種抽象的安慰，那「眉山子瞻老更貧」則是林椿用來激勵自己的最好榜樣了。

　　因此，韓國學者許捲洙認爲，東坡詩文見崇於高麗文人的原因，除了其詩歌風格代表著宋詩特色，異於唐詩外，還因爲「東坡詩文中富有佛家及道家思想，是適於亂世如高麗之處世觀；東坡之多經浮沉而不少撓之堅韌精神，足以慰落拓不遇之高麗文人；東坡之出身非閥閱乃寒門，故能使武臣亂以後新進士類振發。」〔註266〕柳基榮也認爲，蘇軾受到歡迎的一個重要原因在於其與韓國古代文人的心理遭際是一致的。〔註267〕

第三節　黃庭堅與高麗漢詩宋詩化傾向

　　蘇軾是當時和此後「漢文化圈」內影響最大的詩人，其成就的多方面性，也造成了其影響的多方面性。然而，高麗詩人學習他的「豪邁之氣」和「富贍之體」，雖抓住了蘇軾詩的特點，但並沒有抓住其詩中最具「宋詩」特色的東西。

〔註264〕《西河先生集》卷六《謝尚州鄭書記啓》，《韓國文集叢刊》第一冊，270 頁。
〔註265〕《西河先生集》卷三《諸公餞皇甫若水赴中原書記，僕以病不往，作詩寄之》，同上，230 頁。
〔註266〕許捲洙《蘇東坡詩文의韓國的受容》，《中國語文學》第 14 輯，1988年，第 69 頁。
〔註267〕柳基榮《蘇軾對韓國古代文學的影響及其高麗觀之探討》，復旦大學博士論文，1996 年，第 37〜38 頁。

　　王水照先生認爲，學習「宋詩」程度較深的，總是將「蘇黃」看作一體，因爲在某種意義上講，黃庭堅比蘇軾更能代表「宋詩」。從學習東坡到學習山谷或「蘇黃」，可以被看作是「宋化」的發展。〔註268〕

　　確實，黃庭堅是更能代表宋詩風格的詩人。如嚴羽《滄浪詩話‧詩辨》云：「國初之詩尙沿襲唐人：王黃州學白樂天，楊文公、劉中山學李商隱，盛文肅學韋蘇州，歐陽公學韓退之古詩，梅聖俞學唐人平淡處，至東坡、山谷始自出己意以爲詩，唐人之風變矣。山谷用工尤爲深刻，其後法席盛行，海內稱爲江西宗派。」〔註269〕

　　那麼，高麗詩人在學習蘇軾的同時，是否也對黃庭堅產生了濃厚興趣呢？徐居正說：「高麗文士，專尙東坡。」洪萬宗《小華詩評》亦認爲「麗朝皆象東坡」。這似乎排斥了黃庭堅對高麗詩學的影響。然而，事實卻並非如此。黃庭堅對高麗詩學的影響雖沒有蘇軾那麼轟動和喧鬧，卻在更深處悄悄地改造著高麗漢詩。

一、高麗詩學對黃庭堅及「庭堅體」之接受

1、對黃庭堅之接受

　　黃庭堅（1045～1105），字魯直，自號山谷道人，晚號涪翁，洪州分寧（今江西修水）人。英宗治平四年（1067）進士。哲宗立，召爲校書郎、《神宗實錄》檢討官，後擢起居舍人。紹聖初，新黨謂其修史「多誣」，貶涪州別駕，安置黔州等地。徽宗初，羈管宜州卒。工詩文，早年受知於蘇軾，與張耒、晁補之、秦觀並稱「蘇門四學士」。詩與蘇軾並稱「蘇黃」，爲江西詩派開山祖師，有《山谷集》三十卷。

　　黃庭堅的詩歌具有鮮明的藝術特色，雖然他的創作成就比不上蘇軾，但是他的詩歌更加突出地體現了宋詩的藝術特徵。而且，他還在

〔註268〕　王水照主編《宋代文學通論》，河南大學出版社，1997年，第566頁。
〔註269〕　《歷代詩話》下冊，688頁。

詩歌藝術技巧上總結出樂一套完整的方法，便於後人學習。所以，當時及以後，追隨和仿傚黃庭堅的詩人頗多。在北宋後期及南宋，黃庭堅在詩壇上的影響甚至要超過蘇軾。

黃庭堅的聲名和詩作何時開始傳到高麗，目前還沒有確切的結論。但是，高麗中期詩文中便已經開始出現黃庭堅的名字。林椿《二月十五夜對月》詩曰：「今春二月十五夜，我向嶺南樓上適。乾坤開霽微風緊，玉盤東轉長空碧。捲簾門外明如晝，表裏更無纖靄隔。沉沉正照寒溪面，澄波上下難相別。令人卻憶黃庭堅，解道春宵何索寞。」〔註270〕林椿此詩不僅提及黃庭堅的名字，而且此詩寫月，頗有黃庭堅《登快閣》中「澄江一道月分明」的意境。

又李奎報《答全履之論文書》云：「至宋又有王安石、司馬光、歐陽修、蘇子美、梅聖俞、黃魯直、蘇子瞻兄弟之輩，亦無不撐雷裂月，震耀一代。」〔註271〕在此文中，黃庭堅與蘇軾已經是相提並論，具有同等的地位，且都是「震耀一代」的巨星人物。

這些應該是高麗文學中較早出現黃庭堅名字的文字了，其為高麗人所熟知的時間也應該不晚於蘇軾。雖然，他沒像蘇軾形成所謂的熱潮，不過在高麗詩人心目中，他依然是一位很受歡迎的詩人。安軸《奉答通州太守贈別詩》云：「關東二載鎮軍營，未把恩憐慰物情。回謝江湖釣臺月，他年尋我白鷗盟。」〔註272〕此詩中「白鷗盟」顯然來自黃庭堅《登快閣》詩中「萬里歸船弄長笛，此心吾與白鷗盟」一聯。而李穡《月蝕》詩中有「太白成三友，庭堅作四鄰。獨憐無興味，雙淚忽沾巾」之語，亦可見其對山谷的厚愛。〔註273〕至於鄭樞《韓山君寄詩譏行成之語，用其韻以答》詩云：「不有江頭拍岸風，周即安得敵曹公。明朝繼使樓船到，定見吳都王氣空。太白詞多擬古風，不

〔註270〕　《西河先生集》卷二，《韓國文集叢刊》第一冊，226頁。
〔註271〕　《東國李相國全集》卷二十六，《韓國文集叢刊》第一冊，558頁。
〔註272〕　《謹齋先生集》卷一，《韓國文集叢刊》第二冊，466頁。
〔註273〕　《牧隱詩稿》卷三，《韓國文集叢刊》第三冊，553頁。

堪司日語荊公。千篇借我千回讀，洗盡涪翁習氣空。」〔註274〕此詩雖欲否定黃庭堅，但也從側面說明直到高麗末，山谷依是很有市場的詩人。

至於黃庭堅的詩集，其流行於高麗的時間應該也是在高麗中期，即大約12世紀末、13世紀初左右。李仁老《臥陶軒記》中有語曰：「是以闢所居北廡，以爲棲遲之所，因取《山谷集》中《臥陶軒》以名之。」〔註275〕《臥陶軒》乃是黃庭堅一首五言古詩。又《補閑集》載：「李學士眉叟曰：『杜門讀黃蘇兩集，然後語遒然，韻鏗然，得作詩三昧。』」〔註276〕這是李仁老已經看到《山谷集》的確證。

李奎報也肯定已經閱讀到了黃庭堅詩集。《東國李相國集》卷十八有《偶讀〈山谷集〉，次韻〈雨絲〉》一詩，詩曰：「斜風掣斷乍如稀，亂下翻欺繭緒微。未補碧羅天忽遠，欲成纖縠霧交飛。漁翁誤喜縫疏網，貧婦虛驚緯廢機。收得一番歸紡績，四方何處歎無衣。」李奎報這首詩是次韻黃庭堅的《次韻雨絲雲鶴二首》，黃庭堅的原詩爲：「煙雲杳靄合中稀，霧雨空濛密更微。園客蠶絲抽萬緒，蛛蝥綱面罩群飛。風光錯綜天經緯，草木文章帝杼機。願染朝霞成五色，爲君王補坐朝衣。」

從以上資料來看，高麗中期的詩人已經把《山谷集》納入了自己的閱讀視野。他們能運用《山谷集》中的詩題來命名自己的住所，還喜歡次韻《山谷集》中的詩，可見《山谷集》是深受他們喜歡的一部詩集。

詩學上歷來蘇、黃並稱，且也正是蘇軾、黃庭堅，以及王安石等人將宋詩推向了高峰。他們都追求詩歌的技巧、法度和才學，在唐詩之外，開闢了一個新的境界，這就是高麗詩人渴望學習的宋詩。但是，黃庭堅和蘇軾對高麗漢詩的影響還是有點不一樣。高麗

〔註274〕 《圓齋先生文稿》卷中，《韓國文集叢刊》第五冊，204頁。
〔註275〕 《東文選》卷六十五。
〔註276〕 《補閑集》卷中，《域外詩話珍本叢書》第八冊，126頁。

詩人是把蘇軾當做偶像一樣看待的，蘇軾本人也成為高麗漢詩中經常被吟誦的對象，而蘇軾的詩則被高麗詩人當做「文化」的寶藏，其典故、語言、立意、意象、風格等都成為高麗詩人去竭力模仿、學習和借鑒的對象。他們也許永遠也無法寫出像蘇軾一樣的詩，因為「東坡體」的「天成」境界即使是中國詩人也是難以企及的。〔註277〕但是，他們卻可以從蘇軾那裡汲取養料，融入到自己的詩歌創作中。而黃庭堅卻不一樣，高麗詩人其實很少在詩中吟誦他，也很少在他的詩中尋找「素材」，但黃庭堅的作詩方法，也就是以「庭堅體」命名的詩法，卻給予他們以極大的影響。這種詩法其實就是代表著宋詩特色的江西詩法。〔註278〕

2、對「庭堅體」之接受

如上節所講，在高麗，只出現過兩個以宋代詩人名字命名的「詩體」：一個是「東坡體」，另一個便是「庭堅體」。「庭堅體」語出李奎報《回安處士置民詩卷，在軍幕作》一詩：

> 詩高全勝庭堅體，文贍猶存子厚風。但恨未成華國手，
草間呼叫學秋蟲。〔註279〕

此詩上聯以黃庭堅和柳宗元來作為參照，讚美安處士詩作水平之高。值得注意的是，以「子厚風」來描述「文贍」是指其文章多「怨刺」的儒家現實主義風格，也就是指其思想內容而言。而與之相對的「庭堅體」，則顯然是就其詩作的形式方面的特徵而言了。也就是說，從一開始，高麗詩人所關注的「庭堅體」就是著重於其形式上的特徵。

黃詩自成一體，這是毫無疑問的。嚴羽《滄浪詩話・詩體》云：

〔註277〕　王水照主編《宋代文學通論》，河南大學出版社，1997 年，第 92 頁。
〔註278〕　王水照主編《宋代詩學通論》第 120 頁：「從初創到衰退，江西詩派歷時二百餘年，幾經變化修正，但是黃庭堅所開創的詩法卻沒有改變，求新求變的精神沒有改變，基本的審美理想保持了一致性，新變派、王、蘇、黃以來的『宋人習氣』也一直延續下來，江西詩派因此被看做是宋詩的代表。」
〔註279〕　《東國李相國全集》卷十二，《韓國文集叢刊》第一冊，416 頁。

「以人而論，則有⋯⋯東坡體、山谷體。」但最早提出「黃庭堅體」（亦稱「山谷體」或「黃魯直體」）的是蘇軾。元祐二年（1087），蘇軾作《送楊孟容》詩，王十朋注中引趙次公語曰：「先生自謂效黃魯直體」。〔註280〕後來黃庭堅次韻此詩，題爲《子瞻詩句妙一世，乃云效庭堅體，蓋退之戲效孟效、樊宗師之比，以文滑稽耳。恐後生不解，故次韻道之》。由這些因素可以判斷，「庭堅體」在元祐初之前就已經形成了。〔註281〕

從《送楊孟容》這首詩，我們大致可以看出蘇軾心目中的「庭堅體」是怎樣的。蘇詩云：「我家峨眉陰，與子同一邦。相望六十里，共飲玻璃江。江山不違人，遍滿千家窗。但苦窗中人，寸心不自降。子歸治小國，洪鐘噎微撞。我留侍玉座，弱步欹豐扛。後生多高才，名與黃童雙。不肯入州府，故人餘老龐。殷勤與問訊，愛惜霜眉龐。何以待我歸，寒醅發春缸。」

這首詩「以窄韻見長」，〔註282〕用了平聲韻中字最少的「江」韻，頗有難度。此外，此詩句法生硬（如「寸心不自降」、「弱步欹豐扛」等），音節拗健，想像奇特不凡，可見這些就是蘇軾心目中「庭堅體」的特徵。應該說，「庭堅體」最讓人驚異處還是在其形式上，這也是李奎報所感受到的。

宋人對「庭堅體」有各種描述，如陳岩肖云：「清新奇峭，頗造前人未嘗道處，自爲一家。」〔註283〕嚴羽《滄浪詩話・詩辨》云：「用工尤爲深刻。」〔註284〕劉克莊《江西詩派小序》云：「會萃百家句律之長，究極歷代體制之變，搜獵奇書，穿穴異聞，作爲古律，自成一

〔註280〕《集注分類東坡先生詩》卷二十一，《四部叢刊》王十朋百家注本。
〔註281〕莫礪鋒《論黃庭堅詩歌創作的三個階段》，《文學遺產》，1995年第3期。
〔註282〕〔清〕紀昀評《蘇文忠公詩集》卷二十八，道光十四年刊本。
〔註283〕《庚溪詩話》卷下，丁福保《歷代詩話續編》，中華書局，1983年，第182頁。
〔註284〕《歷代詩話》，688頁。

家，雖隻字半句不輕出。」〔註285〕這些評論側重點各不一樣，但是對黃庭堅詩歌風格的把握還是相當準確的，也與蘇軾的認識相當接近。具體一點來說，「庭堅體」在章法、句法、字法上都有獨特的追求，此外，在用事和聲律上也很有新意。

從章法上來看，黃詩不論長短，往往都包含多層次的意思，章法迴旋曲折，絕不平鋪直敘，正如黃庭堅所云：「作詩正如作雜劇，初時布置，臨了須打諢，方是出場。」〔註286〕意即在必要的地方來一個出乎讀者意料之外的轉折，以意脈的突然斷裂而產生藝術張力。如《和陳君儀讀太真外傳五首》其一：「朝廷無事君臣樂，花柳多情殿閣春。不覺胡雛心暗動，綺羅翻作墜樓人。」〔註287〕前兩句渲染一派承平宴樂，春景和煦的氣象，後兩句以「不覺」二字反提，氣氛驟變，情勢急轉直下。上下句的意思相去很遠，讀來有奇崛之感。

從句法、字法上來看，黃詩善於出奇制勝，廣泛嘗試前人各種常用和少用的句法，從而創造出自己的特點。講究務去陳言，力撰硬語，鍊字造句，點鐵成金，刻意以奇異求生新。楊萬里《誠齋詩話》曾舉過一個例子：「『兒呼不蘇驢失腳，猶恐醒來有新作』，此山谷詩體也。」〔註288〕楊萬里所舉黃詩語言確實顯得很新穎，與一般圓熟的詩歌語言絕不一樣。又如，黃詩用「煎成車聲繞羊腸」來形容煎茶的聲音〔註289〕，以「程英杵臼立孤難，伯夷叔齊采薇瘦」等古代志士仁人來比喻竹子的高風亮節，大都比喻新奇，醒人耳目。〔註290〕

黃詩還有聲律奇峭的特點，詩中多用拗體句。所謂「拗句」主要

〔註285〕　《歷代詩話續編》，第 478 頁。
〔註286〕　《王直方詩話》第三十一條，郭紹虞《宋詩話輯佚》，中華書局 1980 年，第 14 頁。
〔註287〕　《宋黃文節公全集》外集卷第十一，第 1148 頁。
〔註288〕　《歷代詩話續編》，137 頁。
〔註289〕　《宋黃文節公全集》正集卷第四《以小團龍及半挺贈無咎並詩用前韻爲戲》，第 93 頁。
〔註290〕　《宋黃文節公全集》正集卷第五《寄題榮州祖元大師此君軒》，第 111 頁。

是將律詩中的句式和平仄加以改變，要麼通過句式秩序的變更使文氣反常，要麼改變一句和一聯的平仄造成音調的突兀，有意造成一種打破平衡和諧的效果，給人以奇峭倔強的感覺。如《題竹石牧牛並引》：「石吾甚愛之，勿遣牛礪角。牛礪角尚可，牛斗殘我竹。」〔註 291〕其中一、三兩句變更五言詩句式的正格而使文氣崛奇。又如《次韻裴仲謀同年》：「舞陽去葉才百里，賤子與公皆少年。」「百」應平而仄，「皆」應仄而平，這樣讓人覺得音節傲峭。〔註 292〕

總的來說，「庭堅體」以矯健奇峭、奇崛生硬的特點有別於唐詩的流轉圓美，形成了鮮明的特點，體現了宋詩的獨特審美風貌。

二、「庭堅體」與高麗詩學之宋詩化

黃庭堅的詩作，講究字斟句酌，法度井然，便於他人傚仿，他的詩論也有的放矢，有法可依。因而，黃庭堅的詩學觀點及「庭堅體」的最大意義就在於為高麗詩人指明了一條學詩的路徑，讓他們知道該如何創作出具有宋詩特色的詩歌。

1、點鐵成金，奪胎換骨

「點鐵成金，奪胎換骨」是黃庭堅最知名的詩學觀點，他在《答洪駒父書》中說：「古之能為文章者，真能陶冶萬物，雖取古人之陳言入於翰墨，如靈丹一粒，點鐵成金也。」〔註 293〕「點鐵成金」，重點指在語言上將前人作品中的「鐵」點化成自己詩中的「金」，化腐朽為神奇。

此後，惠洪《冷齋夜話》卷一引黃庭堅語，對「奪胎換骨」做了詳細解釋：「詩意無窮，而人之才有限，以有限之才，追無窮之意，雖淵明、少陵不得工也。然不易其意而造其語，謂之換骨法；窺入其

〔註 291〕　《宋黃文節公全集》正集卷第二，第 35 頁。
〔註 292〕　參閱袁行霈主編《中國文學史》（第三卷），高等教育出版社，1999年，第 90 頁。
〔註 293〕　《宋黃文節公全集》正集卷第十八，第 475 頁。

意而形容之，謂之奪胎法。」

　　黃庭堅的「點鐵成金，奪胎換骨」，實際就是或師承前人之辭、或師承前人之意，加以變化形容，推陳出新，目的是要在詩歌創作中「以俗爲雅，以故爲新」。故王運熙、顧易生主編的《中國文學批評史》云：「他的所謂『點鐵成金』是取古人之詞，加以點化。『奪胎換骨』是取古人之意，加以形容。」〔註294〕

　　從學詩者的角度來說，黃庭堅爲他們提供了一種切實可用的方法，尤其對高麗學詩者而言，這個方法也許更爲實用，因爲，他們是在用第二語言進行詩歌創作。蘇軾詩歌的天然渾成讓他們無法眞正掌握其精髓，但黃庭堅的詩法卻讓他們能輕易地進入宋詩的領地。

　　關於「奪胎換骨」，在高麗中期，便已經成爲詩學討論的熱點。李仁老在《破閒集》首先引用了惠洪《冷齋夜話》中的有關文字：

　　　　昔山谷論詩，以謂不易古人之意，而造其語，謂之換
　　骨。規模古人之意，而形容之，謂之奪胎。此雖與夫活剝
　　生吞者，相去如天淵，然未免剽掠潛竊以爲之工，豈所謂
　　出新意於古人所不到者之爲妙哉。〔註295〕

在這段話中，李仁老關於「奪胎換骨」的描述與惠洪完全一模一樣。只是，李仁老不僅引用了其文字，還在此基礎上加了一點自己個人的理解。他以爲，「奪胎換骨」與「生吞活剝」完全是兩個概念，但是在實際創作中，很多詩人卻依然免不了「剽竊潛掠」別人的作品以爲己有，眞正的「奪胎換骨」應該是在前人的基礎上創出新意。李仁老的認識可謂異常深刻，他清楚地意識到了「奪胎換骨」法的重大弊端。從這方面來說，他要比惠洪只是單純抄錄黃庭堅的詩學理論顯得更有見地。

　　之後的崔滋在《補閒集》中有這麼一段話，他說：「學者讀經史

〔註294〕　《中國文學批語史》（中冊），復旦大學中文系古典文學教研組，上
　　　　海古籍出版社，1981年，第79頁。
〔註295〕　《破閒集》卷下，《域外詩話珍本叢書》第八冊，43頁。

百家，非得意傳道而止，將以習其語效其體，重於心熟於工，及賦詠之際，心與口相應，發言成章，故動無生澀之辭，其不襲古人，而出自新警者，唯構意設文耳。」〔註296〕

　　崔滋以為，學習寫詩的人閱讀「經史百家」等古人作品的目的並非是要鑽研其微言大義，並進而傳其道、授其業，其真正的意圖是要學習其語言，倣仿其題材。所以，學詩者把「經史百家」熟讀於口、揣摩於胸後，在寫作中便會左右逢源，寫出生動的文字。而這些文字若要做到不抄襲古人，便需要在「構意設文」上有所創新。崔滋此段文字的意思實際上就是「取古人之詞，加以點化；取古人之意，加以形容」，與「奪胎換骨」完全是一個意思。

　　黃庭堅的「奪胎換骨」理論給了高麗詩人一個學習漢詩的絕佳方法，在實際創作中被廣泛運用，在高麗的詩話著作中便記載了很多「奪胎換骨」的事例。比如《補閑集》卷上載：

　　　　河直講千旦誦白雲子吳廷碩遊八嶺山詩：「水長山影遠，林茂鳥啼深。倦僕莫鞭馬，徐行得久吟」。因曰：「『林茂鳥啼深』之句最為絕唱。」予曰：「此詩遣意閑遠，連吟四句而後得嘉味，何獨一句為絕。如『林茂鳥啼深』之句，是剝杜子美『隔竹鳥聲深』也。以『林茂』之言，比『隔竹』之語，若涇渭然，清濁自分。」〔註297〕

「隔竹鳥聲深」乃是白居易《早行林下》中詩句，《補閑集》說是杜甫，當是語誤。〔註298〕吳廷碩《遊八嶺山》詩中「林茂鳥啼深」之句，顯然是點化了白居易的「隔竹鳥聲深」之意。崔滋在評價此句時，用了一個「剝」字，既點出其「奪胎換骨」之手法，又暗含批評之意，說明其點化得依然不夠巧妙。

〔註296〕《補閑集》卷中，《域外詩話珍本叢書》第八冊，126頁。
〔註297〕《補閑集》卷上，《域外詩話珍本叢書》第八冊，83頁。
〔註298〕《全唐詩》卷四四三《早行林下》（白居易）：「披衣未冠櫛，晨起入前林。宿露殘花氣，朝光新葉陰。傍松人迹少，隔竹鳥聲深。閑倚小橋立，傾頭時一吟。」

　　崔滋其實對「奪胎換骨」是有著很高的要求的，只是借用語言，且一眼即能看出的在他眼裏不是「剝」，便是「盜」。如「崔狀元基靜《四時詞》云『侵雪還萱草，占霜有麥花』，白拈草堂語；吳先生世才《自敘》云『丘壑孤忠赤，才名兩鬢華』，暗竊草堂格。」〔註299〕又如惠文禪師《天壽寺》詩中有一句云：「路長門外人南北，松老岩邊月古今。」崔滋認爲「松老岩邊月古今」很明顯是盜用了鄭知常《開聖寺八尺房》詩中「石頭松老一片月」句，〔註300〕而且認爲這是「宿盜」。〔註301〕雖認爲其盜用得還算巧妙，讓人難以察覺，但是始終未能脫離剝竊的痕迹。再如陳澕《歸正寺壁題》云：「晨鐘雲外濕，午梵日邊乾。」這顯然是用了杜甫「晨鐘雲外濕，勝地石堂煙」之句。〔註302〕但是，陳澕「點化」並不成功，如崔滋所評：「於晨鐘言濕可警，於梵言乾疏矣。」〔註303〕

　　高麗詩中亦有點化不錯的例子。如李仁老《宋迪八景圖》詩（亦稱《瀟湘八景詩》）之《洞庭秋月》云：「雲端皪皪黃金餅，霜後溶溶碧玉濤。欲識夜深風露重，倚船漁父一肩高。」〔註304〕其開頭兩句本自蘇舜欽《中秋新橋對月》中「雲頭灩灩開金餅，水面沉沉臥彩虹」之句。徐居正認爲李仁老詩句是「點化自佳」。〔註305〕崔斯立（生活於13世紀末至14世紀初）《待人》詩曰：「天壽門前柳絮飛，一壺來待故人歸。眼穿落日長程晚，多少行人近卻非。」〔註306〕李晬光認爲最後一句「多少行人近卻非」乃是韓愈《早春呈水部張十八員外》

〔註299〕　《補閒集》卷下，《域外詩話珍本叢書》第八冊，138 頁。
〔註300〕　《東文選》卷十二《開聖寺八尺房》：「百步九折登巉屼，家在半空唯數間。靈泉澄清寒水落，古壁暗淡蒼苔斑。石頭松老一片月，天末雲低千點山。紅塵萬事不可到，幽人獨得長年閒。」
〔註301〕　《補閒集》卷下。見《域外詩話珍本叢書》第八冊，151 頁。
〔註302〕　《全唐詩》卷二二九《船下夔州郭宿，雨濕不得上岸，別王十二判官》。
〔註303〕　《補閒集》卷下，《域外詩話珍本叢書》第八冊，139 頁。
〔註304〕　《東文選》卷二十。
〔註305〕　《東人詩話》卷上。見《域外詩話珍本叢書》第八冊，183 頁。
〔註306〕　《東文選》卷二十。

詩中「草色遙看近卻無」之意，點化「亦佳」。〔註307〕

　　又如陳澕《梅湖遺稿》有《詠柳》詩，其詩曰：「鳳城西畔萬條金，勾引春秋作暝陰。無限光風吹不斷，惹煙和雨到秋深。」這首詩顯然是受到了李商隱《柳》詩的啓發，李商隱《柳》詩云：「曾逐東風拂舞筵，樂遊春苑斷腸天。如何肯到清秋日，已帶斜陽又帶蟬。」〔註308〕一般認為，李商隱此詩是自感身世之作。詩人以柳自喻，蓋豔陽天氣，柳條在東風中吹拂於舞筵之上，自是春風得意之態。但是一入清秋，枝殘葉落，殘蟬哀鳴，餘暉落日，光景頓殊。同時，此詩亦可解為諷刺世俗之作。柳比喻小人，得意時輕佻狂放，「逐東風」、「拂舞筵」正寫其向富貴顯達之家殷勤獻媚之狀。及一入清秋，柳亦無異於到了末日。在它身上，除了落照餘光，只有寒蟬淒咽，其衰殘冷落是可想而知的。正如小人失勢，潦倒頹唐，只剩下一片淒涼蕭瑟。〔註309〕陳澕《詠柳》詩中的詩意與李商隱詩很相似，所以李齊賢《櫟翁稗說》認為此詩正是模擬李詩而作。從「奪胎換骨」角度來講，此詩可以說是很有代表性的，詩「意」來自古人，而陳澕只是「加以形容」而已。但是「奪胎換骨」的弊端也在此顯現出來了，那就是缺乏一定的創新。〔註310〕

　　善於點化的還有月庵長老（生卒年不詳），李齊賢說他「為詩多點化古人語」。〔註311〕如「南來水谷還思母，北到松京更憶君。七驛兩江鱸子小，卻嫌行李不如雲」，便是點化自王安石《將母》詩「將母邗溝上，留家白紵陰。月明聞杜宇，南北總關心」。〔註312〕而「白岳山前柳，安和寺裏裁。春風多事在，嫋嫋又吹來」一詩，則是來自唐代楊巨源《折楊柳》詩意：「水邊楊柳麴塵絲，立馬煩君折一枝。惟有春

〔註307〕　《芝峰類說》卷九・文章部・詩評。

〔註308〕　《全唐詩》卷五三九。

〔註309〕　吳小如《說李商隱〈柳〉》，《古典文學知識》，1994年第3期。

〔註310〕　《櫟翁稗說》後集二：「陳蓋擬此而作。山谷有言：『隨人作計終後人，自成一家乃逼眞』，信哉。」

〔註311〕　李齊賢《櫟翁稗說》後集二。

〔註312〕　《臨川先生文集》卷二十六，中華書局，1959年，第303頁。

風最相惜，殷勤更向手中吹。」〔註313〕點化確實比較自然高妙。

　　而李齊賢本身也是善於點化古人詩句之人。其《山中雪夜》詩曰：「紙被生寒佛燈暗，沙彌一夜不鳴鐘。應嗔宿客開門早，要看庵前雪壓松。」〔註314〕崔瀣對此詩評價甚高，認爲李齊賢「平生詩法，盡在此詩」。〔註315〕然而，此詩既化用杜甫「犬迎曾宿客」之語，〔註316〕又奪李商隱「爐煙消盡寒燈晦，童子開門雪滿松」之意。〔註317〕但是，李齊賢點化非常之好，所以李晬光認爲這首詩「語尤佳絕，謂之青出於藍可也。」〔註318〕

　　「奪胎換骨」追求的最高境界是雖用古人語意，但是卻讓人看不出來。金克己（約生活於 12 世紀末至 13 世紀初）《醉時歌》云：「釣必連海上之六鼇，射必落日中之九鳥。六鼇動兮魚龍震蕩，九鳥出兮草木焦枯。男兒要自立奇節，弱羽纖鱗安足誅。」〔註319〕徐居正認爲此詩詩意本於杜甫「射人先射馬，擒賊先擒王」〔註320〕，其詩語言本於黃庭堅《送王郎》：「酌君以蒲城桑落之酒，泛君以湘累秋菊之英。贈君以黟川點漆之墨，送君以陽關墮淚之聲。酒澆胸次之磊塊，菊制短世之頹齡。」〔註321〕對於這樣的點化，徐居正《東人詩話》給予了極高的評價，他說：「雖用二家詞意，渾然無

〔註313〕　《全唐詩》卷三百三十三。

〔註314〕　《益齋亂稿》卷三，《韓國文集叢刊》第二冊，528 頁。

〔註315〕　《東人詩話》卷下：「益齋《山中雪夜》詩……能寫出山家雪夜奇趣，讀之令人沆瀣生牙頰間。崔拙翁嘗曰：『益老平生詩法，盡在此詩。』」《域外詩話珍本叢書》第八冊，223 頁。

〔註316〕　《全唐詩》卷二百二十四《重過何氏五首》：「山雨尊仍在，沙沈榻未移。犬迎曾宿客，鴉護落巢兒。雲薄翠微寺，天清黃子陂。向來幽興極，步屧過東籬。」

〔註317〕　《全唐詩》卷五百四十《憶住一師》：「無事經年別遠公，帝城鐘曉憶西峰。爐煙消盡寒燈晦，童子開門雪滿松。」

〔註318〕　《芝峰類說》卷九·文章部二·詩評。

〔註319〕　《東文選》卷六。

〔註320〕　《全唐詩》卷十八《橫吹曲辭·前出塞九首》。

〔註321〕　《宋黃文節公全集》正集卷第四，第 85 頁。

斧鑿痕迹，眞竊狐白裘手。」〔註322〕

又如李混（1252～1312）《浮碧樓》詩云：「永明寺中僧不見，永明寺前江自流。山空孤塔立庭際，人斷小舟橫渡頭。長天去鳥欲何向，大野東風吹不休。往事微茫問無處，淡煙斜日使人愁。」此詩第一、二句本於李白「鳳凰臺上鳳凰遊，鳳去臺空江自流」；第四句本自韋應物「野渡無人舟自橫」；第五、六句則來自陳師道「度鳥欲何向，奔雲亦自閒」；〔註323〕第七、八句又是本自李白《登金陵鳳凰臺》「總爲浮雲能蔽日，長安不見使人愁」之句。此詩確實是「句句皆有來處，妝點自妙，格律自然森嚴」。〔註324〕

再如鄭樞《讀唐中宗紀》云：「由來哲婦敗嘉謨，誥讟盟言淺丈夫。地下若逢韋處士，帝心還愧點籌無。」〔註325〕詩語用了李商隱《隋宮》：「地下若逢陳後主，不宜重問後庭花」之句〔註326〕。徐居正以爲此詩「點化自妙，眞得換骨法」。〔註327〕

從上面這些例子中可以看出，高麗詩人對黃庭堅「點鐵成金，奪胎換骨」法是實踐頗多，且深有收穫。在高麗，黃庭堅或許沒有取得像蘇軾一樣的聲名，但是，他的詩法理論卻對高麗詩學有著深遠的影響。高麗末期，詩人李穡便對黃庭堅的「奪胎換骨」情有獨鍾。在《雪梅軒小賦，爲日本釋允中庵作號息牧叟》中，他就有「爾乃謝語奪胎，宋句換骨。二賦流傳，千載超忽」之語，用來稱讚日本僧人的作品。〔註328〕在他的詩作中，他更有多處提及「奪胎換骨」，可以看出在其漢詩創作中發揮了重要的作用。如《醉中自詠》云：「駘蕩春光千萬里，龍鍾客興雨三杯。何須駕鶴揚州去，忽得新詩自奪胎。」〔註329〕

〔註322〕 《東人詩話》卷上，《域外詩話珍本叢書》第八冊，181頁。
〔註323〕 《陳後山集》卷三《登快哉亭》。
〔註324〕 《東人詩話》卷上，《域外詩話珍本叢書》第八冊，187頁。
〔註325〕 《圓齋先生文稿》卷上，《韓國文集叢刊》第五冊，186頁。
〔註326〕 《全唐詩》卷五百三十九。
〔註327〕 《東人詩話》卷下，《域外詩話珍本叢書》第八冊，233頁。
〔註328〕 《牧隱詩稿》卷一。見《韓國文集叢刊》第三冊，520頁。
〔註329〕 《牧隱詩稿》卷七，《韓國文集叢刊》第四冊，49頁。

又如《雨》詩云：「小雨濛濛止又來，群花爛熳錦成堆。欲登高合將遊目，便得新詩已奪胎。春色滿天收不盡，年光逐水挽難回。曉看紅濕思工部，剩馥遺芳遍八垓。」〔註330〕再如《賞蓮坐久，兒子輩取米城中設食。午後雨映東西山而不至坐上，甚可樂也。僮僕猶懼其或至也，邀入寺中，飲啖夜歸，代蓮花語作》云：「如今流入詩家中，奪胎換骨爭天工。白雨遠映東西山，婆娑老牧遊其間。華藏世界更何處，一味清淨身心閒。」〔註331〕而有時候，他也會因為找不到「奪胎換骨」的靈感而痛苦，如《有感》云：「詩眼□□我最低，□□叢錄使人迷。鹿繪錦繡豈容雜，美玉砆砆元不齊。自恨奪胎乏丹藥，誰能刮膜用金鑼。從今只願參風雅，又恐王風不復西。」〔註332〕

　　總的來說，「奪胎換骨」已經成為黃庭堅對高麗詩學最為重要的影響內容了。

2、隨人作計終後人

　　黃庭堅「點鐵成金、奪胎換骨」本意在於推陳出新，化腐朽為神奇，代表著宋代「求新求變」的風氣。中國古詩發展到唐代已至極盛，無論是立意、遣詞、隸事、音律方面，都達到了極高的水平。在「世間好語言，已被老杜道盡；世間俗語言，已被樂天道盡」〔註333〕的情形下，宋代詩人唯有創新，才能走出自己的一條路。所以，宋代詩人，普遍不願意依靠前人門戶，而力圖另闢新徑。歐陽修率先提出「意新語工」說〔註334〕，在與梅堯臣書信中，他就不滿意當時人作白兔詩「皆以常娥月宮為說」的現象〔註335〕。蘇軾是最喜歡創新的人，他在寫《聚星堂雪》詩時便學習歐陽修，要「禁體物語」〔註336〕。

〔註330〕　《牧隱詩稿》卷三十一，同上，452頁。

〔註331〕　《牧隱詩稿》卷十八，同上，216頁。

〔註332〕　《牧隱詩稿》卷二十二，同上，302頁。

〔註333〕　《陳輔之詩話》引王安石語，《宋詩話輯佚》第291頁。

〔註334〕　《六一詩話》，《歷代詩話》267頁。

〔註335〕　《與梅聖俞》，《歐陽修全集》第1290頁。

〔註336〕　《蘇軾詩集》卷三十四，第1813頁。

范溫《潛溪詩眼》說：「老坡作文，工於命意，必超然獨立於眾人之上。」〔註337〕俞德鄰《佩韋齋輯聞》卷三又記宋祁之言曰：「為文之要，意不貴異而貴新，事不貴僻而貴當，語不貴古而貴淳，字不貴怪而貴奇。」〔註338〕皆可以看出當時詩人爭新出奇的風氣。

　　黃庭堅也同樣是堅持新變。他在《與秦少章觀書》中說：「庭堅心醉於《詩》與《楚辭》，似若有得，然終在古人後。」〔註339〕他告誡後人切不可「守繩墨，令儉陋」。〔註340〕他還認為「文章最忌隨人後」〔註341〕，並常以「隨人作計終後人‧自成一家始逼真」〔註342〕等勉勵學詩者既要學古，又千萬不要泥古，應該在學古的基礎上自出機抒，變古創新，這樣自然聲出眾上，不同凡響。正是在這樣求新變的思想下，黃庭堅提出了一些變古創新的辦法。其中，影響最大的就是「點鐵成金」、「奪胎換骨」。

　　所以，黃庭堅「點鐵成金、奪胎換骨」既是他創新的目的，也是他創新的手段。然而，讓他始料未及的是，這樣的詩法最大的弊病就在於容易陷入模擬抄襲的境地。皎然《詩式》云：「偷語最為鈍賊。如漢定律令，厥罪必書，不應為。……其次偷意，事雖可罔，情不可原。……其次偷勢，才巧意精，若無朕迹，蓋詩人偷狐白裘於闇域中之手。」〔註343〕宋人吳曾在《能改齋漫錄》中便指責「奪胎換骨」說就是皎然「三偷」說的翻版。〔註344〕金代王若虛云：「魯直論詩，有『奪胎換骨、點鐵成金』之喻，世以為名言。以予觀之，特剽竊之黠者耳。」〔註345〕

〔註337〕　《宋詩話輯佚》，第333頁。
〔註338〕　《四庫全書》第八六五冊，第597頁。
〔註339〕　《宋黃文節公全集》正集卷十九，第483頁。
〔註340〕　《答洪駒父書》，見《宋黃文節公全集》正集卷十八，第475頁。
〔註341〕　《贈謝敞王博喻》《宋黃文節公全集》外集卷十八，第1304頁。
〔註342〕　《以右軍書數種贈丘十四》，《宋黃文節公全集》外集卷十六，第1249頁。
〔註343〕　《歷代詩話》，第34頁。
〔註344〕　《能改齋漫錄》卷十，上海古籍出版社，1979年，296頁。
〔註345〕　《滹南詩話》卷三，見《歷代詩話續編》第523頁。

清人馮班《鈍吟雜錄》則斥之爲「謬說」，認爲此乃是「向古人集中作賊耳！」〔註346〕這些批評的語言雖然可能有點極端，但是，確實道出了黃庭堅詩法容易遭人詬病處。

　　對高麗漢詩創作來說，在其接受「點鐵成金、奪胎換骨」這一詩法時，便很容易陷入模擬抄襲的境地。因此，如何避免抄襲，力爭創出新意，同樣也是高麗詩人關注的重點。前面提到，李仁老在介紹「奪胎換骨」法時，即已經擔心作者「未免剽掠潛竊以爲之工」，可見高麗眞正的詩學大家是很清楚其弊端的。即使是詩學大家本身，在「點鐵成金、奪胎換骨」的過程中，也難免會有所抄襲。

　　崔滋在談論創作中如何對待古人之語的問題時說：「今觀眉叟詩，或有七字五字從東坡集來；觀文順公詩，無四五字奪東坡語，其豪邁之氣、富贍之體，直與東坡吻合。世以椿之文得古人體，觀其文皆攘取古人語，咸至連數十字綴之以爲己辭，此非得其體，奪其語。」〔註347〕在崔滋所列舉的高麗中期幾位詩學大家中，李仁老、林椿都是「奪人語」，甚至直接「攘取古人語」，因而也不可避免地陷入了「抄襲」的尷尬境地。唯有李奎報不奪其語，而效其氣，顯然更高一籌，算是所謂「竊狐白裘手」。但是，李奎報也並非一直能做到這樣，稍不留神，他也會犯同樣的毛病。《東人詩話》卷上云：「詩不蹈襲，古人所難。李文順平生自謂擺落陳腐，自出機杼，如犯古語，死且避之。然有句云：『黃稻日肥雞鶩喜，碧梧秋老鳳凰愁』，用少陵『紅稻啄餘鸚鵡粒，碧梧棲老鳳凰枝』之句。又云：『洞府徵歌調玉案，教坊選妓醉仙桃』，用太白『選妓隨雕輦，徵歌出洞房』之句。又云：『春暖鳥聲碎，日斜人影長』，用唐人『風暖鳥聲碎，日高花影重』之句。以李高才尙如是，況不及李者乎？」〔註348〕這說明即使如李奎報這樣曾自誇「吾不襲古人語，創出新

〔註346〕　《鈍吟雜錄》卷四，《四庫全書》886 冊，542 頁。
〔註347〕　《補閒集》卷中，《域外詩話珍本叢書》第八冊，107 頁。
〔註348〕　《東人詩話》卷上，《域外詩話珍本叢書》第八冊，189 頁。

意」詩人〔註349〕，亦難以擺脫蹈襲古人語的現象。

從高麗漢詩創作的實際來看，真正能做到完全不蹈襲古人語少之又少，宋代詩人都無法真正做到，遑論高麗詩人。但是，高麗詩人與宋人一樣，在努力擺脫抄襲的現象，想方設法創出新意，創新成為高麗詩學中的一個熱點話題。《補閒集》中對創出新意者，總是讚賞有加，如：

今之詩人評曰：……金貞肅公仁鏡，凡使字必欲清新，故每出一篇，動驚時俗。李文順公奎報，氣壯辭雄，創意新奇。（《補閒集》卷中）

公（李奎報）自妙齡走筆，皆創出新意。（同上）

貞肅公亦言四時，尚有新意。（同上）

李學士奇辭妙意，專用南華篇；文順公出自新趣。（同上）

古今多以美女比花，文烈公用美人事，意雖精當，事則芻狗，眉叟用龍陽事，此詩家意外之喻，最警。（同上）

文順公《梨花》云：……文順公率不用事，蓋尚新意耳。（同上）

夫意雖雄深，已陳則常也。雖淺近，新鑿則可警。（同上）

近得李學士春卿詩稿見之，警覺新意頗多。（同上）

文順公《蟬》云……言簡意新。（同上）

眉叟用事，必以辭語清新。（同上）

文順公曰：吾不襲古人語，創出新意。……文順公遍閱經史百家，薰芳染彩，故其辭自然富豔，雖新意至微難狀處，曲盡其言，而皆精熟。（同上）

而李奎報在《答全履之論文書》中也曾對創出新意發出過振聾發聵之

〔註349〕《補閒集》卷中，《域外詩話珍本叢書》第八冊，126頁。

言，他說：

> 就此繩檢中，莫不欲創新意臻妙極，而若攘取古人已
> 道之語，則有許底功夫耶。請以聲律以來，近古詩人言之，
> 有若唐之陳子昂，李白、杜甫、李翰、李邕、楊、王、盧、
> 駱之輩，莫不汪洋閎肆，傾河淮倒瀛海，騁其豪猛者也。
> 未聞有一人效其前輩某人之體，刲剝其骨髓者。其後又有
> 韓愈、皇甫湜、李翱、李觀、呂溫、盧同、張籍、孟郊、
> 劉、柳、元、白之輩，聯鑣並轡，馳驟一時，高視千古，
> 亦未聞效陳子昂、若李杜楊王而屠割其膚肉者。至宋又有
> 王安石、司馬光、歐陽修、蘇子美、梅聖俞、黃魯直、蘇
> 子瞻兄弟之輩，亦無不撐雷裂月，震耀一代。其效韓氏、
> 皇甫氏乎？效劉柳元白乎？吾未見其刲剝屠割之迹也。然
> 各成一家，梨橘異味，無有不可于口者。夫編集之漸增，
> 蓋欲有補於後學，若皆相襲，是沓本也，徒耗費楮墨爲耳。
> 吾子所以貴新意者，蓋此也。〔註350〕

李奎報列舉了唐代至宋代的幾十位知名詩人，指出這些詩人之所以偉大，就在於他們能夠不模擬抄襲古人，而做到創出新意，「各成一家」。

　　李奎報還提出了創出新意的途徑，他說：

> 凡效古人之體者，必先習讀其詩，然後效而能至也。
> 否則，剽掠猶難。譬之盜者，先窺諜富人之家，習熟其門
> 戶牆籬，然後善入其室，奪人所有爲己之有，而使人不知
> 也。不爾，未及探囊胠篋，必見捕捉矣，財可奪乎？〔註351〕

在這裡，李奎報強調學習古人關鍵是「效」，所謂「效」就是學習模仿，但是，「效」絕不是剽竊掠奪，而是要「奪人所有爲己之有，而使人不知也」。如何才能做到這一點呢？那就是要先熟讀其書，「習熟

〔註350〕《東國李相國文集》卷二十六。

〔註351〕《東國李相國文集》卷二十六《答全履之論文書》，《韓國文集叢刊》第一冊，557頁。

其門戶牆籬」，然後才能做到「爲己之有」，這其實也正是黃庭堅「奪胎換骨」之說的路徑。

李奎報還提出了作詩的「九不宜體」：「一篇內多用古人之名，是載鬼盈車體也。攘取古人之意，善盜猶不可，盜亦不善，是拙盜易擒體也。押強韻無根據處，是挽弩不勝體也。不揆其才，押韻過差，是飲酒過量體也。好用險字，使人易惑，是設坑導盲體也。語未順而勉引用之，是強人從己體也。多用常語，是村父會談體也。好犯語忌，是淩犯尊貴體也。詞荒不刪，是莨莠滿田體也。能免此不宜體格，而後可與言詩矣。」〔註352〕「九不宜體」中第二和第七體都與創新有關。

李奎報之詩確實都是在盡力創出新意。比如其《明皇念奴》云：「帝意方專眷玉環，尙知嬌豔念奴顏。若均寵幸分人謗，老羯何名敢作難。」崔滋以爲，「雖使古人幸出此新意，其立語殆不能至此工也。」〔註353〕李奎報還在《詠雪》詩中以自己的切身體會表達了創出新意的艱難：「今古形容語已陳，欲裁新意倒前人。豈知爾反令心苦，不入詩來入鬢新。」〔註354〕

高麗末期詩人李齊賢也以黃庭堅「隨人作計終後人，自成一家乃逼眞」之語，告誡模擬蘇黃詩的人們不要以蹈襲爲能事，如果詩家不「自成一家」是沒有出路的。〔註355〕他以詩人李湛爲例，批評他過於模仿黃庭堅詩而導致失敗的結果。他說：「先君閱《山谷集》，因言昔在江都，有先達李湛者爲詩，爲詩詞嚴而意新，用事險僻，與當時所尙背馳，故卒不顯。蓋學涪翁，而酷似之者也。」〔註356〕李湛本來是個有一定才華的詩人，只是因爲一味步黃山谷後塵，用事險僻，終乃成爲失敗者。

〔註352〕 《東國李相國全集》卷二十二《論詩中微旨略言》，同上，525 頁。
〔註353〕 《補閒集》卷中，《域外詩話珍本叢書》第八冊，126 頁。
〔註354〕 《東國李相國全集》卷十六，《韓國文集叢刊》第一冊，460 頁。
〔註355〕 《櫟翁稗説》後集卷二。
〔註356〕 《櫟翁稗説》後集卷一。

而安軸則直接表達了對沒有新意作品的唾棄，其《白文寶按部上
謠》詩序云：「然閱前代之作，皆蹈襲陳言，而不能表出新意，故皆
不足觀也。」〔註357〕可見，高麗詩人對新意的要求，與宋人是一致
的，這也是他們在接受黃庭堅「奪胎換骨」詩法時所自然產生的另一
題中之意。

3、語遒然，韻鏗然

黃詩追求去陳反俗，多用拗律、險韻，好用奇字僻典，尚硬求奇，
顯現了一種勁僻奇崛的風格。方東樹云：「涪翁以驚創為奇才，其神
兀傲，其氣崛奇，玄思瑰句，排斥冥筌，自得意表。」又說：「入思
深，造句奇崛，筆勢健，足以藥熟滑，山谷之長也。」〔註358〕如其
所言，黃庭堅詩的最大意義就是創造出了一種與圓熟的唐詩截然不同
的語言聲韻系統。這一點，被高麗詩人深刻地領悟到了。

《補閒集》卷中記載有李仁老的一段話：「杜門讀黃蘇兩集，然
後語遒然，韻鏘然，得作詩三昧。」〔註359〕從這段話可知，李仁老
非常精確地抓住了山谷詩的最大特點，那就是語言的硬奇（語遒然）
和聲律的傲峭（韻鏗然）。

黃庭堅詩避免運用熟悉的語言，注重字句的錘鍊，在材料的選擇
上也避免熟濫，而在佛經、語錄、小說等雜書裏找一些冷僻的典故和
稀見的字面，這樣詩讀起來就會有一種生新的感覺。這正是李仁老讀
到黃庭堅詩後之所以會感到「語遒然」的緣故。

一般來說，詩歌「韻鏗然」的藝術效果，則「完全是由詩篇特殊
的字法、句法、結構形式造成的。」〔註360〕也就是說，通過打破原

〔註357〕　《謹齋先生集》卷二，《韓國文集叢刊》第二冊，471 頁。
〔註358〕　《昭昧詹言》卷十二《黃山谷》，人民文學出版社 1961 年，第 313
　　　　　～314 頁。
〔註359〕　《補閒集》卷中，《域外詩話珍本叢書》第八冊，126 頁。
〔註360〕　劉毓慶《從經學到文學——明代〈詩經〉學史論》，商務印書館，
　　　　　2001 年，383 頁。

有的韻律協調、節奏，而形成一種拗崛的聲調。黃庭堅可謂是這方面最突出的詩人，他「以自創一種特殊音節，而特注意於句法之鍛鍊。例如《登快閣》：……氣象闊大，聲韻鏗鏘，自出於杜律中之拗體，而加以變化者也。」〔註361〕

由此看來，在語言、聲韻上做文章，力求生硬，是創造不同於唐詩的新詩學風貌的一個重要手段。宋代詩人是這麼做的，高麗詩人也從宋代詩人特別是黃庭堅那裡學到了這一點。如《補閑集》載：

> 李侍郎需被人請走筆，賦《鞘子》云：「裏皮尚有將軍質，著漆猶存國士風。恐管不留中漸窄，惡塵多滯下微通。」……其使「恐、留、惡」三字，尤生且疎，然爲時俗所尚。(《補閑集》卷下)

> 無衣子爲大學生時，《野行》云：「臂筐桑女盛春色，頂笠蓑翁戴雨聲。」陳補闕云：「觸石樹腰成磊碨，入地泉腳失潺湲」。「臂筐」之句，氣與語俱生，爲時俗所尚。(《補閑集》卷下)

李需之詩整體水準並不是很高，但是其極力使用生僻字眼，體現出其追求「生硬」的意圖。無衣子之詩也是「氣與語俱生」，不夠圓熟。但是，崔滋說這樣的作詩方法「爲時俗所尚」，說明當時整個詩壇都有此種追求。

拗體詩，麗初鄭知常就非常擅長，而高麗中期同樣有人喜歡用此體來創造一種崛奇的效果，比如金之岱（1190～1266），《東人詩話》云：「拗體者，唐律之再變，古今作者不多。其法遇律之變處，當下平字，換用仄字，欲使語氣奇健不群。……金之岱得其法，如『雲間絕磴七八里，天末遙岑千萬重』、『茶罷松窗掛微月，講闌風榻搖殘鐘』、『白鳥去盡暮天碧，青山猶含殘照紅』、『香風十里卷珠簾，明月一聲飛玉笛』等句，多有所霑丐云。」〔註362〕

〔註361〕龍榆生《中國韻文史》，上海古籍出版社，2002年，第53頁。
〔註362〕《東人詩話》卷上，《域外詩話珍本叢書》第八冊，179頁。

　　此外，押險韻也是力求取得語言生新的手段，蘇軾、黃庭堅等都擅長此事。韻有寬韻、窄韻、險韻之別。有較多字的韻部稱寬韻，較少字的韻部稱窄韻，如三江、六麻、三肴、十三覃、十四鹽、十五咸都是窄韻。韻字少而且又不常用的韻部，稱險韻。一般詩人作詩是盡量選擇寬韻，但有的詩人為了顯示自己的技巧，卻會故意選擇窄韻、險韻。其中最有代表性的便是「尖叉韻」，如蘇軾《雪後書北臺壁二首》其一：「如黃昏猶作雨纖纖，夜靜無風勢轉嚴。但覺衾裯如潑水，不知庭院已堆鹽。五更曉色來書幌，半夜寒聲落畫簷。試掃北臺看馬耳，未隨埋沒有雙尖。」〔註363〕其二云：「城頭初日始翻鴉，陌上晴泥已沒車。凍合玉樓寒起栗，光搖銀海眩生花。遺蝗入地應千尺，宿麥連雲有幾家。老病自嗟詩力退，空吟冰柱憶劉叉。」〔註364〕這兩首詩，第一首押「十四鹽」，屬窄韻；第二首押「六麻」韻，卻用了「叉」這樣的險字。

　　學習蘇、黃的高麗詩人也喜歡押險韻，如李奎報便「以古調長篇、強韻險題中，縱意奔放，一掃百紙，皆不踐襲古人，卓然天成也。」〔註365〕而吳世才極富盛名的《戟岩》詩云：「北嶺巉巉石，旁人號戟岩。迴撏乘鶴晉，高刺上天咸。揉柄電為火，洗鋒霜是鹽。何當作兵器，敗楚亦亡凡。」這首詩學習韓愈，押險韻，字句怪奇。即使是宋人也為此歎服。〔註366〕李奎報在《吳德全戟岩詩跋尾》中記載曰：「吳德全為詩，遒邁勁俊，其詩之膾炙人口者，不為不多，然未見能押強韻，儼若天成者。及於北山欲題戟岩，則使人占韻，其人故以險韻占之，先生題曰……其後有北朝使，能詩人也，聞此詩，再三歎美，問『是人在否，今作何官，倘可見之耶？』」。〔註367〕

　　而蘇軾「尖叉韻」也給高麗詩人以很大影響，比如有人看了蘇詩

〔註363〕《蘇軾詩集》卷十二，第604頁。
〔註364〕同上，605頁。
〔註365〕《補閑集》卷中，《域外詩話珍本叢書》第八冊，97頁。
〔註366〕《補閑集》卷上，《域外詩話珍本叢書》第八冊，87頁。
〔註367〕《東國李相國全集》卷二十一，《韓國文集叢刊》第一冊，514頁。

《雪後書北臺壁》後，便連賦了六首「尖叉韻」詩，可見當時好尚。
〔註368〕李仁老的名作《雪》二首也是當時名作，其一曰：「千林欲暝
已棲鴉，燦燦明珠尚照車。仙骨共驚如處子，春風無計管狂花。聲迷
細雨鳴窗紙，寒引羈愁到酒家。萬里都盧銀作界，渾教路口沒三叉。」
其二曰：「霽色稜稜欲曉鴉，雷聲陣陣逐香車。寒侵綠酒難生暈，威
逼紅燈未放花。一棹去時知客興，孤煙起處認山家。閉門高臥無人到，
留得銅錢任畫叉。」這兩首詩都是用「尖叉」韻比較成功的，其詩句
造語格外新奇。〔註369〕

4、字字皆有根底

黃庭堅「點鐵成金、奪胎換骨」法的前提便是「字字皆有根底」，
黃庭堅曾反覆強調學問對作詩的重要性。《答洪駒父書》云：「老杜作
詩，退之作文，無一字無來處，蓋後人讀書少，故謂韓、杜自作此語
耳。」「更須治經，探其淵源，乃可到古人耳。」〔註370〕又《論作詩
文》云：「詞意高勝，要從學問中來爾。……作文字須摹古人，百工
之技亦無有不法而成者也。」〔註371〕《與王立之帖》云：「若欲作楚
詞追配古人，直須熟讀楚詞，觀古人用意曲折處講學之，然後下筆。」
〔註372〕在《與王觀復書一首》中他還說：「所送新詩，皆興寄高遠，
但語生硬，不諧律呂，或詞氣不逮初造意時。此病亦只是讀書未精博
耳。」〔註373〕又「其未至者，探經術未深，讀老杜、李白、韓退之
之詩不熟耳」。〔註374〕

〔註368〕　《破閒集》卷上：「楚老見眉山賦雪叉字韻詩，愛其能用韻也，先作一
　　　　　篇和之，其心猶未快。復以五篇繼之，雖用事愈奇，吐詞愈險，欲以
　　　　　奇險壓之，然未免如前之累。」《域外詩話珍本叢書》第八冊，10頁。
〔註369〕　《破閒集》卷上，《域外詩話珍本叢書》第八冊，11頁。
〔註370〕　《宋黃文節公全集》正集卷十八，第475頁。
〔註371〕　《宋黃文節公全集》別集卷十一，第1684頁。
〔註372〕　《宋黃文節公全集》外集卷二十一，第1371頁。
〔註373〕　《宋黃文節公全集》正集卷十八，第470頁。
〔註374〕　《與徐師川書》，見《宋黃文節公全集》正集卷十九，第479頁。

　　黃庭堅強調多讀書，多研習前人典籍，不僅可以提高詩人的思想修養和文學修養，而且還可以遍參古人法度，乃至獲得詩人語彙的源泉。而這幾乎又成爲宋人的共識，比如吳沆《環溪詩話》卷下云：「且如作詩，不可一字有來歷，不可一字無來歷，要不爲事所使，要文從字順，各當其職。而事意流行於裁句法中，方可以言也。」〔註375〕范晞文《對床夜語》亦引南宋詩人蕭德藻語曰：「詩不讀書不可爲，然以書爲詩，不可也。老杜云：『讀書破萬卷，下筆如有神。』讀書而至破萬卷，則抑揚上下，何施不可，非謂以萬卷之書爲詩也。」〔註376〕

　　宋人喜歡讀書，強調青少年就要打下讀書的底子。劉克莊《記夢》曰：「紙帳鐵檠風雪夜，夢中猶誦少時書。」〔註377〕劉跂《學易堂作》曰：「老不任作務，讀我少時書。」〔註378〕陸游《懷舊用昔人蜀道詩韻》云：「卻尋少時書，開卷有慚色。」〔註379〕陳造《客夜不寐四首》云：「少睡更堪寒夜永，新來熟遍少時書。」〔註380〕晁沖之《夜行》曰：「孤村到曉猶燈火，知有人家夜讀書」。〔註381〕因此，更有人稱宋代就是一個「書香的社會」。〔註382〕

　　而多讀書，自然對寫好詩大有裨益。黃庭堅言：「詩意無窮，而人之才有限，以有限之才，追無窮之意，雖淵明、少陵不得工也。」〔註383〕因此，要寫好詩，就要多讀書，從古人詩書中尋找作詩的素材。蘇軾云：「凡讀書可爲詩材者，但置一冊錄之，亦詩家一助。」

〔註375〕　《環溪詩話》卷下，見《冷齋夜話・風月堂詩話・環溪詩話》，中華書局，1988年，第148頁。
〔註376〕　《對床夜語》卷二，《歷代詩話續編》，第415頁。
〔註377〕　《全宋詩》卷3081，第58冊，第36233頁。
〔註378〕　《全宋詩》卷1072，第18冊，第12207頁。
〔註379〕　《全宋詩》卷2241，第40冊，第25174頁。
〔註380〕　《全宋詩》卷2440，第45冊，第28224頁。
〔註381〕　《全宋詩》卷1228，第21冊，第13893頁。
〔註382〕　胡曉明《略說宋詩》，2007年4月在南京大學中文系的講演。
〔註383〕　《冷齋夜話》卷一《換骨奪胎法》。

〔註384〕「蘇門四學士」之一張耒認爲：「但把秦漢以前文字熟讀，自然滔滔地流也。」〔註385〕這正是黃庭堅「點鐵成金」理論的思想基礎，即「取古人之陳言入於翰墨，如靈丹一粒，點鐵成金」。王安石、蘇軾、黃庭堅等都是實踐著這樣的主張，把淵博的書本知識當做寫詩的素材庫，把「資書」當做寫詩的重要途徑。

在高麗詩學中，受黃庭堅的影響，同樣追求「字字有來歷」，並強調多讀書方能寫好詩。李仁老《破閑集》云：「且人之才如器皿，方圓不可以該備。而天下奇觀異賞，可以悅心目者甚夥。苟能才不逮意，則譬如駑蹄臨燕越千里之途，鞭策雖勤，不可以致遠。」〔註386〕這與黃庭堅「詩意無窮，而人之才有限」幾乎是一個意思，都是強調從古人處汲取營養的必要性。因此，後來的崔滋提出作詩「本於學」，須「熟讀經史百家」。他說：「學者讀經史百家，非得意傳道而止，將以習其語效其體，重於心熟於工，及賦詠之際，心與口相應，發語成章，故動無生澀之辭。」〔註387〕他又說：

> 凡作者，當先審字本，凡與經史百家所用，參會商酌應筆。即使辭輒精強，能發難得巧語。辭若不精強，雖有逸情豪氣，無所發揚，而終爲拙澀之詩文也。李史館允甫，學識精博，詩文皆有根蒂，嘗笑後學使字屬辭曰：「洗盡場屋習氣，然後文章可教也。」今之後輩下於彼時遠矣，例不事讀書，務速進取，習科舉易曉文。幸得第，猶未能勉益學業，唯以抽青蒐白，立一對二，琢生斫冷，以爲工耳。
> 〔註388〕

崔滋認爲，作詩必須熟讀經史百家，並「參會商酌」，融會貫通，方

〔註384〕 《竹莊詩話》，轉引自常振國、降雲編《歷代詩話論作家》（上編），1984年，第733頁。
〔註385〕 呂本中《童蒙詩訓》，第72條，《宋詩話輯佚》第605頁。
〔註386〕 《破閑集》卷上，《域外詩話珍本叢書》第八冊，11頁。
〔註387〕 《補閑集》卷中，《域外詩話珍本叢書》第八冊，126頁。
〔註388〕 同上，127頁。

能「使詞精強」「發難得巧語」。他還以李允甫爲例，稱讚其「學識精博，詩文皆有根蒂」。而當今學子則「不事讀書」，只做些簡單的科舉時文，因而他們只能在語言聲律上做文章，難以寫出眞正的作品。

　　作爲李仁老的好友，林椿也贊同學問的重要性，他曾稱讚蘇軾「牢籠百氏，以窮著作之源。」﹝註389﹞而他自己本身更是身體力行，作詩皆有根底。李仁老稱讚林椿曰：「西河先生少有詩名於世，讀書初若不經意，而汲其（缺字）字字皆有根蒂，眞得蘇黃之遺法。雄視詞場，可以穿楊葉於百步矣。」﹝註390﹞林椿之詩能夠做到「字字皆有根蒂」，顯然是其讀書的結果。李仁老並且強調，這是「蘇黃之遺法」，可見，高麗詩人對黃庭堅詩學追求「字字有來處」的特點認知非常清晰。

　　吳世才是「海左七賢」之一，李奎報稱讚他「爲詩文，得韓杜體」。在當時很有詩名，「雖牛童走卒，無有不知名者」。﹝註391﹞而他之所以能夠在漢詩創作上取得如此大的成就，與其多讀書密不可分。他甚至連「字書」都愛不釋手，崔滋《補閑集》卷上載：「吳世才先生才識絕倫，嘗得《類篇》覽之曰：『爲學莫此爲急。』乃手寫畢頌。」﹝註392﹞《類篇》乃是一部按部首編排的字書，成於北宋。李奎報還說他「尤精力耽六經，盡誦周易，餘經雖不期於誦，其背文而誦者亦幾乎半，蓋熟于口而不覺出吻故耳。嘗手寫六經，謂人曰：『百讀不如一寫之存心』。」﹝註393﹞這一點與宋人很相似，宋人強調多讀書，其中「經書」也是格外重要的內容。黃庭堅《與徐師川書》云：「詩正欲如此作，其未至者，探經術未深，讀老杜、李白、韓退之之詩不熟耳。」﹝註394﹞

﹝註389﹞　《西河先生集》卷四《答靈師書》，《韓國文集叢刊》第一冊，243頁。
﹝註390﹞　李仁老《西河先生集序》，《韓國文集叢刊》第一冊，207頁。
﹝註391﹞　《東國李相國全集》卷三十七《吳先生德全哀詞並序》，《韓國文集叢刊》第二冊，83頁。
﹝註392﹞　《補閑集》卷中，《域外詩話珍本叢書》第八冊，127頁。
﹝註393﹞　《東國李相國全集》卷三十七《吳先生德全哀詞並序》
﹝註394﹞　《宋黃文節公全集》正集卷十九，第479頁。

可見，在他心中，雖然李、杜、韓之詩不得不讀，但是「經術」亦是根本。故而，周益忠先生認爲：「山谷所云之讀書，實亦以經爲本。」〔註395〕這其實也是宋詩的特點，戴復古便曾說：「本朝詩出於經。」〔註396〕因此，吳世才在詩作上能有超出一般人的成就，與其熟讀經書有著重要的聯繫。其實，俞升旦（1168～1232）在勉勵後輩時便曾說過「凡爲國朝制作，引用古事，於文則六經三史，詩則文選、李杜韓柳」的話，強調讀前人書籍是寫詩作文的準備。〔註397〕只是他把「文」與「詩」分開敘述，把「六經」僅僅歸到寫「文」的必要準備中，顯然是不符合事實的。而麗末大詩人李穡不僅閱讀經史方面的書籍，更是旁及其他，無所不讀。徐居正在《牧隱詩精選序》中云：「然先生之詩，雖本經史，法度森嚴。而亦復縱橫出入於蒙莊佛老之書，以至稗官小說，博采不遺。是以，末學護聞，開卷茫然，有望洋之歎。」〔註398〕這或許正是後人認爲「牧隱酷似東坡」的原因。〔註399〕

當然，被崔滋讚賞爲「其詩文，如日月不足譽」的高麗最傑出的詩人李奎報〔註400〕，其在詩文上所取得的巨大成就更是與其多讀書密不可分。李奎報對「讀書」與「寫詩」的關係有著非常深刻的認識，他說：「古之詩人，雖造意特新也，其語未有不圓熟者。蓋力讀經史百家古聖賢之說，未嘗不熏煉於心，熟習於口，及賦詠之際，參會商酌，左抽右取，以相資用。」〔註401〕這樣的觀點不能不說是來自宋代詩學，或者更精確地說，是來自黃庭堅了。李奎報的優點在於他不僅有這樣的認識，更是這樣去實踐的。崔滋云：「文順公遍閱經史百家，薰芳染彩，故其辭自然富豔，雖新意至微難狀處，曲盡其言，而

〔註395〕 周益忠《宋代論詩詩研究》，臺灣師範大學博士論文，1990。
〔註396〕 《石洲詩話》卷四，叢書集成初編本，第74頁。
〔註397〕 《補閑集》卷中。
〔註398〕 《牧隱集》附錄，《韓國文集叢刊》第五冊，178頁。
〔註399〕 《東人詩話》卷下：「論者謂牧隱酷似東坡，間有發越處，或過之。」《域外詩話珍本叢書》第八冊，231頁。
〔註400〕 《補閑集》卷上，《域外詩話珍本叢書》第八冊，97頁。
〔註401〕 《東國李相國全集》卷二十六《答全履之論文書》

皆精熟。」〔註402〕而在《上趙太尉書》中，李奎報對自己的寫作經驗更是有著一番仔細的表述，他說：

> 僕自九齡，始知讀書，至今手不釋卷。自詩書六經諸子百家史筆之文，至於幽經僻典梵書道家之說，雖不得窮源探奧，鉤索深隱，亦莫不涉獵游泳。採菁摭華，以爲騁詞擒藻之具。又自伏羲已來，三代兩漢秦晉隋唐五代之間，君臣之得失，邦國之理亂，忠臣義士奸雄大盜成敗善惡之迹，雖不得並包並括，舉無遺漏，亦莫不截煩撮要，鑒觀記誦，以爲適時應用之備。其或操觚引紙，題詠風月，則雖長篇巨題，多至百韻，莫不馳騁奔放，筆不停輟。雖不得排比錦繡，編列珠玉，亦不失詩人之體裁。〔註403〕

透過這段文字，我們可以看到李奎報讀書之廣之深。而他讀書的目的非常明確，那就是「採菁摭華，以爲騁詞擒藻之具」。至於多讀書的好處李奎報也是深有體會，那就是在寫詩時可以左右逢源，「雖長篇巨題，多至百韻，莫不馳騁奔放，筆不停輟」。

三、「蘇黃遺法」及其影響

「蘇黃」並稱在北宋便已經出現於文人筆下。邵博《邵氏聞見後錄》卷二十一引黃庭堅語曰：「今日江西君子曰『蘇黃』者，非魯直本意。」〔註404〕可見，在蘇、黃在世時即已有此稱謂。一般認爲，把蘇軾與黃庭堅並列稱爲「蘇黃」，大約出現於宋元祐八年（1093）。〔註405〕

而以「蘇黃」作爲宋詩的代表性詩人也已是早有定論。《後村詩

〔註402〕《補閑集》卷中，《域外詩話珍本叢書》第八冊，126 頁。
〔註403〕《東國李相國全集》卷二十六《上趙太尉書》，《韓國文集叢刊》第一冊，564 頁。
〔註404〕《邵氏聞見後錄》，叢書集成初編本，第 133 頁。
〔註405〕陳文新主編《中國文學編年史·宋遼金卷》（中），湖南人民出版社，2006 年，第 172 頁。

話》卷二曰：「元祐後，詩人迭起，一種則波瀾富而句律疏，一種則鍛鍊精而情性遠，要之不出蘇、黃二體而已。」〔註406〕嚴羽《滄浪詩話・詩辨》亦云：「至東坡、山谷始自出己意以爲詩，唐人之風變矣。」而張戒《歲寒堂詩話》則把「蘇黃」作爲批評的主要對象，也是看到了兩人詩風詩法上的相似性，他說：「蘇黃用事押韻之工，至矣盡矣，然究其實，乃詩人中一害，使後生只知用事押韻之爲詩，而不知詠物之爲工，言志之爲本也，風雅自此掃地矣。」「《國風》《離騷》固不論，自漢魏以來，詩妙於子建，成於李杜，而壞於蘇黃。余之此論，固未易爲俗人言也。子瞻以議論作詩，魯直又專以補綴奇字，學者未得其所長，而先得其所短，詩人之意掃地矣。」〔註407〕雖然，在張戒眼裏，蘇、黃成爲詩歌創作的反面教材，但也從另一方面說明這兩人已經成爲一個時代的詩風代表。

在高麗，「蘇黃」之稱謂大約出現於中期。李仁老《破閑集》云：「京城西十里許，有安流慢波，澄碧澈底，遙岑遠岫相與際天，實與蘇黃集中所說西興秀氣無異。」〔註408〕崔滋《補閑集》中還引用過李仁老一句話：「吾杜門讀黃蘇兩集，然後語遒然，韻鏘然，得作詩三昧。」〔註409〕在這兩段文字中，我們發現李仁老率先把蘇軾與黃庭堅的詩集放在一起並稱「蘇黃」。李仁老又云：「詩家作詩多使事，謂之點鬼簿。李商隱用事險僻，號西崑體，此皆文章一病。近者蘇黃崛起，雖追向其法，而造語益工，了無斧鑿之痕，可謂青於藍矣。」〔註410〕「琢句之法，唯少陵獨儘其妙……及至蘇黃，則使事益精，逸氣橫出，琢句之妙，可以與少陵並駕。」〔註411〕雖然李仁老在這兩處文字中只是指出蘇軾與黃庭堅在用事上的共通之處，但是顯然其

〔註406〕 《後村詩話》前集卷二，中華書局，1983年，第26頁。
〔註407〕 《歲寒堂詩話》卷上，《歷代詩話續編》第452、455頁。
〔註408〕 《破閑集》卷下，《域外詩話珍本叢書》第八冊，38頁。
〔註409〕 《補閑集》卷中，《域外詩話珍本叢書》第八冊，126頁。
〔註410〕 《破閑集》卷下，《域外詩話珍本叢書》第八冊，36頁。
〔註411〕 《破閑集》卷上，《域外詩話珍本叢書》第八冊，11頁。

已經把「蘇黃」作為具有共同詩學特徵的整體來看待了。而在《西河先生集序》中，李仁老又說：「西河先生少有詩名於世，讀書初若不經意，而汲其（缺字）字字皆有根蒂，真得蘇黃之遺法。雄視詞場，可以穿楊葉於百步矣。」李仁老在這裡首次把「蘇黃」與「詩法」聯繫在一起，「字字皆有根蒂」就是「蘇黃遺法」之一。

　　所謂「蘇黃之遺法」實際上也就是宋詩之法。關於宋詩之法，學界已多有論述，一般來說，宋詩之法主要體現在用事、對偶、句法、用韻、聲調等五個方面。如在用事方面能夠運用無迹，詩意由前人脫化而來；在對偶方面，具有工切、勻稱、自然、意遠的特點；句法方面，能夠求新、求深、求曲；用韻方面，喜歡押強韻，步韻，由此去掉陳言，自創新意等。〔註412〕這些詩法其實也正是由歐陽修、梅堯臣、王安石、蘇軾、黃庭堅等詩人逐步探索出來的，而以蘇、黃最為突出。李仁老對「蘇黃之遺法」的認知，實際上也就是對以「蘇黃」為代表的宋詩詩法的認知。我們可以推斷，把「蘇黃」看作是宋詩代表的觀點已經為高麗中期及以後詩人所認可。

　　翻閱現存高麗文集，幾乎沒有詩人提及「宋詩」這個名稱，但是卻頻頻提及「蘇黃」。比如李穀有詩曰：「如將此景入毫端，文要蘇黃字要顏。」〔註413〕這句詩透露出高麗詩學熱點所發生的轉換，以「蘇黃」為代表的宋詩明顯開始成為詩學主要影響力量。蘇軾在《書吳道子畫後》中曾云：「故詩至於杜子美，文至於韓退之，書至於顏魯公，畫至於吳道子，而古今之變，天下之能事畢矣。」〔註414〕其後，陳師道《後山詩話》也引蘇軾語云：「子美之詩，退之之文，魯公之書，皆集大成者也。學詩當以子美為師，有規矩，故可學。」〔註415〕在高麗，林椿繼承了蘇軾的觀點，其在《謝金少卿啓》中說：「……合

〔註412〕　袁向彤《姜夔與宋韻研究》，齊魯書社，2007 第 46 頁。
〔註413〕　《稼亭先生文集》卷十七《驪興客舍次韻》，《韓國文集叢刊》第三冊，207 頁。
〔註414〕　《蘇軾文集》卷七十，第 2210 頁。
〔註415〕　《歷代詩話》，第 304 頁。

下世襲日碑七葉，家傳韋氏一經，廉如鮑，捷如慶，勇如賁，器宏而博。書止顏，文止韓，詩止杜，學無不窺，其威名之所及也。」〔註416〕也就是說，在林椿生活時代，雖然「蘇軾熱」已經開始形成，但在詩人們心目中，杜甫、韓愈依然是詩和文的正宗。而在李轂詩中，「蘇黃」卻取代了「杜韓」，這是一種明顯的詩學觀念上的變化。

其後，閔思平曰：「醉吟狂簡人莫嘲，恃有蘇黃自矜負。」〔註417〕李穡則誇讚韓脩的詩是「詩似東坡還似谷」〔註418〕，這也是借「蘇黃」來肯定對方。李穡在評價自己的詩歌時，也以能與「蘇黃」看齊而自豪，他說：「誰言秀句出寒餓，唱和直與蘇黃爭。」〔註419〕實際上，李穡的詩歌內容豐富，氣勢豪邁，確實很有「蘇黃」風格。河崙（1347～1416）曾用「義理精微，上接程張。文辭高古，下視蘇黃」之語來評價他的詩文。〔註420〕又李德懋《論詩絕句》云：

　　　　三崔一朴貢科賓，羅代詞林只四人。無可奈何夷界夏，

　零星詩句沒精神。

　　　　牧隱黃蘇圃隱唐，高麗家數韻洋洋。問誰融化金元宋，

　櫟老詩騰萬丈光。〔註421〕

詩中「三崔一朴」是指新羅時代最爲知名的曾賓貢唐朝的詩人崔致遠、朴仁範、崔承祐、崔匡裕。「櫟老詩騰萬丈光」乃是讚美李齊賢的詩。而「牧隱黃蘇圃隱唐」一句則是指李穡詩具有「蘇黃」爲代表的宋詩風格，鄭夢周的詩具有唐詩風格。這既是對李穡詩歌特徵的說

〔註416〕　《西河集》卷六，《韓國文集叢刊》第一冊，263 頁。

〔註417〕　《及庵先生詩集》卷一《九日，愚谷席上，次益齋詩韻》，《韓國文集叢刊》第三冊，54 頁。

〔註418〕　《牧隱詩稿》卷十七《西鄰見招，熱因不能赴，呈韓上黨》，《韓國文集叢刊》第四冊，208 頁。

〔註419〕　《牧隱詩稿》卷三十一《柳巷臨門，將遊城北，以身因辭，獨□□悲，發爲長歌》，同上，452 頁。

〔註420〕　《浩亭先生文集》卷三《牧隱李先生墓誌銘》，《韓國文集叢刊》第六冊，474 頁。

〔註421〕　《青莊館全書》卷十一·《雅亭遺稿》三·詩三·《論詩絕句》，《韓國文集叢刊》第 257 冊，190 頁。

明，也是對李穡詩歌的高度評價。即使在明朝人的眼中，李穡的詩也是可以與「蘇黃」相提並論的。〔註422〕

　　到了朝鮮李朝，「蘇黃」之稱依然一直沿用，並隨宋詩地位的沉浮而或褒或貶。如「詞如沈宋堪追步，格到蘇黃不入論。剛喜清言能起我，盛唐風雅共淵源。」〔註423〕又如「李杜死已久，作者惟蘇黃。馳聘元豐間，諸老誰敢當。噓吸吐虹霓，粲爛成文章。天慳與地秘，披露呈毫芒。」〔註424〕再如「邇詩何太俗，無地著蘇黃。」〔註425〕「蘇黃戲語猶能闖，韋杜圓機詎得投。」〔註426〕「若教更著蘇黃力，定得沿流詣本源。但見橫空硬語盤，詩壇高築不容攀。」〔註427〕「自謂蘇黃足法無，先生拓我取人途。紀餘專恃一誠字，盛暑蛇奔擔母夫。」〔註428〕

第四節　宋代理學與高麗末期漢詩

一、宋代理學與理學詩

　　理學亦稱「道學」，產生於北宋，盛行於南宋與元、明時代，是

〔註422〕徐居正《筆苑雜記》卷二：「居正近赴京，有書生邵鎮者，以傭書為業。誦李陶隱詩數首，問得之何處，曰：『汝國宰相李邊所贈。』鄭文成公嘗語曾赴京見一儒士云：『汝國牧隱集最好，可與黃蘇頡頏。』問得之何處，曰：『汝國譯官金自安所贈。』」

〔註423〕李晬光（1563～1628）《芝峰先生集》卷十三《車復元來訪，次其韻》，《韓國文集叢刊》第 66 冊，120 頁。

〔註424〕鄭希良（1469～1502）《虛庵先生遺集》卷一《寄直卿仲說》，《韓國文集叢刊》第 18 冊，21 頁。

〔註425〕金世弼（1473～1533）《十清先生集》卷一《梅花下，次李伯益韻》，《韓國文集叢刊》第 18 冊，218 頁。

〔註426〕洪彥弼（1476～1549）《默齋先生文集》卷一《示暹》，《韓國文集叢刊》第 19 冊，230 頁。

〔註427〕洪暹（1504～1585）《忍齋先生文集》卷一《題行錄後，次其韻》，《韓國文集叢刊》第 32 冊，269 頁。

〔註428〕丁熿（1512～1560）《遊軒先生集》卷二《和退溪》，《韓國文集叢刊》第 34 冊，35 頁。

當時占主導地位的儒家哲學思想體系。理學實際創始人為周敦頤、邵雍、張載、程顥、程頤，至南宋朱熹而集大成。

理學的最高範疇是「理」，即「天理」，理學家認為，「天理」永恒存在，「不為堯存，不為桀亡」〔註 429〕。而在封建時代，「理」的實質就是封建道德倫理綱常，就是封建等級制。理學家堅持儒家固有的倫理綱常思想和積極入世精神，並從「天理」的高度賦予其以形而上的本體性質，為士人提供安身立命的精神家園，如程顥說：「為君盡君道，為臣盡臣道，過此則無理。」〔註 430〕「父子君臣，天下之定理」〔註 431〕。他還認為，人要以天理為本，要「治己」、「治心」，使己心合乎天理，故云：「存天理，滅人欲」；「餓死事小，失節事大」。〔註 432〕

就宋代文化思想的發展而言，理學是宋儒為回應佛、道思想的挑戰而形成的一種新思潮，即通常所稱的新儒學思潮。故呂思勉云：「理學者，佛學之反動，而亦兼采佛學之長，以調和中國之舊哲學與佛學者也。」〔註 433〕

雖然，在宋代，除了南宋最後半個世紀以外，理學並未得到朝廷的正式承認，但理學思想依然是士大夫階層主體意識的理論表現。〔註 434〕其對文學也產生了重要的影響，「文」與「道」的關係引起了理學家們濃厚的興趣。周敦頤（1017～1073）作為理學創始人，率先提出了「文以載道」說。他說：

> 文，所以載道也。輪轅飾而人弗庸，徒飾也。況虛車乎？文辭，藝也；道德，實也。篤其實而藝者書之，美則

〔註 429〕 《荀子・天論》。
〔註 430〕 《二程全書》（遺書・第五）。
〔註 431〕 同上。
〔註 432〕 《二程全書》（遺書・第二十二）。
〔註 433〕 呂思勉《理學綱要》，東方出版社，1996 年，第 3 頁。
〔註 434〕 袁行霈主編《中國文學史》（第三卷），高等教育出版社，1999 年，第 4 頁。

愛，愛則傳焉。賢者得以學而至之，是爲教。故曰，言之
無文，行之不遠。然不賢者，雖父兄臨之，師保勉之，不
學也；強之，不從也。不知務道德而第以文辭爲能者，藝
焉而已。〔註435〕

又《通書・陋》云：「聖人之道，入乎耳，存乎心，蘊之爲德行，行
之爲事業，彼以文辭而已者，陋矣！」〔註436〕

　　顯然，周敦頤特別強調「道」的重要性，當然他所說的「道」，
主要是指封建倫理道德，「文」是指文辭，周敦頤認爲文只能依附於
道德。不過，他並沒有否定「文」的作用，只是反對脫離了「道」的
文飾。從理學家的價值觀和思維傾向來看，他輕視乃至鄙視務於詞藻
雕繪，而不注意心靈刻畫、人生價值追問的文人，就是其理論的邏輯
必然。

　　周敦頤的學生程顥（1032～1085）、程頤（1033～1107）主張「道
爲文心」，曾片面地發展了他重視「道」的一面，甚至說「作文害道」、
文章「有之無所補，失之無所闕」。〔註437〕這便有點走向了極端，儘
管他們並不禁止作詩，自己也寫詩，程顥甚至還有《春日偶成》這樣
的佳作。

　　朱熹（1130～1200）是宋代理學的集大成者，其哲學思想繼承了
周敦頤和二程，並吸收了佛道的思想成分，建立了以「理」爲核心的
客觀唯心主義哲學思想體系。在宋代理學家中，朱熹具有更高的理論
修養和文學修養，其文學理論既受理學思想影響，而表現出某種固守
傳統的保守觀念，同時又因其高度文學修養的影響而包含著十分可貴
的見解。

　　「重道輕文」「文道合一」是朱熹對文學本質的基本看法，也是
朱熹文學思想的核心。他發展並修正了周敦頤的觀點，提出了「文從

〔註435〕　《通書・文辭》，見《周濂溪集》卷六，叢書集成初編本，117頁。
〔註436〕　見《周濂溪集》卷六，叢書集成初編本，124頁。
〔註437〕　《二程全書》（遺書・第十八）。

道中流出」的觀點。《朱子語類》卷一三九《論文》云：「這文皆是從道中流出，豈有文反能貫道之理？文是文，道是道。文只是如吃飯時下飯耳。若以文貫道，卻是把本爲末，以本爲末，可乎？」又云：「道者文之根本；文者道之枝葉。唯其根本乎道，所以發之文皆道也。三代聖賢之文皆以此心寫出，文便是道。」在《與汪尙書》中他又說：「文之所述有邪有正，有是有非，是亦皆有道焉，固求道者之所不可不講也。」〔註 438〕從周敦頤說「文以載道」到程頤說「作文害道」再到朱熹說「這文皆是從道中流出」，理學家的文道觀正是儒家政教詩學的典型的極端化體現。〔註 439〕

然而，他重道輕文，卻也不輕視文的重要性。比如，他認爲「文字自有一個天生成腔子」。〔註 440〕他評論歐陽修、蘇軾等古文家的作品時，說「議論雖不是，然文字亦自明白洞達」。〔註 441〕又說「文字到歐、曾、蘇，道理到二程，方是暢」。〔註 442〕在《答程允夫》中，他誇讚「蘇氏文辭偉麗，近世無匹，若欲作文自不妨模範。」〔註 443〕而他自己也寫了一千多首詩，成爲宋代一位大詩人。

北宋中葉，當作爲哲學範疇的理學逐漸滲透到作爲文學藝術的詩歌領域時，兩者的結合便形成了「理學詩」。而伴隨著「理學詩」的昌盛及成爲範型的過程，眾多的理學詩作者共同作用，便形成了「理學詩派」。〔註 444〕邵雍是理學詩的開山祖師，他的《伊川擊壤集》是第一部理學詩集，而朱熹則是理學詩派中成就最高的大詩人。南宋金履祥編集了理學詩的總集《濂洛風雅》，收錄四十八家濂洛一系正統理學家的詩，成爲理學詩的代表。

〔註 438〕　《晦庵先生朱文公文集》卷三十，同治求我齋本。
〔註 439〕　許總《宋明理學與中國文學》，百花洲文藝出版社，1999 年，第 281 頁。
〔註 440〕　《朱子語類》卷一三九・論文上。
〔註 441〕　《朱子語類》卷一三〇・本朝四。
〔註 442〕　《朱子語類》卷一三九・論文上。
〔註 443〕　《晦庵先生朱文公文集》卷四十一。
〔註 444〕　王培友《兩宋「理學詩」辨析》，《文學評論》2011 年第 5 期。

　　理學詩從內容上總體可以分爲山水題詠詩，交遊、感事詩，哲理詩三大類。〔註445〕不管哪一類，在「詩」與「道」的關係上都認定「道」先「詩」後、「詩」爲「道」之餘的觀點，強調詩和文一樣應是載道的工具。他們並不反對詩歌吟詠「性情」，但要求這種性情應是符合溫柔敦厚原則的。如邵雍《論詩吟》曰：「何故謂之詩？詩者言志其。既用言成章，遂道心中事。」〔註446〕又《伊川擊壤集序》云：「懷其時則謂之志，感其物則謂之情。發其志則謂之言，揚其情則謂之聲，言成章則謂之詩，聲成文則謂之音。」朱熹說：「詩者，人心之感物而形於言之餘也。心之所感有邪正，故言之所形有是非；惟聖人在上，則其所感者無不正，而其言皆足以爲教。其或感之之雜，而所發不能無可擇者，則上之人必思所以自反，而因有以勸懲之，是亦所以爲教也。」〔註447〕從這些言論可以看出，他們都是秉承孔子「溫柔敦厚」的傳統儒家詩教觀。

　　以詩言理，注重詩教，是理學詩的特點，也是與其他詩歌的區別之處。如邵雍《詩畫吟》云「不有風雅頌，何由知功名，不有賦比興，何由知廢興。」〔註448〕《觀詩吟》又云「無雅豈明王教化，有風方識國興衰。」〔註449〕可見《詩經》不僅具有永久垂訓的價值，而且幾乎等同於一部政治經典。《四庫全書總目提要·濂洛風雅》云：「自履祥是編出，而道學之詩與詩人之詩，千秋楚越也。」〔註450〕理學詩人以表現儒家義理爲最看重的內容，理學各家的學說第一次大量集中地通過詩歌得到了表達。比如邵雍存詩1500多

〔註445〕　楊光輝《理學文化視野中的宋代理學詩》，《中國文學研究》，1996年第4期。
〔註446〕　《伊川擊壤集》卷十一，學林出版社，2003年，147頁。
〔註447〕　《詩集傳·序》，中華書局，1958年。
〔註448〕　《伊川擊壤集》卷十八，238頁。
〔註449〕　同上，卷十五，190頁。
〔註450〕　《四庫全書總目提要》卷一百九十一·集部四四·總集類存目一。

首，其中表達性理主題的詩歌就佔了大多數，如《善賞花吟》云：
「人不善賞花，只愛花之貌。人或善賞花，只愛花之妙。花貌在顏
色，顏色人可效。花妙在精神，精神人莫造。」〔註451〕這首詩就
是直接闡述「性理」之作，等於「是將自己對義理性命的思考用押
韻的方式說出來」而已。〔註452〕他的很多詩歌都與此類似，我們
甚至從篇名就可以看得出來，如《安樂窩中好打乖吟》、《觀物吟》、
《名利吟》、《歲儉吟》、《恩義吟》、《言默吟》、《誠明吟》、《先幾吟》、
《不肖吟》等。即使是在詩學上造詣頗深的朱熹，其詩作中也同樣
有很多直接抒發性理之作，如《仁術》云：「在昔賢君子，存心每
欲仁。求端從有術，及物豈無因？惻隱來何自？虛明覺處眞。擴充
從此念，福澤遍斯民。入井倉皇際，牽牛觳觫辰。向來看楚越，今
日備吾身。」〔註453〕這首詩中沒有任何意象，純是說理，是理學
詩的代表之作。這樣的詩風在南宋頗爲流行，故錢鍾書云：「（南宋）
詩人篇什往往『以詩爲道學』，道學家則好以『語錄講義押韻』成
詩。堯夫擊壤，蔚成風會。」〔註454〕

　　理學詩人大都「雅好佳山水，復喜吟詠。」〔註455〕理學詩中也
有不少登山臨水、寫景詠物詩，但他們以儒家「知者樂水，仁者樂山」
等爲理論依據來寫詩，其詩中即便有山水花鳥等物象，也都作爲理的
表徵。如周敦頤《題惠州羅浮山》云：「紅塵白日無閒人，況有魚緋
繫此身。關上羅浮閒送目，浩然心意復吾眞。」〔註456〕平時羈絆於
官場俗務、煩惱於失去自我的詩人登山遠眺，倏然覺得自己寬闊的胸
襟已經與自然融爲一體，而眞正的自我在這悠然天地中得以恢復，身

〔註451〕　《伊川擊壤集》卷十一，136 頁。
〔註452〕　劉揚忠主編《中國古代文學通論·宋代卷》，遼寧人民出版社，2005
　　　　　　年，第 48 頁。
〔註453〕　《晦庵先生朱文公文集》卷二。
〔註454〕　錢鍾書《談藝錄》，中華書局，1984 年，第 545 頁。
〔註455〕　《周濂溪集》卷八，第 144 頁。
〔註456〕　《周濂溪集》卷八，第 151 頁。

心得以解脫，詩人欲說之理亦顯而易見了。此詩可以說是周敦頤人格追求的表現。〔註457〕

又如邵雍的《閒適吟》：「春看洛城花，秋玩天津月。夏披嵩岑風，冬賞龍山雪。」〔註458〕四句詩，平平淡淡，卻暗寓時空意識。而「月到梧桐上，風來楊柳邊。院深人復靜，此景共誰言。」〔註459〕「月到天心處，風來水面時。一般清意味，料得少人知。」〔註460〕等詩也是景中自有「理」趣。邵雍很多抒發性理的詩篇都是通過景和事，特別是日常生活中的一些平常事來生發出來，這對後人影響很大。如《芳草吟》、《垂柳吟》、《春水吟》、《花月吟》、《初夏吟》等詩，都是因景而抒發性理。〔註461〕

程顥《秋日偶成二首》之二曰：「閒來無事不從容，睡覺東窗日已紅。萬物靜觀皆自得，四時佳興與人同。道通天地有形外，思入風雲變態中。富貴不淫貧賤樂，男兒到此足豪雄。」〔註462〕此詩表現了主體意識進入宇宙萬物中達到的物我一體的精神境界。「即是『靜觀萬物』而與之『同』『興』共感，是天地萬物皆成其性，是進入內外合一、物我無間的大樂境界。」〔註463〕詩歌中情感體驗的最高境界是生命體驗，而理學家的生命體驗包含著對心性本體的內在觀照。在觀照生生之仁的同時，從自家心性裏體會出自得之樂，這是理學詩生趣盎然的詩意所在。

朱熹是最喜歡寫作登山臨水之詩的，陳衍《宋詩精華錄》卷三云：「晦翁（朱熹）登山臨水，處處有詩，蓋道學中之最活潑者，然詩語

〔註457〕　梅俊道《周敦頤的詩歌創作及其在宋代理學詩派中的地位》，《九江師專學報》1994 年第 1 期。

〔註458〕　《伊川擊壤集》卷十二，158 頁。

〔註459〕　《伊川擊壤集》卷十二《月到梧桐上吟》，151 頁。

〔註460〕　《伊川擊壤集》卷十二《清夜吟》，152 頁。

〔註461〕　王培友《論兩宋「理學詩派」的文學特徵及其歷史地位》，《中國文化研究》2011 年春之卷。

〔註462〕　《二程全書》（文集・第三卷）。

〔註463〕　韓立平《程顥詩學思想新論》，《中國文學研究》，2008 年第 2 期。

終平平無奇，不如選其寓物說理而不腐之作。」〔註464〕陳衍批評朱熹這些詩雖然可讀，卻語言平淡，不如寓物說理之作。但是朱熹詩作中不乏頗有理趣的作品，比如《觀書有感》其一云：「半畝方塘一鑒開，天光雲影共徘徊。問渠那得清如許，爲有源頭活水來。」〔註465〕宋羅大經《鶴林玉露》認爲這首詩是「借物以明道」。〔註466〕確實，此詩寓哲理於生動、形象的比喻之中。全詩前半寫景，後半說理，說理卻不說透，迥異於一般言理詩。言明理義而無一字涉理，只一問「清」一答「活」就將種種理趣說盡。全詩從字面意義看，詩意是確定的，但文字背後的哲學意蘊卻是不確定的。就在這樣的確定性與不確定性之間，詩歌產生了突破時空限制的永恒的審美價值。又《春日》云：「勝日尋芳泗水濱，無邊光景一時新。等閒識得東風面，萬紫千紅總是春。」〔註467〕詩中「泗水」暗指孔門，所謂「尋芳」，也就是求聖人之道。詩人將「聖人之道」比作催發生機、點染萬物的春風，實是一首寓理趣於形象之中的哲理詩。而其「構思運筆之妙，尤勝於《觀書有感》」。〔註468〕再如《出山道中口占》：「川原紅綠一時新，暮雨朝晴更可人。書冊埋頭無了日，不如拋卻去尋春。」〔註469〕此詩作於淳熙十五年（1188），朱熹蟄居武夷多年，有望重新出山，於是欣然而作。這類寓物說理的詩常以形象生動的筆法，寄寓深刻的哲理，使人意味無窮，深受啓迪。

二、高麗理學之興起

在談理學興起之前，我們先瞭解一下儒學在朝鮮半島的發展歷史。朝鮮半島儒學的發展與中國文化的傳入密切相關。韓國學者柳承

〔註464〕 陳衍評點《宋詩精華錄》，成都：巴蜀書社，1992 年，第 463 頁。
〔註465〕 《晦庵先生朱文公文集》卷二。
〔註466〕 《鶴林玉露》甲編卷六「朱文公論詩」條，中華書局 1983 年，113頁。
〔註467〕 《晦庵先生朱文公文集》卷二。
〔註468〕 黃坤譯注《朱熹詩文選譯》，巴蜀書社，1990 年，第 80 頁。
〔註469〕 《晦庵先生朱文公文集》卷九。

國認爲，中國文化向朝鮮半島輸入大致可分四個階段。第一階段是商末周初時期傳入的上古思想；第二階段是朝鮮三國時代傳入的秦漢經學思想；第三階段是高麗末朝鮮初傳入的宋朝朱子學；第四階段是朝鮮後期傳入的清朝實學思想。〔註470〕

朝鮮三國時代是儒學思想進入朝鮮半島之始。公元372年，高句麗小獸林王便設立太學，教授五經、史書和文學作品等。〔註471〕958年，在雙冀建議下，高麗開始實行科舉制度，分制述和明經兩業，使儒學成爲選撥官員的考試內容。此後，高麗還模仿宋朝採取了學校教育體系，中央有國學、太學等，地方也有州學、縣學，學習的教材主要爲中國經史著作。崔沖在高麗首開私人講學之風，他規定學生的學習內容就是《周禮》等「九經」和史書等。從崔沖所設九齋名（樂聖、大中、誠明、敬業、造道、率性、進德、大和、待聘）便可以看出其以傳授儒學爲己任的思想。〔註472〕

不過，高麗前期所接受的學術思想，還是以「五經」（《詩》、《書》、《禮》、《易》、《春秋》）和「九經」（《周禮》、《儀禮》、《禮記》、《左傳》、《公羊傳》、《穀梁傳》、《易》、《書》、《詩》）爲代表的漢唐儒學，而不是以「四書」（《大學》、《中庸》、《論語》、《孟子》）爲代表的宋學。雖然他們不少人已接觸過北宋蘇軾、司馬光等人的詩文，但以北宋二程和南宋朱熹等人爲代表的宋學著作卻未見傳播。其原因可能在於「高麗與南宋完全停止了官方交往，也在於通過普通商人媒介傳播文化的局限性和高麗求法僧侶對於外典的排斥。」〔註473〕直到高麗

〔註470〕柳承國《韓國儒學與現代精神》，東方出版社，2008年，第103頁。

〔註471〕《舊唐書》卷一九九·列傳一四九·東夷·高麗：「俗愛書籍，至於衡門廝養之家，各於街衢造大屋，謂之扃堂。子弟未婚之前，晝夜於此讀書、習射。其書有《五經》及《史記》、《漢書》、范曄《後漢書》、《三國志》、孫盛《晉春秋》、《玉篇》、《字統》、《字林》、又有《文選》，尤愛重之。」

〔註472〕《高麗史》卷七十四·志二十八·選舉二·學校·私學。

〔註473〕陳尚勝《宋朝和麗日兩國的民間交往與漢文化傳播》，《中國文化研究》2004年冬之卷。

後期，也就是相當於中國元代時，宋代理學（即朱子學）才得以進入高麗。

儒學在高麗的發展是與佛教的興衰密不可分的。高麗早期以佛教立國，943年，太祖頒佈「十訓要」，其中第一條便是要求大興佛法。〔註474〕《補閑集》中記載了太祖這樣做的原因：

> 太祖當干戈草創之際，留意陰陽浮屠。參謀崔凝諫云：「傳曰：當亂修文，以得人心。王者雖當軍旅之時，必修文德，未聞依浮屠陰陽，以得天下者。」太祖曰：「斯言朕豈不知之，然我國山水靈奇，介在荒僻，土性好佛神，欲資福利。方今兵革未息，安危未決，旦夕棲惶不知所措，唯思佛神陰助。山水靈應，倘有效於姑息耳，豈以此爲理國得民之大經也。待定亂居安，正可以移風俗、美教化也。」〔註475〕

顯然，高麗初期以佛立國，乃是利用佛教在撫慰人精神上的功能，作爲危亂之際安定天下的手段。雖然，他們也很清楚儒學在社會制度構建上以及倫理教化方面具有不可替代的作用，但是在人生思想方面，佛學顯然具有遠大於儒學的影響力。

高麗王朝崇尚佛教之風甚盛，隨之而來的種種流弊，也就常常成爲嚴重的社會問題，而遭到儒者的批評。如成宗元年（981），崔承老（927～989）便上書曰：「臣聞僧人往來郡縣，止宿館驛，鞭撻吏民，責其迎候供億之緩，吏民疑其銜命，畏不敢言，弊莫大焉。」〔註476〕崔承老希望成宗能夠更多重視儒學，他說：「尊釋教，重儒術，爲君之令德。……其禮樂詩書之教，君臣父子之道，宜法中華，以革卑陋。」〔註477〕從這些言語中，可以看出崔承老企圖把儒學提

〔註474〕　《高麗史》卷二・世家二・太祖二：「（癸卯）二十六年夏四月，御內殿召大匡朴述希，親授訓要，……其一曰：『我國家大業，必資諸佛護衛之力，故創禪教寺院，差遣住持焚修，使各治其業。』」
〔註475〕　《補閑集》卷上，《域外詩話珍本叢書》第八冊，59頁。
〔註476〕　《高麗史》卷九十三・列傳六・崔承老。
〔註477〕　同上。

到與佛教同等的地位上，並進而規勸成宗遠佛近儒。他又說：「行釋教者，修身之本。行儒教者，理國之源。修身是來生之資，理國乃今日之務，今日至近，來生至遠，舍近求遠，不亦謬乎？」〔註478〕

　　崔承老的言論僅僅代表著當時的儒者企圖抬升自己地位的願望，而並不意味著儒學與釋教進入到了你死我活的對立狀態。韓國現代著名學者柳承國在分析高麗時代宗教特點時說：「在朱子學傳來以前，高麗的知識人信仰上崇尚佛教，政治上則奉行儒教，儒者及僧侶在思想上皆兼儒佛，從無反目對立之事。」又說：「高麗時代，儒、佛、道三教皆互不衝突，當時的儒學者皆能通詞章，反之對經學則無深入研究。所以高麗時代宗教史的敘述中儒佛關係持有特別重要的意義。」〔註479〕

　　雖然崔承老極力諫王好儒遠佛，但是不可否認的是，佛教依然在高麗佔據重要的地位。儘管此後弘揚儒學之人不斷，比如號稱「海東孔子」的崔沖（984～1068）等大力提倡儒學，但是儒學主要還是局限於政治與社會領域，佛教才是影響於高麗人精神生活的主要力量。而毅宗（1157～1170在位）末年的「武臣之亂」更是導致「儒學不振」。〔註480〕這增加了釋教在人們生活中的影響力，那時候，學子們都跑去寺廟向僧人學習詩文。即使到高麗忠烈王時（1274～1308在位），依然存在「學者皆從釋子以習章句」的現象。〔註481〕

〔註478〕　《高麗史》卷九十三・列傳六・崔承老。

〔註479〕　柳承國《韓國儒學史》（第四、五章），臺灣商務印書館，1989年，第312頁。

〔註480〕　《高麗史》卷十九・世家十九・明宗：「（五年，1175）冬十月丙戌，賜白龍變等及第。庚癸以來，儒風不振，舉子才三百餘人。」

〔註481〕　《高麗史》卷一百一・列傳二十三・李齊賢：（忠宣王）又問：「我國古稱文物侔於中華，今其學者皆從釋子以習章句，何耶？」齊賢對曰：「昔太祖經綸草昧，日不暇給，首興學校，作成人材。一幸西都，遂命秀才廷鶚爲博士，教授六部生徒，賜彩帛以勸，頒廩祿以養，可見用心之切矣。光廟之後，益修文教，內崇國學，外列鄉校，里庠黨序，弦誦相聞，所謂文物侔於中華，非過論也。不幸毅王季年，武人變起，玉石俱焚。其脫身虎口者，逃避窮山，蛻冠帶而蒙伽梨，以終餘年，

　　因此，高麗即使是一些自稱爲「儒者」之人，也並不排斥佛教，甚至認爲「儒佛」乃是出於一源。如李奎報《南軒答客》詩曰：

　　　　我昨於南軒，晏起日已暾。盥嗽執經卷，方向手中翻。
　　客有枝木冠，謁我仍有言。以正不以雜，君子義所敦。而
　　此浮屠法，奚爲於丘門。我言男兒者，各有懷抱存。士方
　　顯仕時，經緯以人文。詩書與禮樂，輔相千載君。既老退
　　閒居，有或事琴樽。此輩吾敢望，無功補毫分。琴樽已非
　　分，事佛有何痕。況復儒與釋，理極同一源。誰駁又誰純。
　　咄哉渠所論。〔註482〕

在這篇答客詩中，針對對方抑佛揚儒的觀點，李奎報認爲，儒與佛各有所取。當一個人胸懷天下，濟世蒼生，輔佐君王時，需要以儒立身；反之，當一個人賦閒退處時，則事佛也是自然之事。況且，儒與佛本是同源，誰純誰正還很難說，討論又有什麼意義呢？李奎報乃是高麗中期最具有影響力的文人，他的思想如此，更遑論他人。即使到了高麗末期，對「儒佛」關係的認識依然沒有什麼改變。比如李齊賢也認爲「釋道於儒理本齊」〔註483〕，並說：「竊念佛氏之道，以慈悲喜舍爲本，慈悲，仁之事也，喜舍，義之事也。」〔註484〕公然把釋氏之「慈悲喜舍」與儒學之「仁義」等同起來。

　　但是，高麗社會末期，內部矛盾不斷湧現，再加上元朝的入侵，這一切對高麗的政治、社會、文化等各方面產生了影響。隨著佛教權勢和僧人的墮落程度不斷加深，寺院經濟的愈發膨脹，佛教的地位開始發生了一定的動搖，而儒學則在一定程度上受到了更多的關注。特

　　　　若神駿悟生之類是也。其後國家稍復文治，雖有志學之士無所於學，
　　　　皆從此徒而講習之故。臣謂學者從釋子學其源始此。」
〔註482〕　《東國李相國後集》卷六《南軒答客》，《韓國文集叢刊》第二冊，
　　　　195頁。
〔註483〕　《益齋亂稿》卷三《菊齋橫坡十二詠‧廬山三笑》：「釋道於儒理本
　　　　齊，強將分別自相迷。三賢用意無人識，一笑非關過虎溪。」見《韓
　　　　國文集叢刊》第二冊，526頁。
〔註484〕　《益齋亂稿》卷五《金書密教大藏序》，同上，542頁。

別是宋代理學也在此時開始傳入到朝鮮半島，這爲儒學逐漸戰勝佛學
帶來了希望。

　　理學傳入高麗的時間大約在十三世紀末，安珦被認爲是把朱子理
學帶入高麗的第一人。1286 年，隨高麗忠烈王（1274～1308 在位）
出使元朝的高麗儒學提舉安珦（1243～1306），第一次見到《朱子全
書》便認爲是「孔門正脈」，於是立即全部抄下。又摹寫孔子、朱子
等聖賢畫像，並攜新刊《四書集注》回到高麗。歸國後，他升任宰相，
大力整頓教育，親自在成均館講授朱子理學，爲傳播朱子學做了大量
工作，於是高麗理學教育迅速發展。安珦非常崇拜朱子，醉心於朱子
學，常掛朱子肖像於壁上以表敬意。他還自號晦軒，顯然是取朱熹之
號（晦庵），以示追隨不忘之意。〔註485〕

　　安珦的弟子白頤正（1260～1340），也曾留居元大都十餘年，勤
學朱子學。他歸國時帶回了很多朱子學著作，並傳授給李齊賢等弟
子。〔註 486〕安珦的另一名弟子權溥（1262～1346）則在翻刻出版朱
子學著作方面有建樹，他曾刊印了朱熹的《四書集注》。〔註487〕與安
珦、白頤正同時代，且相傳爲安珦又一名弟子的禹倬（1262～1342），
也是早期朱子學的傳播者。他博通經史，尤其是《易》學方面的專家。
當程氏《易傳》剛剛傳入時，學者們都理解不了，他專心研究後，很
快就弄明白了，並教授給學生。〔註488〕

　　其後，李齊賢、李穀、李穡、鄭夢周、鄭道傳、權近等都是朱子

〔註485〕　《高麗史》卷一〇五・列傳十八・安珦：「（珦）晚年常掛晦庵先生
　　　　　眞，以致景慕，遂號晦軒。」

〔註486〕　《高麗史》卷一〇六・列傳十九・白文節：「時程朱之學，始行中
　　　　　國，未及東方。頤正在元，得而學之。東還，李齊賢、朴忠佐首先
　　　　　師受。」

〔註487〕　權近《三峰集序》：「吾家文正公溥始以朱子四書，立白刊行，勸進
　　　　　後學。」《韓國文集叢刊》第 7 冊，171 頁。

〔註488〕　《高麗史》卷一〇九・列傳二十二・禹倬：「倬通經史，尤深於易
　　　　　學，卜筮無不中。程傳初來，東方無能知者，倬乃閉門月餘，參究
　　　　　乃解，教授生徒，理學始行。」

理學在高麗發展期間重要的人物。徐居正《東人詩話》對此有具體的記述：

> 蓋性理之學，盛於宋。自宋而上，思孟而下，作者非一，唯李翱、韓愈爲近正，況東方乎？忠烈以後，輯注始行，學者駸駸入性理之域。益齋而下，稼亭、牧隱、圃隱、三峰、陽村諸先生，相繼而作，倡明道學。文章習氣，庶幾近古，而詩賦四六，亦自有優劣矣。〔註489〕

理學的傳入及發展，預示著高麗儒學的振興，同時也爲批判佛教提供了理論的武器。理學從其興起伊始就是以排佛爲基礎的，這是早期朱子學者所具有的共同特點，如前引呂思勉所言，理學乃是「佛學之反動」。而高麗後半葉，佛教勢力越來越膨脹。《高麗史》載：「世俗以種善爲名，各隨所願，營造佛寺，其數甚多，又有中外僧徒，欲爲私住之處，兢行營造。」〔註490〕以致「佛氏寺觀，周遍中外」。〔註491〕這引起了儒者對佛教更強烈的排斥，如李穀（1298～1351）便有多首詩表示對佛教的不滿之意，並希望振興儒學。他說「致君堯舜須讀書，儒冠未必皆誤身。」〔註492〕又說「載道之器皆謂經，釋氏所說誠難思。」〔註493〕他還說「曾誨螟蛉在泮宮，閒居猶欲振儒風。要談六籍排邪說，吾道寧專筆硯功。」〔註494〕

　　這種對佛教勢力的批判意識在李穡、鄭夢周、鄭道傳等朱子學者身上體現得更爲明顯。比如鄭夢周「倡鳴濂洛之道，排斥佛老之言，講論惟精，深得聖賢之奧。」〔註495〕又如鄭道傳反駁前人所謂「儒

〔註489〕　《東人詩話》卷下，《域外詩話珍本叢書》第八冊，221頁。
〔註490〕　《高麗史》卷八十五・刑法志・禁令・成宗元年六日條。
〔註491〕　《高麗史》卷七十四・選舉志・學校。
〔註492〕　《稼亭集》卷十四《送蘇伯修參政湖省，分韻得東華塵》，《韓國文集叢刊》第三冊，186頁。
〔註493〕　《稼亭集》卷十四《順庵新置大藏，李克禮州判，作詩以贊次其韻》，同上。
〔註494〕　《稼亭集》卷二十《行次連山，聞金先生光鼎在近邑，教授生徒，以二絕寄之》，同上，225頁。
〔註495〕　《高麗史》卷一一七・列傳三十・鄭夢周。

釋同源」的說法，認爲儒與佛完全不一樣，他說：「先儒謂儒釋之道，句句同而事事異。」〔註 496〕他還寫了《佛氏毀棄人倫之辨》、《佛氏眞假之辨》等文對佛教加以批判。在《佛氏作用是性之辨》中，他說：「佛氏自以爲高妙無上，而反以形而下者爲說，可笑也已。學者須將吾儒所謂威儀之則與佛氏所謂作用是性者，內以體之於身心，外以驗之於事物，則自當有所得矣。」〔註 497〕這顯示了與「儒釋同源」截然不同的看法。

三、宋代理學詩之傳入

伴隨理學的進入，宋代理學家的詩文和他們所編的詩文選本，也開始逐漸進入高麗。首先便是邵雍的詩。

邵雍（1011～1077），北宋哲學家、易學家，字堯夫，諡號康節，自號安樂先生、伊川翁，後人稱百源先生。邵雍是北宋著名的理學家，也是宋代理學詩派的代表詩人。《宋史》本傳稱邵雍「高明英邁，迥出千古，而坦夷渾厚，不見圭角，是以清而不激，和而不流。」〔註 498〕他的主要學術著作有《皇極經世》、《觀物內外篇》、《漁樵問對》等，詩則有《伊川擊壤集》二十卷。《郡齋讀書志》卷十九評其詩曰：「歌詩蓋其餘事，亦頗切理，盛行於時。」朱熹云：「康節之學，其骨髓在《皇極經世》，其花草便是詩。」〔註 499〕而邵雍自己則曰：「《擊壤集》，伊川翁自樂之詩也。」〔註 500〕

邵雍是深受高麗晚期詩人喜愛的一位理學家和詩人，因爲邵雍是著名的象數易學大家，而易學又是高麗朱子學的主要內容。〔註 501〕

〔註 496〕 《三峰集》卷九《佛氏雜辨·儒釋同異之辨》，《韓國文集叢刊》第五冊，455 頁。

〔註 497〕 《三峰集》卷九《佛氏雜辨·佛氏作用是性之辨》，同上，450 頁。

〔註 498〕 《宋史》卷四百二十七·列傳一百八十六。

〔註 499〕 《朱子語類》卷一百·邵子之書。

〔註 500〕 《伊川擊壤集·序》。

〔註 501〕 《韓國學論文集》（第四輯），北京大學韓國學研究所編，社會科學文獻出版社，1995 年，第 44 頁。

在喜愛邵雍的詩人中，李穡可算是最爲突出的一位。他讚賞邵雍「伊川心是聖人心」〔註 502〕，又自稱「老來學易慕伊川，羲畫仍將繼邵傳」〔註 503〕，他還把邵雍比作知己，說自己與邵雍雖未同時，但卻心意相通：「欲知老牧存心處，問向伊川擊壤翁」〔註 504〕，他甚至說「我即邵康節」〔註 505〕。

從這些言語中，我們可以看到李穡對邵雍的仰慕。那麼，李穡對邵雍的詩文是否也很熟悉呢？我們看《牧隱文稿》卷三《六友堂記》中的一段話：

> 永嘉金敬之氏名其堂曰四友，蓋取康節先生雪月風花也。……山吾仁者所樂也，見山則存吾仁。水吾智者所樂也，見江則存吾智。雪之壓冬溫，保吾氣之中也。月之生夜明，保吾體之寧也。風有八方，各以時至，則吾之無妄作也。花有四時，各以類聚，則吾之無失序也。又況敬之氏胸中灑落，無一點塵滓。又其所居，山明水綠，謂之明鏡錦屏，（缺一字）無忝也哉。雪也在孤舟蓑笠爲益佳，月也在高樓樽酒爲益佳，風在釣絲，則其清也益清。花在書榻，則其幽也益幽。四時之勝，各極其極，以經緯乎江山之間，敬之氏侍側餘隙。舟乎江屬乎

〔註 502〕 《牧隱詩稿》卷二《讀春秋》：「獲麟當日涕沾襟，借魯明王筆力深。三傳異同吾已廢，伊川心是聖人心。」見《韓國文集叢刊》第三冊，533 頁。

〔註 503〕 《牧隱詩稿》卷十五《憶鄭散騎》：「老來學易慕伊川，羲畫仍將繼邵傳。馬錫康侯三見接，女眞不字十經年。有睽有合誰爲地，示吉示凶皆是天。只恨病深難卒業，敢將餘力贊蕃宣。」見《韓國文集叢刊》第四冊，161 頁。

〔註 504〕 《牧隱詩稿》卷二十四《出訪禹平章，因過朴判書，微醉而歸》。同上，341 頁。

〔註 505〕 《牧隱詩稿》卷十九《明日，聞韓柳巷數遣人候僕還家，蓋欲相攜登高也。平時幅巾往來，無有少阻，九日之會，胡爲而睽乎。吟成一首，錄呈座下，以資一笑》：「柳巷卻在家，蕭條嗅黃菊。候我走蠻童，把花香滿掬。公眞陶淵明，我即邵康節。……」同上，243 頁。

山，數落花立清風，踏雪尋僧，對月招客，四時之樂，
亦極其極矣。

李穡並未說明其所言邵雍之「雪月風花」出自何處，但是《伊川擊壤
集序》中有語曰：「雖死生榮辱，轉戰於前，曾未入於胸中，則何異
四時風花雪月一過乎眼也。」此外，邵雍還有三首詩與「雪月風花」
有關，這三首詩分別為：

誰道閒人無事權，事權唯只是詩篇。四時雪月風花景，
都與收來入近編。（《答人吟》）

堯夫非是愛吟詩，為見聖賢興有時。日月星辰堯則了，
江河淮濟禹平之。皇王旁伯經褒貶，雪月風花未品題。豈
謂古人無闕典，堯夫非是愛吟詩。（《首尾吟》）

一片春天在眼前，眼前須識好春天。春秋冬夏能無累，
雪月風花都一連。能用真腴為事業，豈防他物害暄妍。我
生其幸何多也，安有閒愁到耳邊。（《春天吟》）

在邵雍詩中，「雪月風花」其實就是詩人抒發性情的載體。邵雍曾言：
「好景信移情」〔註506〕，他的詩中寫得比較多的都是一些生活中的
自然景象，如《清風長吟》、《垂柳長吟》、《落花長吟》、《芳草長吟》、
《春水長吟》、《花月長吟》、《落花短吟》、《芳草短吟》、《垂柳短吟》、
《春水短吟》、《清風短吟》等詩，形成了一個吟風弄月的詠物系列，
通過這些自然景物的描寫來表現詩人自適其樂、超然無為的品格，「創
造了理學的詩化形態」。〔註507〕對此，明人薛瑄也有近似的概括：「雪
月風花閒諷詠，溪雲水竹自遊遨。」〔註508〕

從李穡的文字中，我們能感受到他對「雪月風花」的理解正與邵
雍詩中之意相同，他應該是看過《伊川擊壤集》的。當然，明確表明

〔註506〕《伊川擊壤集》卷三《宿壽安西寺》。
〔註507〕王利民《從〈伊川擊壤集〉看邵雍的風月情懷》，《浙江大學學報》，
2004 年第 5 期。
〔註508〕薛瑄《薛文清公文集》卷十《讀邵康節擊壤集》。

看過《擊壤集》的是耘谷元天錫（1330～？）。《耘谷行錄》卷四《次康節邵先生春郊十詠詩並序》云：「讀古人詩，看古人意，今古雖殊，其意並異。人於富貴貧賤榮枯得失，皆有歡忻快樂哀戚鬱陶，其所以然者，情所感發而興起也。惜哉情乎，夫何使人至於斯也。予讀先生《擊壤集》，至《共城十吟》，其自敘云：『悼身之窮處，故有春郊詩一什。雖不合於雅焉，抑亦導於情耳。』其詩意深有感於予心者，若然則天之所賦之性，固無古今之異者歟。故想其風味，各以其韻次成一什云。」此外，《耘谷行錄》卷四《六十吟二首》其一云：「學道無成寡所聞，欲憑何事報明君。一涯水石知涯分，二世塵埃混世紛。氣質敢希蓬瑗化，性情常效邵雍云。已於萬務忘筌久，足以安心臥白雲。」詩中「性情常效邵雍云」一句，乃是指邵雍《性情吟》之語：「踐形治性，踐迹治情。賢人踐迹，聖人踐形。」〔註 509〕可見，元天錫對邵雍之詩是非常熟悉的。

　　除了邵雍，宋代其它理學家的詩作是否也已經傳到了高麗呢？李齊賢曰：「漢雉、唐瞾，列於帝紀。孟堅、永叔之筆，爲得春秋之法乎？程伊川以武氏比女媧，謂之非常之變，而不及呂氏，亦有說乎？」〔註 510〕又崔瀣《春軒壺記》云：「春軒崔侯，學古孝悌人也。病子弟泛學無師，未有以正之者，則廣收程朱氏之書，與之講習焉。」〔註 511〕從這兩段文字，可知程顥、程頤以及朱熹的書籍，已經在高麗廣爲流傳，但其中是否有詩集並未明確。但李齊賢《則天陵》詩序云：「後閱晦庵《感遇詩》，拊卷自歎。孰謂後生陋學，其議論有不謬於朱子耶？」〔註 512〕從這段文字可以判定李齊賢已經閱讀到了朱熹的詩作。

　　再晚一點，鄭道傳亦有文曰：「四大身中誰是主，六根塵裏孰爲精。黑漫漫地開眸看，終日聞聲不見形。此釋氏之體驗心處。謂有寧

〔註 509〕　《伊川擊壤集》卷十四，184 頁。
〔註 510〕　《益齋亂稿》卷九・下・策問・王統替代，《韓國文集叢刊》第二冊，600 頁。
〔註 511〕　《拙稿千百》卷一，《韓國文集叢刊》第三冊，19 頁。
〔註 512〕　《益齋亂稿》卷三《則天陵》。

有迹，謂無復何存。惟應酬酢際，特達見本根。此吾儒之體驗心處。」
〔註513〕此段文字中，「謂有寧有迹，謂無復何存。惟應酬酢際，特達
見本根」出自朱熹《二詩奉酬敬夫贈言並以爲別》（之二），朱熹原詩
爲：「昔我抱冰炭，從君識乾坤，始知太極蘊，要眇難名論。謂有寧
有迹？謂無復何存？惟應酬酢處，特達見本根。萬化自此流，千聖同
茲源。曠然遠莫御，惕若初不煩。云何學力微，未勝物欲昏。涓涓始
欲達，已被黃流吞。豈知一寸膠，救此千丈渾？勉哉共無斁，此語期
相敦。」〔註514〕這是南宋乾道三年（1167），朱熹在嶽麓書院講學後，
在株洲與張栻告別時所作。從以上文字可以說明，朱熹的詩文集已經
爲高麗人所熟知。到了朝鮮李朝，朱熹的詩，甚至成了朝野上下士人
修業進德的途徑之一，以至有人認爲：「由今之時，造今之士，莫如
學夫子之詩而咸有所得，於詠歎淫液之際，消融查滓，動蕩血脈，易
直子諒之心油然生，而非僻惰慢之志無以作。邇之可以事父，遠之可
以事君。可以興於斯，可以觀於斯，可以群於斯，而先王之詩教庶幾
窺其萬一。」〔註515〕

四、理學影響下的高麗文學觀及漢詩創作

1、「文者貫道之器」與「詩道由來寫性情」

高麗初期發生過一次文學和儒學爭奪地位的事件，據《高麗史》
載：

> 睿宗時，國家閒暇，王尚詞賦，好遊宴，嘗宴西京大
> 同江，與侍臣唱和。（崔）瀹亦以知制誥從，上書諫曰：「昔
> 唐文宗欲置詩學士，宰相奏：『詩人多輕薄，若承顧問，恐
> 撓聖聰。』文宗乃止。帝王當好經術，日與儒雅討論經史，

〔註513〕《三峰集》卷九《佛氏雜辨・儒釋同異之辨》，《韓國文集叢刊》第
　　　　五冊，456 頁。
〔註514〕《晦庵先生朱文公文集》卷五。
〔註515〕正祖（1752～1800）《雅誦序》，見《弘齋全書》卷十，《韓國文集
　　　　叢刊》第 262 冊，163 頁。

咨諏政理，安有事童子雕篆，數與輕薄詞臣，吟風嘯月，以喪天衷之淳正耶：」王優納之。有一詞臣乘隙曰：「瀹所謂儒雅，除臣等別有何人。瀹短於詩，故有此言。」王怒，左遷春州府使。〔註 516〕

崔瀹勸睿宗尚儒雅，學經史，遠離詞章，卻反而遭黜，可見當時在佛學的壓制下，儒學地位之低。同時，也說明儒學與文學尚處於不兼容的狀態。高麗中期，形勢開始有所變化，詩人們開始抵制釋氏，並強調文中能夠貫穿儒家之道。比如林椿云：「釋老久塞路，獨欲辭而闢。斯文信未喪，乃知天意惜。」〔註 517〕其後，他又說：「早聞風烈盛貞元，幾葉傳爲學士門。文變唐朝今掃地，天教安定世生孫。扶持正道韓公後，破黜諸家孔氏尊。鼻祖有靈應自喜，高才眞個入吾藩。」〔註 518〕林椿在詩中對唐以後的文風「掃地」現象表示不滿，他希望能夠追隨韓愈，重新在詩文中尋回「道統」，獨尊孔子的聖人思想。他是這麼說，也是這麼做的，李仁老便在《西河先生集序》中稱讚林椿的詩「有騷雅之風骨」〔註 519〕。此外，李奎報在撰寫《開元天寶詠史詩》時，也強調其意圖「是用拾善可爲法、惡可爲誡者，播於諷詠。雖事有不關於上者，其時善惡，皆上化之漸染，故並掇而詠之。豈敢補之風雅，聊以示新學子弟而已。」〔註 520〕他突出了詩作的教化功能，雖然他很謙虛地表示寫詩只是給新學子弟看看而已，但是其眞正用意還是希望能夠「補之風雅」。從以上事例既可以看出儒家詩教觀對高麗詩人之深刻影響，又可見「文」與「道」逐漸由對立到並存的狀態。

〔註 516〕　《高麗史》卷九十五・列傳八・崔沖。

〔註 517〕　《西河先生集》卷一《贈皇甫兄弟》，《韓國文集叢刊》第一冊，216頁。

〔註 518〕　《西河先生集》卷二《贈皇甫若水》。

〔註 519〕　《韓國文集叢刊》第一冊，207 頁。

〔註 520〕　《東國李相國全集》卷四《開元天寶詠史詩序》，《韓國文集叢刊》第一冊，327 頁。

真正明確提出「文道」關係的是稍後的崔滋。《補閑集序》云：

> 文者，蹈道之門，不涉不經之語。然欲鼓氣肆言，諫
> 動時聽，或涉於險怪。況詩之作，本乎比興諷喻，故必寓
> 託奇詭，然後其氣壯，其意深，其辭顯，足以感悟人心，
> 發揚微旨，終歸於正。若剽竊刻畫，誇耀青紅，儒者固不
> 爲也。

崔滋直接標舉文學應當「宗經明道」。他認爲，由於文學是通往儒道
的途徑，文學家就應該以儒家的經典作爲創作的依據，詩就應「比興
諷喻」，感悟人心，發揚微旨。崔滋又說：「凡作者，當先審字本，凡
與經史百家所用，參會商酌。」〔註 521〕這亦是強調文學中求「道」
當以學「經」爲本。在崔滋看來，「文道合一」方能創作出「氣壯、
意深、辭顯」的作品；「文」一旦脫離了儒道，必然會「誇耀青紅」，
墮落爲剽竊刻畫。

此後，李齊賢在《櫟翁稗說序》中交代寫作意圖時云：

> 後所錄，其出入經史者無幾餘，皆雕篆章句而已，何
> 其無特操耶？豈端士壯夫所宜爲也。答曰：坎坎擊鼓列松
> 風，屢舞婆娑編乎雅，矧此錄也。本以驅除閒悶，信筆而
> 爲之者，何怪？夫其有戲論也，夫子以博弈者，爲賢於無
> 所用心，雕篆章句，此諸博弈不猶愈乎？

在李齊賢看來，文章分爲兩種，一種是出入經史者，一種是雕篆章句
者，而真正的詩人自然應當寫作「出入經史」之文。「坎坎擊鼓列松
風，屢舞婆娑編乎雅」道出了詩人對以《詩經》「風雅」傳統爲代表
的儒家詩教的追求。

李穡是高麗末期最爲知名的性理學者，其文學觀我們可從下面的
詩句中發現：

> 程朱載道器，大斥二氏非。（《牧隱詩稿》卷六《有感
> 四首》)

〔註 521〕《補閑集》卷中，《域外詩話珍本叢書》第八冊，127 頁。

程朱道學配天地，直揭日月行徐徐。(《牧隱詩稿》卷
九《贈金敬叔秘書詩序》)

文章一小技，亦從時尚趨。綺麗似文錦，質樸如枯株。
(《牧隱詩稿》卷十七《古風》)

文章蓋末技，道德企前賢。(《牧隱詩稿》卷二十六《晨
興》)

天道明明不失常，可憐吾道寄詞章。(《牧隱詩稿》卷
三十《有感》)

這些詩句可以看做是李穡在文道關係上的基本觀念，他把作詩看做
「小技」、「末技」，認爲詩應當「載道」，擔負起教化的作用。此外，
鄭夢周云：「風儀傾後輩，經術即吾師」〔註522〕，「直道忤時俗，詩
成逼正音。」〔註523〕李崇仁亦云：「道德之實，□□於中，則文章之
發，不能不煥然矣。」「若雕章刻句，以殉有司之三尺，惟速化之務
焉，豈學古者志哉，余嘉生之志於古也，並以斯文興替告之。」〔註524〕
他們都是主張「道本文末」的觀點，但也並不排斥「文」的作用。

不過，再進一步，他們的觀念也會顯得有點極端。比如，他們
把詩文直接看作是闡述性理的工具，如李穡言：「詩書窮性理，德澤
洽生靈。」〔註525〕而鄭夢周更是直言：「詞章末藝耳」。他認爲，更
值得人們關注的應該是出自《大學》、《中庸》之書的「身心之學」。
〔註526〕其對文學的排斥態度與其性理學家身份非常一致。

與鄭夢周同時的鄭道傳（？～1398）、權近（1352～1409）、李詹

〔註522〕 《圃隱先生文集》卷一《膠水縣別徐教諭》，《韓國文集叢刊》第五
冊，569頁。
〔註523〕 《圃隱先生文集》卷二《又次遁村韻》，《韓國文集叢刊》第五冊，
589頁。
〔註524〕 《陶隱集》卷四《贈李生序》，《韓國文集叢刊》第六冊，599頁。
〔註525〕 《牧隱詩稿》卷十五《述懷 三首》，《韓國文集叢刊》第四冊，163
頁。
〔註526〕 《三峰集》卷三《圃隱奉使稿序》，《韓國文集叢刊》第五冊，340
頁。

（1345～1405）則沒有這麼極端，其態度相對折中一點。比如鄭道傳提出「文者載道之器」的觀點，他說：「日月星辰，天之文也。山川草木，地之文也。詩書禮樂，人之文也。然天以氣，地以形，而人則以道，故曰：文者，載道之器，言人文也得其道。詩書禮樂之教明於天下，順三光之行，理萬物之宜，文之盛至此極矣。」〔註527〕而權近的觀點則與鄭道傳相似，他說：「文在天地間，與斯道相消長。道行於上，文著於禮樂政教之間。道明於下，文寓於簡編筆削之內。故典謨誓命之文，刪定贊修之書，其載道一也。」〔註528〕此外，李詹則提出「文者貫道之器」的觀點，他說：「文者貫道之器也，必深於斯道，然後爲能至矣。」〔註529〕這種「文者載道之器」以及「文者貫道之器」的觀念應該說代表了高麗末期大部分詩人的觀點。

　　理學家除了認爲「文學」乃是「貫道」之器外，同時也認爲，文學乃是抒發「性情」之作。「性情」問題發端於先秦儒學，也是宋代理學中的一個重要的命題。朱熹云：「喜怒哀樂，情也。其未發，則性也，無所偏倚，故謂之中。發皆中節，情之正也，無所乖戾，故謂之和。大本者，天命之性，天下之理皆由此出，道之體也。達道者，循性之謂，天下古今之所共由，道之用也。此言性情之德，以明道不離之意。」〔註530〕

　　在朱熹的心目中，仁、義、禮、智屬於道德理性，四端（惻隱、羞惡、辭讓、是非）則爲道德情感。前者對於後者，是一種源頭、制約的關係。此二者又當如何統一呢？朱熹認爲統一的途徑也在於「心統性情」，即一心而統轄性、情二端。〔註531〕

〔註527〕　鄭道傳《陶隱文集序》，見《三峰集》卷三，《韓國文集叢刊》第五冊，342頁。

〔註528〕　權近《鄭三峰文集序》，見《陽村先生文集》卷十六，《韓國文集叢刊》第七冊，171頁。

〔註529〕　李詹《雙梅堂先生篋藏文集》卷二十二·策問·歷代有文者之來歷，《韓國文集叢刊》第六冊，357頁。

〔註530〕　《四書集注·中庸章句》

〔註531〕　馬育良《朱熹理學世界中的性情論》，《合肥學院學報》，2007年第

　　朱熹還對此觀念作過許多充分的闡發和發展。比如他說：「性者，心之理。情者，性之動。心者，性情之主。」「性對情言，心對性情言，合如此是性，動處是情，主宰是心。」「心統性情，故言心之體用，嘗跨過兩頭未發已發處說。」「性以理言，情乃發用處，心即管攝性情者也。」〔註532〕

　　就性情與文學之關係，《近思錄》卷二云：「古之學者，惟務養性情，其他則不學。今爲文者，專務章句，悅人耳目，既悅人，非俳優而何？」〔註533〕又曰：「興於詩者，吟詠性情，涵暢道德之中，而歆動之，有『吾與點』之氣象。」〔註534〕可見，在理學家看來，涵養性情乃是寫詩的必要前提，而吟詠性情則是寫詩的目的。

　　在高麗，理學家們同樣也不忘討論詩與「性情」的問題。比如李齊賢曰：「詩者，志之所至，在心爲志，發言爲詩。」〔註535〕這是來自於《詩經・大序》中的話。《詩經・大序》云：「詩者，志之所至也，在心爲志，發言爲詩。情動於中，而形於言，言之不足，故嗟歎之。嗟歎之不足，故詠歌之。詠歌之不足，故不知手之舞之，足之蹈之也。」《詩經・大序》的這番話正是強調詩乃是抒發人的情感。

　　李穡也強調「性情」對於詩作的重要性，他在很多詩中探討了「詩」與「性情」的話題，比如「文章出道德，性情均夷夏」〔註536〕、「振振周南詩，變矣迷性情」〔註537〕、「性情陶冶後，雅俗變移初」〔註538〕、「道德離倫古亦希，陶寫性情堪自養」〔註539〕、「如今濂洛教初行，

---

　　　　5 期。
〔註532〕　《朱子語類》卷五・性理二，中華書局 1986 年，第 89、94 頁。
〔註533〕　《近思錄》卷二・爲學。
〔註534〕　《近思錄》卷三・致知。
〔註535〕　《益齋亂稿》卷九《史贊・宣王》，《韓國文集叢刊》第二冊，597 頁。
〔註536〕　《牧隱詩稿》卷十二《追記索子翔語》，《韓國文集叢刊》第四冊，121 頁。
〔註537〕　《牧隱詩稿》卷六《古風》，《韓國文集叢刊》第四冊，31 頁。
〔註538〕　《牧隱詩稿》卷八《有感》，同上，63 頁。
〔註539〕　《牧隱詩稿》卷九《偶題》，同上，78 頁。

謳吟直欲求性情」〔註540〕、「怪來遇興輕狂甚，坐讀中庸檢性情」〔註541〕、「詩道由來寫性情，誰教口吻卻爭鳴」〔註542〕。他還認爲孔子刪詩書，就是爲了「正性情」，所以，在爲《選粹集》作序時，他強調其選擇標準便是「有關風化性情」。〔註543〕

　　李崇仁同樣強調詩歌乃是「涵養情性」之作，而「無邪」則是其最高標準。他在《題金可行詩稿後》中說：「三百篇，爲詩家宗祖，聖人嘗論之曰：『關雎樂而不淫，哀而不傷。』又曰：『詩三百，一言蔽之，曰思無邪。』此論詩之至也。詩道之變極，而論者，往往不本於情性，惟一字一句之工拙是求，余之病此久矣。」〔註544〕

　　朱熹《詩集傳序》曾云：「凡詩之所謂風者，多出於里巷歌謠之作，所謂男女相與詠歌，各言其情者也，惟周南召南，親被文王之化以成德，而人皆有以得其性情之正，故其發於言者，樂而不過於淫，哀而不及於傷。」李崇仁的觀點可謂與朱熹完全一致。後人評價李崇仁的詩時，也往往落腳於「性情」二字上，說他「涵泳性情，發爲詩篇。」〔註545〕又說「陶隱詩語既灑落，無一點塵，而其趣，惟在於此，足以感人情性之正，而歸於無邪矣。」〔註546〕

2、「詩成逼正音」與「謳吟直欲求性情」

　　在性理學影響下高麗末期漢詩大多遵循「文以貫道」或「吟謳性情」的觀念，在詩中或表現理學家正統的儒家道德理念，或抒發自適

〔註540〕　《牧隱詩稿》卷十八《昨至九齋》，同上，221頁。
〔註541〕　《牧隱詩稿》卷二十四《曉雨》，同上，333頁。
〔註542〕　《牧隱詩稿》卷十四《即事》，同上，155頁。
〔註543〕　《牧隱文稿》卷九《選粹集序》：「類詩以體，亦孔氏法也。故侯國之詩，目之曰風；天子之詩，曰雅，曰頌。孔氏祖述堯舜，憲章文武。刪詩書，定禮樂，出政治，正性情，以一風俗，以立萬世大平之本。……至於今，凡若干詩家文，有關於風化性情者若干篇，釐爲若干卷。」見《韓國文集叢刊》第五冊，72頁。
〔註544〕　《陶隱先生文集》卷五，《韓國文集叢刊》第六冊，609頁。
〔註545〕　周倬《陶隱集序》，《韓國文集叢刊》第六冊，521頁。
〔註546〕　李穡《陶隱集跋》，《韓國文集叢刊》第六冊，519頁。

無爲的性情。

李齊賢（1287～1367），字仲思，號益齋、櫟翁，諡號文忠公。他是高麗末期最重要的文學家之一，他的詩作被認爲「以工妙清俊，萬象具備，爲朝鮮三千年之第一大家，是以正宗而雄者也。」〔註547〕著有《益齋亂稿》十卷、《櫟翁稗說》四卷、《益齋長短句》等。

李齊賢15歲及第丙科，17歲走上仕途任錄事，22歲任職藝文春秋館。此後五年，先後歷任西海道按廉使、進賢館提學、知密直司、政堂文學、判三司事等官職。27歲之前他已經聲名遠播、政績累累。1313年，高麗第26代國王忠宣王讓位於太子忠肅王，自己以太尉身份留居元朝首都大都，構置「萬卷堂」，以書史自娛。他感到「京師文學之士，皆天下之選，吾府中未有其人，是吾羞也」，〔註548〕因此把李齊賢從國內召來作爲侍從。李齊賢1315年來中國，1341年回國，在中國共生活了二十六年。在華期間，他與元朝大儒元明善、趙孟頫、閻復、姚燧等交往密切。李齊賢對朱子學鑽研頗深，很有見解，回國後，「倡義理之學，爲世儒宗」。〔註549〕

作爲理學家，李齊賢詩中自然少不了「致君堯舜」的思想，比如：

魏公懷粹德，倔起際風雲。絳灌雖同列，唐虞欲致君。辟雍方繪像，泉路久修文。慕藺嗟生晚，荒涼馬鬛墳。（《益齋亂稿》卷二《許文貞公墓》）

聖人有所爲，爲民非爲臺。君看唐虞事，先天天不違。毫釐涉人欲，顧眄生禍機。如何魏公子，盜跖方仲尼。物理喜自反，典午已相欺。……（《益齋亂稿》卷二《鄴城》）

不過，李齊賢詩中更多作品則充滿了儒家「忠孝」思想。〔註550〕這

〔註547〕 金澤榮《韶濩堂文集》定本卷八·雜言六，《韓國文集叢刊》第347冊，323頁。

〔註548〕 《高麗史》卷一百一·列傳二十三·李齊賢。

〔註549〕 權近《鄭三峰文集序》，《陽村先生文集》卷十六，《韓國文集叢刊》第七冊，171頁。

〔註550〕 李炳赫《高麗末性理學受容期의漢詩研究》，東亞大學校博士論文，

既與性理學對其深刻的影響有關，也與李齊賢個人的人生經歷以及高麗王朝的政治命運有關。

　　李齊賢常年遠離家鄉、遠離親人的生活，讓他對「孝」字感受頗深，如他的《涇州道中》詩曰：「出谷天無際，登坡路始平。塞雲拖雨黑，野日隔林明。萬里思親淚，三年戀主情。哦詩聊自遣，漸覺錦囊盈。」〔註551〕此詩「萬里思親淚，三年戀主情」一聯格外感人。又《定興路上》云：「雨餘泥滑路逶迤，兀兀征鞍撼四支。安坐豈償男子志，遠遊還愧老親思。野桑翳翳風來少，村樹茫茫日下遲。早晚歸來報明主，卻尋雞黍故人期。」〔註552〕此詩表現了詩人的矛盾心態：想陪伴在父母身邊，然而好男兒當志在四方；可一旦遠遊，卻又擔心年邁的雙親對自己的思念。當然，「忠君」的李齊賢還是選擇了遠遊，不過其內心之苦楚也是顯而易見的。其他如《感懷》、《唐肅宗陵》、《王祥碑》、《孟宗多筍》等詩篇都是這類以表示儒家「孝」思想為主題的作品。

　　而高麗作為元朝藩屬國的地位以及他長期伴隨忠宣王的生活經歷又讓他把「忠」作為自己安身立命的根本。當元朝欲把高麗辟為行省時，李齊賢極力上書勸阻，其情其理之感人，竟致元朝暫時停止了相關議論。〔註553〕而當忠宣王遭讒言被元朝流放吐蕃時，李齊賢不僅設法上書營救，還遠赴萬里去朵思麻看望慰問，其忠心耿耿於此可見。〔註554〕他的很多詩作都體現了這種儒家「忠君」之思想，比如

1988 年，第 43～67 頁。
〔註551〕《益齋亂稿》卷三，《韓國文集叢刊》第二冊，522 頁。
〔註552〕《益齋亂稿》卷一，同上，505 頁。
〔註553〕《高麗史》卷一百一·列傳二十三·李齊賢：「後復如元，柳清臣、吳潛上書都省，請立省本國比內地。齊賢為書上都堂曰：『伏望執事閣下追世祖念功之意，記中庸訓世之言，國其國，人其人，使修其政賦而為之藩籬，以奉我無疆之休。豈惟三韓之民，室家相慶，歌詠盛德而已？其宗祧社稷之靈，將感泣於冥冥之間矣。』議遂寢。」
〔註554〕《高麗史》卷一百一·列傳二十三·李齊賢：「忠宣被讒，流吐蕃，齊賢又與崔誠之獻書元郎中曰……既而，帝命量移忠宣於朵思麻之地，從拜住所奏也。齊賢往謁忠宣，謳吟道中忠憤藹然。」

《豫讓橋》曰：「一片荒橋石，誰留國士名。山含千載憤，日照九泉誠。不爲恩難報，徒求事易成。此言眞有激，邪佞合心驚。」〔註555〕豫讓爲報智伯知遇之恩，捨死忘生，歷盡千辛萬苦，欲爲其報仇，其爲知己獻身的精神令人感佩。而李齊賢的這首詩也是借豫讓的故事來表明自己願爲國君獻身的忠義思想。又《比干墓》云：「周王封墓禮殷臣，爲惜忠言見殺身。何事華陽歸馬後，蒲輪不謝采薇人。」〔註556〕比干被譽爲「亙古第一忠臣」，李齊賢此詩實是以比干自比。李齊賢一生曾屢遭讒言，也曾不斷被排擠。1348年，六十一歲的他曾再次出使元朝。回國後，被恭愍王拜爲右政丞。他提出許多革新建議，但屢遭拒絕，且「群小益煽」〔註557〕。這使得李齊賢心灰意冷，一番忠心無以施展，他只能掛冠而去，埋首著書。但是，其內心之痛苦我們亦可想而知，其心迹正如《黃土店·聞上王見譖不能自明》詩所云：「世事悠悠不忍聞，荒橋立馬忽忘言。幾時白日明心曲，是處青山隔淚痕。燒棧子房寧負信，翳桑靈輒早知恩。傷心無術身生翼，飛到雲宵一叫閽。」〔註558〕其無奈悲傷之心在此詩中表現得非常清晰，他不知道該往哪裏去，也不知道該說什麼，他只是悲歎自己不能被人理解。「傷心無術身生翼，飛到雲宵一叫閽」，這正是忠心耿耿的他悲憤之情的體現。李齊賢的《明夷行》也是表達了同樣的思想：

> 楊朱曾哭路多歧，魯叟亦歎麟非時。荒雞未鳴夜何其，喪狗獨立迷所之。憶昔吾君初入相，兩扶紅日上咸池。功成不退古所誡，坐令西伯玩明夷。式微胡爲寓旄丘，已老曷不營菟裘。古聞驂乘致芒背，今悟曲突賢焦頭。唐虞揖讓冠千古，有城底事名堯囚。滄浪水清耳不洗，羞向塵編對許由。〔註559〕

〔註555〕 《益齋亂稿》卷一，同上，506頁。
〔註556〕 《益齋亂稿》卷一，《韓國文集叢刊》第二冊，509頁。
〔註557〕 《高麗史》卷一百一·列傳二十三·李齊賢。
〔註558〕 《益齋亂稿》卷二，同上，516頁。
〔註559〕 《益齋亂稿》卷二，同上。

從他的詩作中，我們能感受到一位眞正的理學家學問、品行、道德與文章的統一。李穡曾評論李齊賢詩曰：「益齋功德動天心，餘事文章蓋古今。」〔註560〕誠如斯言。《東人詩話》則把李齊賢比作杜甫，徐居正說：「古人稱杜甫非特聖於詩，詩皆出於憂國憂民，一飯不（忘）忠君之心……大元至治中，高麗忠宣王被讒，竄西蕃。益齋李文忠公萬里奔問，忠憤藹然。如『寸腸冰雪亂交加，一望燕山九起嗟。誰謂鱣鯨困螻蟻，可憐螫虱訴蝦蟆。才微杜漸顏宜赭，義重扶巓鬢已華。萬古金縢遺策在，未容群叔誤周家。』又『咄咄書空但坐愁，式微何處賦菟裘。十年艱險魚千里，萬古升沉貉一丘。白日西飛槐正斷，碧江東注淚先流。滿門珠履無雞狗，飽德如吾死合羞』等篇，其忠誠憤激，杜少陵不得專美於前矣。」〔註561〕

　　李穡（1328～1396），字穎叔，號牧隱，卒諡文靖。李穡是高麗著名文人李穀之子，師承理學大家李齊賢。1349 年以高麗使節書狀官身份入元朝應舉，以第二甲第二名得翰林稱號。他還在元國子監學習朱熹的學說，三年後回國，曾任成均館大司成、宰相等要職。〔註562〕他大部分時間研究性理學，在任大司成期間，以振興儒學爲己任，講授朱子學，培養了許多著名儒學者，如鄭夢周、權近等，當時「儒士皆宗之」。〔註563〕李朝學者朴壽春評曰：「勝國末，李文靖游學中原，得聞濂洛關閩之學。吾東之士，始知詞章之外，有性理之說焉。於是以興起斯文爲己任者，不無其人。」〔註564〕李穡著有《牧隱集》五十五卷。

　　權近《恩門牧隱先生文集序》云：「吾東方牧隱先生，質粹而氣

〔註560〕《牧隱詩稿》卷七《奉懷恩門益齋先生》，《韓國文集叢刊》第四冊，37 頁。

〔註561〕《東人詩話》卷上。

〔註562〕《高麗史》卷一一五·列傳二十八·李穡。

〔註563〕權近《陽村先生文集》卷十六《鄭三峰文集序》，《韓國文集叢刊》第七冊，171 頁。

〔註564〕《菊潭朴先生文集》卷二《東方學問淵源錄序》，《韓國文集叢刊》第十七冊，321 頁。

清，學博而理明。所存妙契於至精，所養能配於至大，故其發而措諸文辭者，優游而有餘，渾厚而無涯。」〔註565〕作爲麗末理學大師，李穡詩中所展現的懷抱六經，企希聖人的思想很明顯。如其《讀詩》詩曰：「豳自風爲雅，王由雅列風。人心自今古，世道有污隆。草木皆蒙化，鳶魚亦降衷。思無邪一句，誰識素王功。」〔註566〕又《古風》云：「麟也不可知，出則天下平。聖人不在位，乃何輒自輕。振振周南詩，變矣迷性情。使麟或在藪，誰復繼聖經。當令方寸地，永絕物欲萌。是亦麟之徒，大德名曰生。」〔註567〕在這些詩中，我們可以看到他對《詩經》「風雅」傳統的嚮往以及對聖人之道的渴慕。像這類詩在李穡作品中還有很多，比如「有意箋書傳，無心準易經」、「事業希三傑，文章仿六經」、「松菊開三徑，兒孫教一經。」〔註568〕「胄庠風物暢皇靈，照世文章似六經」等。〔註569〕

　　徐居正《牧隱詩精選序》云：「蓋先生之文，本之以六經，參之以史漢，潤色之以諸子。」〔註570〕權近也說他：「忠君愛親之念，至老不衰，每形於辭色。現於詩文，勉進後學，必以倫理爲主。孶孶不倦，博覽群書，尤深於理學。凡爲文章，操筆即書，如風行水流，略無凝滯，而辭義精到，格律高古，浩浩滔滔，如江河注海。」〔註571〕確實，李穡之詩多把儒家的一些觀念蘊含在詩句中，詩篇總的來說比較醇正典雅，顯得格高義精。比如：「晚歲幽居享太平，更無餘事可經營。清風明月是聲色，流水浮雲爲性情。周孔文章頻夢想，唐虞德業或思成。南窗蒙被焚香坐，天地悠悠古意生。」〔註572〕這首詩確

〔註565〕　《陽村先生文集》卷二十，《韓國文集叢刊》第七冊，200頁。
〔註566〕　《牧隱詩稿》卷七，《韓國文集叢刊》第四冊，41頁。
〔註567〕　《牧隱詩稿》卷六，《韓國文集叢刊》第四冊，31頁。
〔註568〕　《牧隱詩稿》卷二十六《晨興》，同上，369頁。
〔註569〕　《牧隱詩稿》卷十八《跋閔仲玉還學燕都詩卷》，同上，227頁。
〔註570〕　《牧隱集》附錄，《韓國文集叢刊》第五冊，178頁。
〔註571〕　《陽村先生文集》卷四十《牧隱先生李文靖公行狀》，《韓國文集叢刊》第七冊，345頁。
〔註572〕　《牧隱詩稿》卷十二《晚歲》，《韓國文集叢刊》第四冊，116頁。

實如田祿生所言：「牧隱詩語醇且真」。〔註573〕

不過，李穡是抱有「文章蓋末技，道德企前賢」思想的人，因而，其有時候也會把詩僅僅看作是傳道的文字。這些詩作主要是談性說理，與邵雍的一些性理詩很相似，只是用韻文把自己想說的一些道理說出來而已。比如下面幾首詩：

藿食鄙肉食，至性終不違。江湖渺萬里，白鷗自忘機。何如一飯頃，亦復憂社稷。洪爐鑄周孔，千載立民極。俯視尋常人，腐朽同草木。所以君子心，深期不碌碌。西山有餘輝，奄忽誰能回。坐待朝日升，輪囷肝膽摧。(《牧隱詩稿》卷三《遣興》)

奇語文章病，常談腐爛餘。性情陶冶後，雅俗變移初。蒼海雷聲振，青天日色舒。莫愁心緒亂，且讀古人書。(《牧隱詩稿》卷八《有感》)

虛廳對良友，出語隨所思。精義自為休，直言無復枝。旁探莊老學，遠繫周孔辭。晚景足頤養，何陋居九夷。(《牧隱詩稿》卷十《對友自詠 三首》)

古人貴從道，今人重趨時。庖羲畫大易，文王初繫辭。周孔迭有術，君子當念茲。變動如流水，天理分毫釐。差之信千里，守經無自危。(《牧隱詩稿》卷十一《擬古》)

天地帝洪爐，鼓鑄一何勞。理以為之主，氣以分其曹。少或似麟角，多奚啻皮毛。仁義是膏粱，禮法為笋袍。粲然被天下，吾生安所逃。(《牧隱詩稿》卷二十二《有感》)

從上述詩篇，我們能明顯感受到一種濃濃的道學氣味。這些詩並無意象，亦無情感，只有道理。這些雖不是李穡詩作的全部，但是卻是李穡理學詩的代表。

鄭夢周（1337～1392），字達可，號圃隱，諡文忠，是同李穡齊

〔註573〕　《東文選》卷七《送鄭副令寓按於慶尚》。

名的高麗大儒。恭愍王九年（1359）應擧，擢第一人，累官政堂文學、進三司左使、改進賢館大提學知經筵、春秋館事兼成均大司成、領書雲觀事。他精通理學，講解常能超出人意，深爲當時人所折服，被「推爲東方理學之祖」。李穡對他評價很高，認爲「夢周論理，橫說豎說無非當理。」〔註574〕李朝學者宋時烈（1607～1689）亦云：「其爲學也，必以朱子爲宗，使後之學者，皆知主敬以立其本，窮理以致其知，反躬以踐其實，此三者，爲聖學之體要。」〔註575〕鄭夢周曾不遺餘力地推行理學教育，並把儒家的禮俗推廣到全社會，所謂「倡鳴濂洛之道，排斥佛老之言。講論惟精，深得聖賢之奧」〔註576〕。鄭道傳則讚譽曰：「圃隱先生道德宗，照人文采最風流。」〔註577〕

鄭夢周也是一位造詣很高的詩人，李德懋認爲他的詩逼近唐人〔註578〕，鄭道傳也說他的詩「凜凜有生意」〔註579〕。不過，作爲理學家，其詩內容一般離不開「性情」、「忠君」、「愛國」、「世教」等。曹好益（1545～1609）《圃隱先生詩集重刊跋》曰：「先生一吟一詠，無非性情之發，而憂國愛君傷時感物，出處去就好惡悲憤，一寓之詩，讀之令人感發而興起。」〔註580〕鄭道傳云：「先生之學，日以長進，詩亦隨之。」並誇讚鄭圃隱的詩語言「肆以達」「典以則」「和易平淡」「明白正大」，「先生之詩，有關於世教如此，寧不爲吾道重

〔註574〕　《高麗史》卷一一七・列傳三十・鄭夢周：「十六年以禮曹正郎兼成均博士。時經書至東方者，唯朱子集注耳。夢周講説發越，超出人意，聞者頗疑。及得胡炳文四書通，無不吻合，諸儒尤加歎服。李穡亟稱之曰：『夢周論理，橫説豎説無非當理。』推爲東方理學之祖。」

〔註575〕　《宋子大全》卷一百五十四《圃隱鄭先生神道碑銘並序》，《韓國文集叢刊》第113冊，307頁。

〔註576〕　《高麗史》卷一一七・列傳三十・鄭夢周。

〔註577〕　《三峰集》卷一《次諸公韻》，《韓國文集叢刊》第五冊，296頁。

〔註578〕　《青莊館全書》卷十一・《雅亭遺稿》三・詩三・《論詩絕句》：「牧隱黃蘇圃隱唐，高麗家數韻洋洋。問誰融化金元宋，櫟老詩騰萬丈光。」

〔註579〕　《三峰集》卷三《圃隱奉使稿序》，《韓國文集叢刊》第五冊，340頁。

〔註580〕　曹好益《芝山先生文集》卷五，《韓國文集叢刊》第五十五冊，506頁。

也。」〔註581〕權採評價鄭夢周的詩曰：「發而爲文章者，雄深而雅健，渾厚而和平，愛君許國之意，溢於言詞之表。有關於人倫世教，爲甚大，豈止辭語之精、聲律之工而已哉。可謂有德有言，名與質之相孚，文與道之中矣。」〔註582〕李朝名儒盧守愼（1515～1590）也說圃隱詩「豪逸雅健，雄深和厚，多本性情該物理，往往有若自發於心得，而無假於外求者。」〔註583〕

　　但對於鄭圃隱來說，詞章乃是末藝，作詩只是「餘事」，因而，其詩多爲闡發性理之作。卞季良（1369～1430）《圃隱先生詩稿序》曰：「詩則餘事也。而其存者僅若干篇，然皆本之情性，該諸物理，往往有發其胸中之所得，而不能自已者焉。後之人，苟有知言者，諷詠而詳味之，則其洞見道體之妙，固已躍如於片言半語之中矣。」〔註584〕比如他的兩首《讀易》詩：

　　　　石鼎茶初沸，風爐火發紅。坎離天地用，即此意無窮。
以我方寸包乾坤，優游三十六宮春。（《圃隱先生文集》卷二《讀易》）

　　　　固識此心虛且靈，洗來更覺已全醒。細看艮卦六畫耳，
勝讀華嚴一部經。（《圃隱先生文集》卷二《讀易寄子安，大臨兩先生，有感世道故云》）

兩首詩都使用了《易經》中的術語和內容，用一種詩的語言把《易經》的一些思想說出來，沒有辭藻和聲律的功夫，也沒有情感和意象的存在，只是一種理論的闡述。這樣的詩說不上有什麼藝術的價值，但是卻符合理學家的要求。

　　再比如《湖中觀魚》詩曰：「（其一）潛在深淵或躍如，子思何取著於書。但將眼孔分明見，物物眞成潑潑魚。（其二）魚應非我

〔註581〕　《三峰集》卷三《圃隱奉使稿序》，《韓國文集叢刊》第五冊，341頁。
〔註582〕　權採《圃隱先生詩卷序》，《韓國文集叢刊》第五冊，561頁。
〔註583〕　盧守愼《圃隱先生詩集序》，《韓國文集叢刊》第五冊，562頁。
〔註584〕　卞季良《春亭先生文集》卷五，《韓國文集叢刊》第八冊，78頁。

我非魚，物理參差本不齊。一卷莊生濠上論，至今千載使人迷。」
〔註585〕《冬至吟》曰：「乾道未嘗息，坤爻純是陰。一陽初動處，
可以見天心。」〔註586〕《浩然卷子》曰：「皇天降生民，厥氣大且
剛。夫人自不察，乃寓於尋常。養之固有道，浩然誰敢當。恭承孟
氏訓，勿助與勿忘。千古同此心，鳶魚妙洋洋。斯言知者少，爲子
著此章。」〔註587〕

上述這些詩篇同樣是把一些儒家哲學的東西用詩韻的形式說了
出來，完全是性理學的闡述。如人所言：「《讀易》《觀魚》《冬至》《浩
然》等篇，皆性理之作也。」〔註588〕

鄭道傳（1337～1398），字宗之，號三峰。他師從李穡學習性理
學，1360年中舉，1363年出仕爲官吏。1375年，因反對權臣李仁任
等人的親元反明政策被流放至會津縣。在流放期間，鄭道傳努力進行
學問研究，在三角山下結廬講學，當時「學者多從之，常以訓後生闢
異端爲己任」。〔註589〕1377年，從流放地回來之後，成爲了將軍李成
桂的幕僚。後擁戴李成桂爲王，建立朝鮮王朝。鄭道傳是高麗末又一
位性理學大家，恭讓王曾表彰鄭道傳「倡鳴濂洛之道，排斥異端之說，
教誨不倦，作成人才，一洗我東方詞章之習。」〔註590〕他講解詩書，
能夠通俗易懂，卻又切理，所以聽者很容易明白，都很佩服他。當時
手持經書向他學習的人絡繹不絕，他的學生走上仕途的也是比比皆
是。即使武夫俗士聽他講課也是津津有味，更有一些僧人因此改變信
仰，跟隨他學習性理學。〔註591〕

〔註585〕　《圃隱先生文集》卷一，《韓國文集叢刊》第五冊，574頁。
〔註586〕　《圃隱先生文集》卷二，同上，594頁。
〔註587〕　《圃隱先生文集》卷二，同上，589頁。
〔註588〕　《圃隱先生集附錄・摭錄》「古川一鄉士論」，同上，621頁。
〔註589〕　《高麗史》卷一一九・列傳三十二・鄭道傳。
〔註590〕　同上。
〔註591〕　權近《三峰集序》：「其講詩書，能以近言形容至理，學者一聞即曉
　　　　　其義。其闢異端，能通其書，先說其詳，乃斥其非，聽者皆服。
　　　　　是以，執經從遊者填隘門巷，嘗從學而登顯仕者比肩而立。雖武夫
　　　　　俗士，聞其講說，亹亹不厭。浮屠之徒亦有從而化者焉。」見《韓

　　鄭道傳之詩文也頗爲有名，曾「爲中國文士所嘉賞」〔註 592〕。
權近評價鄭道傳的詩時說：「古律之作，襲魏晉追盛唐，而理趣出乎
雅頌，質而理，溫而淡，誠無愧乎古人。樂府小序，刪繁亂削淫僻，
唯感發性情之正是錄。嗚呼。先生之文皆有補於名教。非空言比也。
是其與道並流後世而不朽無疑矣。」〔註 593〕

　　李崇仁（1347～1392），字子安，號陶隱。及第於恭愍朝。高麗
王廷選拔赴京師應試士子，李崇仁爲首選，但因爲未滿二十五歲，未
能前往，歷任禮儀散郎、藝文應教、門下舍人。辛禑時，出任典理總
郎。因爲與金九容、鄭道傳等一道上書，請卻北元使，被削職。不久
後起拜成均司成、轉右司議大夫、密直提學。後他與政堂文學鄭夢周
一起纂實錄，又因爲與與李仁任有姻族關係，被流放通州。未幾召還，
與李穡、金士安如京師賀正，回國後任藝文館提學。後又以鄭夢周餘
黨之罪被流放，並遭殺害。〔註 594〕

　　李崇仁與鄭道傳一樣，也是跟隨李穡學習性理之學，鄭道傳說他：
「精深明快，度越諸子。其聞先生之說，默識心通，不煩再請。至其
所獨得，又超出人意表。博極群書，一覽輒記。」〔註 595〕權近也說他
「天資英邁，學問精博，本之以濂洛性理之說，經史子集，百氏之書，
靡不貫穿。所造既深，所見益高，卓然立乎正大之域。」〔註 596〕至於
他的詩作，則「本於詩之比興，書之典謨。其和順之積，英華之發，
又皆自禮樂中來。」〔註 597〕鄭道傳以爲，唯有深於道學，方能寫出這
樣的詩作。明代文人周倬曾經出使過高麗，並與李崇仁結下深厚的友
誼。其評價李崇仁的詩曰：「涵泳性情，發爲詩篇。……其辭皆華而不
浮，質而不俚，發奇麗於和平之中，寓優柔於嚴整之外，且忠君愛國

　　　　國文集叢刊》第五冊，279 頁。
〔註 592〕權近《三峰集序》，同上。
〔註 593〕同上。
〔註 594〕《高麗史》卷一一五・列傳二十八・李崇仁。
〔註 595〕鄭道傳《陶隱集序》，《韓國文集叢刊》第六冊，522 頁。
〔註 596〕權近《陶隱集序》，同上，523 頁。
〔註 597〕鄭道傳《陶隱集序》。

隆師親友之意，溢於言表。」〔註598〕比如其《秋夜感懷》中的詩作：

> 斯文欲墜地，玄聖應時生。周流騁列國，遙遙指蠻荊。
> 庶將啓聾聵，荼蓼交中情。嗚呼吾已矣，歸歟託遺經。包
> 羲迄文武，煌煌集大成。所以生民來，極口無能名。（其二）
> 〔註599〕

此詩主要還是以弘揚儒家之「道」為主，詩語質樸無華，確實是本之「詩之比興，書之典謨」。相類似的詩句在《秋夜感懷》中還有：「皤皤柱下史，適遭大道裂。口吐五千文，掀簸造化窟。清譚已誤人，家國隨以滅。況乃雜符祝，神怪不容說。安得火其書，坐令深弊祛。」（其三）「圓象運不已，日星垂光芒。至人自有德，出言皆成章。典謨含元化，雅頌諧鏗鏘。奈何操觚子，雕篆愁腎腸。嵐花對煙鳥，啾唧同寒螿。願言泝本源，一息到崑崙。」（其七）「聖人制名器，本以待有德。在我要自修，彼豈徼倖得。張也遊聖門，胡為學干祿。吁嗟斯世人，奔走忘昏旭。豈皆紆朱青，亦或脂鼎鑊。不見空谷中，青蒭人如玉。」（其八）「時運有今昔，降衷豈豐嗇。堯傑本同源，卒乃霄壤隔。餘生千載下，所稟昏且弱。託身海一隅，磨驢踏舊迹。賴此方寸地，潛光玉韜石。庶幾追前修，孜孜惜晷刻。」（其十）

　　明代文人張溥也曾出使過高麗，並與李崇仁一見如故。他認為君子之作，往往能夠「明物理達人情，有關於世教」，而不是競逐麗詞葩藻，但是他高度評價李崇仁的詩是「吐辭精確於渾成之中，命意深遠於雅淡之際，往往絕類唐人。」〔註600〕李崇仁的這一類詩作，往往把儒家之道蘊含在景象之中，這與邵雍的一些寫景詩很相似，即把性理寓於風花雪月中。李崇仁曾說：「為愛新晴倚草亭，杏花初結柳條青。詩成政在無心處，枉向塵編苦乞靈。」〔註601〕這也與邵雍的

〔註598〕 周倬《陶隱集序》，《韓國文集叢刊》第六冊，521頁。
〔註599〕 《陶隱先生詩集》卷一《秋夜感懷》，同上，527頁。
〔註600〕 張溥《陶隱集跋》，同上，519頁。
〔註601〕 《陶隱先生集》卷三《新晴》，同上，575頁。

第二章　宋詩對高麗漢詩創作之影響

觀點很相似，邵雍云：「忽忽閒拈筆，時時樂性靈。何嘗無對景，未始便忘情。句會飄然得，詩因偶而成。天機難狀處，一點自分明。」〔註602〕我們看一看李崇仁的詩中那些所謂的「絕類唐人」之作：

千回石徑壓漣漪，金碧相輝照翠巒。萬壑煙霞塵事少，一園松竹道心閒。

禪窗氣味思難得，宦路馳驅愧未安。日暮欲歸還倚杖，隔林咫尺即人寰。（《陶隱先生詩集》卷二《題僧舍》）

山北山南細路分，松花含雨落繽紛。道人汲井歸茅舍，一帶青煙染白雲。（《陶隱先生詩集》卷三《題僧舍》）

山色空庭得，花枝細雨香。客中清興味，寄傲一窗涼。（《陶隱先生詩集》卷三《題僧舍寓軒》）

山腰雲氣山頭雪，蘭若高低縹渺中。未是山靈專事佛，數峰來繞一儒宮。（《陶隱先生詩集》卷三《望瑡山戲賦》）

這些詩大抵都是在景色描寫中，透露出自己的平和淡然，超然物外的心境。在理學家心目中，自然景物也都蘊含著「道」，即所謂「道德性情猶淺近，風花月露亦深精」。〔註603〕因而，很多理學家喜歡在寫景中抒寫自己的性情，故李穡云：「如今濂洛教初行，謳吟直欲求性情」。〔註604〕這代表著理學詩的一種重要表現形式。很多高麗末詩人都有這樣的詩作，比如金九容（1338～1384），鄭道傳說他作詩，「其思之也漠然若無所營，其得之也充然若自樂，其下筆也翩翩然如雲行鳥逝，其為詩也清新雅麗，殊類其為人。」〔註605〕而元天錫（1330～1402）則「稟二氣之正大以為性情，故發於吟哦者颯颯灑灑，兼詩書典雅之則，千古詩家中一人。」〔註606〕至於李集（1327～1387），

〔註602〕《伊川擊壤集》卷四《閒吟》。
〔註603〕《牧隱詩稿》卷三十《高吟》，《韓國文集叢刊》第四冊，438頁。
〔註604〕《牧隱詩稿》卷十八《昨至九齋坐松下，松陰薄，日將午……》，同上，221頁。
〔註605〕鄭道傳《惕若齋學吟集序》，《韓國文集叢刊》第六冊，4頁。
〔註606〕鄭莊《文集序》，見《耘谷行錄序》，同上，124頁。

－243－

「其詩沖澹淵灝，出於性情，迢然於物欲之外。」〔註607〕

　　高麗末期理學詩的盛行確實讓我們看到了宋代理學在朝鮮半島的深遠影響。從文學理論到創作實踐，高麗詩人都以其認眞的學習、艱辛的探索和虔誠的心態取得了可以說和宋人不相上下的成就。尤其是，高麗末至朝鮮李朝，理學在朝鮮半島所得到的重視一點也不亞於中國，甚至有所超越。直至今天，對儒家思想繼承最爲完整的可能還要數朝鮮半島。理學詩或許更多地與哲學有關，而離文學稍遠一點。不過，放在整個高麗詩學的背景下看，這又是一個不得忽略的領域。因爲，它畢竟給予朝鮮半島漢詩創作帶來了影響。理學詩只佔據高麗末期詩學的一部分，也只佔據某些詩人創作的一部分，但是，它對高麗漢詩的創作思想、詩學觀念等，都帶去了潛移默化的改變。

〔註607〕 李集《遯村雜詠・補編・師友淵源錄》，《韓國文集叢刊》第三冊，371 頁。